陕西师范大学人文社会科学高等研究院 主办

大西北
文学与文化

2020年　第1期

中国社会科学出版社

图书在版编目（CIP）数据

大西北文学与文化. 2020年. 第1期/陕西师范大学人文社会科学高等研究院主办. —北京：中国社会科学出版社，2020.10

ISBN 978-7-5203-7420-0

Ⅰ.①大… Ⅱ.①陕… Ⅲ.①地方文学史—研究—西北地区②地方文化—文化研究—西北地区 Ⅳ.①I209.94②G127.4

中国版本图书馆CIP数据核字（2020）第205009号

出 版 人	赵剑英
责任编辑	郭晓鸿
特约编辑	杜若佳
责任校对	师敏革
责任印制	戴 宽
出　　版	中国社会科学出版社
社　　址	北京鼓楼西大街甲158号
邮　　编	100720
网　　址	http://www.csspw.cn
发 行 部	010-84083685
门 市 部	010-84029450
经　　销	新华书店及其他书店
印刷装订	北京君升印刷有限公司
版　　次	2020年10月第1版
印　　次	2020年10月第1次印刷
开　　本	787×1092　1/16
印　　张	14.25
字　　数	283千字
定　　价	88.00元

凡购买中国社会科学出版社图书，如有质量问题请与本社营销中心联系调换
电话：010-84083683
版权所有　侵权必究

大西北学人：郑伯奇

郑伯奇（1895—1979），原名郑隆奇，字伯奇，陕西长安县人，文学家。1910年参加同盟会。1917年赴日本，先后入东京第一高等学校、京都第三高等学校、帝国大学学习。1921年加入创造社。1926年任广州中山大学教授，黄埔军校政治教官。1928年任上海艺术大学教授，艺术剧社社长。后参加左联，为左联七个常委之一。抗战爆发后，先到西安编辑《救亡周刊》，后任职于郭沫若主持的文化工作委员会。1944—1946年任陕西师范大学文学院的前身——陕西省立师专国文科首任系主任。创作有电影剧本《泰山鸿毛》《时代的儿女》等，小说剧本集《抗争》《轨道》，短篇小说集《打火机》，散文集《参差集》，回忆录《忆创造社及其他》，发表《中国戏剧运动的进路》《戏文学的通俗化问题》等戏剧、电影批评与理论文章。主编《中国新文学大系·小说三集》。

郑伯奇30年代在上海

第二次文代会与周恩来在一起

郑伯奇与妻子朱文敏

郑伯奇著作书影

大西北文学与文化
编辑委员会

编委会

主　任　王德威　李继凯

编　委（以汉语拼音为序）：

安　凌　　白　烨　　程光炜　　程国君　　程金城　　党圣元
郜元宝　　郎　伟　　李国平　　李继凯　　李跃力　　李　震
梁向阳　　刘晓林　　濮文起　　朴宰雨　　沙武田　　王彬彬
王德威　　王泉根　　吴义勤　　阎晶明　　张宝三　　张志忠
赵学清　　赵学勇　　钟海波　　周燕芬

编辑部

主　编　李国平

副主编　李跃力　钟海波

目 录

发刊词 ……………………………………………………………………（1）

大西北文艺综论
丝绸之路与中国大西北文艺论纲（一）……………………… 程金城（3）
丝路学建构与丝路文学研究 ………………………………… 李继凯（16）
现代历史　西北文学 ………………………………………… 王德威（25）
大西北文学：概念、边界与意义 …………………………… 李　震（36）
新世纪：西部文学研究现状及思考 ………………………… 赵学勇（53）

陕甘宁文艺研究
从"组织起来"到"文艺战线"：陕甘宁文艺社团机构的建立及发展 …… 王　荣（59）
"有意味的形式"：大众化视域下的延安戏改与当下启示 ………… 魏欣怡（73）

丝路文学研究
丝绸之路上的中国西部文学研究 …………………………… 刘　宁（82）
论丝路文化语境中的西北丝路文学 ………………………… 张　辉（90）

郑伯奇研究
忆郑伯奇先生 ………………………………………………… 马家骏（101）
郑伯奇小说论 ………………………………………………… 孙　旭（104）
郑伯奇青少年时期的求学经历和革命活动 ………………… 郑　莉（115）

西北文艺报刊出版与传播研究

"五四"前后新文化在陕西的接受与传播 ………………………… 姜彩燕　曹苑苑（125）
论《延河》对《创业史》的传播 ……………………………………………… 吴妍妍（141）
陈忠实早期文学创作与陕西地方报刊的传播研究 ………………………… 张　琼（150）

大西北文学与文化研究

现代西北游记与民族国家的建构 …………………………………………… 荀羽琨（158）
论中国当代文学中的西安城市空间想象
　　——以长篇小说《废都》为例 ………………………………………… 张文诺（171）

当代西北作家作品研究

《创业史》：合作化小说和农民小说 ………………………………………… 吴　进（184）
丝路文学新观察：后乡土时代与作家的情志
　　——"宁夏文学六十年（1958—2018）"文学史散论 ………………… 李生滨（202）
昌耀之后的青海现代汉诗简论 ……………………………………………… 刘晓林（209）

稿约 …………………………………………………………………………………（219）

Contents

Publication ·· (1)

Review of Northwest Literature and Art

Thesis on the Silk Road and the Literature and Art of Northwest
　　China (1) ·· Cheng Jincheng (3)
The Construction of Silk Road Science and the Study of Silk Road
　　Literature ·· Li Jikai (16)
Modern History　Northwest Literature ································ David Der-wei Wang (25)
Northwest Literature: Concept, Boundary and Significance ·················· Li Zhen (36)
New Century: The Current Situation and Thinking of Western Literature
　　Research ·· Zhao Xueyong (53)

Study of Literature and Art in Shan-Gan-Ning

From "Organizing" to "Literature and Art Front": The Establishment and Development
　　of Literature and Art Organizations in Shan-Gan-Ning ·················· Wang Rong (59)
"Intentional Form" Yan'an Drama Reform from the Perspective of Popularization
　　and Its Implications ··· Wei Xinyi (73)

Study of Silk Road Literature

Study of Chinese Western Literature on the Silk Road ·························· Liu Ning (82)
On the Northwest Silk Road Literature in the Cultural Context of the
　　Silk Road ·· Zhang Hui (90)

Study of Zheng Boqi

Remember Mr. Boqi Zheng ················· Ma Jiajun (101)
On Boqi Zheng's Novels ················· Sun Xu (104)
Boqi Zheng's Early School Experience and Revolutionary Activities ········ Zheng Li (115)

Study on The Publication and Dissemination of Northwest Literature and Art Press

Study on the Reception and Communication of New Culture in Shaanxi before and after
 the May 4th Movement ················· Jing Caiyan Cao Yuanyuan (125)
On the Spread of *Yanhe* to the *History of Entrepreneurship* ············· Wu Yanyan (141)
Zhongshi Chen's Early Literary Creation and the Communication of Shaanxi Local
 Newspapers and Magazines ················· Zhang Qiong (150)

Study of Literature and Culture in Northwest China

Modern Journey to the Northwest and National State Construction ········ Xun Yukun (158)
Discussion on the Xi'an Envision on the Contemporary Chinese Fiction
 ——Take *The Discarded Capital* as An Example ············· Zhang Wennuo (171)

Study on The Works of Contemporary Northwest Writers

History of Entrepreneurship: Cooperative Novels and Peasant Novels ········ Wu Jin (184)
A New Observation on the silk Road Literature: The Post Local Era and the Writer's Emotion
 ——On the Sixty Years' (1958–2018) Literature History of Ningxia
 Literature ················· Li Shengbin (202)
On Qinghai Modern Chinese Poetry after Changyao ············· Liu Xiaolin (209)

发 刊 词

中国的大西北幅员辽阔、历史悠久、文明丰富灿烂。地理与人文相互滋润，生活与文化水乳交融。近代以降，大西北文学与文化在社会变迁和文化发展中扮演着举足轻重的角色，连接着当代的文艺思想发展，甚至影响着当代文学与文化的走向，当代中国的大西北文学实践和文化研究也取得了丰硕的成果，呈现出不凡的气象。

《大西北文学与文化》诞生于文化复兴的新时代。近年来，人文社会科学领域，文学与文化研究领域发生重大转向，文明的平等多样、互学互鉴，人类命运共同体的构建，"一带一路"的倡议思维，丝路文明的再发现成为当代中国面向社会的新思维，寻求本土文化价值并升华出公共意义是当今世界性的思想思潮，为文学与文化研究打开了新的空间。大西北文学与文化研究是一个具有理论意义和现实意义、历史意蕴和时代感的大命题。《大西北文学与文化》以习近平新时代中国特色社会主义思想为指导，贯彻落实习近平总书记关于哲学社会科学的讲话精神和关于文艺的系列讲话精神，呼应国家的战略思维，坚持正确的价值观和政治导向，力求促进人文社会科学和文学与文化研究的发展繁荣，加强学术阵地建设。

大西北有许多学术刊物，大西北文学与研究的成果，有许多刊布渠道，但是，还没有《大西北文学与文化》这样的专门刊物，《大西北文学与文化》希望能将分散的力量汇聚一起，寻求构建一个话语集中的共同体空间，形成一个集汇学术成果、特色鲜明的学术平台。《大西北文学与文化》立足大西北，面向全国，立足并参与当代文学与文化前沿建设，介入当代大西北文学与文化发展进程。宏观研究和微观研究并重，注重理论创新和现实意义、历史感和当代感、学理性和前沿性相结合。

《大西北文学与文化》由陕西师范大学人文社会科学高等研究院主办。陕西师范大学在大西北文学与文化（例如丝路学和丝路文学、西北文艺、陕甘宁边区文化、延安文艺研究等）诸多领域都有较深厚的积累，在参与当代文学现实、介入当代文化思潮方面也积累了相当的经验。《大西北文学与文化》在基本依托的基础上，希望搭建一个开放的平台，团结全国的文学与文化研究者，吸引海内关心、关注大西北文学与文化发展的目光。构有谱系、代际相承的大西北文学与文化研究者，是刊物的重要支撑。

　　刊物有刊物的规律，一本刊物的成长，是一个较长时期的累积的过程。《大西北文学与文化》有全国同人的支持，因而有些底气，也努力不辜负大家的期待，争取有一个高的起点和良好的面貌。如今，刊物创刊号正式出版，我们期待文学与文化研究界的宝贵意见。希望《大西北文学与文化》在广大同人的支持下成长、壮大，为大西北的文学与文化研究、中国文学的发展繁荣作出贡献。

《大西北文学与文化》编辑部

2020.6

大西北文艺综论

丝绸之路与中国大西北文艺论纲（一）

程金城

内容提要："丝绸之路与中国大西北文艺"，包括"丝绸之路史前史与中国大西北早期文艺""丝绸之路文明与中国大西北古代文艺""丝绸之路复兴与中国大西北现当代文艺"等三部分。本文主要探讨第一部分即史前艺术现象，涉及全球史视域中的丝绸之路艺术史前史，人类第一个松散网络与中国大西北岩画带，人类食物生产方式转变与中国大西北彩陶艺术圈，以及对大西北早期其他文学艺术的蠡测。认为岩画、彩陶、歌舞、神话及早期的青铜器和玉器等，构成了丝绸之路史前史中国大西北艺术链，此研究为构建世界艺术史提供了曾被忽略的事实和经验，对评价中国文艺在人类艺术史上的位置有比较重要的学术价值，对重新思考艺术原理有重要的启示意义。

关键词：人类活动；丝绸之路史前史；西北；艺术交融；史论价值

丝绸之路对中国文艺的演变发展产生了重大而深远的影响，其源头可以追溯到丝绸之路史前史，而中国大西北既是丝绸之路的重要组成部分，也是丝绸之路文化交会之地和文艺传播交融的重要通道。中国大西北文艺[①]是人类文艺因交流而丰富、因互鉴而繁荣的典范。研究中国文艺发展史，不能不研究大西北艺术，研究丝绸之路文学艺术史，乃至人类文学艺术史，也不可不研究中国大西北艺术的源流及其变易。本文的"大西北"，范围大于现在陕、甘、宁、青、新的行政区划，还包括内蒙古自治区。本命题的"文艺"，不仅仅是狭义的文学艺术，而是涉及文学与艺术两大领域，包括神话、史诗、小说、诗歌、散文及文学各门类，绘画、建筑、雕塑、音乐、舞蹈、戏剧、纺织染缬

---

① "大西北文艺"是陕西师范大学人文社会科学高等研究院院长李继凯教授提出的概念，最早的文字见于2019年8月陕西师范大学人文社会科学高等研究院、陕西师范大学文学院和《文艺研究》编辑部联合举办的"大西北文艺"研究高端论坛"邀请函"。

和服饰、工艺器物、民间艺术、写本艺术、书法等具有艺术特质的各领域。"丝绸之路与中国大西北文艺论纲"拟研究的对象包括：丝绸之路史前史与中国大西北早期文艺，丝绸之路文明与中国大西北古代文艺，丝绸之路复兴与中国大西北现当代文艺。本文主要探讨其第一部分即丝绸之路史前西北早期文艺。

一 全球史视域与丝绸之路艺术史前史

以全球史观和丝绸之路史前史视域观照中国大西北早期艺术，对于认识丝绸之路艺术链和中国艺术渊源有重要的启示意义。"丝绸之路史前史"是一个逐渐形成共识的概念，它承认公元前138年张骞西域凿空作为丝绸之路重要节点的意义，同时注意到丝绸之路渐进而复杂的形成过程，这一概念有助于从整体把握人类文化交流的历史。"全球史"则以世界的连贯性为出发点，体现出一种整体历史意识，改变了以往世界史着重于纵向的视角，而更加重视横向维度，重视同一时间的空间联系和相互影响，重视重大历史事件之外的细节和空白区。

全球史观和全球史学派的兴起，对人文学科相关研究领域产生了深刻影响。全球史强调人类网络的结构和形成过程，考察文明之间、地区之间、国家之间横向的联系和互动，突出人类交往史。其代表性人物——美国的约翰·R. 麦克尼尔、威廉·H. 麦克尼尔父子在《麦克尼尔全球史：从史前到21世纪的人类网络》（以下简称麦氏《全球史》）中描述到："一个网络，正如我们所看到的，就是把人们彼此连接在一起的一系列的关系。这些关系的表现形式多种多样：比如说，邂逅之交、亲属、朋友、群体敬拜、对手、敌人、经济交往、生态交流、政治合作，甚至还有军事竞争，等等。通过上述这些联系，人们彼此交换信息，并且使用这些信息来指导他们下一步的行动。他们也彼此交换或传输各种有益的技术、物品、农作物、观念等。更进一步，人们还可能在无意间交换着各种疾病、无用的废物，以及那些看似无用但是却关系到他们生存（或死亡）的种种事物。塑造人类历史的，正是这些信息、事物、发明的交换与传播，以及人类对此所做出的各种反应。"[①] 可以说，交往是人类历史发展的重要驱动力。

麦氏《全球史》勾勒出人类交往逐步形成越来越复杂网络的进程，其大致图景是：（1）距今12000年前后，人类交往的第一个世界性网络出现，这是一种非常松散、非常遥远、非常古老的人类相互交往和相互影响的网络。（2）大约在6000年前，第一个

---

① ［美］约翰·R. 麦克尼尔、威廉·H. 麦克尼尔：《麦克尼尔全球史：从史前到21世纪的人类网络》，王晋新、宋保军等译，北京大学出版社2017年版，第2、15页。

都市网络形成于古代苏美尔诸城市的周边地区；一些都市网络向周边扩张，将其他都市网络吸收或者合并进来。(3) 大约在 2000 年前，随着各种小网络逐渐合并，最大的旧大陆网络体系形成了，它涵盖欧亚大陆和北非的绝大部分地域。丝绸之路大致形成于这一时期。(4) 晚近 500 年间，海路打通，将世界上各个都市的网络都连接成一个唯一的世界性的网络。(5) 在最近的 160 年间①，随着电报技术的发明使用，世界网络开始迅速地电子化，从而使人类交往的内容越来越多、速度越来越快。(6) 时至今日，尽管人们所使用的相互交往方式有巨大不同，但是每一个人都已处于一个巨大的全球性网络之中，这是一个将合作与竞争合为一体的巨大旋涡。这些相互交往和相互影响的人类网络的发展历程构成了人类历史的总体框架。

对人类网络形成过程的考察，麦氏《全球史》提出了几个值得深入思考的问题，这些问题可以理解为对作为网络的人类历史整体性的理解：所有的网络都包含着合作与竞争两个方面的内容。人类群体在各自所处的层面上，进行非常有效的交往与合作，从而确保自己的竞争地位和生存机遇得到改善。所以，人类历史的普遍趋势是在现实中各种各样竞争的驱动下朝着越来越大的社会合作方向发展。各种网络将合作与竞争都包容在了自己的体系之中，并且随着时光推移，它们的规模也趋向于扩展。同样，也是由于上述各种缘故，各种网络皆对历史施加了自己的影响。相同的压力导致了并行的、相同的结果。人类交往、合作与竞争所生发出来的力量，在塑造人类历史的同时也在塑造着地球的历史②。这些问题可以理解为：交往、合作与竞争，是人类网络形成发展的主要动力，也是人类历史发展的主要内容和途径。

值得注意的是，麦氏在对 20 世纪各种史学成就的评说和批判过程中，"不仅只关注史学研究的'观念'层面，也将其审视的目光对准了'方法论'层面，显露出对所谓'科学的'历史研究方法的强烈不满"，对轻视历史整体大结构探求的方法提出批评。麦氏认为，这种方法与规范的流弊主要有以下诸端。（一）这种研究方法和规范"无形中为'科学的'历史研究范畴划出了一道明确的界限"，即研究者只能把其所研究的范围设定在一个狭小的领域内，从而造成繁密、琐碎的"小题目研究"达到"汗牛充栋，泛滥成灾的地步"（麦克尼尔《欧洲史新论》）。（二）"这类规范更使人们怀疑大格局、大体系历史的可靠性及其在学术上的地位"，从而放弃对历史整体大结构的探求。（三）"这种考据式的编纂工作只是历史家工作的一部分。……那些不愿对文献的内在含义表示任何意见的历史家，只不过是固步自封罢了，他们不会比过去的人知

---

① 距《麦克尼尔全球史：从史前到 21 世纪的人类网络》2003 年问世时。——引者注。
② 参见 [美] 约翰·R. 麦克尼尔、威廉·H. 麦克尼尔《麦克尼尔全球史：从史前到 21 世纪的人类网络》"导论：各种网络与历史"，王晋新、宋保军等译，北京大学出版社 2017 年版，第 2—5、55 页。

道更多的东西和不同的东西。"（四）这种缺陷更因另一种心理上的因素而扩大。因为研究者对越来越小的题目知道得越来越多，他可以很快地超过所有的人对这一方面知识的了解，而成为杰出的学者，名利双收。正如译者王晋新先生所说，这段话虽然尖酸甚至有些刻薄，但却是一段切中肯綮、针砭时弊的好文字。"如此悠远、广博而复杂的人类历史进程，远非任何一种研究方法所能穷尽，极端地推崇和过分地依赖某种特定的认知或研究模式势必导致某种流弊的产生。"[①] 笔者认为麦氏的看法对中国当代学术研究有启示意义。缺乏理论原创性和学术话语权、学科话语权的原因之一，或许正与整体性、大格局、大体系研究没有真正的理论突破相关。要避免大而无当而不应怀疑大格局、大体系本身的研究意义。小题目研究和对历史整体大结构的探求各有其价值，应该相得益彰而不应该对立起来，关键是能不能有所发现。

从全球史观考察丝绸之路艺术史前史，给我们提供了观照人类艺术更大的视域，也提供了重要的参照系。麦氏《全球史》认为，人类食物生产的转变是在距今11000—3000 年，旧大陆的各种网络和文明形成是在公元前 3500—公元 200 年，这就是欧亚大陆上的第二个大都市网络体系。在这个体系中，"尼罗河—印度河走廊"相连的三个地区和以中国为中心的东亚都市网络是最重要的现象。"这三个地区分别是位于美索不达米亚（今伊拉克）的底格里斯河—幼发拉底河地区、位于埃及的尼罗河地区和位于巴基斯坦的印度河及其支流地区。……沿海航行再加上内陆穿越陆地的商队，使上述这三个地区彼此保持着一定的交往，应当把这些交往看作刚刚形成的一个相互交往网络的组成部分。我们就将其称为'尼罗河—印度河走廊'，这是历史上第一个大都市网络。……公元前 3000 年左右，在黄河中游地带的中国北方的黄土地区也出现了一个类似的交往互动的区域。……以中国为中心的东亚都市网络持续地向外部新的地域扩展，并一直延续到今天——这就是欧亚大陆上的第二个大都市网络体系。"[②] 按这样的长时段来看，在整个人类网络的形成过程中，丝绸之路属于第三阶段即距今两千多年，而其史前史则在第二阶段即距今大约 6000 年前后。

受全球史观的启发，笔者认为，丝绸之路的历史研究，应该充分注意其"前世今生"，也就是丝绸之路史前史的意义和它在后世的历史延续性。丝绸之路的源流及来龙去脉所蕴蓄的内容，甚至要比丝绸之路两千多年的历史本身还要丰富和耐人寻味。

古丝绸之路以长安与罗马为双向起点，不是一开始就非常明确的，而是在相向而

---

① 参见王晋新"《麦克尼尔全球史：从史前到 21 世纪的人类网络·译者序言》，北京大学出版社 2017 年版，第 18 页。

② 参见［美］约翰·R. 麦克尼尔、威廉·H. 麦克尼尔《麦克尼尔全球史：从史前到 21 世纪的人类网络》"导论：各种网络与历史"，王晋新、宋保军等译，北京大学出版社 2017 年版，第 2—5、55 页。

行、相遇相随、不断开拓中逐步形成的。丝绸之路不是只从一个方向单向度的开拓掘进，而是从不同方向起始，逐步沟通东西方之间的交流，形成了丝绸之路的网路。研究表明，中国与世界交流的历史，可以追溯到秦汉时期，而在这之前，东西方各自局部性的交流早已开始，这些交流是丝绸之路逐步贯通的前奏和准备[①]。与此相关，丝绸之路是由沿线变动不居的多个国家、民族共同参与的，依据各自不同的利益诉求和目的，或自觉或不自觉，或主动或被动，最终将亚非欧连成了一体。

关于丝绸之路的起始时间，学界有不同的界定，基本趋势是将起点逐渐上移，从中古到上古，从文明时代到新石器时代甚至远古。俄罗斯学者叶莲娜·伊菲莫夫纳·库兹米娜著《丝绸之路史前史》[②]，对丝绸之路史前史做了较系统的研究，中国学者石云涛在《丝绸之路的起源》[③] 中提出丝绸之路"创辟期"的观点，另有林梅村[④]、周菁葆[⑤]、李青[⑥]等对丝绸之路史前青铜器、服饰等文化艺术现象的具体研究。笔者认为，应将丝绸之路看作一个渐进发展的过程，其起讫时间，以公元前138年张骞西域凿空为重要节点和标志，向上可以追溯到"前丝绸之路"时期，向下一直延续到近代，其中的断续曲折和波澜起伏，不改其总体的延续态势。前丝绸之路时期也就是丝绸之路史前史，以公元前200年前后为大致界限，接近"轴心时代"的时间下限，之前为"丝绸之路史前史"。正是从这样一种全球视野来看，丝绸之路艺术是人类艺术网络形成过程中延续时间最长、延展空间最大的艺术现象，经过了漫长的史前史，而中国大西北的艺术在其中占有重要地位。

从"全球史"视域和全球史观来看，丝绸之路艺术史前史中的中国大西北文艺，从局部的交流到出现较大范围互动的端倪，艺术互融在丝绸之路打通前就已经开始；岩画、彩陶等成为中国西北史前艺术的重要内容，也是中国艺术的重要源头，而早期

---

① 参见石云涛《丝绸之路的起源》，兰州大学出版社2014年版；[英] 弗兰科潘《丝绸之路——一部全新的世界史》，邵旭东、孙芳译，浙江大学出版社2016年版；叶茂林《溯源丝绸之路 探索史前经验》，《中国社会科学报》2016年9月2日；韩建业《"彩陶之路"与早期中西文化交流》，《考古与文物》2013年第1期；刘学堂《史前"丝绸之路"复原》，《中国社会科学报》2016年12月23日；郭物《从马背上的通道走向丝绸之路》，《中国社会科学报》2014年5月16日；张春海、苏培《寻找汉代之前的丝路踪迹探究欧亚大陆早期文化交流》，《中国社会科学报》2016年10月14日；刘学堂、李文瑛《史前"青铜之路"与中原文明》，《新疆师范大学学报》2014年第2期；王子今《前张骞的丝绸之路与西域史的匈奴时代》，《甘肃社会科学》2015年第2期；王国栋《试论中国史前彩陶的起源》，《考古与文物》2005年第2期；马健《黄金制品所见中亚草原与中国早期文化交流》，《西域研究》2009年第3期；余太山《早期丝绸之路文献研究》，商务印书馆2013年版。
② [俄] 叶莲娜·伊菲莫夫纳·库兹米娜：《丝绸之路史前史》，[美] 梅维恒（Victor H. Mair）英文编译，李春长译，科学出版社2015年版。
③ 石云涛：《丝绸之路的起源》，兰州大学出版社2014年版。
④ 林梅村：《塞伊玛—图尔宾诺文化与史前丝绸之路》，《文物》2015年第10期。
⑤ 周菁葆：《丝绸之路与史前时期西域的毛织品》，《浙江纺织服装职业技术学院学报》2013年第2期。
⑥ 李青：《丝绸之路楼兰史前时期的雕塑艺术与文化》，《梧州学院学报》2017年第27卷第4期。

青铜器、玉器等器物艺术则体现了独特的物的叙事功能；歌唱和舞蹈、神话传说等口传文学作为时间艺术和非物质文化遗产，虽然难以找到直接传承的证据，但是，从岩画、彩陶和后世整理的神话传说中，依然可以推测到丝绸之路史前中国大西北艺术这些内容在早期文明形成过程中的重要作用。

二　人类第一个松散网络与中国大西北岩画带

在距今 12000 年前后，人类非常松散的交往逐步形成第一个世界性网络。大约在这个时期以至后来的长时段，中国西北的岩画带记载了先民生存和生产生活的信息。"人类的第一块'画布'是岩石的表面。自从人类成为智人以来，他们就在岩石的峭壁上画画刻刻，留下了自己的印记，在我们这个星球上的那些最偏远的地区，这些印记以岩画艺术的形式出现。"① 岩画是远古时期形象的历史，其具体创作年代、创作动机、创作者都比较模糊，大体说来，它是人类原始时期的文化遗存，体现了原始文化精神，其中晚期岩画有进入文明时代的内容。

在人类第一个世界网络时期，地处世界东方的中国西北，形成了以草原和沙漠边缘地带为中心的岩画艺术链。西北地形复杂，山脉纵横，这里有著名的天山山脉、昆仑山脉、阿尔泰山脉、祁连山脉、贺兰山、岷山山脉、阴山山脉等崇山峻岭，有青藏高原、蒙古草原和大漠戈壁，许多地方仍然保留着天然和原始的风貌，这正是岩画产生和赖以长期保存的适宜的地理条件。从岩画所反映的内容和岩画地点来看，岩画作者以狩猎或游牧为主要生存方式，自东向西，草原游牧民族活动区构成了岩画长廊。在内蒙古自治区有锡林郭勒草原岩画、百岔河岩画、乌兰察布岩画、阴山岩画等；在宁夏回族自治区有贺兰山岩画、大麦地岩画等；在甘肃有靖远县吴家川岩画、景泰岩画、永靖县大浪沟岩画、永昌县毛不拉岩画、肃北蒙古族自治县的马鬃山岩画、祁连山大黑沟岩画、嘉峪关黑山岩画等；在青海省有格尔木野牛沟岩画、青海湖畔岩画、天峻县卢山岩画等；在新疆维吾尔自治区岩画主要分布在阿尔泰山、准噶尔西部山地、天山南北、帕米尔高原、昆仑山、喀喇昆仑山，形成千里岩画带。其中天山以北直至阿尔泰山及准噶尔盆地西部山区岩画最为丰富，新疆大学历史系教授苏北海先生的《新疆岩画》② 一书就列举了 45 个县市的岩画点。

岩画的图像有大有小，有单一形象，也有图案式和场景描绘。这些图画形象有各

---

① ［法］埃马努埃尔·阿纳蒂：《艺术的起源》，刘建译，中国人民大学出版社 2007 年版，第 20、10、18 页。
② 苏北海：《新疆岩画》，新疆美术摄影出版社 1994 年版，第 16 页。

种动物、人物、人面像、生产工具、狩猎场面、部落战斗、舞蹈场景、祭祀活动、生殖崇拜等,其中有一些较易辨认和理解,有一些则难以辨认和理解。洞窟岩画则可能与神秘的仪式有关。"我们并不确切知道这些古代人类到底发生了什么,但是艺术的视觉物证把记忆的一些片断传递给了我们,把他们的历史告诉了我们。"① 就岩画画面的特点来看,西部地区岩画中动物、狩猎、放牧的图景,主要分布于内蒙古、宁夏、青海、甘肃、新疆等北方草原地带中,如阴山岩画、贺兰山岩画和阿尔泰岩画为代表的山地岩画基本上是狩猎岩画,猎民社会生活和赖以生存的生态环境在岩画中得到直接反映。人面像岩画,在内蒙古阴山岩画和宁夏的贺兰山岩画中最多。新疆岩画中,有集中的、大量的生殖崇拜场景和远古人体艺术形象。中国西部岩画带中最重要的几个地区的岩画几乎都与少数民族相关,比如新疆岩画、内蒙古阴山岩画、宁夏贺兰山岩画。中国西北长达几千里的岩画带,其相似与相异,联系与断续,在一定意义上反映了丝绸之路开通前各民族的生产生活状况和民族之间的某种关系,它与后来丝绸之路有割不断的联系,对远古历史研究提出了许多课题。

岩画不仅反映了远古历史信息,也是艺术的源头,而艺术的源头常常就是历史文化的源头。"重新发现艺术的起源就是重新去发现我们的思维、想象,以及创造神话、感觉和试验的方式所赖以建立的那些目的和基本情感。这同时也是重新去发现我们的表达和交流能力所历经的发展和演化的进程,这些能力至今仍在如此强烈地影响着个人、群体、种族和人类的社会联系以及生活的目的。最后还有另一个方面,这个方面可能对考古学家、人类学家或历史学家来说是次要的,但对文化的整体来说却是根本性的:对史前艺术和部落艺术的研究为深深根植于人类中交流和表达的逻辑体系开启了新的视野。这种体系是一种共同的语言,它超越了本地的、地区的或是国家的界限,包容了整个人类。毫无疑问,也是由于这个原因,今天,视觉语言及其起源的问题越来越引起人们强烈的兴趣,而这并不仅仅局限于研究者之中。"② 中国大西北岩画带,在世界史前艺术格局中具有非常重要的位置。它与欧亚草原岩画、与中亚岩画有更多的联系,与法国、西班牙等欧洲岩画、与非洲岩画则形成了很大反差,其中的异同现象,提供了艺术人类学研究的巨大空间。

岩画艺术还涉及一系列艺术理论问题,如艺术与仪式的关系,艺术与巫术和宗教的关系,艺术的意象、具象与抽象,艺术的纪实与写意,艺术的象征与写实,艺术的创造和原型等。可深入阐释的艺术理论问题包括我们今天怎样看岩画,怎样认识和阐释原始

---

① [法] 埃马努埃尔·阿纳蒂:《艺术的起源》,刘建译,中国人民大学出版社2007年版,第20、10、18页。
② 同上。

艺术，笔者认为要重新理解岩画——特别是岩画的意象、具象和抽象的关系；认为意象性是岩画的重要特征；要从长时段看岩画对人类艺术的影响。这些问题有待另文展开。

三 人类食物生产方式转变与中国大西北彩陶艺术圈

按照全球史的描述，在距今11000年到3000年，人类的活动发生了向食物生产的转变，小规模人类共同体开始以农耕和畜牧的方式生产出绝大部分食物。其中大约在6000年前，第一个都市网络形成于古代苏美尔诸城市的周边地区，一些都市网络向周边扩张，将其他都市网络吸收或者合并进来，人类生产生活方式发生重大变化。这一时期，在东方，在现在被称为中国西北的广大地域，可供追溯人类在这里的生存和生活状况的遗存中，有大量的陶器，特别是造型多样、纹饰精美的彩陶，这是值得以新的视域、新的观念重新观照的研究对象。彩陶是世界现象，在中亚、西亚、南亚、地中海、北非等地域都有彩陶出土。中国彩陶具有自己的特点，形成大小不同的彩陶文化区系和彩陶艺术类型，而这些彩陶艺术现象如果从全球史来看，它们都是在人类食物转变和定居背景下出现的早期艺术现象，反映了史前相当长的时期大西北先民的物质生活和精神生活，以及氏族部落和部落联盟的历史信息，诸多彩陶文化现象在整体上构成大西北彩陶文化艺术圈。

中国第一个发现有彩陶的文化遗存在中原河南的仰韶，但是，中国彩陶起源最早、分布范围最广、发展演变时间最长、艺术成就最高的地域却在西北。中国西北各省区，陕西、甘肃、青海、宁夏、新疆、内蒙古等都有彩陶分布，并且占全国彩陶的绝大部分。其中甘肃、陕西和青海彩陶十分重要。这些省区的彩陶不但涉及文化类型多、分布广、数量大，而且代表着中国彩陶发展的水平。

彩陶的产生和发展主要在新石器时代中晚期，经历了从诞生到鼎盛再到衰落的漫长历程，造就了长达几千年的史前艺术辉煌。中国彩陶的早、中、晚不同时期，每一时期都有高峰，每一次高峰中西北彩陶都占有重要地位。已发现的最早的彩陶，是在甘肃秦安县大地湾一期文化和陕西省华县的老官台文化遗存中，其年代在公元前6000—前5000年，也就是说，距今已有七八千年。新石器时代中期，西部出现了属于仰韶文化的陕西半坡文化的彩陶。年代也在公元前5000—前3000年，前后延续约2000年之久。仰韶文化是一个包括了许多具体不同类型的大的文化系统，陆续发掘的属于仰韶文化的陶器类型主要有以西安市半坡村遗址命名的半坡类型，以陕西省渭南市史家命名的史家类型，河南陕县庙底沟类型等。其中半坡文化陶器最为著名。中国另一著名的彩陶文化系统是分布于西北的马家窑文化彩陶，包括了马家窑类型、半山类型、马厂类型和石岭下类型等不同类型。马家窑文化以造型别致、制造精美的彩陶著称于世，其器型之多样、纹样之繁缛、构图之独特，反映了彩陶艺术的鼎盛风貌。这几种彩陶类型是一脉相承发展的，在造型和纹饰上有其共同的特征，但也有各自的特色。彩陶延续时间达四五千年，一直到铜石并用时代的商代，黄河上游地区还有彩陶的生产，形成彩陶的最后辉煌时期。甘肃的齐家文化、辛店文化彩陶就是晚期彩陶的典型。此外还有河西走廊的四坝文化、沙井文化等。再向西则有新疆彩陶，其造型和纹饰独特，有些与中亚相似。西北少数民族地区的彩陶别具一格。内蒙古、宁夏、新疆等地区都有彩陶的不断出土。如1982年在内蒙古敖汉旗赵宝沟发现的彩陶，有尊形器，器表施猪形首、鹿形首和鸟形首等灵物图像。引人瞩目的是动物的合体现象，将动物变形、组合，如猪首蛇身、鹿形首、鸟形首等动物形象，这被认为是动物崇拜的原始宗教信仰的体现。1989年甘南藏族自治州卓尼县木儿乡出土的人头形器口彩陶瓶，红陶质，绘黑彩，以刻塑相结合的方法制作，彩陶瓶面塑成一个丰满秀丽的少女，与整个器形连在一起，可以看作完整的人形。新疆先后在吐鲁番艾丁湖等地、乌鲁木齐南山区鱼儿沟、鄯善县苏八什、哈密县的哈拉敦以及巴里坤县等地的墓葬中，发掘出许多陶器，器形有盆、钵、罐、壶、小杯等，造型新颖精巧，有异域风格。

  彩陶鼎盛的时代，历史还不能用真正意义上的文字来记载，所以人类文化史上应该有过"前文字"阶段，即存在过不是文字而具有类似文字功用的某种文化现象。这种"文字"，体现着人类早年可以普遍理解的约定性和能指及象征意义。现在还不能断定陶文、彩陶纹饰与文字的直接关系，但是，彩陶纹饰作为前"文字"和史前艺术，是那个时代的物质和精神的写照，它反映了先民的生活和生产状况、宗教信仰、巫术活动以及美感追求；彩陶标志着人类艺术地把握世界的真正的开始，从为了实用到有意地进行艺术创造，其中体现了先民的意志、情感和智慧。彩陶造型的自然、朴素，纹饰的自由、随意、率性而为，反映了人类艺术在初创时期最符合人的自然本性，也最符合艺术自身的规律，具有艺术发生学的重要价值。

  陶器与人类的定居和食物转变相关，而彩陶则赋予了更多的精神文化内容和审美意识的因素。大西北作为中华文明的重要发祥地，彩陶悠久的历史和丰富的积累是中华文明起源的物证，也是人类食物生产转变过程中的物证，还是这一时期人类精神世界的确证。甘肃大地湾文化堆积层中的彩陶与粮食种子、建筑规模等遗存，共同反映了人类食物转变过程中的信息。依此类推，在新石器时代中晚期五六千年的漫长的时间内，西北先民一代接一代将彩陶既作为实用器物、丧葬冥器，又作为审美对象，其中渗透进了复杂的人性内容和无限的艺术智慧，更重要的是不同彩陶类型的背后，可能有许多历史信息。彩陶的许多现象，尤其是彩陶纹饰，是中国文化艺术史上的奇葩，也隐藏着许多千古之谜，它为我们提供了令人费解又令人玩味的文化遗产。不同器型和纹饰可能有着氏族、部落、部落联盟的某种标识或族徽，有着与族群迁徙、兼并、繁衍相关的某些内容，有与其文化的点、面、片、圈和文化模式演变相关的某些内容，这些都有待于大胆假设、小心求证。

学术界关于中国彩陶的起源和传播路线，自从瑞典安特生提出"西来说"以后，争论时断时续，一直没有停止。近年来，又有学者提出"彩陶之路"的概念，认为"彩陶之路"是以陕甘地区为根基自东向西拓展的传播之路，也包括顺此通道西方文化的反向渗透，并对具体路线做了认真研讨，显示了对中国彩陶研究的新观点和新进展[1]。虽然"西来说"或"西去说"都还没有定论，但是，这些讨论都共同注意到一个现象，就是中国彩陶是在丝绸之路辐射范围内的"流动"中发展演变的，这一共识，从一个方面说明了中国大西北彩陶艺术的相互关联性，在丝绸之路史前艺术史的视域中，或许会生发出新的研究思路。从而揭示其背后人与人的交往和氏族之间的活动的课题，以及对中国大西北彩陶艺术圈与中亚、西亚、南亚、地中海和古埃及的彩陶艺术现象比较研究，文化地理学的研究，以及彩陶的艺术人类学的还原，都会有新的创获。

中国大西北彩陶艺术研究有许多潜在价值，涉及诸如彩陶艺术与人类食物转变期的精神现象；彩陶艺术类型与氏族标识、融合、迁徙等；彩陶艺术与丧葬文化、灵魂观念等；彩陶艺术与审美意识的发生；彩陶纹饰与原始艺术思维；中国大西北彩陶与丝路其他彩陶的比较研究，等等，都有其历史文化意义和学术价值。

四　中国大西北早期其他文学艺术的蠡测

丝绸之路史前史中的中国大西北，还有其他文艺类别的遗存和蛛丝马迹，比如作为文学艺术源头的神话，比如为人类文化艺术重要构成的舞蹈音乐，比如雕塑，乃至早期的玉器、青铜器等，都是值得关注的对象。

歌唱、舞蹈和音乐是人类历史中最早出现的艺术形式，特别是歌舞，是人类最早与仪式结合在一起的艺术活动，是人类继语言、火的发明之后，具有里程碑式的重要标志。在世界范围内，歌舞与原始文化关系密切，土著民族舞蹈在生活、生存发展中发挥特殊作用的例子很多，如南非祖鲁族、大洋洲土著民族，如遍布世界各地的萨满仪式等。在中国大西北，史前歌舞音乐遗存主要在岩画和出土陶器中。岩画如阴山、贺兰山、阿尔泰山、天山山脉都有众多的舞蹈岩画。有独舞、双人舞、三人舞和集体

---

[1] 韩建业：《"彩陶之路"与早期中西文化交流》，《考古与文物》2013年第1期。

舞等舞蹈形式，有扮作牛首之形的狩猎舞，有以娱神媚神为目的的娱神舞，有将动物和人头弃置于地的庆功舞。在庆功舞中，有人操牛尾而舞。内蒙古曼德拉山的岩画中，有两个人形形象，看起来像人头兽身，因为身后有尾巴，或者说是尾饰，又好像是在舞蹈，盖山林先生将其称为"化装舞蹈"。还有的岩画中出现所谓"杂技"，由多人组成一个圆圈，手舞足蹈，这是些用现实现象无法解释的人体姿势或类人形象的动作。新疆呼图壁县康家石门子岩画中有群舞形象，很小的人排成两行作划一的动作，这些画面和舞蹈场面与生殖崇拜和性崇拜气氛融为一体。有人以此认为少数民族善歌舞，在古代就有表现。宁夏中卫岩画中舞蹈岩画不多，却粗犷有力、荒诞不经。或一人高悬飘带，一手挥舞；或二人身着兽形服，挽臂婆娑起舞；或一人头戴盘羊角，踏步跳跃。嘉峪关黑山岩画的舞蹈祭祀图，内蒙古、宁夏岩画中的舞蹈图与西南广西左江岩画、云南沧源岩画等都有不同的风格。早在《尚书·益稷》中就有"击石拊石，百兽率舞"的记载，大约是说先民在狩猎获胜之后，聚集在一起，有节奏地敲着石器，装扮成"百兽"，模仿动物的动作翩翩起舞。这种现象可以在彩陶舞蹈图中得到印证①。在青海大通、贵德，在甘肃武威、甘南陆续出土的彩陶舞蹈盆中，有5人、9人、11人手拉手的舞蹈图。另外，陶乐在新石器遗址中出土较多，如陶鼓、陶埙、陶哨等。在陕北石峁出土23件距今约4000年的乐器——口簧，是中国北方文化沿欧亚草原向西、向北传播的重要实物。从这些现象可以推测中国大西北史前音乐舞蹈的丰富性。

歌舞除了娱乐，还有其他重要功能，歌舞的出现与人类族群生存和精神需求有直接关系。"歌唱与舞蹈在各个人类共同体中皆为一种普遍共同的现象。同说话一样，这些行为也是我们人类不同于其他物种、独有的一个标志。它所造成的巨大的优势效应就是使各个较大的人群能够保持团结，解决各种内部纷争，能够更加有效地捍卫自己的领土，因为这种节庆般的欢歌狂舞具有使所有参与者都忘却与他人的矛盾和化解各内部争端的功效。""歌唱和舞蹈的普遍出现同火的普遍使用一样。足以在我们祖先中间形成并确立起一种扩大人类规模的政治形式。"② 歌舞在发展演变过程中，保留了其原初的基本功能，其核心要素至今依然未变。

流传于中国大西北的神话、史诗等口传文学，在丝绸之路史前史中有重要位置。如伏羲、女娲系列神话中的伏羲画八卦、女娲补天，如炎黄神话系列中的黄帝问道于广成子，如西王母神话，大禹治水传说，《山海经》涉及的内容等，许多与大西北相关。作为口传的神话，在某一地区的传播和传承，表明先民对语言的发明使用及思维

---

① 程金城：《中国西部艺术论》，甘肃美术出版社2008年版，第55页。
② [美]约翰·R.麦克尼尔、威廉·H.麦克尼尔：《麦克尼尔全球史：从史前到21世纪的人类网络》，王晋新、宋保军等译，北京大学出版社2017年版，第2、15页。

方式的发展,特别是语法规则和可以被人理解的话语的形成。"语言的使用及其演化,塑造出有象征意义的符号世界和有共同认同意义的知识世界,人类唯一性开始确立。语言符号象征的演化,在很大程度上取代了基因遗传的演化,成为地球上生物变革的一种驱动力量。"神话的产生,也说明先民有了解释世界的思维和观念。换句话说,有了语言符号的象征和思维工具的产生,神话的创造就有了可能,神话因此成为远古时期的百科全书。神话对于人与世界及其起源的解释以及所体现出的原始宗教信仰,乃至科学萌芽、哲学起点等因素,在建筑、雕塑、绘画、舞蹈等艺术领域多有不同"语言"形式的转化表现。可见,艺术源头可以追溯至神话和原始意象,而神祇形象及其演化,构成后世神话体系及其艺术表达的诸多现象。再如《格萨尔》《江格尔》等民族史诗,都与西部的历史文化有很深的渊源。中国西北出现那样多的神话故事和重要的民族史诗,正反映了大西北对中华早期文明的发生和演化发展具有特别重要的意义,而将这一现象置于丝绸之路这一更大的视域重新观照,并与其他文明的神话进行跨文化研究,是十分有意义的课题。

此外,早期青铜器及其传播,也是丝绸之路中国西北史前艺术的重要现象。在新疆、甘肃、青海、陕西等地出土的早期青铜器证明,塞伊玛—图尔宾诺文化在史前丝绸之路上的传播对中国文明产生了影响①,中国与西方青铜文化有着共同的起源,但是二者后来的发展道路截然不同;中国与西方黄金艺术的交流是从欧亚草原开始的,安德罗诺沃文化对中国青铜文化影响至巨;早在公元前7世纪,亚述文明就对中国黄金艺术产生影响;古波斯帝国建立后,丝绸之路上开始流行波斯艺术②,等等。再如,在离内蒙古沙漠地区很近的地方陕北神木石峁,发现了史前时期最大的用石头砌成的城址,有些学者说它可能是黄帝的遗存,其用车完全是外来的;有考古学家认为其中的人物雕像有点"非我族类"的感觉;推测"在青铜时代及之前,在五百年前的大航海时代之前,西北地区才是中国改革开放的前沿阵地,等于说陕北的重要性就在于它是连接欧亚大陆内陆和中原地区的一个纽带和桥梁"。③ 石峁遗址发现了玉石、石雕符号、人面、神面、动物、神兽等形象,有些形象具有异域特点,特别是从大量陶片中拼合出20多个陶鹰,可能与丝绸之路文化交融有关系,因为鹰是丝绸之路上最重要的艺术形象之一,也可能与王权或宗教祭祀公共活动有关。这些现象表明中国西北在丝绸之

---

① 林梅村:《塞伊玛—图尔宾诺文化与史前丝绸之路》,林梅村:《西域考古与艺术》,北京大学出版社2017年版,第38、55页。

② 同上。

③ 许宏:《考古学视角下的"中国"诞生史》,《东方历史评论》微信公众号 ohistory2019 – 03 – 26,原文见钱致榕主编《行远之道——中国海洋大学"行远讲座"实录》(第一辑),中国海洋大学出版社2017年版。

路史前就已经开始广泛的文化艺术交融。"早期的中国既不是土生土长的,也不是完全外来的,而是建立在海纳百川吸收外来因素,到了当地又经过本土化吸纳、创造的基础之上的。"① 中国大西北则既是外来文化传播的廊道,又是其本土化的沃土。

小 结

大西北早期艺术是丝绸之路艺术史前史的重要内容,是中国艺术的重要源头。岩画、彩陶、歌舞、神话,早期青铜器和玉器等,构成了丝绸之路艺术史前史中国大西北的艺术链。岩画、彩陶、器物为主的空间艺术,附着于物质媒介,留存较多,神话、歌唱和舞蹈作为时间艺术,属于非物质艺术,留存较少,但是,它们都是重要的文化资源和史前艺术的典范。岩画中的具象写实、意象象征和神秘符号,彩陶艺术中的审美意识、历史信息和自由精神,原始歌舞的仪式感、凝聚力和感召力,神话中的诗性智慧、原始思维和特殊阐释功能等,都对后世的文学艺术的发生发展和嬗变产生了深远影响。

中国大西北早期艺术与美索不达米亚、两河流域、印度河流域、尼罗河流域、地中海早期艺术有别,研究丝绸之路史前中国大西北与西方艺术源头的异同和相互关系,将为构建世界艺术史提供新的思路、事实和经验,对重新思考艺术原理有重要启示意义。

(作者单位:陕西师范大学人文社会科学高等研究院 兰州大学)

---

① 许宏:《考古学视角下的"中国"诞生史》,《东方历史评论》微信公众号 ohistory2019 – 03 – 26,原文见钱致榕主编《行远之道——中国海洋大学"行远讲座"实录》(第一辑),中国海洋大学出版社 2017 年版。

丝路学建构与丝路文学研究

李继凯

内容提要：丝路既是一个实体的空间存在，又是一个具有延展性的文化符号。近现代以来丝路文学创作与古代一样，也必然会被打上丝路文化的历史烙印，并成为丝路文化整体研究的重要组成部分；无论有多少争议，"丝路学"这一学术概念都是成立的，且值得大力提倡并进行切实的研究。积极建构当代"丝路学"，不仅要在宏观研究如知识谱系研究和学科概论等方面有较大发展，而且要在一些薄弱环节以及微观研究方面，包括丝路文艺/文学的文献整理、丝路文学的传承与发展、代表作家作品和沿线国家文学比较研究等，切实加强细化研究，使得丝路学包括丝路文学研究取得实质进展，从而拥有令人向往的学术前景和未来。

关键词：丝路文学；丝路学；学术史；陆丝文学；海丝文学

作为古代世界人文交流史上辉煌的篇章，丝绸之路的从无到有及其持续拓展，无论对于起始国还是沿线国（地区）甚至整个人类世界，可以说其意义都是非常重大的。我国人文经典《周易》云："刚柔交错，天文也。文明以止，人文也。观乎天文以察时变；观乎人文以化成天下。"[①] 丝路凿空、丝路交错也有"化成天下"的功能，尤其是当今的"一带一路"，作为古代丝路的升级版更是具有"化成天下"的巨大威力。尽管丝路依然曲折，各种"病毒"频发，但前途依然光明可期，"一带一路"定然会成为世界性的"多带多路"，一定会有越来越多的国家人民通过丝路交通、交流、交心而对人类命运共同体形成共识。[②] 笔者经常说的"古今中外化成现代"及"文化磨合"也正

[①] 《周易·贲卦·象传》。天文人文殊异，却也互动互文，天人合一，和而不同，对于人类开拓的丝路、生路，也都有其深刻无比的影响。

[②] 尽管还存在许多发展中的困难和问题，但从主导方面看，在国内外同人共同努力之下，旨在进一步弘扬丝路精神的"一带一路"正在发展、拓展中，且已经成为造福各国人民的合作之路、繁荣之路、开放之路、绿色之路、共赢之路。事实表明，丝路也是思路和生路，丝路也是开路和福路，顺应了人类命运共同体的共同理想，亦即人类"初心"：坚持和平发展、合作共赢、追求开放、谋求幸福的共同愿景。

是这种思路的体现，意在强调在广泛的借鉴、沟通、互助与磨合中"化成天下"。由此可以说，在当今开创"一带一路"伟业及丝路文化语境中言说"丝路学"、"丝路文学"以及相关的"创业文学"、"陆丝文学"、"海丝文学"等话题可谓恰逢其时。本文无力涉论所有相关问题，仅就以下问题谈些自己的看法。

一 当代"丝路学"的建构

人文学说是人们关于人类文化、文明的学说，与科技实验及理论明显不同，其可以讨论的自由度极大，"众说纷纭"或"百家争鸣"是其基本的存在样态。近年来丝绸之路研究尤其是"丝路学"即是如此。其实，任何人文学说及其分支的发展，恰恰依赖于"众说"和"争鸣"而来的思想积累。笔者近些年来所关注的积累已多、渐趋成熟的"丝路学"，目前依然处于相当热闹的讨论或争鸣之中，由此也迎来了丝路学自身发展的一个非常难得的最佳时期。而本文重心在于讨论丝路文学及其研究，自然离不开丝路学建构这样的话题，因为只有在丝路学论域中，丝路文学及其研究的学理性和学术性才能得到体现，同时也能为尚在建构中的丝路学有所贡献，发挥其不可或缺的重要作用。

在笔者看来，所谓"丝路学"，其实就是丝绸之路研究，英文翻译就是 Study of the Silk Road，或者也可以视之为"丝绸之路研究"的升级版。"丝路学"与"敦煌学"一样，有着相当确定的研究对象和范畴，其学理性探讨和个案研究以及资料搜集整理实际早已经展开了，于今在学术领域成为一门交叉新兴的某种特殊学科亦即专门学问的可能性应该是有的，近年来有人积极提倡[①]，同时也有人质疑，这其实也很正常。但笔者坚信，"丝路学"是可以比"敦煌学"更广阔、更重要且作用更大的一门学问。"敦煌学"可以成为"显学"，"丝路学"更可以成为"显学"。荣新江先生著有《敦煌学十八讲》（北京大学出版社 2001 年版），丝路学仿此体例则可以写出八十讲。无论从历史还是从现实来看，作为古代丝绸之路"明珠"的敦煌以及敦煌学，都可以被建构成

[①] 有学者已经提出"丝路学"（或丝绸之路学）和"一带一路学"等概念并进行了论证，如《丝绸之路》杂志于 1997 年起就设立专栏讨论"丝绸之路学"，发表了胡小鹏、侯灿、李正宇、建宽等学者的多篇论文；又如沈福伟在《光明日报》（2009 年 12 月 30 日）上发表了《丝绸之路与丝路学研究》；马丽蓉：《丝路学研究：基于人文外交的中国话语阐释》，《新疆师范大学学报》2016 年第 1 期；魏志江、李策：《论中国丝绸之路学科理论体系的构建》，《新疆师范大学学报》2016 年第 2 期；马丽蓉：《百年来国际丝路学研究的脉络及中国丝路学振兴》，《新疆师范大学学报》2017 年第 4 期；黎跃进：《丝路域外经典作家、思想家与中国文化——东方研究重大课题论证纲要》，《东方丛刊》2018 年第 1 辑；马丽蓉、王文：《构建一带一路学：中国丝路学振兴的切实之举》，《新丝路学刊》2019 年第 1 期等。尤其是马丽蓉，还出版了专著《丝路学研究：基于中国人文外交的阐释框架》（时事出版社 2014 年版）。

"丝路学"的研究对象并成为"丝路学"的一个重要组成部分。当今之世，固然可以由于病毒肆虐而临时封国，但从长远看，世界各国人民跨地跨国的交流交通仍然势在必行，而且还会共同为人类的"命运共同体"以及未来奋斗不已。笔者还认为，历史上的"丝绸之路"（包括陆上丝路和海上丝路以及北方的草原丝路、南方的茶马丝路等），本质上是广义的"交通之路"和"创业之路"。交流交通作为人类行为，其实也是一种精神，从经济到文化，从政治到教育，都很需要交流交通，通到心灵层面也许更为重要，这就需要丝路文学/文艺了。笔者曾在一次国际学术会议上强调：丝路文学、丝路文化是文化磨合、文化创造、文化策略的典范，丝路文学是跨时空、跨民族、跨语言、跨文化的研究领域，"丝路学"必将成为一门具有国际影响力的真正的"大学问"。[①]

要进行"丝路学"的学术建构，就要抓住许多关键环节。其中尤其重要的是对所涉关键词要有所界定并给出恰当的理解。这里第一个关键词是"丝路"，这是"丝绸之路"的简称。丝路有广义、狭义之分，近些年来，关于丝绸之路的各种言说越来越多，尤其在学术层面上说得多了，也就会催生诞生新的学说。第二个关键词是"丝路学"。丝路上有个非常著名的敦煌，研究敦煌的学问被学界命名为"敦煌学"，还是具有国际影响的显学。自然，听起来"丝路学"还是一个新概念，其来龙去脉都还需要仔细探究，但作为一门不大不小的学问却肯定是存在的，这门学问包括了敦煌学但不仅限于敦煌学，且会在敦煌学及已有相关研究基础上继续推进。可以说，丝路学的建构业已成为一种重要的学术追求，笔者在不少场合都在为丝路学鼓与呼，笔者所在的陕西师范大学人文社会科学高等研究院在挂牌时就成立了"丝路学研究中心"，还聘请一些著名学者参与研究，继续办辑刊和产出研究成果。在此笔者想特别强调：从学理上讲，"丝路学"与"敦煌学"一样有着相当确定的研究对象和范畴，且"敦煌学"还只是"丝路学"的一个分支。"敦煌学"能够成为一门具有国际影响力的学问，那么较之更具有丰富意涵的"丝路学"也必将成为一门具有国际影响力的真正的"大学问"。事实上，在此前国内外学人精心研究丝绸之路的基础上，注重"丝路学"的学理性探讨和个案研究以及资料搜集整理的工作，近些年来在很多高校及研究机构都已经展开，且目前不少学者包括笔者在内都在积极提倡和建构体系化的"丝路学"，认为应该借鉴建构"长安学"、"敦煌学"以及"红学"的经验，积极建构"丝路学"这样一门交叉的新兴学科。事实上，"丝路学"作为一门专门学问的必要性和重要性确实是存在的，其可能性、可行性也是存在的。笔者甚至还进一步主张文理科结合、多种方法并用，从

---

① 张雨楠：《丝绸之路人文与艺术国际学术研讨会在兰州大学召开》，中国社会科学网，2019年7月17日，http://www.cssn.cn/wx/wx_xszx/201907/t20190717_4935585.shtml。

而建构一门具有系统性、学理性和国际性的交叉学科、新兴学科。只是迄今学术界对此确实仍存在诸多不同的看法或论争,其实无论哪一门学科或学问的诞生都有一个艰难的过程,其间伴随着各种论争和不同观点也是很正常的。丝路很古老,丝路学却很年轻,远不成熟,需要大家热情关注和积极参与。

二 丝路文学的传承与发展

我们所说的"丝路文学"主要包括陆丝文学和海丝文学。学术界有人还彰显草丝、茶丝等丝路文学,其实可以纳入总体的陆丝文学范畴。近些年来,人们关于丝路的想象往往像"丝路花雨"一样充满了诗意的浪漫,津津乐道丝路文化、丝路风情或新新丝路及丝路景观。却很少有人深究丝路文学。其实丝路故事多,丝路文学亦多。在丝路故事和文学中,不仅有古人的风骚浪漫,也有古人的风险考验,挑战丝路险阻经常是古人要面对的严酷现实。其中,尤其难能可贵的是,无论古今的丝路故事和文学,也都相应地体现了这种在"丝路"穿梭中形成的于交流交通、开拓探索中艰苦创业的丝路精神。在当代创业文学和方兴未艾的当代丝路文学之间,确实存在密切的关联性,其异同之处也蕴含着有意味的启示;中国历史上延绵两千多年的丝绸之路,不仅是一条贸易之路,也是一条文学之路。当大漠驼铃、商队驿站被逐渐尘封在历史的深处,当千帆竞发的古代船队被当今现代化远洋航海取代之时,文学却依然笃定地在这条道路上前行,千百年来绵延不绝。从《穆天子传》《山海经》中对异域的神话想象,到汉唐边塞诗创造了中国诗歌艺术的辉煌,从明清域外小说的兴盛到近现代留学作家群的"西学东渐记",从现代文人抗战时期的丝路行记到当代文人的丝路叙事,无不表征着"感时思报国,拔剑起蒿莱"的家国情怀,诞生于丝绸之路上的文学构成了中国文学的精神高地。由此也可以从丝路文化的视域系统梳理丝路文学发展脉络,重建中国文学的文化自信。从跨国历史的角度看,丝路文学无疑也是世界文学的一个重要组成部分,沿线丝路国家和地区在贯通丝路的交流过程中,政治经济和文化艺术的遇合、磨合就会产生许多故事,仅仅是记录这些故事就会使文本具有可读性和内在的魅力。如《史记·大宛列传》《汉书·西域传》《后汉书·西域传》等就是具有历史性、文学性乃至传奇性的文本。有人将行走和体验于丝路的文学,以及记录丝路往来故事和事物的文本,都视为丝路文学,认为司马相如的《上林赋》、张衡的《西京赋》、班固的《两都赋》与著名的边塞诗、敦煌文学等都是丝路文学的代表作或标志性文本,这自然也是成立的。至于丝路民间文学也是丰富多彩的,值得深入挖掘和研究。但比较而言,学术界对漫长的古代丝路文学尤其是陆丝文学的关注与研究较多①，也有博硕士学位论文多篇，但对近代以来丝路文学的专题研究、整体研究则很少见，甚至可以说，还没有获得一种学术自觉意识，也少有关于现当代中国丝路文学的深入而又系统的研究论著。

  正是基于这样的理解，笔者和学生们一起努力，撰写了《文化视域中的现代丝路文学》（科学出版社 2019 年版）一书。从最初提出丝路文学的构想到实际写作的完成，笔者确有"筚路蓝缕"之感，以我们几人之力在短时间之内对丝路作品的阅读难以穷尽，更为重要的是"丝路文学"概念的提出在学界尚属少见，没有系统的理论著作可以借鉴，这无疑中增加了写作和论证的难度。该书的写作仅仅是初步的，但也是具有开拓性的，"诚望杰构于来哲也"。文学是人学，人在路上也会"走出"文学，文学与丝路同在。从古至今，有了丝路就孕育出了丝路文学。到了中国现当代，那条古老的丝路还在，书写丝路故事的文学更是层出不穷。于是，探究新丝路与新文化、新文学的关联也成了一个不可或缺的研究课题。丝路文学当是跨时空、跨民族、跨语言、跨文化的文学，而现代丝路文学也当是古代丝路文学的继续和发展。所谓现代只是相对于古代而言的，且是古今中外化合而成的现代，其文化总量是增加、不是减少的现代，尤其不是今不如昔、今不如古的现代，这个现代是不断建构、仍在发展的"大现代"，所谓现代文学其实也就是尚在建构的大现代文学。作为大现代文学的重要组成部分，21 世纪的丝路文学也在持续发展中。该书在"一带一路"的时代背景下，从文化视域（尤其是丝路文化论域）对中国丝路文学（主要是中国现当代丝路文学）进行了整体考察和个案分析。该书分别探讨了陆上丝路文学（简称陆丝文学）和海上丝路文学（简称海丝文学）。陆丝文学主要是指陕西、甘肃、宁夏、青海、新疆五省区沿途所产生的表现丝路地域、政治经济、历史文化特色的文学作品和文学现象；海丝文学是具有海丝精神、体现海丝文化的文学创作和文学现象，主要包括与海上丝路相关的海洋诗文、留学文学和海港城市文学。总体看，该书着力从地域文化等多元文化视角对丝路文学进行多方面的探讨，既注重丝路文学研究体系的建构，又通过文本深入分析其内部多元共生的文学形态。通过界定"丝路文学"的概念，厘清现代中国"丝路文学"的研究范畴，梳理了丝路文学的书写历史，建构"丝路文学"现当代书写的谱系，为深化和拓展中国现当代文学研究做出了新的努力。全书除了绪论和结语，共有七章，分上

---

① 参见喻忠杰《古代丝绸之路文学概述》，《长安大学学报》（社会科学版）2015 年第 3 期。该文认为：古代丝绸之路文学是丝绸之路学的一个分支学科。为进一步廓清丝绸之路文学的发端、演进和成熟的全过程，该文从文献学、比较学和传播学的视角对其进行多方面的考察。经过对先秦至明清时期沿丝绸之路一带的中外各国和地区内所产生的文学作品和发生的文学现象进行研究，认为，古代丝路文学的形成与发展有着特殊的历史和地理背景，依据它的这种特殊性，大致可将其分为散文、诗赋、说唱、戏剧、小说、神话传说及其他共七类。古代丝路文学的整理和研究对于世界和中国文学都有着特殊的意义。

篇"陆丝文化"与"陆丝文学",下篇"海丝文化"与"海丝文学"。上篇四章的概念与范畴:丝路文化和丝路文学、现代丝路文学、文化融合背景下的丝路文学、文化西部视域中的丝路文学。下篇三章的概念与范畴:"海丝文化和海丝文学""蓝色畅想:海洋题材与海丝文学""海丝寻梦:留学体验与海丝成就"。尽管仍然不够全面,却也是一次积极的开拓,对后续研究有推动的作用。

三 学术史意义上的相关研究

从学术史角度集中讨论一下"丝路学"及丝路文学研究很有必要。如前所说,近年来关于丝路或"一带一路"的研究如火如荼,关于丝路文化艺术的研究也相当热闹,但具体说到"丝路文学"及其研究却颇为冷寂。其实,古今丝路文学也确实存在,但长期以来没有受到重视,相关研究也少见且不系统深入。不过,这种状况已经开始改变。

自德国学者李希霍芬于19世纪末提出"丝绸之路"这个概念以来,相关研究成果越来越多,许多著名的文史哲方面的人文学者都在这个领域耕耘过。迄今为止,已经积累了非常丰富的研究成果。学术界早已公认了"丝绸之路学"这样的概念,以此来概括研究丝绸之路所形成的一门学问,这在逻辑上没有问题。在称谓上采取简称"丝路学"也非常自然和简洁,应该是学术史上正规的一个命名。有学者近期指出:"学术界多年来呼吁的建立'丝绸之路学'的主张,现在已经初具规模了。丝绸之路、丝绸之路学,首先是一个庞大的知识体系。在这个知识体系中,涉及交通、地理、地质地貌、历史、民族、宗教、文化、艺术等诸多方面。……一个学科的建设,基本的要求是明确的研究对象、准确的知识体系、清晰的学术路径。而对于丝绸之路学来说,首先是关于知识体系的建设。"[①] 由此看来,丝路学研究的任务其实有很多还没有完成。

令人欣慰的是,丝路文化/文学研究近些年来逐渐活跃起来,形成了前所未有的热潮。在全国成立了不少新的研究机构,创办了新的刊物及网站,举办了不少重要会议及活动,尤其是推出了许多研究成果。如研究机构有:中国人民大学丝路学院、新疆大学丝路经济与管理研究院、厦门大学"一带一路"研究院、中国地质大学(武汉)丝绸之路学院、暨南大学"一带一路"与粤港澳大湾区研究院、陕西师范大学"一带一路"文化研究院、陕西师范大学丝路学研究中心、上海外国语大学丝路战略研究所、天津外国语大学"一带一路"天津战略研究院、西北大学丝绸之路研究院、西安建筑

[①] 武斌:《鸿篇巨制的"丝路学"奠基之作——评〈丝绸之路辞典〉》,《中国边疆史地研究》2019年第4期。

科技大学丝绸之路国际美术研究中心、浙江理工大学"一带一路"与非传统安全研究中心、西安交通大学丝绸之路经济带法律政策协同创新中心等;期刊(包括集刊)有:《丝绸之路》(甘肃)、《丝绸之路研究》(北京)、《丝路文化研究》(南京)、《新丝路》(陕西)、《丝绸之路研究集刊》(陕西)、《新丝路学刊》(上海)、《丝路视野》(宁夏)、《一带一路报道》(四川)、《丝路艺术》(广西)、《中国丝路文学》(云南)等;重要会议及活动有很多,各级政府和各个行业都在筹划相关工作的推进会,就国际会议而言,也在相关国家和地区召开了类似于"一带一路"国际合作高峰论坛这样高大上的年度会议,很多高校及研究机构也召开了难以胜数的大大小小的学术会议;至于学术成果,也已经相当丰硕,近期笔者通过中国知网查询(2020/3/23),获得若干数据,可以看到丝路学在数量积累方面的进展:如输入"主题"和"丝路",找到10120条结果;输入"关键词"和"丝路",找到2128条结果;输入"篇名"和"丝路",找到5346条结果;输入"全文"和"丝路",找到90979条结果(表明社会和学术界业已普遍习惯使用"丝路"这一简称);输入"单位"和"丝路",找到533条结果;输入"摘要"和"丝路",找到7546条结果;输入"被引文献"和"丝路",找到10991条结果;输入"被引文献"和"丝路学",找到98条结果;输入"全文"和"丝路学",找到305条结果;输入"篇名"和"丝路学",找到65条结果;输入"关键词"和"丝路学",找到9条结果。从学术史角度看,丝绸之路研究已经很有历史且遍地开花、高潮迭起了,掀起了学术界的"丝路热"。但冠之以"丝路学"的名称还毕竟是晚近的事情。尽管国内外诋毁丝路及其研究(包括丝路学这个概念本身)的声音也时有耳闻,但笔者笃信丝路学正在生长、发育,且肯定可以进入学术史的。

从很多视角进入丝路研究,都会在潜心求索中有所发现和收获。比如仅在丝路文艺研究方面,就有不少重要的学术成果。这里略举几例。其一,中国社会科学院文学所在2015年一次专题会议基础上编就论文集《走上丝绸之路的中国文学》(社会科学文献出版社2017年版),此书体现了学术的当代性,与时俱进且重在回溯历史,主要论述的是丝路文化的许多方面,涉及文学、历史、宗教、音乐、美术、探险、中外文化交流等,展现了丝路文化的丰富性。对推动丝路文化研究有较大的作用。书名标识文学,主要是为了纪念著名学者杨镰先生。为此书作序的刘跃进先生对此有相应的说明。其二,为了建构关于丝绸之路和丝绸之路学(丝路学)的知识体系,陕西师范大学周伟洲、王欣主编了《丝绸之路辞典》(陕西人民出版社2018年版),篇幅巨大,300万字,收入有关丝绸之路各方面问题的词和事共11529条,分为道路交通、地理环境、政区城镇、政治军事、经济贸易、文化科技、民族宗教、文物古迹、方言习俗、丝路人物、海上丝路、西南丝路、丝路文献、丝路研究、丝路今日等十五个部分。可以说，有关丝绸之路和丝绸之路学的方方面面，历史的和现实的，中国的和外国的，交通地理的和经济文化的，都涉及了，是一个完整的有关丝绸之路和丝绸之路学的知识体系。被学术界视为"丝绸之路学的奠基之作"。其三，在丝路艺术研究方面，推出了一系列有价值的学术成果，如程金城就在丰硕的前期成果基础上还获得了国家重大项目"丝绸之路中外艺术交流图志"。此外，如王子云等《王子云丝绸之路艺术考古遗著》，赵喜惠《唐代丝绸之路与中外艺术交流研究》，韩文慧《丝绸之路与西域戏剧》，孙剑编著《唐代乐舞》，张东芳著《羽人瓦当研究》，大秦岭文化艺术研究中心编《丝绸之路艺术学院文化艺术研究论文集》，蔺宝钢、张秦安、何桑主编《丝绸之路国际艺术节第三、第四届艺术评论文集》，对丝路学研究也都各自有其价值。其四，《丝绸之路》主编、著名作家冯玉雷[①]专门就丝路文学开课，这对丝路学的学科建设也是一种促进和探索，对促进丝路学的学术转化也会起到积极的作用。他授课的丝绸之路文学十三讲也有特色，其目次为：第一讲：丝绸之路文学的概念及简介；第二讲："一带一路"倡议与丝路文学书写管窥；第三讲：丝绸之路地理气候对交通、文化、文学的影响；第四讲：丝绸之路文化中的大传统与小传统；第五讲：玉帛文化：华夏文明与文学发生的根本动力；第六讲：丝绸之路中的文学母题及流变；第七讲：丝绸之路文学特质：戴着现实的"镣铐"跳舞；第八讲：丝绸之路文化文物遗存中的文学元素；第九讲：在考察中发现丝绸之路文化与文学；第十讲：丝绸之路文学与人类学中的"四重证据"；第十一讲：丝绸之路文学是人类文明的真正主流；第十二讲：全媒体时代的丝绸之路文学创作；第十三讲：丝绸之路文学振兴的必由之路：继承、创新、发展。其五，"中国现当代丝路文学高端论坛"（西安，2018年10月）为了积极响应"一带一路"倡议，大力推进丝路文化及丝路文学研究，探究中国现当代丝路文学的发展状况与独特价值，教育部社科中心《中国高校社会科学》编辑部与陕西师范大学人文社会科学高等研究院联合主办了"中国现当代丝路文学高端论坛"。主要讨论了这些选题：1. "一带一路"倡议与丝路文学书写；2. 中国现当代文化语境与丝路文学的新变；3. 丝路文学的历史脉络与时代特征；4. 丝路文学的空间想象与审美特质；5. 改革开放进程视域中的丝路文学；6. 丝路文学与中国西部文学的关系；7. 丝路文学与中国少数民族文学发展；8. 丝路文学的地域性、民族性与世界性；9. 丝路文学创作传播与

[①] 冯玉雷，1968年生，甘肃人。现任西北师范大学丝绸之路杂志社社长、主编。陕西师范大学人文社会科学高等研究院驻院作家，西北师范大学文学院兼职教授、硕士生导师，兰州市"文化名家"。中国作家协会会员、中国文学人类学研究会甘肃分会主任、兰州市作家协会副主席。出版长篇小说《肚皮鼓》《敦煌百年祭》《敦煌·六千大地或者更远》《敦煌遗书》《野马，尘埃》《禹王书》等，并出版多部专著，如《玉华帛彩》《玉帛之路文化考察笔记》《敦煌文化的现代书写》等。

丝路沿线国家文化交流；10. 中国现当代丝路文学代表作家研究。这次会议收获了一批优秀的学术论文①，有些于会后陆续发表于《中国高校社会科学》《丝绸之路》等重要刊物上。

在学术界许多学者的共同努力下，丝绸之路文学研究展开了新的局面。出现了若干新的变化，一是丝路学与丝路文学意识明显增强，相应的关注度和研究视角有了调整；二是丝路文学研究的相关会议及活动明显增多，学术影响、社会影响进一步扩大；三是丝路文学研究领域推出了重要著作和研究论文相继出版和发表，研究的范围从古代向现当代拓展；四是丝路文学研究的问题意识增强，研究的内容进一步拓展，系统化和细致化也在继续强化；五是在研究方法及海内外联动方面有了新的尝试，为后续研究和水平提升奠定了基础。

总之，笔者认为，丝路既是一个实体的空间存在，又是一个具有延展性的文化符号，现代以来丝路沿途的文学创作与古代一样，也必然会被打上丝路文化的历史烙印，并成为建构丝路文化的重要组成部分；无论有多少争议或非议，笔者对"丝路学"这一学术概念都是高度认同的，认为值得大力提倡和使用这一概念，并在宏观研究如知识谱系研究和学科概论方面有较大发展，同时在一些薄弱环节亦即微观研究方面，包括丝路文艺文献整理、丝路文学案例分析以及沿线国家文学比较研究等，也要切实加强，还要动员更多的青年学者投身这一研究领域，使得丝路学后继有人，拥有令人向往的学术前景和未来。笔者也真诚期望"一带一路"伟业更加兴旺发达，丝路文化和文学不断发展，相关的各类研究包括丝路学建构与丝路文学研究也能取得更多新的成果。

（作者单位：陕西师范大学）

---

① 如《丝路意识与戴小华的游记创作》（杨剑龙）、《丝路文学空间想象与审美特质》（程金城）、《如何阐释界定丝路文学》（方长安）、《从丝路文学看香港文学发展的新契机》（郑贞）、《桑原骘藏笔下的海上丝绸之路与蒲寿庚》（常彬）、《"一带一路"倡议与丝路文学书写管窥——以冯玉雷创作实践为例》（冯玉雷、冯仲华、杨锦凤）、《丝路文学新观察：后乡土时代与作家的情志——"宁夏文学六十年（1958—2018）"文学史散论》（李生滨）、《作为方法的丝绸之路》（郭国昌）、《中国西部文学中的丝绸之路书写》（刘宁）、《以杨镰为例谈西域文化研究作为新的学术增长点的价值与意义》（冷川）、《西部散文的命名、概念及边界》（王贵禄）、《丝绸之路的文化记忆与散文书写》（郭茂全）、《论铁穆尔散文中的生态意识》（孙强、王雅楠）、《"一带一路"背景下中国文学经典对外传播研究——以〈西游记〉为例》（蒲俊杰、衡婧）等。

现代历史　西北文学

王德威

内容提要：西北文学和中国的现代历史密切关联。西北现代文学的现代性尝试可以追溯到20世纪初期，五四运动在西北的回响，进步报刊的创办，可以看作西北文学现代进程的发端。新文化运动倡导者鲁迅对秦腔的肯定，对西北文学的现代之路具有重大的启迪意义。延安文学是中国现代文学史叙述的重要部分，从五四的启蒙精神到延安的革命精神，中国20世纪前半段的现代化进程达到高峰。十七年中国当代文学，西北有重要作家、重要作品。80年代之后，西北涌现出了一大批重要作家和作品，如路遥、张贤亮、红柯等，还有书写西北题材的王蒙、严歌苓、骆以军等，西北文学成为文学现象。西北是一个具有"史诗"传统的地方，又呈现着华夏文明的多样性，研究西北文学具有重要意义。

关键词：现代历史；西北文学；现代化；延安文学；史诗传统

2018年7月31日，学者王德威在陕西师范大学做了一场名为《现代历史，西北文学》的讲座，这个讲座是"第八届两岸历史文化研习营——关中·外缘"的一个部分。讲座上，王德威提出什么是西北，什么是西北文学的问题。以下为根据演讲内容修订之书面稿。

一　前言

论及西北现代文学，可以陕西为聚焦点，形成一个概念。在西安论西北，我们的注意力所及不仅涵盖陕西，还应该延伸至一般易于忽略的宁夏、青海、新疆等地。19世纪以来，西北风起云涌，正是在现代，中国的历史、文学与西北发生密不可分的关系。"西北"的定义至少包括三个层次："西北"不仅是一个地理所在，也是（流动的）人文、政治的物质空间，更是想象、言说、辩证的历史场域。尤其西北文化、民族形式和实践多元杂糅,冲击了汉族文化中心论述。文学所指不只限于纸上文章,也是具有社会意义的象征活动。因此从文学角度而言,"西北"既是一种历史的经验累积,也是一种文化的"感觉结构"。

二 西北文学现代性的缘起

1897年到1904年间,陕西尤其是西安开始了第一波文学或文化现代化尝试。从1906年《三原训俗报》(后改名《三原白话报》,《西北白话报》)的创立到1908年由西安学生创立的《陕西杂志》等,或可视为陕西文学或文化现代进程的一个发端。1912年,同盟会会友李桐轩、孙仁玉等人结合陕西士绅成立"易俗社"(成立之时名为"陕西伶学社"),可说是标志性事件之一。"易俗社"糅合传统戏剧形式与现代观念,致力移风易俗,启迪民智。因此赋予传统戏曲新生命。虽然远离上海、北京,却在西北成为民初的一股维新力量。

如何赋予传统戏剧新生命,是民国初年的重要话题。"易俗社"不仅搬演秦腔旧戏,同时也推出新编戏曲。影响所及,连当时中国文化领军人物鲁迅都为秦腔的风采所折服。根据《鲁迅日记》所载,1924年7月14日来到西安的鲁迅,兴致勃勃地于16日即前往观赏"易俗社"演出。作为新文化最热烈的倡导者之一,鲁迅对传统戏曲的批判一向不假辞色,却从秦腔获得新灵感。对鲁迅而言,这样一种剧种既能延续传统戏曲精神,同时又展现了现代新风貌,因此他在西安短短一个月连观五场演出,并于最后一次观戏后献上对秦腔"古调新弹"的赞誉。鲁迅的推举,让秦腔开始了一个新生命。直至今日,秦腔仍然是中国传统戏曲界重要的灵感或表演源头。

戏曲这一艺术形式和中国现代历史可能发生何种另类联系呢?此处自然涉及我们如何定义文学。1936年12月12日"西安事变"爆发。当时张学良和杨虎城各据一方,他们为抗议蒋介石领导的国民党不积极抗战而致力"剿匪"行动,因而策划"西安事变"。"西安事变"策划的根据地之一正是秦腔剧场——易俗社。1936年12月10日至12日,事变发生的前三天,杨虎城坐镇剧场,名为招待亲近蒋介石的官员和亲人看戏,实为降低对方的警戒心。场内锣鼓喧天,场外电光石火。剧场内外上演着戏中戏。12月12日,张、杨一声令下,蒋介石被捕,此后的两星期是中国现代政治史上最为惊涛骇浪的一页。在这样的历史背景中,"易俗社"在极为偶然的情况下扮演了一个发动中国近现代最为重要政变的特殊角色。"西安事变"于1936年12月25日落幕,当时无论是延安红军,还是国民党以及各地军阀,最终达成暂时协议:全民一致抗战,至此掀开中国近现代史的又一章。

我们仍然可以"易俗社""西安事变"为延伸点,观看"西安事变"前后政治人物的消长。当时"榆林王"井岳秀和张学良、杨虎城关系匪浅,其弟井勿幕为1911年辛亥革命前后陕西同盟会革命的重要人物,井家为中国政治现代化进程中的一个枢纽家庭。从同盟会阶段到"西安事变",井岳秀和张学良、杨虎城来往密切,他甚至与张作霖结拜为兄弟。翻阅民国史,就能发现当时各据一方的军阀间的绵密互动。假如历史时钟可以倒转,井岳秀未尝不可能是"西安事变"的关键人物之一,然而历史并不如此发生。1936年2月初,井岳秀在家中麻将聚会场合,阴错阳差地被自己的手枪误伤而死。他的离奇死因影响至今。2018年贾平凹小说《山本》主人翁之一就是以井岳秀为原型。

《山本》以井岳秀为主要人物,将人物分成两个不同的虚构人物,从而展开了《山本》故事。小说的高潮便是主角之一——井宗秀也是在观看姨太太打麻将时,被手枪打死。另外更为可能的传说是被国民党势力暗杀。总之,民国初期陕西这段风起云涌的历史,有着说不完颇具况味的故事。

三 延安政治与延安文学

1936年,陕西真正的大事是红军早于一年前已抵达陕北,并以延安为根据地。之后数年,陕西的政治、历史、文化及文学都围绕着中国共产党及红军势力在陕北各式活动中展开,这是中国现代史上的重要事件之一,同时也是文学史叙述上,不论立场为何,不能回避的一部分。

中国左翼政治史的几个重要时间表包括长征(1934—1935)、第二次中日战争(1937—1945)、延安时代(1935—1948)。首先,红军两万五千里长征始于1934年10月,由江西瑞金往东南,再抵达西南,最后转向西北,驻扎于陕。这是一次大型军事撤退行动,未料日后却成为红军崛起史无前例的神话,神话传播世界各地成为中国左翼历史进程中最重要的一章。其次,1937年至1945年的八年抗日战争,再次为1935年至1948年的延安时代。长征故事各有说法,1934年10月至1935年10月间红军撤离江西中华苏维埃根据地,人数说法不一,从八万到十万,到达陕北者十中得一。这是一则无比惊人的故事,也是一段惊心动魄的历史。故事以红军撤退展开,而故事结束时,中外媒体一致认为这是另一种政治势力的再次勃兴。

20世纪30年代的延安为一蕞尔小城,居民不过三千人,近万红军来到,为地方文化带来了彻底改变。1943年,延安人口增长至三万人,这样一个小地方却孕育出一则革命传奇。中国共产党最脆弱的时刻在延安有了最华丽的转身。除了中国左翼同情者,尤其年轻知识分子的文字传播，国际记者的报道为传奇推波助澜。他们的叙述是否也该成为延安文学的一部分？美国记者埃德加·斯诺（Edgar Snow）所写作的《红星照耀中国》（*Red Star over China*）（又名《西行漫记》）最为人津津乐道。这本书为斯诺记叙他1936年7月到9月访问延安的经验，见证战时最为艰苦的一面。《红星照耀中国》成为英语世界的畅销书，也是延安叙事成为世界革命话语的重要文本。另外，特立独行的女记者艾格尼丝·史沫特莱（Agnes Smedley）在"西安事变"前后，展开和中共绵密的联系，报道左翼青年、知识分子投奔延安的故事，其中包括丁玲。

那是一个风起云涌的时代。毛泽东在延安已确立党内不可动摇的地位。延安十三年他面对党内各种反对声音以及抗议力量，展现出惊人的领袖才能，所谓的"毛泽东时代"或是"毛泽东政策"在延安时代开始奠定。对文化、文学史研究者而言，延安时代最为刻骨铭心的一页莫过于毛泽东在1942年5月2日至23日发表的《在延安文艺座谈会上的讲话》（以下简称《讲话》）。《讲话》的影响力于今依然：它不仅为文艺界的操作指南，也渗入日常生活的实践。

延安时代，中国其他城市的知识分子青年，尤其小资产阶级知识青年看到所处社会的不易与不公，决心长途跋涉去寻找心目中的"乌托邦"——延安。这些来自中国四面八方的年轻知识分子和学生，在延安的几年，一次又一次地为这个地方的"圣地神话"涂抹上极为奇妙瑰丽的色彩。如1937年之前名列京派作家的何其芳，作品充满唯美感伤色彩，是一位典型受西方现代主义影响的诗人。1938年，何其芳从故乡四川长途跋涉来到延安。同行者有沙汀夫妇、卞之琳及其他知识分子。他们抵达延安看到纪律严明的生活形式以及万众一心的抗日情怀，立即感受到新气象，且为之怦然心动。何其芳到延安后得到毛主席的接见。毛泽东询问：延安也有一些可以书写的吧！观察多日后，何其芳决定加入贺龙部队，深入陕甘宁边区体验战地生活。之后他积极参与革命和党务，曾是延安代言人之一。1949年后，他恢复文学本业，成为中国社会科学院文学所所长。

1927年，丁玲这位"莎菲女士"在北平以颓废、堕落的，波西米亚式的小资产阶级女性独白，书写纠葛在两位男性间的痛苦抉择，小说《莎菲女士的日记》一炮而红，丁玲成为备受文坛关注的作家。然而，她选择了左翼路线，为之献身。1933年因左翼立场暴露，被国民党软禁在南京，人们一度以为她已遇害。丁玲好友沈从文甚至写了《悼丁玲》一文，但1936年她却神秘地现身延安。丁玲如何逃离国民党特务的监视，从南京到延安，至今仍是一桩公案。她的故事经史沫特莱报道，成为当时革命女性的典范。但她日后的惨烈遭遇则为文坛耳熟能详了，由此也令人想到东北左翼青年萧军。

萧军为当时自四面八方齐聚延安的左翼知识分子又一代表。他是一个特立独行、具强烈反抗精神的文人，1938年来到延安，当时他并不完全相信由毛泽东率领的势力，观察后选择离开。1940年再次下定决心来到延安，加入革命队伍。因为他的放言高论以及绝不服从的叛逆姿态，在当时以及日后受到相当大的冲击。萧军的《延安日记》是记录延安当时知识分子生活与思想最细微面貌的重要文献之一。

这些左翼知识分子和文人，怀着借革命推翻现状的共同抱负理想以及乌托邦期望来到延安。然而他们各自背景习性不同，对什么是延安生活，什么是延安精神，立场不尽相同。放言高论的结果是众声喧哗，莫衷一是。因此，毛泽东在延安杨家岭召开了文艺座谈会，出席座谈的一百多位文艺工作者，聆听毛泽东三次讲话。《在延安文艺座谈会上的讲话》充分证明了文学本身就是一个表征式的文化活动，但文学这个词在这里又可以被表征：也就是主席所讲的是文学艺术，但他真的只是着眼于文艺吗？

《讲话》自1943年10月19日正式发表以来，至今仍然是共和国在生活与文化上的重要指南，或者说是一个基础性的存在，早已超越表面上文学或艺术的词语意义。《讲话》内容提到文艺工作者的态度、立场、实践方法等诸多问题。"是一个为群众的问题和一个如何为群众的问题。"当时毛泽东领导下具有官方立场的文艺工作者，立刻展开致力于宣传、推动《讲话》的大型文艺活动。《讲话》认为文艺必须为工农兵服务的方针自此确立；文艺必须成为革命整体大型机器的组成部分，作为团结人民，教育人民，打击敌人的有力武器，帮助人民同心同德地和敌人斗争。所以《讲话》是一个战斗性宣言，也是充满政治性的宣言。

《讲话》引发了"整风运动"——这是当时中国大陆知识界、文艺界最常用的一个词——整顿三风，"反对主观主义以整顿学风，反对宗派主义以整顿党风，反对党八股以整顿文风"。这是一种微妙的措辞，从修辞学角度看，许多表述似是而非，但又有着强烈的宣誓以及警示作用的隐喻或寓意。此后，党的各层次文宣机构各自发挥，呈现出严密的国家治理政策，"惩前毖后""治病救人"等都是当时的宣传口号。哈佛大学学者Tony Saich和David Apter研究延安论述的话语结构，曾提出Exegetical bonding（阐释的集体契合）、Compulsive confession（强烈自白冲动）作为理解方法。所以"延安文艺"并不是简单的文宣机构运作，它必须从内在层面打动参与运动的知识分子，共同思考党和国家的前途，产生一种强烈的、诉说的、忏悔的欲望，以及批判与自我批判的危机意识。这一方面是前卫的、权威的，一方面又是古典的、保守的，仿佛晚明以来"诚意、慎独、省过"的王学化身为现代的伦理制约形式。

整风运动关键的人物之一，也是牺牲者王实味来自河南，曾就读北京大学预科，尔后成为翻译家，由于不"谨言慎行"，在延安《讲话》后成为整风运动首批被整肃的对象，他的《野百合花》当时是由最高领袖点名批判的。多年后我们才再次理解，由王实味所代表的反思、批判精神应该是延安文化的活水。延安《讲话》之后,新的文学和文化政策及实践方式诞生。那就是以老百姓"喜闻乐见"的民族风格,展开中国形式、作风的文艺实践。这些实践的基础是乡土表演、说唱艺术,以当时多半是文盲、底层的农民为对象。这些艺术经过文化人士加工后,形成独特的左翼文艺传统。这些传统不能以"八股"简单概括,其中包含着诉诸"始源的激情"(primitive passion)的力量,一种对乡土文化创造性转化的企图,成效见仁见智,却不失为反(西方)现代性的现代文艺。诸如秧歌剧《兄妹开荒》、街头剧《放下你的鞭子》等作品,都是例证。

1945年赵树理在延安完成《小二黑结婚》,嗣后还改编为歌舞剧;贺敬之《白毛女》中的"旧社会把人变成鬼,新社会把鬼变成人"名言家喻户晓,在"文革"期间甚至被改编为芭蕾舞剧。更值得注意的是《东方红》,1942年冬天,陕北农民李有源搜集民歌《骑白马》的各种异文,以陕北的土腔土调为基础改编,展现一种全新且具革命风格的歌曲。后经多次加工广泛传唱,撼动人心。1949年之后,《东方红》精益求精的改造持续不断。1964年初《东方红》甚至被制作成大型史诗歌舞剧,动员3000多名演员。之后摄制成彩色宽银幕舞台艺术电影,同时以歌曲《东方红》为主旋律,但1965年首映后就消失了。与此同时,"文革"期间《义勇军进行曲》(国歌)歌词部分因作词者田汉的政治问题及其他因素而被消音。《东方红》因而几乎具有国歌似的地位,在延续所谓乡土情怀的"始源的激情",歌词内容又与当时最前卫、最具革命的思想结合。这是延安文艺的特殊实验,也是我们反思中国现代历史与文艺得失无从规避的课题。

从五四运动发扬个人的、自由的、解放的启蒙精神,到延安寻求集体的、革命的、前进的、昂扬的、土地的革命精神,中国20世纪前半段的现代化进程至此达到高峰。《讲话》所代表的文艺政策有其历史的能动性,它的确促成了文学边界之外各种各样现象的产生。从日常生活的实践到政策政治的斗争,都在文学作为一个隐喻或借口的情况下展开。与此同时,文学也让文学生产者产生了一种绝无仅有的内心冲动或是激动。

如前所述,1937年之前何其芳为"京派"文学的重要代言人,他来到延安之后的有名的诗作是《解释自己》:"我忽然想在这露天之下/解释我自己,如同想脱掉我所有的衣服,露出我赤裸裸的身体。"延安的这种精神不容许有所谓的内心生活和世界,你得解释,你得敞开,你得把自己赤裸裸、光秃秃地铺陈在人民的前面,甚至有点淡淡的色情意味,我要全部脱光接受民众检验。"因为我是一个中国人",这里有点突兀,"一个可怜的中国人/我不能够堕落到荒淫/我犯的罪是弱小者的容易犯的罪/我孤独,我怯懦,我对人淡漠/呵,什么时候我才能够/写出一个庞大的诗篇/可以给它取个名字叫'中国'、/或者什么时候我才能够/写出一个长长的诗篇/可以给它取个名字叫

'我'"。在这里，小"我"，五四的"我"整个放大成一个集团的、集体的这样一个"我"，而"我"干脆就用"中国"来代替。

四 1949年后的新中国西北文学

延安《讲话》后的1949年，中国共产党革命胜利，中华人民共和国成立，中国文艺迅速更新面貌。陕西文学的变化可以两位小说家及其作品的遭遇综论之。

第一位是杜鹏程的《保卫延安》，作品于1954年出版。杜鹏程来自陕北，是延安时期的随军记者，因有感于1947年延安保卫战的历史意义，自1950年始，花费大量心力书写《保卫延安》，四年内完成将近60万字的稿子。延安保卫战两边的领导人，一边是彭德怀，另外一边是胡宗南。1947年3月，国民党将领胡宗南奉蒋中正之命率领数十万大军攻打延安，胡的部队势如破竹，几乎占领延安，毛泽东宣布撤退。共产党军队以退为进，在陕甘区域迂回转进，连连突击，胡宗南的部署左支右绌，最终没有突破。1948年4月21日，国民党军队撤出延安，这是一个史诗性的时刻，延安情势大逆转。杜鹏程耗费多年，小说历经九次改写于1954年出版。这本小说是左翼军事叙事文学的高峰，在当时广受瞩目。小说歌颂了彭德怀，在特殊的历史时期因触犯禁忌，于20世纪60年代被禁，杜鹏程于"文革"期间成为阶下囚。《保卫延安》证明了文学和政治之间的交错关系更甚，杜鹏程的遭遇显示作为作家并不仅只是写作、再现历史；写作本身已是一个事件，介入诡谲多变的历史与政治。

第二个故事是柳青的《创业史》，一部延安文学研究不能错过的经典。由于这部作品影响较大，许多读者耳熟能详，在此不需赘述。《创业史》以1929年陕西旱灾为背景，以主人公梁三老汉和养子梁生宝为线索，描写中国社会主义农村改造的历史背景，以及农民思想、情感的转变。批评者认为这部小说政治意味浓厚，确实如此，但柳青对风土民情的亲近，人物内心转折的同情，仍颇有可观。他深深影响了后来的陕西作家路遥和陈忠实。柳青认为作家不能在书斋埋首写作，必须到农村去，从最艰苦的第一线学习经验，挖掘写作材料。他的"三个学校"的说法——生活的学校，政治的学校，艺术的学校——成了创作者最重要的自我要求和期许。

五 新启蒙时代的西北文学

20世纪80年代，"西北风"吹起，新时期西北又一次成为热点。当时各种各样的歌曲，似乎都不能够完全回应那一代年轻听众的所需。在当时中国土地上，真正能够带起又一代流行音乐狂潮的，绝对是由陕北民歌渊源作为基础的"西北风"，崔健的"红色摇滚"尤其引领一代风骚，而西北民谣曲式是这股狂潮的底色。崔健的《一无所有》1986年一经推出立刻风靡一时。80年代末百万人齐唱《一无所有》的场景，堪称一段有声的中国历史时刻。崔健是朝鲜族歌手，却在20世纪80年代引领了西部摇滚风潮，这也再一次说明陕西或陕北所代表的生命原动力和想象的新奇张力，是如何在20世纪80年代再次启发了一个时代的音乐工作者和文学工作者。

西北风不仅仅启发音乐创新，也为新一代的导演带来灵感。陈凯歌的电影《黄土地》正是根据柯蓝有关陕北红军采风的文字改编。西安电影制片厂在当时是重要基地；吴天明的《老井》等都是佳作。这些电影代表了一个时代以来，以陕西作为根据地的艺术工作者带给这个国家、这片土地一种新的想象资源。

当代文学界首先值得一提的是路遥的作品，路遥1949年生于陕北，1992年去世。他的《人生》和《平凡的世界》延续了柳青所代表的那种根植土地的叙事，有社会主义牺牲奉献的向往，却也关注个人生命参差交错的情感考验，每每透露19世纪俄国小说特点。尤其《平凡的世界》讲述在圣人不再、诸神告别的时代里，一群来自农村的普通人如何历经城乡考验，重新体会"平凡"的真谛。这部小说今日重被提起，自然有其政治意义。

20世纪90年代初，一群陕西作家引起全中国读者的注意，形成"陕军东征"热潮。陈忠实的《白鹿原》，贾平凹的《废都》，都是引起热烈讨论的作品。《废都》堪称中华人民共和国成立以来情色意味最浓的小说，以虚构的西京天降异象开始，描写作家庄之蝶在20世纪80年代的情色历险，但更投射了新时期以来一代人的精神面貌。"废都"是荒废之都，颓废之都，残废、报废之都；相对社会主义"经济"观，这样的"废"学出现自然有划时代意义。某些情节因色情而被删去多少字等的版式设计，更引出读者的好奇与欲望。总之，1993年《废都》的出现彻底改变了中国新时期的出版文化、阅读伦理，可以理解为一个共和国的《金瓶梅》现象。不能忽视的是，作者悲悯和寂寞的情怀自在其中。《秦腔》是贾平凹的另一部力作，所谓关中八百里秦川浩浩荡荡，三千万人民齐吼秦腔，这是中国最古老的一种音乐。相传在周代就有了秦腔最基本的原始韵律。在这个意义上，贾平凹写出了我个人认为足以匹敌诺贝尔奖级的作品，这是一部了不起的作品。

西北文学在过去三十年间，是不可错过的文化奇观。让我们思考它的尺度、可能性和局限在哪里？离开陕西，西北文学的作者和作品别有所在。宁夏的张贤亮80年代初的代表作品是《男人的一半是女人》《绿化树》等，他1955年来到宁夏，1957年因诗歌《大风歌》被打为右派，从此不得翻身。1979年恢复名誉之后开始创作，他的创作讲述一代知识分子在放逐生活中如何找寻心灵慰藉，如何重建自我的信心，而这个重要媒介不是别的而是女人，因此女性主义者自然多所诟病。但80年代，张贤亮却曾是人人必读的"新时期"代表作家之一。90年代末崛起的石舒清，为来自宁夏的回族作家，《清水里的刀子》以一个回族的葬礼说明在时代转变中所坚守的是对于信仰，对于伦理关系，继续的、无奈的、怅惘的向往，系列作品探讨了西北质朴的生活和宗教精神面貌。

张承志是另一位描述西北的重量级作家。他的《心灵史》讲述近三百年伊斯兰哲合忍耶教派在中国开枝散叶的历史，充满血性和血泪。这部作品虽有信仰导向，但叙述动人，堪称杰作。张承志不但是位作家，也曾经是"文革"时代"红卫兵"名词的发起者之一。1966年6月3日，在北京的圆明园废墟里，清华附中17个革命小将夜晚群聚，因张承志原来笔名为"红卫士"，大家起哄提议："我们就把这个小集团叫作'红卫兵'吧！"不料一个夜晚聚会改写了中国政治历史修辞部分的命名史，这是张承志早年狂热的"红卫兵"岁月。1980年起他对自己回族身份作出深刻的思考，之后成为哲合忍耶教派最重要的代言人。《心灵史》一如书名所示，是张承志个人——和他的族裔——心路历程的记录。《心灵史》有两个版本，一是1990年版，一是2010年版本，内容讲述17世纪以来，哲合忍耶教派在中国壮烈的奋斗史。此教派的中国创始人马明心所代表的教派经历五代的艰难考验，包括从乾隆皇帝以来的各种追杀、剿平或安抚，以及国民党时代的各种镇压，这些前仆后继的故事，织就了充满血泪的作品。这究竟是小说还是自传，还是一个宗教上的最重要宣言？文学的特质在哪里？再一次值得思考。张承志所描写的哲合忍耶教派的根据地就是"西海固"。西海固指的是西吉、海原、固原。1972年，联合国粮食署认定"西海固"地区为中国境内十大最不适合人类居住的区域，这是一个贫瘠荒凉的地方，但却居住了10万名以上的哲合忍耶教派的穆斯林，他们会集成一股庞大的宗教力量，不容小觑，非三言两语如跨社会体系、旋涡表述就能轻轻带过。这样一个运动的纠结仍然在进行中。张承志的确是一个重要现象，值得学界深入研究。

西北文学及西北历史，不仅于宗教的层面，还基于另外的层面。甘肃酒泉附近的夹边沟，50年代末曾有上千右派分子被送至此地劳改，适值自然灾害，发生严重饥荒，半数以上饿死。杨显惠的《夹边沟纪事》《定西孤儿院纪事》《甘南纪事》，一点一滴重新回顾在那革命狂飙的岁月里，有多少理想主义者或者是抗议分子牺牲了生命。夹边沟位于酒泉外的沙漠地区，这些劳改场遗迹目前仍然存在，并立有纪念碑——"兰州57难友夹边沟幸存者暨亲友恭立"。2001年以前，"劳改"是特殊训诫制度，一直被历史遮蔽，西北地区分布着大大小小的劳改营。当今在宪法的保障下，有合理和合法的监狱制度。劳改是一种暧昧的惩罚或者说是法律上的灰色地带。太多的政治犯在不得已的情况下，被放置在这样一个暧昧的劳教、劳改、劳动中，和其他作奸犯科者混在一起，劳而教之。在这个意义上，曾经有超过 1000 万名劳改犯，在 1949 年到 1999 年之间得以见证这些监狱体制的设备。

2001 年后"劳改"完全废止，然而劳改的故事继续述说，不仅仅在杨显惠的作品里，也在严歌苓的《陆犯焉识》里，只是背景转到青海。小说中的陆焉识其实是严歌苓祖父严春恩的化名，这是一个真实故事。讲述 20 世纪 50 年代她的祖父因莫须有的罪名，被送到青海的劳改营里劳改 20 多年的故事。这个故事经张艺谋改编拍摄成电影《归来》，但小说原著较电影动人，也更残酷。"大跃进"的最后三年，青海调入 95000 名犯人，有 25000 名劳教人员是从外地送来，分散在各个劳动营里，其中有 5000 多名女性。全盛时期，围绕青海湖设立了 23 个劳教农场，这是一段不应忽略的中国法律史或者监狱史的一章，这些历史至少在一些新的小说或电影纪录片中重现。

王蒙是当代中国重要的文化现象，他曾经是文化部部长，也是作家。60 年代曾经被下放到新疆伊犁 17 年，也曾有不少文字记述他的新疆经历。但另一位与新疆有关的作家红柯也许更值得重视，红柯为陕西师范大学文学院教授，2018 年 2 月因突发心脏病去世。红柯是一位细腻的、对西北有着独特情怀的作家，他几乎有十年的时间居住在新疆，他的许多作品以新疆维汉文化的互动作为故事重点。2002 年《西去的骑手》讲述一段不为人知的历史往事，一个来自甘肃的回族少年英雄马仲英（1912—1937），年少时已独霸一方，率领千百名回族士兵长驱直入新疆，与当时"新疆王"盛世才一争高下。盛世才曾经秘密与苏联合作，支持东土耳其斯坦苏维埃。马仲英则扮演了杀手角色，改变了政治局势的发展，是一个传奇的历史人物。历史或文学叙述通常以汉族、中原为中心，而马仲英却成为《西去的骑手》中的重要角色。这个故事还有一个传奇结尾。1934 年，发现楼兰古城的瑞典探险家斯文·赫定，最后一次到中国探险时，在哈密城外戈壁遇到逃亡的马仲英。当时 23 岁的马仲英，在斗争中失败准备逃往苏联。斯文·赫定深深地为少年英雄所折服，回到瑞典后写下了《大马的逃亡》。这个故事甚至有影像记录，就是斯文·赫定当时为马仲英所拍摄的。马仲英逃到苏联，不知所终，只知道 1937 年去世，但究竟死于何因，不得而知。一直到 2002 年，来自陕西师范大学的红柯，才再一次把故事讲出来。西部文学或西北文学的能量有多大？西部文学或西北文学在不断地发掘、发展出我们在以中原或汉族为坐标点的文学视野中所不能及的地方，我们看到了各种各样的新的现代想象的动力。

不得不提的还有华语文学中的大西北。台湾作家骆以军一部将近 50 万字的长篇小说《西夏旅馆》（2008）引用西夏王李元昊的典故，但以多重跳接后设方式写出与西夏几乎没有关系的故事，充满幻魅元素。小说讲述的是一个不可思议的冒险故事，叙述背景来到11、12世纪位于辽宋之间的小国西夏王国；西夏文明持续了将近200年，所辖之地正是陕北、甘肃、青海交界地区，这是王国曾经活跃过的地方，也是一个昌盛的边疆文明，这文明在成吉思汗时被逼到中国更西北，最后完全消失。今日西夏文的重新发掘和辨读，是20世纪现代历史和文学的重要任务。出生于台湾地区的作家骆以军，却以西夏作为背景衍生出一部《西夏旅馆》，作家以西夏神秘灭亡映射了1949年父辈作为外省人流亡台湾的经历体验，和自身作为外省第二代的失落迷茫。另外一方面，他又何尝不是写了一个政治预言，忧心忡忡地看待台湾当代的命运，这是一部历史小说，一部幻想小说，也是一部政治小说。

六　结语：史统散而小说兴

陕西是一个具有"诗史"悠远传统的地方，无论是作为诗史的撰写者杜甫，还是作为诗史文化传承的发源地，在16、17世纪之后，诗可能未必能真正地传达中国历史现象的复杂于万一。到了近现当代，当历史被不同的政教机构掌握，历史也就是一种故事了。冯梦龙曾说，"史统散而小说兴"，这里断章取义，我们强调叙事文类在近现代中国和历史相互为用的过程。就此，我们再次思考，文学如何记录、形塑复杂的历史现象和想象？历史和文学的分野何在？

陕西近现代文学再次提醒我们华夏文明的驳杂多元。胡汉\华夷分野何在？我们的文学以及历史眼光不应该仅仅局限于汉族和中原的文化。我们必须叩问，人种的、政治的、历史的、文化的分野上，什么是被我们有意无意排除在外的，律法所不能接受和容忍的？作为丝路起点，西安这座城市面向广大的中国西北，甚至面向中亚、西亚，这本身就已经呈现中国文学现代化、现代性的丰富场域。

最后，在西安，在西北，我们不仅观看历史的文物和古迹，还必须思考什么是人和土地的关系。这里的"土地"指的不只是平面地方或地区，同时也是纵深的、层层累积的空间。就像我们观看考古遗址，不只在地上，更多的是在地下。当我们行走在土地之上，千百年的历史就在我们的脚下，只能体会自己的渺小卑微。当土地上的人在思想、信仰、利益之间你争我夺，土地之下的一切提醒我们生而有涯，苍茫深邃的大地承载着看不见的一切。这是海德格尔式的思考。如此无限无垠的大地，它名叫"西北"。我们对于西北文学、历史的理解和深切反省，从这里开始。

（作者单位：哈佛大学）

大西北文学:概念、边界与意义

李 震

内容提要:"大西北文学"概念的提出给当下从地域意义研究文学提供了一个新的视野。大西北文学是一个包含着地理、文化与精神构成的复合概念,应该是中国文学乃至世界文学中一个独异的领域,因此也具有极高的研究与批评价值。本文试图分析作为地理概念、文化概念、精神概念的"大西北"的独特性,进而讨论大西北文学在中国文学和世界文学版图中的地位、独特的历史美学特质,并对未来的大西北文学研究和批评提出构想。

关键词:大西北文学;概念;边界;意义

几乎在所有的学术和学科领域里,人们对文学的研究应该是最早的。在中国,如果从孔子(公元前551—前479年)开始算起;在西方,如果从苏格拉底(公元前469—前399年)开始算起,东西方对文学的研究都已经有2500多年的历史了。人们从各种角度、各个层面和多种方法对文学进行过广泛而深入的研究,也得出过各种各样的研究结论,形成了多种多样对文学的认知。但归根结底,任何一种文学都是从自己所赖以生长的文化土壤中诞生的,都会带有其文化母体所赋予的属性,而且这种属性正是它的本质属性。

而一种文学所赖以生长的文化土壤,则又是其所处的地理环境、地域特性决定的。

在这个意义上说,对文学进行地域意义上的研究,或者说,对文学的地域属性的研究,可能是人们接近某种文学本质属性的一条必由之路,尽管地理环境决定论曾经遭到过批判。

近年来,国内文学界正在试图从地域角度建立一些文学概念,比如大东北文学、大西南文学等。这或许是人们出于探寻特定文学现象本质属性的一种冲动所致,也或许有别的意图。但笔者认为不管从何种角度来看,大西北都是一个可以独立提出的一个文学概念,而且有足够的理由去认为,大西北文学应该是中国文学乃至世界文学中一个独异的领域，因此也具有极高的研究与批评价值。

一　大西北文学：一个地理、文化与精神构成的复合概念

本文斗胆用了"大西北"这个说法，而且试图去命名一种文学。按照人们惯用的质疑方式，就会有人提出，为什么用"大"呢？这个在文化界被广泛指责的"大"，自然有"妄自尊大"、有"好大喜功"、有"大而无当"等之嫌，更有当年日本侵华时自称"大日本帝国"的虚妄之虞。然而，大西北之大的确是货真价实的。如果从中华人民共和国的几大区域来看，西北的疆域肯定是最大的。西北五省区总面积为310.65万平方公里（未包括实际上属于西北的内蒙古西部地区），占全国陆地总面积960万平方公里的近1/3，比其次的西南五省区市（233.67万平方公里）大了76.98万平方公里；比整个日本国和朝鲜半岛南北朝鲜加起来的总和（260.28万平方公里），还要大50.37万平方公里，"大西北"不可谓不大。

人们或许还会说，大西北再大也是中国的一个区域，中国各个区域的文学都属于中国文学，既然在世界文学的版图上，已经有了本来具有地域属性的"中国文学"这个概念了，还有必要提出"大西北文学"这样一个地方性的概念吗？

如上所说，比中国的大西北小很多的日本国的文学，早已成为一个独立的研究领域；同样比大西北小很多的韩国的文化产业，也早已成为各国研究的一个热点。那么为什么不能提出"大西北文学"呢？

人们或许还会进一步质疑，既然大西北文学属于中国文学，中国各地的文学都有自己的一些特性和特征，大西北文学有何特别之处，为什么要作为一个文学概念被单独提出来呢？

如果说前述的地域性决定了文学的本质特性的话，那么文学研究对地域性的考察越是具体、越是特定，就应该越能接近某种特定文学的本质属性。

这些质疑，正是本文所要回答的主要问题，也在推动笔者对"大西北文学"作为一个文学概念进行深入探究。

（一）作为地理概念的大西北

地理意义上的大西北，是中国版图上最辽阔、最险峻、最多元的区域。它是由沙漠、戈壁、草原、盆地、平原、高原、高山峻岭、黄土丘陵、江河湖海构成的一个复合概念。

1. 中国的沙漠总面积为71.29万平方公里，主要集中在大西北。中国的八大沙漠，塔克拉玛干沙漠、古尔班通古特沙漠、巴丹吉林沙漠、腾格里沙漠、乌兰布和沙漠、

库布齐沙漠、柴达木盆地沙漠、库木塔格沙漠，除极少数分布在内蒙古东部外，绝大部分在大西北。

2. 中国的戈壁集中分布在西北的新疆、宁夏、甘肃和内蒙古西部等地，戈壁总面积为56.95万平方公里，占全国面积的13.36%，其中新疆戈壁面积为29.3万平方公里，位居全国沙漠和戈壁面积的首位。甘肃省省长约1200公里的河西走廊，大部分是戈壁与荒漠。

3. 大西北的高原主要有帕米尔高原、青藏高原的一部分和黄土高原。帕米尔高原，波斯语，意为平顶屋。中国古代称葱岭，古丝绸之路在此经过。帕米尔高原地跨中国新疆西南部、塔吉克斯坦东南部、阿富汗东北部，是昆仑山、喀喇昆仑山、兴都库什山和天山交会的巨大山间。面积约10万平方公里。

青藏高原是中国最大、海拔世界最高的高原，被称为"世界屋脊""第三极"，南起喜马拉雅山脉南缘，北至昆仑山、阿尔金山和祁连山北缘，西部为帕米尔高原和喀喇昆仑山脉，东部及东北部与秦岭山脉西段和黄土高原相接，介于北纬26°00′—39°47′、东经73°19′—104°47′之间。青藏高原东西长约2800公里，南北宽约300—1500公里，总面积约250万平方公里，地形上可分为藏北高原、藏南谷地、柴达木盆地、祁连山地、青海高原和川藏高山峡谷区等六个部分，其中三个部分属于西北地区。

黄土高原位于中国中部偏北部，为中国四大高原之一，是中华民族古代文明的重要发祥地，也是地球上分布最集中且面积最大的黄土区，总面积64万平方公里，横跨中国青、甘、宁、陕、晋、豫7省区，主要部分在西北的陕西、甘肃境内。黄土高原东西长1000余公里，南北宽750公里，包括中国太行山以西、青海省日月山以东、秦岭以北、长城以南的广大地区，位于中国第二级阶梯之上，海拔高度800—3000米。黄土高原属干旱大陆性季风气候区，是世界上水土流失最严重和生态环境最脆弱的地区之一，大部分为厚层黄土覆盖，经流水长期强烈侵蚀，逐渐形成千沟万壑、地形支离破碎的特殊自然景观。地貌起伏大，山地、丘陵、平原与宽阔谷地并存，四周为山系所环绕。

4. 大西北的高山峻岭，有作为中国第一神山的昆仑山、有作为三江源的巴颜喀拉山和作为中国南北分界线的大秦岭，以及天山、贺兰山、祁连山等山脉。无论是其重要性还是险峻程度，都是中国之最、世界之最。

昆仑山脉，又称中国第一神山、万祖之山、昆仑丘或玉山。是亚洲中部大山系，也是中国西部山系的主干。昆仑山脉西起帕米尔高原东部，横贯新疆、西藏间，伸延至青海境内，全长约2500公里，平均海拔5500—6000米，宽130—200公里，西窄东宽，昆仑山在中华民族的文化史上具有"万山之祖"的显赫地位，古人称昆仑山为中华"龙脉之祖"。

秦岭，西起昆仑，中经陇南、陕南，东至鄂豫皖——大别山，是长江和黄河流域的分水岭和南北气候分界线。秦岭被尊为华夏文明的龙脉，主峰太白山海拔3771.2米，位于陕西省宝鸡市境内，以险峻著称的西岳华山位于陕西省渭南市境内。

巴颜喀拉山脉位于青海省中部偏南。巴颜喀拉山脉属褶皱山，西北—东南走向。西接可可西里山，东接松潘高原和邛崃山。全长780公里。海拔5000米左右，主峰年宝玉则海拔5369米；为黄河、长江、澜沧江三江发源地。

天山，世界七大山系之一，位于欧亚大陆腹地，东西横跨中、哈、吉、乌四国，全长2500公里，南北宽250—350公里，最宽处达800公里以上，是世界上最大的独立纬向山系，也是世界上距离海洋最远的山系和全球干旱地区最大的山系。

祁连山脉，位于青海东北部与甘肃西部边境，由多条西北—东南走向的平行山脉和宽谷组成。东西长800公里，南北宽200—400公里，海拔4000—6000米，共有冰川3306条，面积约2062平方公里。

贺兰山脉位于宁夏与内蒙古交界处，北起巴彦敖包，南至毛土坑敖包及青铜峡。山势雄伟，若群马奔腾。贺兰山南北长220公里，东西宽20—40公里，海拔2000—3000米。主峰敖包疙瘩海拔3556米。

六盘山是中国最年轻的山脉之一。广义的六盘山在宁夏回族自治区西南部、甘肃省东部。南段称陇山，南延至陕西宝鸡以北。横贯陕、甘、宁三省区，既是关中平原的天然屏障，又是北方重要的分水岭，黄河水系的泾河、清水河、葫芦河均发源于此。

5. 大西北的主要平原、盆地有：关中平原、汉中平原、河套平原、宁夏平原、塔里木盆地、准噶尔盆地、吐鲁番盆地。其中四大平原在历史上均为富庶之地，无险峻可言，唯塔里木盆地、吐鲁番盆地是世界上最奇险的盆地。塔里木盆地是世界第一大内陆盆地，是世界著名的探险之地，其中罗布泊被称为死亡之海，已有多位探险家消失其中。位于天山东部的吐鲁番盆地是中国海拔最低的地方，大部分地方海拔在500米以下，最低处低于海平面155米，加之四面环山，于是便成为中国最热的地方，每年40℃的酷热天气平均为28天，因此素有火州之称，《西游记》中讲述的唐僧、孙悟空一行取经穿过的火焰山即在此处。

6. 大西北的江河湖海中的江河，主要指发源于巴颜喀拉山的黄河、长江、澜沧江，发源于秦岭的嘉陵江、汉江，以及黄河主要支流渭河、泾河、无定河、清水河、葫芦河、窟野河，新疆的两条内陆河塔里木河和伊犁河等重要河流。大西北的湖海，主要指以青海湖为代表的内陆湖,以及分布在沙漠中星罗棋布的"海子"(沙漠之湖)。这些江河湖海对于地处内陆干旱区的大西北来说,可谓生命之源,其中的黄河、长江更被称为母亲河。

如此复杂、如此险峻、如此千奇百怪的地理地貌的组合,无论在中国,还是在其他任何一个国家都是独一无二的。而且这些地理因素大都已经被历史赋予了深厚的文化内涵,如昆仑山因与中国上古的大量神话传说相关而被称为"神山",黄河中上游地区因是中华民族重要发祥地而被称为"母亲河",秦岭因是中国南北分界线,也因是中华文明的重要发祥地而被称为"中华龙脉""中华民族的地理标识",罗布泊被称为"死亡之海",吐鲁番被称为"火焰山",等等。这种地域的独异性,及其深厚的人文内涵,正是大西北文学、大西北文化足以独立存在的根本依据。

(二) 作为文化概念的大西北

文化意义上的大西北,是中国大地上最厚重、最丰富、最多元的文化版图。大西北是一个由历史文化、宗教文化、民族文化、民族民间文化等多种本原文化组成的一个多元、复合的文化共同体。

1. 大西北的历史文化是由各民族的历史文化构成的。其中作为中华民族文化主要组成部分的汉民族的历史文化,主要集中在西北的陕西地区。陕西不仅是周秦汉唐等13朝古都所在地,而且是以华胥、炎黄为标志的中华民族和中华文明的主要发祥地,中华传统文化的主要生成与传承之地。诞生于公元前1000多年的礼乐文明,早于雅斯贝尔斯所指认的作为人类主流思想文明的轴心文明500年左右[①],至少可以被认为是东方文明之根。

此外,西北各民族都程度不等地拥有自己的历史文化,特别是藏、蒙古、维、回等兄弟民族的历史文化深远而独特,与汉民族的历史文化共同构成了中华历史文化的丰富内涵。

2. 大西北是多民族文化聚集区。如果我们暂不统计历史上在大西北居住、过往的数十个民族,仅以现存56个民族来统计,就有18个民族(汉族、维吾尔族、回族、东乡族、保安族、萨拉族、土族、裕固族、哈萨克族、柯尔克孜族、锡伯族、塔吉克族、乌孜别克族、塔塔尔族、俄罗斯族、蒙古族、藏族、达斡尔族)集中居住在西北地区,占中国民族总数的32%。这些民族大多有自己独立的民族文化,有些民族甚至有自己独立的语言文字。事实上,大西北人口种属远比这个数据指涉的情况复杂得多。

---

① 德国哲学家雅斯贝尔斯在《历史的起源与目标》一书中写到,公元前800年至公元前200年是人类文明的"轴心时代",是人类文明精神的重大突破时期,当时古代希腊、古代中国、古代印度等文明都产生了伟大的思想家,他们提出的思想原则塑造了不同文化传统,并一直影响着人类生活。

因为在历史上有更多的民族在大西北居住、过往。如匈奴、党项、女真、契丹、鲜卑、回鹘、突厥等,这些民族虽然已经消失在历史的烟云之中,但多民族杂居、共生的历史事实,使这些民族的文化血脉已然流淌到今天西北人的躯体之中,大西北很多地区的居民至今在种属上含混不清,这表明他们仍在延续着复杂的民族文化遗传。

3. 大西北是世界各大宗教文化的聚合之地和主要传播区域。如果从同一个地区聚集的宗教类别来看,中国的大西北是世界上宗教最密集的区域,也是历史上宗教传播最活跃的地区。

从本土宗教来看,儒家思想和道家思想早已被宗教化了。而要追溯这两种宗教的思想源头,都会追到大西北的西安地区。儒家思想的根源就是西周初年周公旦在镐京(今西安)制礼作乐所开创的礼乐文化。在孔子给其弟子编辑的教材六经①《诗》《书》《礼》《乐》《易》《春秋》中,前五经都是在西周初年形成的。而道家思想的源头更是直接在西安的楼观台,老子在那里书写了《道德经》五千言,并开坛讲道。这两种思想作为中国文化的两条大动脉,除了在世俗层面宫廷和民间生活中一直成为中国人的生存准则外,还被一代一代的传承者们宗教化了,一直成为中国本土宗教的两条根,而且在向东延伸的同时,也在向西延伸,成为广大西北地区汉族居民的基本信仰。

从外来宗教来看,由南而北的佛教,一支于东汉时期从新疆、河西走廊传入长安,被称为汉传佛教。其传入路径基本上与古丝绸之路重合。被列为世界文化遗产的"长安—天山廊道路网"中国段的22处遗址中,绝大多数是石窟、佛塔、寺庙等佛教传播遗址。唐代高僧玄奘取经也是沿这一路线西行的,汉传佛教进入中国后,以长安为集散地,向东、向国外传播。另一支从青藏高原传入藏区,也延伸到了大西北的青海一带,被称为藏传佛教或喇嘛教。因此大西北至少是继印度之后佛教文化最主要的核心区域。

由西而东的伊斯兰教,自公元7世纪传入中国后便以大西北为核心区域。西北地区至少有十个民族信仰伊斯兰教,如回族、维吾尔族、哈萨克族、东乡族、撒拉族、柯尔克孜族、保安族、塔吉克族、乌兹别克族、塔塔尔族等。这些民族总人口约1800万人,现有清真寺3万余座,伊玛目、阿訇4万余人。

还有一些民族信仰基督教、东正教等,特别是基督教的信众在日渐增多。

此外,大西北还有部分民族信仰原始宗教,如锡伯族、裕固族、土族、哈萨克族都还在信仰萨满教等原始宗教。

---

① 《诗》《书》《礼》《易》《乐》《春秋》的合称。始见于《庄子·天运》篇。是指经过孔子整理而传授的六部先秦古籍。这六部经典著作的全名依次为《诗经》、《书经》(即《尚书》)、《礼经》、《易经》(即《周易》)、《乐经》、《春秋》。

如此集中、如此丰富的宗教信仰，使大西北成为中国最主要的宗教文化版图。信仰和价值观的多元化，正是构成大西北文化多样化和大西北文学丰富性的根本原因。

4. 异彩纷呈的各民族民间文化，构成了大西北文学的元资源。大西北蕴藏着极为丰富的民族民间文化，是中国民族民间文化品牌最多的区域，仅在海内外知名的品牌就有：以十二木卡姆为代表的新疆歌舞、新疆民歌、阿凡提故事群，青海和宁夏回族地区的花儿，陕甘一带的秦腔、汉调二黄、花鼓戏、眉户剧、碗碗腔、老腔、道情、二人转、陕北说书等数十种地方戏曲、曲艺，以信天游为代表的陕北民歌、秧歌、安塞腰鼓、唢呐、剪纸、石刻石雕等，数不胜数。这些活态的文化已经成为大西北文学的元资源，像土地、阳光和水分一样，直接滋养着大西北文学的生长。延安时期的许多文学作品就是在这些资源基础上生长出来的。

（三）作为精神概念的大西北

大西北险峻的地理地貌与以宗教为核心的传统文化，以及各民族纵深的历史文化、多姿多彩的民间文化所标志的迥异的生存方式，决定了大西北特有的精神内涵。

1. 生命意识与终极关怀。在大西北，人与大自然可谓短兵相接。在险峻的自然环境中，人首先意识到的便是生与死，是生命的存在意义和价值。因此，生命意识便成为大西北给人类最强烈的精神赐予。正是这种强烈的生命意识，成了宗教产生和传播的心理基础。这种由生命意识带来的宗教体验，使人们很容易直接面对太初与终极，很容易去面对人类生存的终极价值和意义。事实上，以张贤亮、张承志等作家为代表的大西北小说，以及以《红高粱》《双旗镇刀客》为代表的、诞生于大西北的西部电影，所呈现给人们的，正是对生与死、对人类生存的终极价值的深切关怀。

2. 悲剧意识与现实忧患。先贤们对于悲剧有各种各样的解释，如黑格尔、恩格斯、鲁迅[①]，但如果我们站在大西北来认识悲剧，便会发现人类最大的悲剧可能不是来自人类精神的内部冲突，而是来自人与大自然的冲突。那便是：人类强烈的生存欲求，与大自然的强大、严峻和险恶之间的冲突。事实上，绝大多数西北人的生存史，正是其与大自然搏斗的历史，是试图在大自然中寻求生存可能性的历史。在人与自然冲突中形成的悲剧才是最彻底的悲剧。这种悲剧使西北人在宗教的终极体验中，不得不时刻面对严酷的生存现实，从而随时在终极关怀与现实忧患之间进行艰难选择。当年唐玄奘从长安出发一路向西的时候，不正是满怀着终极关怀，却又必须时时面对九九八十

---

① 黑格尔认为悲剧的实质是伦理的自我分裂与重新和解，伦理实体的分裂是悲剧冲突产生的根源。恩格斯在《致斐·拉萨尔》的信中，评论拉萨尔的悲剧《济金根》时提出悲剧是"历史的必然要求和这个要求的实际上不可能实现之间的悲剧性的冲突"。鲁迅在《再论雷峰塔的倒掉》中提出"悲剧将人生的有价值的东西毁灭给人看"。

一难的现实忧患吗？这种精神冲突不仅在这部书写大西北文化与地理的经典名著《西游记》之中被凸显出来，而且在当代的大西北诗歌、小说中不也比比皆是吗？

3. 主体性神话的胜利。笔者曾经将西部精神概括为"主体性神话的胜利"[①]，这种概括主要来自大西北和大西南的青藏高原部分。笔者认为用这一概括来表述大西北精神也完全是贴切的。"主体性神话的胜利"是对大西北最大的审美机缘人与大自然的冲突中，人作为主体的一种确认。在西北，自然的力量是巨大的，相比之下，人的力量是渺小的。然而，人毕竟又是这个世界的主体。而人要用自己的渺小去战胜自然的强大，便会构成某种神话思维和神话叙事。事实上，大西北精神的根本意义，就在于确认人在大自然面前的主体性，就在于人以某种宗教的、传奇的、神话般的力量去战胜大自然的严峻与险恶。这种主体性神话的胜利，正是大西北文学真正的精神魅力所在，也正是大西北文学所要追求的美学意义所在。

本文正在谈论的大西北文学，便是由上述地理概念、文化概念与精神概念综合构成的一个复合的文学概念。

二 大西北文学及其毗邻概念

作为一个文学概念，大西北文学不是孤立存在的。它有着与自己或者相关的，或者交叉的，或者隶属的诸多毗邻概念。本文将对此予以梳理。

（一）大西北文学与西部文学

与大西北文学最接近的文学概念便是人们早已熟知的西部文学。一般来说，西部文学本身便是一个更加复合的概念，大西北文学应该属于西部文学的一部分。或者用纯粹的行政区划来论定，那么应该是：西部文学＝大西北文学＋大西南文学，而且大西南与大西北同样都属于多民族聚居区，同样拥有险峻的地理环境，同样存在宗教文化区域。然而，大西北与大西南在具体的地理、地貌，以及人文环境上，又有着巨大的差别。从地理地貌看，大西南既没有大沙漠、大戈壁，也没有极具母性特质的黄土地，更没有严寒与风沙，却有着大西北所没有的温润的气候、茂密的草木和丰富的水系；从人文环境来看，大西南的宗教仅以佛教和部分地区的原始宗教为主，以儒、道为代表的中原文化也很少被吸纳，更不存在大西北那样巨大的伊斯兰文化版图。这样，大西北文学必然与大西南文学有着很大的差别。20世纪80年代以来的西部文学，基本上是以大西北文学为主，涉及大西南的因素较少。如以新边塞诗和黄土地诗歌为代表

---

① 出自李震《当代西部诗潮论》，西安曲江出版传媒股份有限公司、西安出版社2017年版。

的西部诗歌，基本上与大西南没有多大联系。人们一般举证的西部小说，也大多是指大西北出现的小说，至于西部电影更与大西南没有多少关联。在这个意义上说，大西北文学应该是西部文学中的主要部分。

（二）大西北文学与行政区文学、南北方文学

在习惯上，各个行政区域都会有自己的文学称谓。譬如甘肃文学、新疆文学、陕西文学等。这种由行政管辖范围决定的文学概念，不完全与地理和文化意义上形成的文学概念相对应。中国大部分省区都是由不同的地理地貌，以及由此生成的不同文化形态构成的，因此其文学形态并不能构成某种一致性。但作为一个文学管理的区间，一个省区的文学，可以享有同样的管理政策，以及由此形成的文学的公共空间。但仅仅按照行政区划来提出文学概念，应该不属于从文学本质意义上的命名，最多只能算作一个管理概念。

真正与大西北文学毗邻的概念应该是历史上曾经有过一定影响的南北方文学之分。历史上，欧洲、中国都有南北方文学之分的学说。在欧洲，史达尔夫人在《论文学》中将欧洲文学分为南方文学与北方文学。在中国，近代学者刘师培在《南北文学不同论》中便从地理学角度将中国古代文学分为南方文学和北方文学。事实上，从《诗经》和《楚辞》开始，中国就已经形成了南北方文学的鲜明差异，之后历朝历代的文学都有南北方之分。由于中国的南方和北方，在地理、气候、文化、生活习俗、人的性格等各个方面都有着鲜明的差异，南北方文学形成了迥然不同的美学气质和叙事风格，如南柔北刚、南细北爽、南婉约北豪放等。但是，无论是南方文学，还是北方文学，都不能完全代表大西北文学，同样以刘师培等人秉持的地理学论之，大西北的地理特性，不仅与南方迥异，而且也不同于东北、华北等其他北方地区。如果我们一定要坚持地理环境决定论，那么中国的文化和文学的主要分野，除了南北之分外，更重要的还应该是东西之分。因为东西的地理差别，远远比南北要大得多。从自然地理看，西高东低，西险东缓；从文化地理看，西部是多民族地区和宗教区域，东部则以汉族为主，宗教的密集度和信仰强度都要比西部小得多。这样的差异使东部地区完全不可能产生西部地区那样的生命意识、悲剧意识和"主体性神话的胜利"那样的精神内涵，也不可能出现新、老边塞诗那样的诗歌，以及《心灵史》《金牧场》《西去的骑手》那样的小说。在这个意义上说，大西北文学应该是与南方文学、北方文学并置的一个文学概念。

（三）大西北文学与中国文学、世界文学

大西北文学当然属于中国文学，更属于世界文学。本文所要讨论的是，大西北文学在中国文学与世界文学中所处的方位。

对于文学的命名有多重角度，以国别来命名文学，自然是其中重要的一种，如法国文学、俄罗斯文学、中国文学等，都是在学界和坊间经常使用的概念。中国文学不仅包括从古至今的中国古代文学、中国近代文学、中国现代文学和中国当代文学，而且还应该包括中国各民族文学、中国各民族的民间文学，以及港澳台文学。国别文学概念当然是要以国界为限度的。因此，海外的华文文学应该不属于中国文学的范围。而本文讨论的大西北文学当然属于中国文学。

在以国别命名文学之外，另一种命名角度是用语种来命名文学，因为文学毕竟是语言的艺术，用语种来命名更加契合文学的本性。譬如英语文学、俄语文学、德语文学、汉语文学这样的概念更能够标明文学的本义。如果从语种角度来命名文学的话，中国文学就会被分割成不同语种的文学，当然其中最主要的是汉语文学，此外还有藏语文学、蒙语文学、维语文学等很多种文学。以此角度来看，目前关注度较高的海外华文文学，应该属于汉语文学（而非中国文学）。从语种角度来命名的话，大西北文学就不仅仅是汉语文学，还应该包括维语文学、藏语文学、蒙语文学等多种类型。

世界文学是最大的文学概念。歌德、马克思和恩格斯都曾经预言过世界文学的到来。歌德曾说，"我相信，一种世界文学正在形成，所有的民族都对此表示欢迎，并且都迈出了令人高兴的步子。在这里德国可以而且应该大有作为，它将在这伟大的聚会中扮演美好的角色"。又说"现在一种世界文学已经开始，在这一时刻，如果仔细观察，德国人失去的最多，他们将会认真思考这一警告"。马克思和恩格斯在《共产党宣言》中说："民族的片面性和局限性日益成为不可能，于是有许多种民族和地方的文学形成了一种世界的文学。"从这些经典作家的论述，可以明确地认识到，所谓世界文学，就是在各民族开始相互交往之后，由各民族、各地方文学共同构成的文学。那么，大西北文学在今天的全球化格局中，自然成为世界文学中不可或缺的部分，而且是独异的、不可能被任何民族和地方的文学所替代的部分。

三　大西北文学的历史时空和美学空间

廓清大西北文学的历史时空和美学空间是一个复杂的问题。大西北地域辽阔、历史悠久、民族众多、文化多元，本身就构成了一个复杂的历史时空，而在此基础上构建起来的美学空间就更为复杂。

大西北文学包含西北各民族现代的，也包括历史上的文学思想、文学作品和文学现象。既包括西北作家的文学作品，也包括非西北作家在西北书写的文学作品，还包括外地作家写的西北文学作品。

（一）大西北文学的历史纵深

如果说《诗经》是最早的中国文学作品的话，那么《诗经》中的绝大部分篇什就是大西北文学。其中雅、颂部分中的大部分内容出自西周初年的音乐教育机构"大司乐"①。大司乐应该就建在西周国都镐京（今西安），属于今天的大西北。十五国风除了《周南》《昭南》属于南方（汉水流域）民歌外，其余均属北方民歌，其中大部分来自西北。《诗经·秦风》中的十多首民歌，所唱的是周王朝与北方戎狄交战地带的战争与爱情，像今天的大西北多民族地区的文学一样，具有鲜明的大西北特征。在这个意义上说，大西北文学与整个中国文学具有同等的历史纵深度。

中国文学史上的许多座高峰都是在大西北竖起来的。继周代的礼乐文明之后，秦、汉两朝均设立乐府，开创了乐府诗歌传统，成为中国文学史上继《诗经》《楚辞》之后第三座诗歌高峰；汉长安融会了黄河流域的《诗经》传统与长江流域的《楚辞》传统，汇流成一种新的文学传统——汉赋传统；汉代史家"究天人之际，通古今之变，成一家之言"，创造了以《史记》为代表的史传传统；隋唐之际，中国文学走向成熟，各种文学传统融会贯通，竖起了中国文学的最高峰——唐代诗歌。唐诗的高峰是以长安为标志形成的，当然包括了整个唐王朝各地诗人的创作，而其中的主要代表诗人和代表流派大多出自大西北。李白出生于西域碎叶城，穿越整个大西北，辗转西南，30岁来到长安。白居易、杜牧等唐诗代表诗人本身就是大西北人。唐诗的代表流派"边塞诗派"应该是最具大西北特征的唐诗流派，其中"愿将腰下剑，直为斩楼兰"的边疆征战，"青海长云暗雪山，孤城遥望玉门关"的大西北景观，都极具大西北特征。此外唐诗中被称为"诗佛"的诗人王维，深居蓝田辋川，是唐代另一个重要诗歌流派"田园诗派"的代表诗人。唐以后，虽帝都东迁，但大西北文人仍然延续着思想文化的发展，以张载为代表的数代关学大师，不仅开启了宋明理学的先河，孕育了一代又一代文学大家，而且直至近现代，凝聚了著名的"横渠四句"②，成为中国文人，乃至世界儒士的座右铭和精神禀赋。

20世纪三四十年代，中国的又一座文学高峰在大西北耸起，那就是延安文艺。延安文艺运动以其全新的政治理念和文化精神，融合了大西北的民族民间文艺资源，将现代文艺的主脉延伸到了一个全新的时代。以鲁艺、文协、民众剧团为代表的一大批

---

① "大司乐"是周朝的音乐机构，掌握着音乐教育和执行礼乐的职能，它的培养对象主要是王室和贵族的子弟，也有一些是从民间选拔出来的优秀音乐人才。学习内容主要为音乐美学、演唱和舞蹈；学时为7年，从13岁开始学习，20岁毕业；学生人数达1400余人，其中音乐教师（乐工）有600多人，称得上一所师资雄厚、机构完备的音乐学校。

② 即"为天地立心，为生民立命，为往圣继绝学，为万世开太平"，为北宋大家张载的名言。当代哲学家冯友兰将其称作"横渠四句"。

新兴文艺机构和团体，以《白毛女》《王贵与李香香》《黄河大合唱》为代表的一大批新兴文艺作品，以及一大批新型文艺家应运而生，完成了中国文学艺术的一次历史性转折。

20世纪80年代中期，国家发出了开发大西北的号令，直接催生了以"新边塞诗"和"黄土地诗歌"为先导的西部文学，和以西安电影制片厂为中心的西部电影。如前所述，西部文学和西部电影，名为西部，实则以大西北为核心。大西北的文脉由此贯通到了当代文学的格局中，成为当代文学乃至当代文艺的一股重要思潮。

（二）大西北文学的美学空间

如果仅仅从行政区划来看，大西北尽管大，但仍然是有限的。而文学的空间是意义的空间、精神价值的空间、美学的空间。在这个意义上说，大西北文学的空间疆域是无限的。

由于自然环境的原因，大西北经济的相对落后、现代化进程相对缓慢世人所共知。然而，这种导致经济滞后的大自然，却不仅孕育了世界上独一无二的宗教文化、民族民间文化、历史文化，而且具有极高的审美价值，也塑造了大西北多元而独特的美学景观。

1. 雄奇壮阔的悲剧美学。如前所述，大西北最大的悲剧冲突是人和自然的冲突，同时，构成大西北悲剧冲突的还有大量的人际冲突，如民族冲突、阶级冲突、善恶冲突等，这些不同层次的冲突构成了大西北文学的悲剧美学基调和特质。这一基调和特质，与大西北特有的崇山峻岭、高原雪峰、大沙漠、大戈壁相呼应，形成崇高、悲壮、雄奇、刚毅、强悍的雄性审美特征。在古今边塞诗歌和现代大西北小说中，一个个硬汉形象与野马群、烈性酒、莫合烟、大漠孤烟、长河落日等意象，组成了大西北文学特有的父系象征序列。这种崇高、悲壮、雄浑的悲剧美学正是大西北文学最主要的美学形态。这种美学形态生成的主要原因是一种壮怀激烈的、辽阔博大的、具有征服性的审美空间。

2. 回肠荡气的母性审美形态。大西北的东部，是黄河文明的发祥地，在黄河文明中，作为母亲河的黄河以及黄土地、月亮、女性形象，构成了一个宽厚、温良、回肠荡气的母系象征序列。这一象征序列，并不属于传统美学中所设定的优美和婉约范畴，而是以饱经沧桑的母亲意象为核心，形成的一种大西北特有的母性审美形态。在这种形态中，人与土地、人与河流的关系中展现出来的生命意识，成为主要的美学空间，更多地表现为一种凄婉的、回肠荡气的痛楚和忧患。

3. 快乐的喜剧美学。在大西北文学中，悲剧美学当然是基调，但同时，也存在一种快乐的喜剧美学，从新疆民间文学中的阿凡提故事系列，到现代作家中王蒙在新疆时期的小说，再到甘肃诗人李老乡的诗歌，都营造出独特的喜剧美学的叙事风格。这种用喜剧的方式表现悲剧意识的文学作品，相比于用悲剧的方式书写悲剧，更具美学内涵，也需要作家有更大的心理能力和人格力量。以悲剧写悲剧是正着，而以喜剧写悲剧者，要么是疯子，要么是智者。事实上，大西北具有喜剧美学风格的作家、诗人和民间机智人物，都表现出了超常的智慧，应属智者一类。这种智慧是人们用以战胜、超越大自然之险恶的力量。正是对大自然以及人类命运的战胜与超越，生成了这种快乐的喜剧美学，并成为"主体性神话之胜利"的最充分的表现，从而形成了大西北文学的一种神奇的美学景观和审美空间。

（三）"一带一路"语境下大西北文学的历史时空

2013年9月，中国国家主席习近平在哈萨克斯坦提出建设"丝绸之路经济带"的倡议，进而发展为我们国家的"一带一路"行动计划。这一宏大的构想和行动计划在营造着全新的全球化语境的同时，也成为大西北文学复兴的又一次历史契机。因为丝绸之路中国段是贯通整个大西北的一条古道。或者可以说，整个大西北都可以被视为古丝绸之路沿线。

随着国家"一带一路"行动计划的实施，大西北再一次进入了国内外、各行业的视野。"丝路经济带建设"文化先行的策略，更是将大西北的文学艺术推到了历史时空的台前。

文学、影视等文化的核心形态，正在成为人们重启大西北文化，构建异源异质的丝路文化共同体，进而构建人类命运共同体的重中之重。在这个再度转折的历史拐点上，大西北文学应该如何发挥自己深厚的历史文化、民族民间文化的资源优势，顺应历史的必然要求，利用新型数字媒介的叙事功能和传播力，创造全新的美学图景，发挥特有的精神引领作用，重新影响中国、影响世界，是目前大西北作家和大西北文学的研究者必须面对的一个重大现实课题。

四 大西北文学的研究与批评

既然大西北文学是一个可以独立存在的，在世界文学家族中独一无二的文学概念，那么，它自然具有极高的研究价值和学术意义。目前对大西北文学中的许多文学作品、文学现象和诗人作家都已经有多个层面的研究，但这些研究多是从文学史和一般意义上的美学、文艺理论和文化批评角度的研究，而至今没有从大西北文学的角度展开研究与批评。本文就大西北文学的研究价值、阐释向度和前景提出一些初步构想，谨供学界同人参考。

(一) 大西北文学的研究价值与阐释向度

大西北文学的概念是立足于地域性的，但对它的研究价值和学术意义绝非局限于地域性。大西北文学既不是一种地方性知识，也不是一个地方性话题。它是中国文学乃至世界文学中的一个特殊而独立的品种。对它的研究所建构的远不只中国文学版图的完整性，而是中国文学乃至世界文学中的一种特殊类型所能够抵达的意义高度。这种高度极有可能是其他文学类型无法企及的高度。

大西北文学，是基于地理概念、文化概念和精神概念被提出来的。因此，对于大西北文学的研究与批评应该从以下几个层面展开。

1. 文学地理学向度的研究与批评。地理环境决定论始于古希腊，希波克拉底认为人类特性产生于气候；柏拉图认为人类精神的形成与海洋有关；亚里士多德认为地理位置、气候、土壤等影响了民族的特性；而文学地理学的研究则是从此基础上形成的文学社会学出发的。地理因素被作为社会环境的重要组成因素因而被纳入文学社会学的考察之中。德国学者 J. G. 赫尔德将地理、气候、风俗等因素纳入文学生成的社会因素来考察。其后，法国女作家史达尔夫人又从地理环境的角度，将欧洲文学分为南方文学与北方文学。19 世纪法国文学批评家泰纳在《英国文学史引言》和《艺术哲学》中，将地理环境作为决定文学的三要素（种族、环境和时代）之一。这种地理环境决定论虽然曾经遭到过批评，但对我国学者也有过影响，前述的近代学者刘师培的中国文学南北论即出于此学说。笔者认为，在中国素有"一方水土养一方人"之说，而且"文学是人学"也是一种共识，那么"水土"一定是决定文学的重要力量。在这个意义上说，地理环境决定论何错之有？！

大西北文学产生于世界上最奇特、最险峻、最复杂的地理环境，而且人与自然的冲突、适应和共生，是其中核心的审美机缘。如能从文学地理学的视角展开研究与批评，无论是对文学地理学自身的学术建构，还是对大西北文学深层问题的认知，也还是对文学研究、文艺批评领域的拓展，都会具有极高的研究价值和学术意义。特别是在世界文学已经到来、全球化语境既已生成的今天，这种基于文学地理学对大西北文学的研究与批评，意义与价值会更加凸显。

2. 文化人类学向度的研究与批评。广义的文化人类学是人类学的分支。它以研究各民族创造的文化，来揭示人类文化的本质。用民族学、考古学、人种学、民俗学、宗教学、语言学的概念和方法，对世界各民族进行研究。狭义的文化人类学主要指民族学。民族学到 19 世纪中叶才成为独立学科。

大西北文学的研究与批评当然不会肩负人类学、民族学、考古学、人种学、民俗学、宗教学、语言学研究的使命，但对大西北文学的研究与批评，与上述学科都有关系。因为大西北民族众多,人种复杂、宗教多元、民俗丰富特异,具有极高的文化人类学研究价值。而这些因素正是大西北文学特质重要的构成因素。因此,大西北文学的研究与批评完全可以吸纳和借鉴文化人类学的视角和方法,用以探究其文学的本质与特性。譬如从民族学、人种学、民俗学或宗教学等角度,考察某些文学现象、文学作品、作家文化心理的形成根源;譬如用文化人类学的研究方法所包含的实地参与观察法、全面考察法、比较法等,去考察、分析、研究大西北文学和大西北作家等。

  3. 精神分析学、生命哲学和神话—原型批评向度的研究与批评。以弗洛伊德、荣格为代表的精神分析学,以狄尔泰、尼采、叔本华、伯格森为代表的生命哲学,以及佛莱等为代表的神话—原型批评,都已经是风靡世界的成熟学说和方法,并为人文社科各领域打开了广阔的学术道路。这些学说仍有可能给大西北文学提供开阔的阐释空间,相反,大西北文学也可能会为这些学说提供特别的阐释与分析样本。

  如前所述,大西北奇特险峻的自然地理环境,必然会孕育出丰富、特异的精神内涵和生命现象,而且必然会成为文学想象力、表现力和审美价值发生的重要机缘。因此,大西北文学将会成为精神分析、生命哲学、神话—原型批评的重要而特殊的领域。

  特别是荣格的集体无意识理论对于大西北不同民族的文学,神话—原型批评对于大西北的民族民间文学,尼采权力意志论对于大西北具有雄性美学风格的文学,德国 H. A. E. 杜里舒的生机主义、法国 H. 柏格森的创化论对于大西北表现原始生命力的文学,都会打开广阔的阐释空间,催生具有较高学术价值的研究与批评。

  4. 文艺美学向度的研究与批评。大西北文学本身就是重要的艺术现象,同时,大西北文学与大西北的各种各类其他艺术,特别是民族民间艺术,又有着内在的关联度。从周初诗乐舞同体起步,到盛唐诗书画乐舞交汇发展,再到延安时期文学对各类民间艺术的吸纳,大西北文学从来都有着广泛的艺术背景和艺术聚合力。因此大西北文学的研究与批评绝不可拘泥于文学自身,而应该兼容其他艺术的视野。只有把大西北文学置于整个大西北的文化艺术生态之中,才能从根本上发现、认识和评判大西北文学的美学价值。

  创造美是文学艺术的天职。因而文学的研究与批评,无论采用何种理论和方法,都不可以离开美学的向度,更何况文艺美学已经是一门成熟的学科,有着稳定的学术话语和研究方法。应该强调的是,由于大西北奇特的地理特征和多元的文化构成,大西北文学在美学上具有诸多特殊性。这种特殊性将会使文艺美学的研究与批评面对不同凡响的审美问题,也由此会开拓出别开生面的研究与批评领域。

  5. 社会—历史向度的研究与批评。社会—历史视角是文学研究与批评最常见的向度,也是最成熟的方法。大西北的社会、历史异常复杂,中国社会、历史的重大问题绝大部分集中在大西北，譬如，贫困问题、教育落后问题、民族问题、宗教问题、安全稳定问题、文化传承与保护问题等。这些问题都是文学随时可能触及的社会症结，同时也是大西北文学研究与批评必须面对的学术难题。

大西北文学的社会—历史研究与批评向度，在坚持文学本位的基础上，应该以马克思主义辩证唯物主义和历史唯物主义为指导，吸纳社会学、历史学的研究方法和考古学的研究成果，紧密联系大西北社会—历史发展的实际问题，对大西北文学中的重要现象，重点作品，特别是现实主义作品展开深入研究与批评。

（二）大西北文学研究与批评的使命与途径

大西北文学概念的提出，将意味着学术界和批评界一项新的使命和行动的开始。对此，本文提出如下构想。

1. 组建跨地区研究机构与批评团队。西北五省区的文学研究者与批评家均肩负着大西北文学的研究与批评使命。在地研究者与批评家应该联合起来，结合本地区文学发展的现状，统一规划，全面开展研究与批评工作。对此，本文建议通过各地高等院校、作家协会和文艺评论家协会，组建跨地区研究机构和批评团队，明确任务，分工协作，共同实现大西北文学的研究与批评目标。

2. 开辟大西北文学研究与批评阵地。建议通过各地高等院校、作家协会和文艺评论家协会，创办大西北文学的专业期刊、网站和公众号，传播大西北文学信息和研究动态，发表研究与批评成果，扩大大西北文学，以及大西北文学的研究与批评在文学界和学术界的影响力。

3. 争取科研立项，以项目制带动大西北文学的研究与批评。建议通过国家社会科学规划办公室、艺术学科规划办公室，以及各省、区、市社科规划办公室，为大西北文学的科研立项，特别是通过国家社会科学基金中的西部项目，为大西北文学的研究与批评争取更多的经费支持，并以项目制的方式带动大西北文学的研究与批评团队的形成。

（三）大西北文学的研究与批评目标

1. 逐步形成大西北文学研究与批评的独特话语方式。大西北地理与文化的独特性，内在地规定着大西北文学的独特性。大西北文学的独特性，同样内在地规定着大西北文学研究与批评的独特性。进一步讲，独特的研究与批评必然会形成独特的话语方式。

大西北文学研究与批评的话语方式，应该是在符合文学研究与文学批评基本话语规范的基础上，形成大西北文学研究与批评特有的话语风格。

2. 逐步形成中国文学研究与批评的大西北学术共同体。在中外文学研究与批评的历史上，能够形成具有共同研究对象，具有独立思想与学理，具有独特文风和话语方式的流派、学派、群体等的学术共同体现象并不多见。但如在19世纪俄罗斯文学的研究与批评基础上形成的，以车尔尼雪夫斯基、别林斯基、杜勃罗留波夫为代表的俄罗斯文学批评群体，应该是文学批评学术共同体的典范。大西北学术共同体的建构虽然不能与此相提并论，但在当下中国特色哲学社会科学话语体系建构，与哲学社会科学的中国学派建构中，大西北文学的研究与批评学术共同体当然可以作为其中的一个目标。基于大西北文学自身的独特性和重要性，这个目标不仅值得大西北的文学研究者和批评家们，而且值得对此有志趣的全国，乃至国际文学界、学术界的朋友们共同努力。

（作者单位：陕西师范大学）

新世纪:西部文学研究现状及思考

赵学勇

内容提要：进入 21 世纪以来，西部文学研究大体呈现为两种趋向的研究：一是持续从宏观或整体上对西部文学进行深入拓展，以一种文化整体观来统摄西部文学中的众多现象、流派和作家，对西部文学研究具有多重开拓意义；二是西部地方性文学研究的兴起与深化，甘、宁、青各省区取得了丰硕的成果，并举办过多次大型学术研讨会，这些举措都强化和发展了西部文学研究的有生力量。西部文学的动态性和开放性，以及现实文化语境的不断更替，都表明西部文学研究不可能有终结版，因此，有必要从"暂时性"上来理解西部文学研究已取得的成果。西部文学研究亟待向纵深推进，向深度化方向拓展，发现与创造再研究的空间。

关键词：西部文学；研究现状；研究空间；21 世纪

一

21 世纪以来，西部文学研究取得了长足进展，大体可分为两种趋向的研究：一是持续从宏观或整体上对西部文学进行深入研究；二是西部地方性文学研究的兴起与深化。

先看宏观研究方面的成果。以南京大学丁帆为带头人的学术团队，致力于西部文学"史"的梳理与归纳，其论著《中国西部现代文学史》（人民文学出版社 2004 年第一版）是西部文学研究的重要收获。该著围绕"独特的文明形态与西部文学的美学价值""全球化与西部文学写作的命运"等命题展开论述，在史的宏阔视野下对西部文学（包括小说、诗歌、散文等不同的文体）进行了全方位、立体性的审视和阐述。其学术贡献在于，将西部文学置于一种自成体系的学科研究序列中，以一种文化整体观来统摄西部文学中的众多现象、流派和作家，对西部小说的研究也具有多重开拓意义。李兴阳的《中国西部当代小说史论（1976—2005）》（安徽大学出版社2006年版），将新时期以来的西部小说区分为五个板块，即"先锋小说"、"流寓小说"、"乡土小说"、"城市小说"和"历史小说"，丁帆在该著的《序言》中对它是这样评价的："作为一部地域文学史的分类史，从小说这一文体来详细地分析西部文学的精神与美学特征，它弥补了我们在《中国西部现代文学史》中无法详尽和完善的遗憾。"——这可说是准确的定位。赵学勇、孟绍勇的《革命·乡土·地域——中国当代西部小说史论》（中国人民大学出版社、山西教育出版社2009年版），将"革命"、"乡土"和"地域"作为行文的主要关键词，着眼于西部独特的地理人文环境对西部小说的巨大影响，分别从当代西部小说的流变，西部小说在当代文学格局中的地位，西部作家的审美追求，西部小说与宗教、民俗文化的关系，西部小说与"新都市小说"的比较，"全球化"时代西部小说的选择与走向等方面展开论述，剖析了当代西部小说的独特成就，是一部向西部小说纵深进行开掘的著作。赵学勇、王贵禄的《守望·追寻·创生：中国西部小说的历史形态与精神重构》（北京大学出版社2012年版），在综合研究西部小说生成、发展的历史梳理和评价中，通过将西部小说作为研究的窗口，揭示其意义不仅在于整合与深化西部小说的研究，还在于通过西部文学的研究以独特的方式观照中国当代文学的整体动向与存在问题。本论著研究当中所把握的一些关键词，如精神结构、文化基因、冲突模式，以及史家叙事、读者接受等，都事关转型时期中国当代文学演进乃至中国当代文化建设中的深刻矛盾与复杂纠葛，事关如何缓释在世界性潮流影响下本土性文学与文化诉求所形成的巨大张力。问题意识的存在与研究视野的择取，也表现出该著对中国文学之当代境遇的深层焦虑、思考及探寻。另外，西部散文研究也有专论收获，王贵禄《高地情韵与绝域之音——中国当代西部散文论》（中国社会科学出版社2019年版），立足于中国当代文学史的宏观视野，对20世纪40年代以来西部散文发展演进的历程做了系统梳理，指出"文化想象"、"西部精神"和"家国意识"构成了西部散文的内在精神结构，这种精神结构不仅使西部散文在中国当代文学版图中显示出不同的特质与气象，而且在与时代精神的对话中不断激荡出动人的感召力。该著力图通过对西部散文的整体性研究，揭示具有普遍意义的创作经验，特别是有关"创作模式"和"地方性想象"的阐发，更是该著所集中探讨的问题，从而深度剖析了西部作家的文化立场、人格精神和审美追求，以求获得对于西部散文创作的深度分析。

西部地方性文学的研究论著在近几年不断问世，励小捷主编的《甘肃文学创作研讨会论文选》（甘肃人民出版社2006年版），收录了专门讨论甘肃小说创作的论文16篇，通过集中讨论，梳理了甘肃小说创作的现状与缺失，为甘肃作家的努力方向作了理论疏导。刘晓林等的《青海新文学史论》（青海人民出版社2007年版），将青海新文学的发生追溯到1928年,其下限为2000年,分为"追逐主流文学话语的文学拓荒"、"历史的沉思与人性的审视"和"边缘化的文学写作"等四章,对青海文学做了较为细致的史学描述。丁朝君的《当代宁夏作家论》(宁夏人民出版社2007年版),分为"女作家论"、"回族作家论"和"其他名家论"三个板块,分析了新时期以来活跃在文坛上的宁夏作家,因其在小说之外,还涉及诗歌、散文等文体,故在宁夏小说研究方面似乎还未完全展开。

除专著之外,马为华的《中国西部文学论》(博士学位论文,复旦大学,2003年),孟绍勇的《革命讲述、乡土叙事与地域书写——中国当代西部小说研究》(博士学位论文,兰州大学,2006年),杨若虹的《中国当代西部散文研究》(博士学位论文,苏州大学,2010年)等几篇博士学位论文也值得注意。这些博士学位论文的选题说明西部文学广为高校研究生所关注。21世纪以来,四川、广西、云南等省区的西部文学研究也取得了丰硕的成果,并举办过多次的大型学术研讨会,这些举措都强化和发展了西部文学研究的有生力量。

二

毋庸置疑,自20世纪80年代以来,西部文学研究已取得了重大进展,例如,西部小说研究从西部文学的综合性研究中逐渐分离了出来,成为一个独立的研究实体;西部小说独特的题材资源、风格形态和创作精神等文学性问题都有了较为细致的研究;在大量分析叙事文本的基础上,通过横向比照而阐述了西部作家取得的重要文学成就等。就目前的研究成果而言,西部文学研究的整体水平亟待提高,西部文学研究的空间还很大,很多命题也没有细化和深入,因此西部文学研究也就拥有相当可观的前景。诚如李继凯所言,"西部文学研究整体还相当薄弱,某些初步形成的论点论据都还显得很脆弱。由此也可以说,西部文学研究的空间还很大,很多命题也没有细化和深入,因此西部文学研究也就拥有着'可持续发展'的未来"。①

具体来说,我认为这些"再研究空间"的可持续性表现在以下几个方面。

(1)西部文学是一个动态的开放性的概念。所谓"动态",即是说西部文学始终处于发展变化之中,随着新的作品的不断涌现,其研究也就必然处于持续状态;况且西部文学概念中的"西部"也是一个颇具争议性的话题。到目前为止,学界对这一话题还没有取得一致性的意见,故西部文学研究就有了开放性与相对性的问题。所谓开放

---

① 李继凯:《中国西部文学研究三十年》,《文学评论》2008年第4期。

性，就是要把西部文学置于整个中国当代文学乃至世界文学的大视野及大格局中进行考察；所谓相对性，就是要把西部文学作为一种特殊的区域或者地域性文学，在与其他地域性文学的广泛联系与比较中进行研究，只有具备了这样的开放性眼光和比较意识的自觉，才会促使西部文学研究取得更加丰硕的成果，也会大大提升西部文学创作的水平。

（2）西部文学创作是以某种文学精神为支点而展开的，这种文学精神从延安时期就已经播撒，随着现代文学中心的"西移"，从柳青、张贤亮到路遥、张承志，再到贾平凹、陈忠实、杨争光、雪漠、石舒清等，都在秉承与张扬某种文学精神。虽然过去的研究对此也有涉及，但往往止于对20世纪90年代之前文学实践的考察，很少有人追究在消费文化语境中，这种文学精神又发生了什么样的变化，特别是在消费时代，西部作家的精神结构发生了什么样的变化，这是目前西部文学研究中的一个盲点，很值得我们关注。

（3）从地域文化的视角研究西部文学是一个比较常见的选题，而且研究成果丰富。问题是，地域文化也是一个动态的概念。新时期以来在现代化、城市化和全球化的演变中，地方性的民间民俗文化样态日渐衰颓，因此关于地域文化与西部文学的研究命题，其研究的重点应转移到"文化基因"上来，只有将文化基因作为一个重要切入点，才能更有效地把握对"文学与文化"这一互动命题的研究。所谓"文化基因"方面的研究，也就是对"地方性文学与文化精神"的关系研究做抽样调查，有两个视点值得注意，一是从历史维度分析文化精神传统对当代西部作家的影响，二是从现实维度考察民间文化精神对西部作家的规范，两种视角的结合可以获得关于"文化基因"的整体性认知，并对"文化基因"如何影响作家创作有更深度的认知。

（4）西部小说非常典型地体现出中国在走向全球化、多元文化时代的症候。全球化时代几乎所有带有世界性趋向的文化冲突都体现在西部小说中，体现在前现代、现代抑或后现代文化之间所形成的冲突形态及其张力当中。如传统与现代的冲突，农业文化与当代文化的冲突，文化的全球化与文学的本土性的冲突，都在西部小说中醒目地呈现出来，从而使西部小说成为观察当代中国遭遇的诸种文化冲突的鲜活标本。而其意义远不止于此，西部作家在新时期以来剧烈的社会变革与文化震荡中所保持的那种对文学性、人文精神及诗性情怀的坚守，那种面对异质性文化冲击与时尚写作狂潮时的从容，那种以文学为事业而能甘于清贫的姿态，都为当代作家如何缓释与化解世界性潮流影响下所导致的本土性文学诉求的紧张提供了经验，尤其是为当代作家如何调整深层心理结构提供了极宝贵的经验。而且，新时期以来文艺学所关涉的诸多重大命题，如现代性、历史叙事、马克思主义中国化等问题，也都在西部小说叙事中作出了探索性的努力。而对这些问题的研究，都是西部文学研究中的重要理论命题，对其研究的深化，也将标示着西部文学研究的深广度。

（5）小说叙事离不开情节，而情节又是由不同层次的冲突构成的，我们把那些叙事中反复出现的冲突视为冲突模式。如果细作抽样调查，便不难发现，一个作家，或一个流派的作家，或一个时代的作家，或一个地域的作家，都在其叙事中自觉不自觉地展现着某类冲突模式。西部作家当然也概莫能外。冲突模式研究似乎属于一个常识性的研究命题，但遗憾的是，在西部文学研究特别是小说研究中却常常看不到冲突模式的研究。以此观之，冲突模式研究又构成了西部文学研究的一个盲点。

（6）文学史家王瑶在为钱理群等著的《中国现代文学三十年》作的"序言"中提到，中国现代文学史"除尽可能地揭示现代文学发展的历史主流外，同时也注意到展示其发展中的丰富性与多样性，力图真实地写出历史的全貌"。以王瑶的话为参照，可以这样设问：西部文学在当代文学史叙事中到底呈现了怎样的面貌？西部文学的代表作是否被作为文学的"历史主流"中的经典文本，抑或作为"丰富性与多样性"的一个环节被描述？文学史家对西部文学的定性与描述，理应反馈西部文学研究的成果。毫无疑问，文学史评价和读者接受表征着西部文学被认可的程度，也映像着西部文学的价值意义，而关于此类问题的研究，便构成了西部文学的文学史评价和读者接受的研究，但这方面的研究至今还相当薄弱。

从西部小说的文学史境遇可清晰反观当代文学史叙事中出现的诸多迷误，柳青、路遥以及其他"无名"的西部作家的遭遇，都说明我们的文学史叙述者所持有的文学史观念和择史标准存在严重问题。特别是作为个案的路遥，其在史家与读者之间持续性的"冷落"与"热读"的文学现象，给文学史叙事提供了"经典"阐释的"读者向度"，而这一向度却又是极为重要的。因此，对文学史重构的再认识，其中最值得反思的问题是，文学史到底要说什么？20世纪80年代中后期以来，史家大多热衷于追踪新潮小说、时尚小说、西化小说，而忽略甚或遮蔽了百年中国文学中最重要的现实主义脉流，因而使当代文学史叙事失去了应有的厚重感。反映论、典型论、史诗性、宏大叙事等与现实主义脉流相关的美学经验被置于十字架上拷问，代之出场的、被"立"起来的则是西方现代主义和后现代主义的叙事经验，但这些所谓"经验"，究其实质不过是通过不甚精确的翻译文字来传达的，加上国内"现代派"作家文化修养的制约和浮躁心理的鼓动，实际写出来的东西与真正的西方现代派或后现代派的精神本质已相去甚远，但是，就是这样的作品反而是被文学史津津乐道和反复叙述的。我们看到，在这种潮流的荡涤下，百年中国文学苦心经营的现实主义经验与传统被逐渐剥离，备受冷落，代之而起的是各种所谓"先锋""后现代""私人化"等超验叙事流，这些都成为当代文学史所描述的"多元"景观。种种迹象表明,文学史如若不能复归现实主义诗学的言说中来,百年中国文学所聚集的最后一点元气都将消耗殆尽,进而将其真正推向形式主义的死胡同。在这个文学普遍衰落的时代,身处偏远省份的西部作家的创作,虽不能说"文起八代之衰",但他们毕竟以其劲健有力、雄浑苍凉、蕴意深远之作,标示着现实主义文学的切实存在,并时刻检测着文学史叙事的真实性与可靠性。

综上所述,中国当代西部文学研究发轫于80年代初期,而成为一个独立的研究实体则是在90年代初期。四十多年来西部文学研究已取得重大进展,这些研究成果显示,西部文学是百年中国文学版图中具有特殊的文化资源、风格形态和美学内涵的一种文学形态。西部文学的动态性和开放性,以及现实文化语境的不断更替,都表明西部文学研究不可能有终结版,因此,我们有必要从"暂时性"上来理解西部文学研究已取得的成果。我们不妨将这四十多年来的西部文学研究看作基础性的研究,而今后的研究不仅是拾遗补阙的问题,不仅是以新的文学理论来重新观察和阐释西部文学的流变问题,而且更有可能向纵深研究推进,向深度化方向拓展,也就是发现与创造再研究的空间。如上文所述,西部作家精神结构的深度研究、西部文学文化基因的探寻、西部小说冲突模式的辨析,以及西部文学的文学史书写和读者接受状况的考察等,都是亟待拓展和充实的再研究空间。

(作者单位:陕西师范大学)

陕甘宁文艺研究

从"组织起来"到"文艺战线":
陕甘宁文艺社团机构的建立及发展

王 荣

内容提要:20世纪40年代以延安为中心先后建立的陕甘宁文艺社团组织,不仅是中国共产党领导文艺运动,以及新民主主义文化建设实践的重要内容,同时又是最能够直接反映出当时党对文艺工作思想和组织方面的领导经验,以及有别于其他延安文艺研究的"第一手"文献史料。因此,本文试图从陕甘宁文艺文献史料研究的角度,考察梳理陕甘宁文艺社团组织的建立及其发展,以及其作为党的"文化运动"、"文艺战线"及"文化的军队"等,在延安文艺运动及其组织领导体制化发展过程中的历史价值与文化意义。

关键词:陕甘宁文艺;社团组织;党的文艺工作;领导体制

在20世纪40年代的延安文艺运动及其创作活动中,以延安为中心的陕甘宁等各个边区的文艺社团机构不仅是党对文艺工作进行政治思想及其组织领导的主要方式及重要途径,同时也是组织作家及其世界观"改造"[①],学习培养党的文艺工作者及"文化军队"的体制进程之一。因为早在1940年初,毛泽东就明确指出了延安及其新民主主义文化建设的阶级性本质及其历史性特征。强调"'五四'以后,中国的新文化"及其政治实践,"只能受无产阶级的文化思想即共产主义思想去领导,任何别的阶级的文化思想都是不能领导了的"等[②]。于是,作为新民主主义文化及其体制化建构的重要组成部分,陕甘宁文艺社团机构的建立及其发展演变,事实上不仅自始至终都和党对于文艺工作的领导及其组织化进程紧紧地联系在一起,而且其组织领导的方式及其示范

---

① 毛泽东:《在延安文艺座谈会上的讲话》,解放社1950年版,第8页。
② 毛泽东:《新民主主义论》,新华日报华北分馆1940年版,第45页。

性影响，又对其他"边区"或"解放区"文艺运动产生了直接作用。所以，立足于陕甘宁文艺社团机构类型的文献资料，以及其蕴涵的延安文艺运动及其组织方式等，探讨中国共产党对于延安文艺"思想领导"与"组织领导"的历史经验，以及其在当代中国文艺发展进程中的文化影响和价值意义，应当对延安文艺及陕甘宁文艺运动文献史料等方面的研究都有独到的学术价值。

一

1936年底由毛泽东决定名称为"中国文艺协会"的成立，也是中国共产党领导及其"组织"文艺运动，由"苏区文艺"的军事化及建制化模式，向延安文艺的组织化及体制化转变的开始。在《红色中华》报、《解放》周刊等，以及《西北特区特写》和《苏区文艺资料》中，保存及汇集了有关"中国文艺协会"成立前后等历史文献及研究资料。由此可以看到，在延安文艺运动的发展历史上，1936年11月22日在陕北保安县（今志丹县）成立的"中国文艺协会"，不仅是当时"陕北苏区"文艺运动史上，或者说延安文艺运动初期出现的第一个文艺社团机构，同时也是中国共产党在新民主主义政治及其制度体制之下，自觉地领导文艺工作及建立"党的文艺工作"体制化的开始。

事实上，"中国文艺协会"的酝酿及发起，自始至终就是在当时党的相关部门及其领导之下进行的。因此，尽管"想组织一个文艺俱乐部那样性质的团体，按时举行一二次座谈会或讨论会，聚集一些爱好文艺的人，大家研究或习作一些文艺作品"，是刚刚结束了南京牢狱生活、于1936年10月底来到陕北不久的著名"左翼作家"丁玲，首先"在晚上的照例闲谈中提了出来"的一个"建议"。但是，"中国文艺协会"的正式筹组，则是丁玲在对其"建议"获得了"赞成和同意的人很多"后，"开始同苏区最高领导者们如毛泽东、洛甫等谈起，他们也一致的加以赞成，教育部也完全同意"等情况下，同意这个"群众性质的文艺团体"，必须是"由文化委员会或教育部来领导，那是没有问题的"才真正启动的①。从而也使丁玲最初的那个"文艺俱乐部那样性质的团体"，演变成为一个党的文艺领导机构。

所以，虽然筹组期间围绕团体的名称"众口纷纭"，并曾提出将这个文艺团体定名为"中国文艺工作者协会"，以强调并注重的是其能够发挥出"联络各地的文艺团体，各方面的作家以及一切对文艺有兴趣者，在抗日民族统一战线目标下，共同推动新的

---

① L. Insun（朱正明）：《陕北文艺运动的建立》，见汪木兰等编《苏区文艺运动资料》，上海文艺出版社1985年版，第164页。

文艺工作,结成统一战线中新的战斗力量"等文艺作用及社会功能[1]。但是,最后在"决定在第一次成立大会上当众采选"的多个名称中,"毛泽东提出了'中国文艺协会'这个名称,全体出席者都感到这名称非常适合,没有异议地当即通过了"[2]。

值得注意的,就是毛泽东、张闻天(洛甫)、博古等中共领导人,在"中国文艺协会"成立大会上所发表的演讲,特别是其中所反映出的当时党对文艺的领导要求,以及其被赋予的政治目标任务等。其中,毛泽东明确指出"中国苏维埃成立已很久,已做了许多伟大惊人的事业,但在文艺创作方面,我们干的很少",并且"我们没有组织起来,没有专门计划的研究,进行工农大众的文艺创作"等。因此提出"过去我们都是干武的。现在我们不但要武的,我们也要文的了,我们要文武双全"。因为"我们要抗日,我们首先就要停止内战。怎样才能停止内战呢?我们要文武两方面都来,要从文的方面去说服那些不愿意停止内战者,从文的方面去宣传教育全国民众团结抗日。如果文的方面说服不了那些不愿停止内战者,那我们就要用武的去迫他停止内战"。所以,在当时"促成停止内战,一致抗日的运动中,不管在不在文艺协会都有很重大的任务。发扬苏维埃的工农大众文艺,发扬民族革命战争的抗日文艺,这是你们伟大的光荣任务"等[3]。在反思以往"苏区文艺"历史经验及其政治教训的基础上,要求党的文艺工作"组织起来",成为其革命事业与"武装斗争"相配合的"文"的一翼。"文武双全"也由此成为其后毛泽东文艺思想中"文化战线"及其"文的军队"最初的理论表述。

同样,在洛甫和博古的"讲演略词"中,也清晰地反映出"党的文艺工作"及其应承担的政治使命和社会要求。除了明确提出要求延安文艺运动及其创作,在当时"停止内战,一致抗日的抗日统一战线运动中",能够"以文艺的方法,具体的表现,去影响推动全国的作家,文艺工作者及一切有文艺兴趣的人们,促成巩固统一战线,表现苏维埃,为抗日的核心,这是你们艰难伟大的任务"等之外,必须在担当起"提高苏区的大众的文化,发展工农大众的文艺"基础之上,"用文艺的创作,将千百万大众的苏维埃运动的斗争故事,传达到全中国全世界我们的同志,我们的朋友,以及一切人们中间去"[4]。分别从不同角度及其层面,提出了党对文艺的领导作用,以及"中国文艺协会"的成立对"苏区文艺"发展的意义。

于是,作为延安文艺运动初期党的文艺领导机构,以及抗战时期及新民主主义政

---

[1] 《文艺工作者协会缘起》,《红色中华》1936年11月22日。
[2] L. Insun(朱正明):《陕北文艺运动的建立》,见汪木兰等编《苏区文艺运动资料》,上海文艺出版社1985年版,第167页。
[3] 毛泽东:《毛主席讲演略词》,《红色中华》1936年11月30日。
[4] 分别见《洛甫同志讲演略词》《博古主席讲演略词》,《红色中华》1936年11月30日。

治体制下,中国共产党直接领导的一个文艺联合会性质的团体组织,中国文艺协会成立之后,即将自己担负的使命及重大任务,分别确定为不仅仅是培养训练"苏区"的文艺工作者,收集整理红军和群众的斗争生活等方面的材料,以及创作工农大众的文艺作品,而且还要能够在全国范围内联络团结各种派别的作家与文艺工作者,巩固抗日统一战线的力量,扩大无产阶级文学的思想领导等。因此,中国文艺协会除了公开征求会员,发展组织,成立分会,以及根据会员的兴趣爱好,分别组织包括高尔基纪念活动、文艺理论批评、文艺创作等小组开展的多次相关论题的研讨集会,以及主动建立及谋求和西安等地文艺团体组织的联系之外,重视推进群众性的大众化写作及文艺创作水平的提高,举办"苏区一日"征文活动,以及延安及陕甘宁边区文艺作品的编辑出版等,从而使得"陕北苏区"及早期的延安文艺活动,开始进入了一个全面发展的新时期。为延安及陕甘宁边区的文艺发展,以及中国共产党及其军队"文的"队伍的建立,特别是"苏区文艺"向延安文艺的过渡及发展,都做出了积极的探索和贡献。

1937年11月在延安成立的"陕甘宁边区文化界救亡协会",简称"边区文协",是"陕甘宁特区"政府建立及其军队取得"合法"政治地位后,中国共产党领导及青年知识分子和延安作家,进行新民主主义文化实践及中心建设,而建立的一个新的文化及文艺联合会领导机构。对此,著名记者、当时33岁的赵超构,曾在他1944年夏随"中外记者西北参观团"访问延安后,于7月30日起在重庆、成都两地《新民报》上连载他写的《延安一月》中,以"一个新闻记者对边区的看法"第三者的视角[①],谈到对这个延安文艺团体组织的观感及认识:"边区文协,是边区文化协会的缩称,这是领导全盘文化的组织,至于文艺团体,则原先有一个文艺界抗敌协会,早已和文化协会合并工作了。所以我们可以说文协是以文艺工作为主的文化界组织。"并且指出不仅"边区文协还是抗战以前成立的,那时从上海到延安文化人甚多,大家要求工作,而延安当局也感到有指导这批文化人的必要,便正式成立了这个团体",而且"文协的宗旨,据说有两点:一、反法西斯,二、团结全国文人。在文协领导之下的,还有40来个文化团体,其名称不能悉举"等[②]。

所以,在"边区文协"组织之下,分别管辖及领导的有多个文化组织及文艺团体。如艾思奇领导的陕甘宁边区文艺界抗敌联合会,沙可夫领导的中华戏剧界抗敌协会,冼星海、吕骥领导的陕甘宁边区音乐界救亡协会,江丰领导的陕甘宁边区美术工作者协会等分支机构。从而能够从领导体制上整合整个边区的专业及业余文艺团体组织,

---

① 赵超构:《延安一月·写完了〈延安一月〉》,南京新民报社1944年版,第2492页。
② 赵超构:《延安一月·边区文协》,南京新民报社1944年版,第118页。

充分发挥了党对文艺工作的领导作用。同时,先后组织派遣了多个由毛泽东定名的"抗战文艺工作团"。它们分别奔赴及活跃于当时以延安为中心的晋西北、晋察冀、晋冀鲁豫等抗日根据地,建立战地文艺通信网络,编写战地通讯报告,培训抗战文艺骨干,组织根据地文艺宣传活动,以及搜集整理各地民间文艺材料等,使边区文艺工作者们通过种种切实的"文章入伍,文章下乡"实践,不仅思想及作风等方面得到了真正的磨炼和提高,同时,也使他们的文艺创作及其审美趣味,开始和"工农兵"大众有了初步的接近及融通。另外,就是从"边区文协"成立后即先后组织的诗歌朗诵运动、街头诗运动和群众歌咏、讲演曲艺,以及地方戏曲改革等文艺活动。

1940年初,毛泽东的《新民主主义的政治与新民主主义的文化》,即著名的《新民主主义论》,正是在"边区文协"当时在延安的第一次代表大会上公开发表的。除此之外,由张闻天发表的《抗战以来中华民族的新文化运动与今后任务》,以及艾思奇发表的《抗战中的陕甘宁边区文化运动》等演讲报告,从理论及方法等方面,为中国共产党及其"新民主主义"的政治、经济与文化实践,以及"新民主主义文化"的性质、任务及其目标,进行了系统的阐释和具体的部署。标志着以延安为中心的新民主主义文化建设,已经进入了一个新的发展阶段。

于是,在此前后,中国共产党分别制定并发布一系列的文化及文艺政策方针,加强并完善党对新民主主义文化及延安文艺运动的领导,从而也使延安文艺运动及其社团机构的发展进入一个新的繁荣时期。例如:1940年前后,中共中央先于1939年底发布了毛泽东起草的党内文件《关于大量吸收知识分子的决定》,要求各级党组织尊重知识分子及文学艺术作家,鼓励他们自由地发挥自己的专长及艺术创造的才华。1940年9月到10月,中共中央宣传部及中央"文委"等又分别发布了《中央关于发展文化运动的指示》《关于各抗日根据地文化人与文化人团体的指示》等,加强党对知识分子及作家艺术家的领导及其组织活动等。1941年6月10日,延安《解放日报》发表"社论"《欢迎科学艺术人才》,明确声明"延安不但在政治上而且在文化上做中流砥柱,成为全国文化的活跃的心脏"等。因此,当时不仅涌现出许多文艺刊物,如《文艺突击》《前线画报》《山脉文学》《谷雨》《诗刊》《部队文艺》《民族音乐》等。而且又成立了很多文艺社团,据相关统计,仅在延安及陕甘宁边区,就有十八个之多,而在各机关、学校等还有许多自发组织起来的文艺社团及文艺组织。如鲁艺评剧团、延安杂技团、延安合唱团、西北文艺工作团等。

1942年延安文艺整风运动以后,毛泽东文艺思想及其"工农兵文艺"方向的确立,以及为党的文艺方针政策及其路线的成熟与作家思想及世界观的改造等,也使延安文艺运动及文艺社团机构的发展进入了一个新的历史阶段。所以,1942年3月初,延安成立了边区政府文化工作委员会，开始对文化及文艺社团进行统一的行政管理。而在此前后活跃的文艺社团，也在学习毛泽东《讲话》精神的同时，全身心地投入了为工农兵服务的文艺创作活动，以及作家艺术家思想感情的"工农兵化"世界观改造运动中。包括作为"边区文化运动的总的领导机关"的"边区文协"，其工作重心及影响力也在逐渐地隐没而消失。其他的那些近五十个文艺社团，大都停止或终止了社团活动。从而使党对文艺工作及社团机构的领导及组织管理，纳入了延安文艺运动及作家的体制化进程之中。如有研究者所认为的那样：延安文艺运动及其创作活动"真正实现了文学与社会、作家与读者的相互改造功能。文学远离市场，而走入社会民间；文学团体、文学刊物被文化体制统管起来，作家不再担心生活，文学刊物不再担心市场竞争，文学作品不再担心出版与发行，至此，现代文学制度日趋单纯与完善，文学创作完全成了文学制度的产物"[①]。

二

在 20 世纪 40 年代的延安文艺运动中，中国共产党对文艺团体机构的政治领导及组织上的管理，不仅从抗战开始后就高度重视并相继做出了一系列的具体指示和落实的措施，逐步推进强化党对文艺工作的领导及其领导方式的体制化进程。同时也根据延安文艺社团的综合性、专业性和文艺教育等各自特点，以及其不同的文化性质及活动范围等，不断调整完善相应的组织领导或思想指导和影响引导等不同的管理方式或方针政策。

例如，1939 年 5 月，中共中央书记处在《关于宣传教育工作的指示》中，明确提出新民主主义文化实践及延安文艺运动中，对于文艺团体领导组织的重要性。因此要求党的宣传等政治领导部门机构，必须要"估计到中国文化运动（文艺运动在内）在革命中重要性，各级宣传部必须经常注意对于文化运动的领导，积极参加各方面的文化运动，争取对于各种文化团体与机关的影响，特别对于各种文化工作团，在必要时，可吸收一部分文化工作的同志，在区党委、省委以上的宣传部下组织文化工作委员会"等。并且明确要求"各级党部的费用应大大增加宣传费的比例"，以及以上的方针政策"军队中政治部内宣传部的工作，基本适用这一指示"等[②]。

同样，在中共中央 1940 年 9 月 10 日发布的《关于发展文化运动的指示》中，除

---

① 王本朝：《中国现代文学制度研究》，西南师范大学出版社 2002 年版，第 39 页。
② 《中共中央书记处关于宣传教育工作的指示》，见中共中央文献研究室、中央档案馆编《建党以来重要文献选编（一九二一——一九四九）》第 16 册，中央文献出版社 2011 年版，第 306—307 页。

了强调"国民党区域的文化运动","在目前有头等重要性,因为他不但是当前抗战的武器,而且是在思想上干部上准备未来变化与推动未来变化的武器"等,因此"应把对文化运动的推动、发展及其策略与方式等问题经常放在自己的日程上"等之外,同时强调,"关于各根据地上的文化运动。在这里,我们有全部权力来推行全部文化运动。我各地党部与军队政治部应对全部宣传事业、教育事业与出版事业作有组织的计划与推行,用以普及与提高党内外干部的理论水平及政治水平,普及与提高抗日军队抗日人民的理论政治及文化水平高于与广于全国各地。各根据地上的文化教育工作,不论是消灭文盲工作,学校教育工作,报纸刊物工作,文学艺术工作,除党校与党报外,均应与一切不反共的资产阶级知识分子及小资产阶级知识分子联合去做,而不应由共产党员包办。要注意收集一切不反共的知识分子与半知识分子,使他们参加在我们领导下的广大的革命文化战线。应反对在文化领域中的无原则的门户之见。每一较大的根据地上应开办一个完全的印刷厂,已有印厂的要力求完善与扩充。要把一个印厂的建设看得比建设一万几万军队还重要。要注意组织报纸刊物书籍的发行工作,要有专门的运输机关与运输掩护部队,要把运输文化食粮看得比运输被服弹药还重要"等①。充分反映出中国共产党当时对文艺领导工作及其重要性的认识和重视。

　　因此,在延安文艺整风运动之前的党对文艺工作领导实践中,我们可以看到的是,1940年10月10日,中央宣传部和中央文化工作委员会,曾在一天内发出两个指示,即《关于充实和健全各级宣传部门的组织及工作的决定》和《关于各抗日根据地文化人与文化人团体的指示》。旨在推动延安文艺运动及其创作活动的发展,特别是党对文艺工作领导水平的提高等。其中,中央宣传部首先明确了党的宣传部门及其"党的宣传工作"应担负的领导职能和责任范围,包括"指导和推进文化活动(指文化、文艺与学术上的活动)",以及"影响和指导非党的文化、教育、宣传、鼓动等机关或组织"等②。因此,针对当时党对文艺工作及其文艺社团领导中存在的具体问题,中宣部及中央"文委"重申:"为了发展各抗日根据地的文化运动,正确地处理文化人与文化人团体的问题,实为当前的重要关键。"不仅要求"应该重视文化,纠正党内一部分同志轻视、厌恶、猜疑文化人的落后心理",以及"党的领导机关,除一般的给予他们写作上的任务与方向外,力求避免对于他们写作上人工的限制与干涉"等。而且具体指示各级领导部门,应当允许"各种不同类的文化人(如小说家、戏剧家、音乐家、哲学家等),可以组织各种不同类的文化团体,如文学研究会、戏剧协会、音乐协会、新哲学

---

① 《中共中央关于发展文化运动的指示》,见中共中央文献研究室、中央档案馆编《建党以来重要文献选编(一九二一——一九四九)》第17册,中央文献出版社2011年版,第526—527页。
② 《中央宣传部关于充实和健全各级宣传部门的组织及工作的决定》,《共产党人》第2卷第12期。

研究会等。这些团体亦可联合起来，成立文化界救亡协会之类的联合团体。但应该估计到这些团体同其他民众团体的不同性质，而定出它们的特殊任务。这些团体的任务，一般是：介绍、研究、出版、推广各种文化作品；吸收与培养各方面的文化人材；指导大众的各方面文化运动；联络文化人间的感情与保护他们切身的利益；组织文化人向各地报章杂志的写稿；介绍并递寄他们的作品和译著到全国性大书局出版；向外面的及大后方的文化团体进行经常性的联络。纠正有些地方把文化团体同其他群众团体一样看待及要他们担任一般群众工作的不适当的现象"。并且因此规定：不仅"上述各种文化团体，一般的只吸收文化人及一部分爱好文化的知识分子。……他们也不必在各地建立自上而下的、系统的、普遍的组织。只有在文化人比较集中的中心地区，可以建立它们个别的分会"。同时，"各文化团体应该努力指导各学校、各机关、各部队、各民众团体的文化活动，帮助他们组织各种群众的文化小团体，如秧歌队、剧团、文学小组之类，并供给他们以指导者与研究材料，必要时可召集他们开一定的代表会或座谈会。但在组织系统上，这些群众的文化小团体不属于各文化团体，而仍属于各学校、各机关、各部队、各民众团体的文化教育宣传部门"等。甚至指示各级宣传部门，除了要"挑选对文化工作有兴趣的青年知识分子开办各种文化工作干部的学习或训练班，以培养新的文化工作干部"等之外，还要"从有相当威信与地位的共产党员文化人或非党的文化干部中，培养一小部分在文化运动中能够担任组织工作的干部。他们自己虽是文化人，但他们的活动，应偏重于组织工作，而不是写作。没有这些文化组织工作者，文化人内部的很好团结，文化人及文化团体的效能的充分发挥是很困难的。现在各地文化运动中特别缺乏这类干部"等①。

这其中，对于"部队文艺"及文艺团体的领导工作，也是党的文艺领导工作中的重要内容。因此，1941年1月18日，总政治部、中央文委在《关于部队文艺工作的指示》中也明确规定："部队文艺工作，是指部队中的戏剧、音乐、美术、文学等等活动而言。"并且也针对"部队文艺工作"中存在的各方面问题，要求"部队的政治机关，应领导和扶持部队文艺工作者在地方社会团体的活动（如按文艺性质而区分的音协、美协、剧协、文协等）。以便在社会活动中提高他们的工作地位，锻炼他们的组织活动能力，培养他们中有能力的优秀分子，有威望的分子，作为团结他们的中坚，而帮助推动广泛的群众性的地方文艺运动"等②。从而使中国共产党对文艺工作的领导构成了

---

① 《中央宣传部、中央文化工作委员会关于各抗日根据地文化人与文化人团体的指示》，《共产党人》第2卷第12期。
② 《总政治部、中央文委关于部队文艺工作的指示》，中共中央宣传部办公厅、中央档案馆编研部编《中国共产党宣传工作文献选编》，学习出版社1996年版，第205页。

一种全方位的或整体性的组织架构和制度化态势。

　　1942年前后，随着抗战局势的发展，特别是国共政治斗争及意识形态冲突的加剧，"文化战线"及"文的军队"在中国革命及其文化领域中的重要作用，愈加成为党对文艺运动及其社团组织领导中关注的核心问题。因此，1941年6月20日，在中共中央宣传部发布的党内文件《关于党的宣传鼓动工作提纲》中，具体详细地提出了党的宣传及文艺领导工作中，不仅要明确"宣传鼓动是思想意识方面的活动，举凡一切理论、主张、教育、文化、文艺等等均属于宣传鼓动活动的范围"等自觉的政治意识。而且，特别强调党的"文化运动"，事实上即是"文化运动实际上是党的对外宣传工作的一个有力的武器。党应当经过文化运动来宣传革命的思想，科学社会主义的思想。党应当从各方面领导和组织文化运动，帮助文化运动的发展，在大后方、在敌占区、在根据地内都应当依照各种不同的情况发展文化运动"。于是，具体要求不仅"凡关于国民教育、党内教育、文化工作、群众鼓动、对敌伪宣传、出版发行、通讯广播等工作均应受宣传部的直接领导"，而且"全党的宣传鼓动工作必须统一在中央总的宣传政策领导之下。如果各自为政的不履行中央统一的宣传政策的方针，这是非常危险的，只有在中央统一的宣传政策之下，才能在现代的宣传战中，战胜我们的敌人"等①。从而显示出党对宣传工作及文艺运动社团组织的领导，随着政治军事斗争及意识形态的冲突，也在不断地调整及强化完善之中。

　　例如，1941年8月，延安《解放日报》为"延安文抗分会"会员大会的召开，发表《努力开展文艺运动》的社论。认为："这一个大会，对于延安以至于边区各地文艺工作的推动和开展，对于边区和全国文艺界的联络和团结，一定会有不少的贡献"等。指出"延安文抗分会"成立以来，"就延安以及边区来说，曾团结许多文艺作家以及爱好文艺的青年，曾产生了许多新的作品，曾组织了许多群众的文艺活动，如文艺小组之类，曾出版了文艺刊物如《文艺突击》《大众文艺》《中国文艺》等，就延安以及边区以外来说，曾向华北敌后抗日根据地派出了五次文艺工作团，曾帮助了前方开展文艺工作，曾对大后方的报纸及杂志供给了许多描写敌后抗日根据地的作品，曾编辑了自己的文艺刊物——《文艺战线》在大后方出版，这些工作，配合着全国各地文艺界的活动，对于抗战以来的全国文艺运动的发展，无疑地起了相当推动的作用"。声称："延安是抗日民主根据地的中心，在这里，抗日人民都有民主自由，在这里，文艺界的活动是一直自由发展过来的。开展文艺运动，欢迎和优待文艺作家，是边区的施政纲

---

①《中共中央宣传部关于党的宣传鼓动工作提纲》，中共中央文献研究室、中央档案馆编《建党以来重要文献选编（一九二一——一九四九）》第18册，中央文献出版社2011年版，第422—433页。

领上规定的努力方向。从延安的政治地位来说,从这里所团结着的文艺家以及文艺青年的数量和质量上来说,文艺运动在这里都应该更进一步的开展起来,当着国际国内是处在这样一个严重的时候,当着全国许多地方文艺运动受到打击的时候,延安的文艺界的任务,是更重大的"等①。

所以,1942年5月以后,随着延安文艺整风运动的展开及延安文艺座谈会的召开,尤其是毛泽东《在延安文艺座谈会上的讲话》公开发表前后及"工农兵文艺"方向的确立,也使中国共产党对于文艺运动及其社团机构的领导,进入了一个新的历史时期及其制度化或体制化的新阶段。1943年11月7日,在中共中央宣传部公开发表的《关于执行党的文艺政策的决定》中,也因此首先明确强调并指出:"十月十九日《解放日报》发表的毛泽东同志在延安文艺座谈会上的讲话,规定了党对于现阶段中国文艺运动的基本方针。全党都应该研究这个文件,以便对于文艺的理论与实际问题获得一致的正确的认识,纠正过去各种错误的认识。全党的文艺工作者都应该研究和实行这个文件的指示,克服过去思想中工作中存在的各种偏向,以便把党的方针贯彻到一切文艺部门中去,使文艺更好地服务于民族与人民的解放事业,并使文艺事业本身得到更好的发展。"②从而清楚地反映了党对文艺工作的绝对领导,以及社团机构作为"党的文艺工作"整体及其组成部分的体制性历史特征。

三

延安文艺整风运动,不仅是1941年5月至1945年4月,中国共产党在以延安为中心的全党范围内所组织开展的整风运动的一个重要组成部分,同时也是延安文艺运动及文艺工作者所经历的一次深远广泛的思想整风及政治运动。通过延安文艺整风运动,党的文艺政策及毛泽东的文艺思想也成为延安文艺运动及其文艺团体组织的指导方针和行动纲领。一切被认为是非无产阶级的文艺观点及其创作倾向,受到严厉的政治批判及艺术上的清理。文艺为政治服务和"工农兵文艺"方向的确立,以及"新的人民的文艺"等审美追求,使当时的延安文艺运动及后来的当代中国文艺发展进入了一个新的历史时期。

1941年5月,毛泽东在延安高级干部会议上的报告《改造我们的学习》,被认为是延安整风运动开始的标志。由此开始,整风运动所强调的反对主观主义、宗派主义和党八股,以整顿"学风"、"党风"和"文风"等"三风",以及"惩前毖后,治病救

---

① 《努力开展文艺运动》,《解放日报》1941年8月3日。
② 《中共中央宣传部关于执行党的文艺政策的决定》,中共中央文献研究室、中央档案馆编《建党以来重要文献选编(一九二———九四九)》第20册,中央文献出版社2011年版,第632页。

人"等教育和斗争的方针政策,也成为激发和引导延安文艺工作者积极投身并热情参与整风运动的一个重要因素。当时的延安文艺界及许多延安作家,深受毛泽东的整顿"三风"等政治或教育思想的感召,以及整风运动将要达到的一切从实际出发,理论联系实际,实事求是等目的的激励。立足于自身的主体思考及现实生活感知,对包括党内或政治上的官僚主义、教条主义及边区生活中的诸多不合理现象,用手中的文字及其创作的各类作品进行了敏锐的反映及公开的批判,甚至出现了短时期内的所谓延安文艺运动新潮。其中,1942年初前后,丁玲在延安《解放日报》上发表的《"三八节"有感》,罗烽的《还是杂文时代》,艾青的《了解作家,尊重作家》及萧军的《论同志之"爱"与"耐"》,以及王实味的《野百合花》和在《谷雨》刊物上发表的《政治家·艺术家》等杂文。因为其尖锐地反映或"暴露"了延安政治生活中的"黑暗"及人际关系的复杂性,所以在当时以延安为中心的各边区及"国统区"都引起了强烈的社会反应和政治影响。除此之外,还有在当时延安美术协会举办的讽刺画展上,所展出的华君武、张谔、蔡若虹等艺术家的《请批了再走》、《科长会客》、《两种衣服的吵架》、《老李,还你一根葱》和《一个科长就嫁了么》,以及《教条主义的传播者》、《调查研究的全副武装》和《批评摇摆而来》等讽刺漫画。甚至于在中央青委一批青年作者和中央研究院分别编辑的《轻骑兵》和《矢与的》墙报上,也刊载了陈企霞的《丘比特之箭》,萧平的《龙生龙,凤生凤》和王实味的《零感两则》等杂文,也都对延安社会及政治生活中的一些负面现象,进行了集中的揭示和批判。不过,虽然这些延安文艺工作者的创作及其参加整风运动的最初动机,都是希望通过自己的作品批评和揭露延安残存的落后倾向及新社会滋生的腐败现象,使延安社会及其政治生活走向更加光明的未来。但是,由于他们并未意识到自己所处的社会及政治环境已经发生了根本的转变,甚至于并不清楚他们的批评及言论所针对的究竟是什么问题或政治对象。因此,整风运动开始后延安文艺界出现及暴露出的这些问题与思想动向,很快引起了毛泽东及一些军队领导人的警觉和注意,也使毛泽东认为延安文艺界的"思想斗争有了目标"。因此,也使正在进行的延安整风运动中,开展对文艺界的整风运动及其思想斗争成为其中的一个重要组成部分。

1942年5月2日,召开了由毛泽东亲自主持及百余人延安文艺工作者参加的延安文艺座谈会。会议先后举行了三次,至5月23日正式结束。毛泽东、朱德、博古、康生、陈云、任弼时、邓发、凯丰、王稼祥等中共中央领导人,以及陕甘宁边区政府领导人林伯渠、谢觉哉和贺龙、彭真、徐特立、陈伯达、胡乔木等参加了会议。毛泽东先后在5月2日和23日的座谈会,分别就文艺整风问题发表了"引言"和"结论"两次讲话。事实上,在延安文艺座谈会开始之际,毛泽东就在"引言"中对党的文艺及其创作准则提出了明确的政治导向和基本的要求规范。即党的文艺及延安文艺工作者,作为中国共产党所领导的"文化的军队"中的重要组成部分,同样是担负着"团结自己、战胜敌人必不可少的一支军队"。因此,延安文艺工作者无法回避及必须回答的首要问题,就是"文艺工作者的立场问题,态度问题,工作对象问题和学习问题"。于是,延安文艺界及其文艺工作者必须解决的根本性问题,以及应当严格遵循和回答的标准答案,就包括有:一是"要站在党的立场,站在党性和党的政策的立场";二是"歌颂呢,还是暴露呢"的态度;三是"工农兵及其干部"的文艺工作对象;四是"学习马克思列宁主义和学习社会"。所以,毛泽东在文艺座谈会的"结论"部分演讲,实际上就是针对以上问题进行的系统性阐述。从而不仅得出了文艺为政治服务、文艺批评的标准、文艺与群众的关系、普及与提高和文艺遗产的批判继承等问题的结论。而且从党的文艺政策及其理论角度,对现代文艺美学中的"人性论"及文艺的独立价值等观念,进行了严厉的批判及理论上的论述。并且根据党的文艺方针政策要求及延安文艺界存在的问题,除了重申"文艺界需要有一个严肃的整风运动",以"展开一个无产阶级对非无产阶级的思想斗争"外,警告以至于棒喝延安文艺界那些坚持资产阶级及小资产阶级文艺立场与创作观念的作家:"你们那一套是不行的,无产阶级是不能迁就你们的,依了你们,实际就是依了大地主大资产阶级,就有亡党亡国的危险。"1943年10月19日,延安《解放日报》公开发表了毛泽东的《在延安文艺座谈会上的讲话》。作为党的文艺方针政策及其理论基础,毛泽东的这篇《在延安文艺座谈会上的讲话》,既是延安文艺整风运动的产物,更是指导文艺整风的纲领性文献,并因此将延安文艺整风运动推向了全面展开的新阶段。

延安文艺座谈会的召开及毛泽东《在延安文艺座谈会上的讲话》的公开发表,使延安及各边区的文艺整风运动迅速出现了新的全面开展的阶段。这其中,除了以延安为中心的各边区或"解放区"的文艺团体,以及各艺术领域的文艺工作者们,一方面在努力地学习、讨论及领会《在延安文艺座谈会上的讲话》精神;另一方面也在遵照文艺整风运动的要求,开展文艺思想及其立场等方面的批评与自我批评之外,并且也在开始探讨解决自身的立场态度及思想方法等方面存在的问题,来贯彻实践毛泽东的文艺思想及党的文艺方针政策及其提出的具体要求。

于是,在毛泽东文艺思想及党的文艺方针政策指导之下,对延安整风运动初期文艺界及其创作思潮的反省和批判,就将延安文艺整风运动及思想斗争推向了高潮。与此同时,毛泽东也在延安文艺座谈会召开之后,又分别召集了两次高级干部座谈会和鲁迅艺术学院部分师生的座谈会。重申并强调文艺工作者立场的转变及其党性原则的树立,以及文艺创作及其发展方向上大、小"鲁艺"的关系等问题。同样,陈云、刘少奇等中央领导人也分别发表讲话,阐释及论述毛泽东的文艺思想及《在延安文艺座谈会上的讲话》精神。针对延安文艺工作者及其创作活动上的不良倾向,要求他们树立牢固的无产阶级党性意识及其文艺立场,克服小资产阶级的思想及情绪,熟悉工农兵的生活及其感情生活。而当时的陕甘宁边区文化工作委员会也召集剧协、音协及美协等文艺团体,组成临时工作委员会及艺术作品评选委员会。在进行文艺工作者战时动员,以及要求深入农村部队推进"文化入伍"活动的同时,奖励陕甘宁边区的"工农兵文艺"创作及作家。并且,随着延安文艺整风运动的深入开展,也直接推动了包括晋察冀边区、晋冀鲁豫边区及其他边区根据地的文艺整风运动。甚至在国民政府统治区域的中共南方局,很快也将毛泽东文艺思想的学习作为"国统区"党的"文化战线"及其文艺工作者进行思想改造的理论武器。

这其中,我们可以从对陕甘宁边区的文艺运动及其文艺团体活动的考察中,发现1942年前后党对文艺工作及其社团组织的领导制度体制的形成与建立的历史进程。1941年5月初,陕甘宁边区政府颁布的《陕甘宁边区施政纲领》中明确规定:"保证一切抗日人民(地主、资本家、农民、工人等)的人权,政权,财权及言论、出版、集会、结社、信仰、居住、迁徙之自由权",以及"奖励自由研究,尊重知识分子,提倡科学知识与文艺运动,欢迎科学人才"①。因此,1942年2月9日,陕甘宁边区政府第十一次政务会议上,决定成立由林伯渠、吴玉章、徐特立、丁玲、萧军、艾思奇、周扬、吕骥、江丰等二十七人组成,吴玉章为主任,罗烽为秘书长的"陕甘宁边区政府文化工作委员会",以"统一文化团体的管理"。为此,1942年3月25日的《解放日报》上专门发表了《把文化推进一步》的社论,对"陕甘宁边区政府文化工作委员会"的成立,表达出殷切的祝愿并提出了多方面的期待。希望"文化工作委员会"能够在领导工作方面,不仅"必须掌握着新民主主义文化运动的方针,来领导边区的文化工作,具体地说,就是要努力从事实现边区施政纲领中前面所举的文化纲领",而且"在推动工作中,必须对于边区的文化人士,文化团体等加以研究和理解,必须切实地认识边区对于文化工作的需要以及开展文化工作可能条件,根据这些具体情况,来进行推进工作"②。1942年4月3日,陕甘宁边区政府公布《陕甘宁边区政府文化工作委员会组织简则》和《陕甘宁边区政府文化工作委员会工作纲领》,明确其委员会性质为陕甘宁边区文化运动领导机关,直属边区政府。其任务是"负责建立边区的新民主主义文化"。具体工作范围为"代表边区政府根据新民主主义政纲,领导开展边区文化运动;厉行学术思想与创作自由;群策群力建立科学化、民族化、大众化的文化基础;

---

① 《陕甘宁边区施政纲领》,《新中华报》1941年5月1日。
② 《把文化推进一步》,《解放日报》1942年3月25日。

团结边区的文化团体及文化人士；培养边区文化干部；团结全国文化界，共同建设新文化，争取抗战的最后胜利"①。所以，边区文化工作委员会成立后不久，除了先后召开"戏剧工作座谈会"，讨论并"确定了边区戏剧工作的方向等问题"，以及"决定在本文化工作委员会下成立文化工作临时委员会"和"讨论评选、奖励艺术作品问题"、"优待文化干部问题"等之外，还决定"由边区文协主办《边区文化》，由边区剧协主办《边区戏剧》，由边区音协主办《民族音乐》，由边区美协主办一种会刊，由新文字协会主办《大家看》等刊物"，以及"为鼓励音乐与美术创作"而"专款设立'聂耳音乐奖'和'美术创作奖'之奖励基金"②。另外，又分别公布了《陕甘宁边区民众团体组织纲要》及《陕甘宁边区民众团体登记办法》等法规，规定"民众团体须向政府申请登记，受当地政府指导"。将党对文化团体组织的领导及管理，纳入法制化的轨道。据说陕甘宁边区政府文化工作委员会成立后一年左右的时间内，即有二十多个文化团体向陕甘宁边区政府申请了登记。1944年10月，由中共西北局宣传部及"边区文协"等主持的陕甘宁边区文化教育大会召开，也使陕甘宁边区的新民主主义文化运动及其文艺运动进入新的发展时期。

因此，延安"文艺整风"运动及毛泽东的《在延安文艺座谈会上的讲话》，不仅被认为是延安文艺运动又"一个伟大的文艺革命。'表现新的群众的时代'，是摆在每个文艺工作者面前的伟大的任务"。同时，革命文艺"工农兵文艺"方向的确立，以及通过党的文艺方针政策及毛泽东文艺思想的学习及实践，也使陕甘宁文艺运动及社团组织活动呈现出新的面貌及转型。所以，"党的文艺工作"及其作为"文艺战线"的组织领导体制化，对延安文艺运动所反映出的"文艺与广大群众的关系"的"根本改变"，以及"有效地推进解放区文艺工作"，包括陕甘宁文艺运动"文艺工作的组织领导"及"新局面"的形成③，都产生了根本性的历史作用及文化影响。

（作者单位：陕西师范大学）

---

① 陕西省档案馆编：《陕甘宁边区政府大事记》，档案出版社1991年版，第147页。
② 同上书，第155页。
③ 周扬：《新的人民的文艺》，新华书店1949年版，第35页。

"有意味的形式"：大众化视域下的延安戏改与当下启示

魏欣怡

内容提要：相较于20世纪上半叶以来知识分子自觉的戏曲改革探索，延安时期的戏改实验则是在中国共产党的直接领导下，以"大众化"为诉求、通过集体创作的方式提升传统剧目的思想价值及现实意义，同时亦积极创作演出"表现现代生活"的现代戏，从而构筑了戏曲改革中的"延安模式"。它连同20世纪的其他文艺实践一道，共同促就了文艺"大众化"中国表述的成熟。所以其当下意义即在于它重新激活了"大众化"这一中国现代文论术语中的活跃因子，并对21世纪以来戏曲建设的方向给予启示，以飨大众。

关键词：戏曲改革；大众化；延安文艺；中国经验

在20世纪的中国现代社会变革中，传统戏曲因改革而被纳入社会主义文艺构建的轨道中心，从而真切地展现了从各层面被国家力量所强力推动着的当代文艺建设的基本格局。但是作为"一个民间艺术参与现代政治文化建构的历史过程"[①]，戏曲其实并非天然便被视为文艺大众化的最佳载体，它是经历了延安大众化运动对各类文艺形式反复实验与淘炼后得到的结果。因此，如要探讨中华人民共和国成立七十年至今戏曲这一文类为什么会被作为典范而经历了持续性的大众化改革，就势必先要对作为发生背景的20世纪40年代整个延安文艺环境中各文体所遭遇的大众化改革进程做一考察，从而更好地解答与其他文类相较，戏曲在中国大众化文艺运动中的特殊功能问题，以及在面对当前文艺生态中戏曲艺术的处境与困境时，在具体的操作层面对戏曲持续的大众化实践提供有效借鉴。

---

① 徐明君：《鲁艺文艺道路研究——以秧歌剧为中心的考察》，人民出版社2016年版，第140页。

一

延安时期戏曲改革的发展是在延安文艺座谈会后，于 1943 年的整风运动中被格外提起重视并加以讨论的。本着毛泽东所倡导的"文艺应为大众，这就是新文艺运动的根本方针"① 的总方向与"改造平剧使它能够适应于政治的需要"② 的具体任务，柯仲平、李纶、周振吾等文艺工作者于《解放日报》发起了"关于延安平剧工作的方针、方向问题"的大讨论。通过批评阿甲"旧平剧完整性"的观点而对延安平剧演出状况进行了纠偏，最终经过多方讨论而达成了共识，即"接受遗产，是为了服务政治，因为服务政治，才接受遗产。这是延安平剧工作和外面或过去的平剧基本上的区别"。③ 这一话语逻辑清晰地传递出了革命语境下延安戏曲改革所孕育的政治内涵。而"大众化"作为实现其政治功能最大化的重要手段，必然作为齿轮紧密附着于政治主题之中。纵观自 1942 年《讲话》发布、经历整风运动直到 1947 年撤离延安期间，延安地区的二十余家院团及单位一共上演的近 120 部传统京剧，新编的 17 部历史剧，无不贯彻彰显了这一"文艺为工农兵服务"的"大众化"思路。在具体的剧目编演中，它主要通过人民主体性地位的塑造与党领导力量的彰显这两个维度进行阐释。

首先，马克思主义群众观下的人民主体性是贯穿戏改"大众化"的基本思想。恰如毛泽东所言："历史是人民创造的，但在旧戏舞台上（在一切离开人民的旧文学旧艺术上）人民却成了渣滓，由老爷太太少爷小姐们统治着舞台"，所以对于广大工农兵大众为主体的主角的塑造成为旧戏革新中"恢复了历史的面目"④ 的当务之急。以"旧剧革命的划时代的开端"⑤ 的《逼上梁山》为例，于 1949 年 9 月收录入"中国人民文艺丛书"的平剧本《逼上梁山》定稿共 3 幕 27 场。剧本通过渲染了灾荒肆虐、官府无道、民不聊生的艰难世事，令李铁、李老等进步群众的唱词及念白中反复出现着"穷人要翻身""天下事咱作主张""官逼民反，不得不反""为人民解枷锁""只有穷人才知道穷人的苦处"等洋溢着现代意义上的阶级色彩及马克思主义群众观的用语。即使是禁军老哥哥也通过追溯自己的阶级出身而进一步增强其对于群众朴素的道德感情：

---

① 周扬：《艺术教育的改造问题》，《解放日报》1942 年 9 月 9 日。
② 简朴：《艺术思想的大解放　艺术成果的大丰收》，转引自平剧活动史料征集组《延安平剧改革创业史料》，北京文津出版社 1989 年版，第 1、8 页。
③ 同上。
④ 毛泽东：《致杨绍萱、齐燕铭》，转引自毛泽东《毛泽东论文艺》，人民文学出版社 1992 年版，第 142 页。
⑤ 同上。

"咱们禁军弟兄们谁不是庄稼户出身？谁下得手去打自己的父母兄弟呀？"①尤其是在第二十六场"除奸"与二十七场"上梁山"中，平剧本《逼上梁山》更是完全删去了原本《水浒传》中柴进助林冲投奔梁山的情节，而是代之以林冲主动扛起造反的大旗连同群众一道奔赴梁山。凡此种种，就巧妙地以封建社会中官民之间势不两立的阶级仇恨替换了原著中林冲与高俅间的个人恩怨，也达到了杨绍萱等创作人员"通过林冲被逼上梁山的故事，讲古比今，教育群众，争取敌占区的人民和军政人员弃暗投明，参加到革命队伍里来"②的创作初衷。

此外，相比较更多受制于原著而"旧瓶装新酒"的新编历史剧，在被更赋予政治文化意义的戏曲现代戏的创作之中，对于革命群众作为主角的塑造无疑愈加直观易行。总体而言，这类主角形象主要通过两种途径加以塑造。一方面，现代戏塑造的是生活于国统区的群众因困窘而挣脱压迫、投奔革命的波澜壮阔的景象，譬如《钱守常》《血泪仇》《穷人恨》《中国魂》《保卫和平》《逃难图》《教子参军》等剧目；另一方面，它又会描摹生活于解放区的广大群众积极参与劳动生产、追求婚姻幸福、参加抗日活动的生活景象，譬如《十二把镰刀》《大家喜欢》《两家亲》《查路条》等剧目。恰如有亲历者在回忆文字中提到的："创作这些剧目的同志们有一个强烈的共同愿望，就是要运用群众所喜爱的旧剧形式反映当前的斗争生活，为抗战服务"③，因此基于强烈的"大众化"诉求之上的现代戏创作演出，一方面使得创作者更加倾力地考虑顾及大众趣味从而使作品更近情理、富于教义，但另一方面也在急于求成的功利化目的中埋伏了旧形式与新内容间的矛盾，这在中华人民共和国成立以后更大范围内的现代戏推广过程中逐步被暴露并激化出来。

其次，"大众化"的戏改诉求并不仅仅停留于对广大受众群体的迎合与媚俗，更是站在政治理论的高度对其思想价值观念进行重塑的过程。也就是说，戏曲现代戏"并不是说工农兵喜欢什么就给他们创作什么，而是他们应该接受什么，能够接受什么，并且是在什么样的水平上接受"，而"这才是《讲话》以及其他当代文艺理论家所探讨的问题"④。正是基于此出发点，党对于革命群众的领导力量在这一过程中被格外强调出来。所以，就不难理解为什么要在京剧《血泪仇》中格外渲染主人公王仁厚逃难至边区后，目睹和蔼亲民的县长后的震荡与激动；也不难理解京剧《难民区》中着力叙

---

① 延安平剧院集体创作：《逼上梁山》，北京新华书店1949年版，第18页。
② 金紫光：《在延安参加编演〈逼上梁山〉的经验》，转引自中共文化部党史 史料征集委员会与延安平剧活动史料征集组《延安平剧改革创业史料》，文津出版社1989年版，第92页。
③ 张东川：《延安平剧活动轶事追忆》，转引自中共党史 史料征集委员会与延安平剧活动史料征集组《延安平剧改革创业史料》，文津出版社1989年版，第242页。
④ 陈思和：《鸡鸣风雨》，上海学林出版社1994年版，第14页。

述的崔老头和孙儿逃至边区后受到政府及军队盛情款待的场景。在诸如此类以反抗绝望作为剧目主题的戏曲现代戏中，对国统区民不聊生的现实惨状进行揭露，即从根源上对现存体制的合理性进行质疑；另一方面，结尾处解放区的存在又无疑如同黑暗中的一丝曙光，昭示了共产党的领导下未来美好新生活实现的可能性。但是毫无疑问的是，它也不能狭隘地归为政治宣传的简单附庸，在诸如"咱们（官民）都是一样的人，咱们边区人人平等"① 的念白之中，更蕴含了向广大受众传播平等、民主、自由等启蒙价值观的现代性追求。在这层意义上，它"不仅是对'五四'文学启蒙精神的承续和转换，而且也是在'左翼'文艺运动理论建设的基础上，将大众化、民族化讨论进一步引向深入，真正意义上实践着文学为大众的问题"。② 综上，恰如周扬在《艺术教育的改造问题》中所言的那样："我们今天在根据地所实行的，基本上就是明天要在全国实行的。为今天的根据地，就正是为明天的全国。"③ 因此，基于"大众化"诉求的延安戏曲改革试验最大的意义，正是在于对以戏曲为代表的中国传统艺术的现代化、革命化改造作出了前瞻性思考，也是为新政权取得胜利后，国家意志在自上而下的推行文化政策时能够有迹可循、有法可依积累"中国经验"。

二

就彼时延安文艺场域本身而言，戏曲并非天然便作为实现大众化诉求的最佳载体而亮相于文艺舞台之上。这一时期，应启蒙的呼声而引入的话剧作为最具现代品质的文类，为承继着五四气质的年轻知识分子所青睐，其实首先承担起了大众化的实验任务。"1937—1942 年的六年间，延安共演出话剧 195 部，戏剧事业呈繁荣面貌。"④ 1939 年 12 月，毛泽东约谈时任鲁艺戏剧系主任张庚时，点名提出了上演国统区剧作家曹禺话剧《日出》的倡议。此后一两年间，包括诸如《日出》《雷雨》《钦差大臣》《上海屋檐下》《伪君子》《悭吝人》《求婚》《蠢货》《钟表匠与女医生》《蜕变》《铁甲列车》《雾重庆》《生活在召唤》《带枪的人》《法西斯细菌》《北京人》《太平天国》等一批中外经典话剧开始活跃于延安戏剧工作者协会、鲁艺实验团、延安青年艺术剧院、工余剧人协会等的舞台上。但话剧本身"他者"的故事架构与讲述方式对农民日常生活的疏离甚至冲突亦由此开始酝酿。1942 年 5 月 13 日，在延安文艺座谈会期间，戏剧

---

① 马健翎：《血泪仇》，转引自刘润为《延安文艺大系戏曲卷》（下），湖南文艺出版社 2015 年版，第 465 页。
② 赵学勇：《重读"红色经典"》，《长江学术》2018 年第 2 期。
③ 周扬：《艺术教育的改造问题》，《解放日报》1942 年 9 月 9 日。
④ 王克明：《〈讲话〉前后的延安文艺》，《中国现代文学研究丛刊》2013 年第 5 期。

工作者们组织召开戏剧座谈会，戏剧工作中所牵涉的普及还是提高的问题被开始加以严肃提出。同年9月11日，张庚在《解放日报》上带头批评"大戏热"，并提出"必须从大众的基础上发展出新的戏剧来不可"①，延安戏剧活动中"普及"与"提高"的争论由此进一步发酵。1943年1月，受《讲话》及整风运动的形势影响，整个文艺工作的重心由"大洋古"发生转向，并开始寻找新文艺载体的可能性。② 与此同时，经赵树理亲自改编的《小二黑结婚》一剧开始上演并流行于太行山地区。这位"标志了向大众化的前进的一步"③的作家，因其"评书体""板话体"等说唱类文体形式的小说创作，借说书人之手二度创作后再口耳相传于民众，真正实践着《讲话》所倡导的大众化路径。但是"把经过改编样式后的作品当作小说来读，实际上已经将文学作品独特的欣赏形式与其他艺术的接受方式相混淆了"。④ 由此可以看出，与话剧、小说相比，人们"最熟习的文体还是连环画、水浒、唱本之类的形式的东西"。所以，为进一步实现文艺大众化的纵深推进，延安文艺工作者们开始发现，格外需要借助民间曲艺这一群众艺术形式对小说、话剧等文类加以转化，并以演绎的方式呈现其背后所富含的意义，释放其本身所负载着的丰富的意识形态功能⑤。新秧歌剧正是在这样的需求中应势而生。

  新秧歌剧的诞生以鲁艺文工团创演的《兄妹开荒》（1943）为标志。此后，"从1943年农历春节至1944年上半年，一年多的时间就创作并演出了三百多个秧歌剧，观众达八百万人次"⑥，足见其燎原之势。1944年3月，周扬在观看春节秧歌后兴奋地表示："秧歌已经成为新文艺运动的一支生力军了"⑦，并积极倡导从理论到实践各方面对其加以推进、形塑。仅1943—1944年期间，便不断涌现出了诸如《好庄稼》《刘二起家》《劝特务坦白》《庆祝红军胜利舞》《二流子转变》《唱英雄》《讲卫生》《红军万岁》《夫妻识字》《冯光琪锄奸》⑧等一系列与扫盲运动、二流子改造运动、反迷信运动、反特运动、大生产运动等时事政策相密切配合的新剧目，并被冠以"斗争秧歌"

---

① 张庚：《论边区剧运和戏剧的技术教育》，转引自刘增杰、赵明、王文金等《抗日战争时期延安及各抗日民主根据地文学运动资料》（上册），陕西人民出版社1983年版，第224页。
② 亦有学者从统计数据出发，提出相反的意见。该论者认为整个延安时期，"大洋古"都从未占据延安的舞台。详参王克明《〈讲话〉前后的延安文艺》，《中国现代文学研究丛刊》2013年第5期。
③ 茅盾：《关于〈李有才板话〉》，转引自黄修己《赵树理研究资料》，知识产权出版社2010年版，第170页。
④ 毛郭平：《论赵树理小说与大众化的机缘》，《长治学院学报》2006年第6期。
⑤ "意识形态性"在这里既包含了"官方意识形态"亦包含了"民间意识形态"，主要侧重于二者相互磨合、冲突与媾和的结果。此前已有学者将"戏曲改编"这一行动解释为这"两种话语逻辑和价值观念进行意义争夺的场域"，此处沿用这一判断。详参周涛《民间文化与"十七年"戏曲改编》，广西师范大学出版社2012年版。
⑥ 苏一平等：《延安文艺丛书·秧歌剧卷·前言》，湖南人民出版社1985年版，第2页。
⑦ 周扬：《表现新的群众的时代——看了春节秧歌以后》，北京大学、北京师范大学、北京师范学院、中文系中国现代文学教研室：《文学运动史料选》第五册，上海教育出版社1979年版，第65页。
⑧ 关于1944年新秧歌剧各剧目具体演出团体、时间、地点等信息详参艾克恩《延安文艺运动纪盛：1937年1月—1948年3月》，文化艺术出版社1987年版。

的新名称。1945年春夏,为献礼中共七大,周扬重新挖掘了白毛仙姑的素材,并以集体创作的形式隆重推出了脱胎于秧歌剧的"民族新歌剧"[①]——《白毛女》。至此,新秧歌剧的创作达到了高潮,亦悄然发生着转向。1947年元月,《解放日报》刊载了《对开展农村秧歌活动的意见》一文,指出因没有新的剧本而导致近两年间新秧歌运动难以出新的问题。但随着新政权于军事行动中的节节胜利,这一困境被暂时隐没于其塑造、推出新革命话语符号的迫切需求之中,以至于"扭秧歌"这一举动一度成为个体价值观念与阶级情感向"左"转的标志[②]。

1949年6月,在预示着当代文学格局转型的"中华全国文学艺术工作者代表大会"上,周扬于近十年间解放区文艺的总结性报告《新的人民的文艺》中,开始格外凸显出这两种文艺形式此消彼长的趋势。他仅在回顾解放区文艺成果时提及"在搜集研究与改造各种民间形式上……最主要的收获是秧歌"[③],专辟两节详细地围绕旧剧改革的缘由、价值、策略、方向甚至与旧剧相关的诸如文艺领导机制、地方戏种改革、戏曲艺人改造等议题加以论述,并格外对其做出了前瞻性质的展望。[④] 由此,改革后的戏曲作为新阶段的"民族形式"并开始承担起全国范围内大众化任务的趋势呼之欲出。

三

从"大众化"理论的逻辑前提而言,20世纪30年代的文艺"大众化"最初作为中心议题,是基于国内无产阶级革命寻求进一步突破、发展需要的内部原因,外部条件则是由于世界范围内无产阶级文论的广泛译介与传播。与理论构建相同步的,是这一时期小说、戏剧、诗歌、散文、通讯、说唱等群众文艺形式的大众化、革命化实验。及至延安时期,面对严峻的革命情势下对于政治性、阶级性及群众性的强调,这一时期的"大众化"理论以鲜明的问题意识——"文艺为什么人""文艺如何服务"呈现

---

① 从《白毛女》创作进程中的人员调整中,亦能看出新文艺形式产生背后的权力更迭。最初由邵子南执笔,马可、张鲁谱曲,王滨执导的第一版未能令周扬满意,于是贺敬之、丁毅加入执笔;作曲则增加了李焕之、瞿维、向隅等人;导演则换成了王大化和舒强,王滨转任编剧指导。

② 关于以《白毛女》为标本的民族新歌剧的形成过程,详参史料舒强《新歌剧表演的初步探索》(上),新文艺出版社1953年版;《白毛女》,人民文学出版社1960年版;马可《从秧歌剧到〈白毛女〉》,《中国青年报》1962年5月12日;张庚《关于〈白毛女〉歌剧的创作》,转引自《白毛女》,东北书店印行1947年版。

③ 这其中最为人所关注的,是以"朱自清扭秧歌"为典型事件的国统区知识分子思想感情的时代转向。相关研究参见黄波《秧歌与大变动时代的知识分子》,《社会科学论坛》2006年第4期;徐明君《鲁艺文艺道路研究——以秧歌剧为中心的考察》,人民出版社2016年版。

④ 周扬:《新的人民的文艺——在中华全国艺术工作者代表大会上关于解放区文艺运动的报告》,转引自北京大学、北京师范大学、北京师范学院、中文系中国现代文学教研室《文学运动史料选》第五册,上海教育出版社1979年版,第690页。

在《在延安文艺座谈会上的讲话》的文本之中。随之相呼应的，是以"旧剧革命化时期的开端"①的平剧《逼上梁山》为代表的延安戏曲改革实验。它以成功的舞台实践，昭示了利用传统文艺形式传播现代革命思想的"大众化"的可能性。可以看出，每当现实条件发生改变时，文艺理论与创作实践的结构性调整都是必然伴随的现象。所以，"大众化"文论每一次深化的契机，都是基于变化的内外部形势从而寻求发展及突破的。而新时期以来，戏曲赖以生存的民间土壤发生剧变：一方面，商品经济的大潮打破了以往国家话语控制下戏曲的运转方式，使得本居于庙台之上的戏曲真正面临来自市场的生存压力；另一方面，全球化以前所未有的开放性、包容性、对话性姿态，携带着多元化的文化信息资源汹汹而至，昭示了戏曲走向新一轮改革的可能性。因此，鉴于20世纪"大众化"文论中表述发生、发展至相对稳定成熟的历史经验，面对当下戏曲变革的处境与困境，在转折语境中重新发掘、借鉴及深化"大众化"文论资源以寻求发展无疑具有合理性与必然性。

从"大众化"理论的阐释过程而言，首先需要考察"民族形式"及其与文本内容、主题思想的关系问题。作为"大众化"讨论中的重要命题之一，文学的"民族形式"论争从实践层面进一步触及了文学如何与本民族大众实现结合的途径问题。对此，毛泽东于1938年便提出了把"国际主义的内容和民族形式"二者紧密结合，以创造"新鲜活泼的、为中国老百姓所喜闻乐见的中国作风和中国气派"②的号召。那么在确立了民间形式的合法性地位后，又该怎样借其去表达现实社会中"一切生动的生活形式和斗争形势"③呢？于是这一问题的重心又从文艺形式被牵引至文本内容及其所表达的主题思想之中。通过回顾延安时期《逼上梁山》《白毛女》《兄妹开荒》《夫妻识字》《小二黑结婚》等代表性作品不难看出，它们获得成功的经验首先在于其文本内容所反映的主题思想的现代性、当下性与革命性。这一除旧布新的修改过程带来的启示是，在传统戏曲的现代性转换中，有意识地选择、汲取其中的现代性因子加以放大，从而以策略性的操作而不是全盘解构的姿态实现传统艺术的现代诠释。这一思路对于当下面临市场经济考验的戏曲发展走向具有较大的借鉴意义。在以传统形式为本位的基本原则下，如何实现古典艺术的当下转型从而在市场经济的考验中获得生存的空间与进一

---

① 具体见于"旧剧的改革"及"有计划有步骤地改革旧剧及一切封建旧文艺"两节。详参周扬《新的人民的文艺——在中华全国艺术工作者代表大会上关于解放区文艺运动的报告》，转引自北京大学、北京师范大学、北京师范学院、中文系中国现代文学教研室《文学运动史料选》第五册，上海教育出版社1979年版。

② 毛泽东：《看了〈逼上梁山〉以后写给延安平剧院的信（一九四四年一月九日）》，转引自合肥师范学院大联委文艺革命组《革命京剧样板戏》1967年版，第1页。

③ 毛泽东：《中国共产党在民族战争中的地位（一九三八年十月十四日）》，转引自《毛泽东选集》第二卷，人民出版社1991年版，第534页。

步发展的契机? 2004 年 4 月,由白先勇打造推出了青春版昆曲《牡丹亭》,它选择以"至情"为主题对原作进行删削,淡化了以往反对封建礼教、追求个性解放的主旨而突出了纯美爱情能移生死的感人力量,从而迎合了当下广大青年观众的审美观念与情感诉求,至今演出已突破三百余场次,且在世界范围内引起轰动。因此,这一事件已经初步昭示了上述启示于当下语境中实际操作的可复制性。

此外,对于"大众化"的探讨又必然会牵涉"普及与提高"的关系议题。1942 年 5 月,毛泽东《在延安文艺座谈会上的讲话》中曾运用了大量篇幅对此加以论证。他指出:"普及的东西比较简单浅显,因此也比较容易为目前广大人民群众所迅速接受",而提高"是在普及基础上的提高",它"为普及所决定,同时又给普及以指导"①。可以看出,他既从理论的高度将普及与提高置于同等重要的地位,又能够根据具体的历史语境而决定普及与提高的分量分配,而这对范畴的共同出发点又都是基于满足"大众化"的需要而言。在 21 世纪以降的新形势下,一方面,近年来诸如昆曲"临川四梦"(2016)、新编历史剧《赵武灵王》(2016)、《韩愈》(2017)、《大唐魏征》(2018)、《北魏孝文帝》(2018) 等剧目无不是以典雅大气的舞台场景、精美细腻的服化道、星光熠熠的名家阵容、精雕细琢的台词身段带给观众以健康高雅的审美趣味,也推动了传统戏曲进一步雅化的趋向。但与此同时,在日常化的娱乐生活之中,戏曲及戏曲元素却又开始以通俗的面目涌现于各大互联网平台、电视电影、流行歌曲甚至动画动漫之中,从而迎合了广大潜在受众尤其是年轻受众的期待视野,进一步实现了戏曲普及的诉求。因此,正是商品经济带来的多元化选择,造就了当下受众的分众化趋势。所以,"普及工作和提高工作是不能截然分开的"②,将普及与提高作为促进发展的双翼并置于当下的戏曲生态环境之中,才是保障其未来持续发展的可行之道。

最后,从"大众化"理论的阐释结果可以看出,包容开放、与时俱进、面向未来的马克思主义方法论体系一直都是贯穿戏改"大众化"进程的基本原则与前提。早在 1938 年,毛泽东便倡导在中国革命的具体实践中运用马克思主义方法论:"通过民族形式的马克思主义,就是把马克思主义应用到中国具体环境的具体斗争中去,而不是抽象地应用它。"③ 及至整风运动后,马克思主义中国化更是成为全党上下的共识,并作为指导性思想被广泛运用于延安文艺的各项活动之中。彼时的《兄妹开荒》《夫妻识字》《逼上梁山》等富有"大众化"品格的作品,都是在这样的文化语境中经过深入

---

① 毛泽东:《在延安文艺座谈会上的讲话(一九四二年五月)》,转引自《毛泽东选集》第三卷,人民出版社 1991 年版,第 861—862 页。

② 同上。

③ 同上。

的生产生活实践而产生的。新时期以来,面对多元文化资源的涌入,文艺家们在多声和鸣的探索中仍然未割裂其与马克思主义方法论体系间的深层联系。甚至可以说,这一时期"文艺理论的创新发展进程,就是马克思主义文艺理论中国化逐步推进、不断深化的过程"。[1][2] 因此,在实践中进一步深化具有鲜明中国特色的文艺"大众化"观念,对于当下戏曲革新的领导、生产、传播及接受等各项工作而言亦是十分必要的。

综上所述,延安戏改的"大众化"经验对当下戏曲发展的启示即在于以开放创新的中国特色马克思主义方法论为总体原则,将实现最广泛的"大众化"诉求作为发展动力及根本目标,并行不悖地推动传统戏曲雅化与俗化的同步发展;为进一步呼应当下受众群体的审美观念与情感诉求,通过对剧目的去芜存精以及对各种媒介平台的充分利用,激发戏曲艺术这一富矿的新的活力,在尊重戏曲本体的基础上发扬其"以变求生"的历史传统,实现传统文艺形态的现代转换。

(作者单位:陕西师范大学)

---

[1] 中共中央党史研究室科研管理部 中共中央组织部组织一局编:《党的历史知识简明读本》,中共党史出版社2014年版,第132页。
[2] 朱立元:《当代中国文艺理论的演进与思考》,《中国社会科学》2018年第11期。

丝路文学研究

丝绸之路上的中国西部文学研究

刘　宁

内容提要：中国当代西部作家充满对丝绸之路的文学想象，他们从万里丝路的起点长安描写开始，到象征着民族生命力的河西走廊的展示，尤其是对敦煌艺术和文化的彰显，武威农民生存困境的表现，西域（新疆）民族交融和文化碰撞的呈现，西部作家对中国丝路这片广袤空间的想象与构建，错综复杂地渗透和表现在古今神话、诗词、传奇、小说以及史书叙事中。在上述文本中，丝路已经从一条地理之路转化为一种文化象征符号，其牵扯进来的是中亚、西亚、印度、希腊四支文化的互汇，而作家们借助丝绸、马匹、英雄等文学具象构建出来的丝路叙事，寄予着他们对人类历史上这次绝无仅有的世界级文化交流的艳美与批判，其中也透显着对中华民族能够保持旺盛生命力原因的分析。

关键词：西部作家；丝路叙事；文化镜像

19世纪80年代，德国地理学家李希霍芬在《中国》一书中提出"丝绸之路"的称谓，学界认为，一般丝绸之路有绿洲之路（从中国西北出发，途经河西地区、塔里木盆地，再至西亚、小亚细亚等地，或南下欧亚各地）、草原之路（则为从黄河流域以北通往蒙古高原，经西伯利亚草原、直达咸海、里海、黑海沿岸，以及西部的东欧地域）和海上丝路（从中国沿海地域出发，经今东南亚各国、斯里兰卡、印度等，最后抵达红海、地中海和非洲东海岸）三大干线。本文所论述的则是中国陆路上的西北丝绸之路（部分涉及草原之路），它从陕西长安（今西安）出发，在中国境内经甘肃、宁夏、青海、新疆五大省份，"在长达千年过程中，由不同国家、不同民族、不同信仰的人群，为达到交流、交易的目的，又会不断地互相适应、互相影响，各自以自己独特的文化背景去影响对方，结果是人类的视野不断扩大，精神不断开放，文化不断积累，因而丝绸之路在学者们的眼中也成为一条海纳百川，沟通东西，探究不尽的'文化运河'"。① 中国当代西部作家以丝绸之路上的重要地理空间为切入点，浅层次者以记游方式，人文地理的写作笔法，呈现丝绸之路上的自然风光、人文景观；深层次者则以种种文化镜像来表现凝结在这条东西方文明之路上的深刻生命体验和文化思考。

一 勾勒长安：万里丝路的起点

公元前2世纪西汉王朝开启丝绸之路，及至大唐时期日渐鼎盛，汉唐长安的都市繁荣相当大一部分表现在集市上。汉有九市，唐时减少到了七市，但是大唐的东西两市的规模还是非常宏大的。东市在万年县（即隋大兴县）辖地内，西市在长安县辖地内，所领四万余户。而商贾多趋于西市，这些商旅能够到达的地方，货物也就随之而来。在聚集到长安的琳琅满目的货物之中，丝最为繁盛。丝绸乃我国专有，历来有素、缙、绸、缟、锦、绣之别称。《诗·唐风·葛生》里载："角枕粲兮，锦衾烂兮。"言下之意是枕着华美的角枕，盖着艳丽的锦被。据考证唐时在长安的丝行就分：绢行、大绢行、小绢行、新绢行、小彩行、丝帛行、丝帛彩帛行、总绵丝等类别，而把丝织品从长安运往域外，就是我们所讲的丝绸之路了。唐代丝绸之精美令人难以想象，所谓"越罗冷薄金泥重"② 是形容丝绸薄细的质地。"越绯衫上有红霞"③ 描绘的是丝绸的色彩。"蜀烟飞重锦，峡雨溅轻容"④ 描绘的则是丝绸的纹样。

精美的丝绸为中国与中亚、西亚各国之间的贸易奠定了坚实的基础，至公元6—7世纪大唐长安西市几乎包容了当时世界上最流通的所有商品。据陕西作家王蓬在《从长安到罗马：汉唐丝绸之路全程探行纪实》里描述："各种满载货物的驼队车辆川流不息，不同国家不同肤色的商人摩肩接踵，店铺林立，商幡招展，货物堆积如山。"⑤ 其中丝绸色泽之多样，"仅是红色，便有水红、绛红、猩红、银红、狸红、深红、浅红之别；黄色，又有淡黄、青、鹅黄、菊黄、金黄之异。至于图案，则有花卉、飞鸟、奔马、灵芝、牡丹……数不胜数，让人眼花缭乱，让人无法不喜爱"。⑥

---

① 王蓬：《从长安到罗马：汉唐丝绸之路全程探行纪实》，太白文艺出版社2012年版，第4、34—35、38、174页。
② （唐）李商隐：《燕台四首》见《全唐诗》五四一。
③ （唐）王建：《赠人二首》见《全唐诗》三〇一。
④ （唐）李贺：《恼公》，见《全唐诗》三九一。
⑤ 王蓬：《从长安到罗马：汉唐丝绸之路全程探行纪实》，太白文艺出版社2012年版，第4、34—35、38、174页。
⑥ 同上。

长安丝绸业的繁荣盛况，致使但凡写丝路的中国西部作家尤重突出丝绸和蚕的意象，和谷在其《西出长安望葱岭》里着意勾勒了一笔："所谓的丝绸古道，自然与养蚕缫丝有关系，与我们先民的穿衣密不可分。《诗经》中的'女执懿筐'、'爱求柔桑'、'载玄载黄'、'为公子裳'，唱的就是养蚕织帛的情景。春秋时就有丝织品出口，汉朝的丝绸恐怕是创汇的拳头项目，是经西域运往波斯、罗马的。这条道儿，渐渐成了中外闻名的丝绸之路。"① 在这些西部作家的丰富想象下，丝路就是长安这只春蚕吐出悠远的丝，丝路所涉及的广阔版图就像是一片片桑叶，无论凋敝或许再生，人们咀嚼着的是绵密不绝的物质和精神营养。

不仅万里丝路起于长安，而且多国商人贸易、中西各种艺术融合也发生在长安。《新唐书·礼乐志》载："至唐，东夷乐有高丽、百济，北狄乐有鲜卑、吐谷浑、部落稽，南蛮有扶南、天竺、南诏、骠国，西戎有高昌、龟兹、疏勒、康国、安国，凡十四国之乐。而八国之伎，列于十部乐。"② 自古音乐与舞蹈不可分，当西域音乐传入中土，外来舞蹈也随之俱来。中国古代舞蹈的种类和名目极多，显然是受了西域的《胡旋》《胡腾》等的影响。不惟如此，胡食、胡服、胡乐、胡舞、胡姬在长安也非常盛行。除却丝绸、艺术外，与长安有密切关系的还有佛教。玄奘法师"轻万死以涉葱河，重一言而之奈苑"。取经回国后，正式建立佛教文化。同时其他宗派风起云涌，印度的佛教到此时才算真正传入中国。于是，在西部作家们的视野里，玄奘法师显然成为佛教文化的化身。

长安地域自古是中华文明的重要发祥地之一，后稷教民稼穑就发生在这里。就稷的名称而言，是谷类中种植最早的一种植物。韦应物在诗中曾经记述当时栎阳稷的种植情况，白居易在诗中也曾描绘了家乡渭南种植荞麦的情景，"月明荞麦花如雪"③，这句唐诗证明了以长安为中心的陕西是中国农耕文明的发祥地，因此，作家们笔下所描写的丝、蚕等商品交易，实际本是农耕文明与草原文明的交会，此后，"整个的中国同外族发生关系，一天密似一天，北族而外，就算西方的民族，尤其是印度的文化，同中国发生了不可解开的关系"。④

二 构建河西走廊：世界文化长卷上的奇观

当我们的目光越过长安，俯视甘肃中部那两头大的哑铃形般的一段又细又长的通

---

① 和谷：《西出长安望葱岭》，陕西师范大学出版社 2014 年版，第 2 页。
② 《新唐书》卷二二《礼乐志十二》。
③ 转引自曹尔琴《曹尔琴文集》，陕西人民出版社 2013 年版，第 320 页。
④ 向达：《中西交通史》，岳麓书社 2012 年版，第 6 页。

道，长千余公里、南北宽100—200公里的狭长地带，这就是著名的河西走廊。它在丝绸之路上的重要性，首先源于地理位置。从兰州过黄河、经过武威、张掖、酒泉、敦煌等历史名城，翻越玉门关、阳关两道名关，直到与西域新疆接壤的大戈壁，在千年的积淀中，河西走廊不仅成为举世闻名的重要商道，也成为一个历史走廊和沟通东西方的文化走廊，以及中国西部民族融合的大舞台。

对河西走廊的描写，陕西作家着重描写它在地理位置上的重要性，展现其背后隐含的民族绵延生命力的象征意义。在红柯看来，河西走廊就像女性绵长的阴道，需要强有力的力量方可冲破。而在女作家曹洁笔下，"悠远的历史深处，它是一股强劲威慑的朔风，猎猎地，刮过匈奴恣肆敞开的胸膛；是一组神秘难解的西夏文字，重重地，镌刻在河西冰凉而温暖的石碑上"。[①] 不像陕西作家以一种整体描述的态度表现河西走廊，甘肃作家更倾心于对敦煌和凉州两大重镇的书写。汉武帝时设置的河西四镇，尤以敦煌在整个人类文明史上是一个辉煌的标志。敦煌不仅是学术研究的重镇，也是艺术纷呈的重要对象。长期以来，诗人和小说家们反复吟唱和叙述敦煌的历史文化与现实，形成了三种书写方式：第一种，根据敦煌和西域文化遗存的建筑壁画雕塑文献，创造性地重构或改写神话、民间故事和传说；第二种，对当代敦煌和西部社会面貌及西部人生存状况的书写；第三种，关于敦煌及其文化变迁的历史勾画。王家达的《敦煌之恋》是关于敦煌艺术和献身于敦煌艺术的精英们的一部报告文学，描写在民族文化罹难之际，一大批优秀的中华儿女挺身而出，毅然来到大漠绝地，用热血和生命保护了敦煌，也研究了敦煌，作品从对张大千、于右任到常书鸿、段文杰、樊锦诗、李正宇、席臻贯的书写，直到对无数无名英雄的书写，表现了诸多仁人志士共同谱写的一曲敦煌恋歌。

不言而喻，能够产生如此众多的有关敦煌的文学书写，最重要的原因在于这个地域诞生了举世瞩目的敦煌学。伴随着1900年王圆箓道士打开了莫高窟第16窟的一个耳洞，从而深藏了近900年的6万多件珍贵的文书面世。其中经卷、用过的课本、废弃的公私文书、佛画，有纸质，也有丝绢；有手写的，也有印刷的，涉及汉文、梵文、于阗文、藏文、西夏文、蒙古文、回鹘文、粟特文等多种民族的文字。敦煌遗书的发现是20世纪初世界考古学最大的收获，一时之间，西方探险家闻讯而动，接踵来到敦煌考察。1906年，法国人伯希尔率考察团经吐鲁番，赴敦煌，获得大量手稿；法国人斯坦因则至新疆，经和阗而赴敦煌，也获得了大量手稿；1905—1910年间，俄国人科兹洛夫考察了丝绸之路，发现了著名的"黑城"遗址，并获得诸多文书和遗物。1914年

---

① 曹洁：《素履》，太白文艺出版社2013年版，第129、132页。

8月，奥登堡到敦煌考察，1915年1月带回数百个长卷和大量残片。上述西人频繁所进行的敦煌考察，成为当代甘肃作家从事敦煌写作的重要题材。冯玉雷的敦煌系列作品基本上就是针对20世纪初叶，敦煌文书发现之后，西方探险家到敦煌来所进行的文化掠夺的事件而创作的，他的《敦煌遗书》《敦煌·六千大地或者更远》就是用艺术之笔表现了这方面的历史。所谓的"六千大地"，言及路途之遥远，泛指西部大地——帕米尔高原、青藏高原、河西走廊、传统中的西域各地及中亚，包含着一个巨大的文化带。因为敦煌曾经是世界上最重要的文化中心地带，敦煌文化也可以说是楼兰文化、龟兹文化、高昌文化等已经消失的西域文化的延伸，其中有很多中亚与中国中原文化的杂交成分。故此，正是敦煌，以及围绕敦煌的中亚腹地在20世纪初的人文地理大发现，激发了中国当代西部作家的丰富想象，引发了他们的思古之幽情，从而诞生了一系列书写敦煌的文学文本，把一个独特的敦煌艺术世界呈现在我们面前。

正如李正宇先生所指出：敦煌学是研究敦煌古代精神文明和物质文明的学问，而精神文明中就包括了文学。甘肃作家关于敦煌所书写的文本，在很大程度上是敦煌学的重要构成部分。甘肃作家和诗人创作的敦煌文学充满了对敦煌文化的展示和精神的构建，它们是深刻的，甚至是充满悲壮色彩的。而同样触及敦煌题材，陕西作家的敦煌书写里更多的平添了从长安出发到异域进行文化寻访的故事。王蓬在其《从长安到罗马：汉唐丝绸之路全程探行纪实》里描述：王子云是我国著名的画家，20世纪上半叶，他率领西北考察团在我国西北考察，亲笔绘制了一幅千佛洞全景写生长卷。该长卷完全是一幅绘画艺术和考古工程完美结合的产物，完整、准确地保留了20世纪40年代莫高窟的山川地理风貌和历史形象。显然，敦煌是西部作家不可绕过去的一个重要的文化镜像。

除却敦煌，河西走廊上的另一个重镇是武威，即古时的凉州。对于凉州西部作家的表现有所差异。甘肃作家雪漠作品基本上呈现的是这片贫瘠的土地上农民生存的样态，而另一位作家李学辉似乎是有意要补充"银武威"的历史印迹，创作了长篇小说《末代紧皮手》，表现农民对土地的崇拜。陕西作家曹洁笔下的凉州完全是用心灵体验出来的诗化凉州，"且斟一杯葡萄酒，满上凉州的暖，饮尽你三千沧桑。我在微凉的秋风里靠近你，只吟一曲《凉州词》"。① 这种诗化，到王蓬眼中，就转化为岑参、高适、王维、元稹、王之涣、王昌龄等一长串诗人的名字，和葡萄美酒、夜光杯，一起构成了独特的凉州文化风景。

季羡林讲过："世界历史悠久、地域广阔、自成体系，影响深远的文化体系只有四

---

① 曹洁：《素履》，太白文艺出版社2013年版，第129、132页。

个：中国、印度、希腊、伊斯兰，再没有第五个，而这四个文化体系汇流的地方只有一个，就是中国的敦煌和新疆地区，再没有第二个。"①

因此，当我们对河西走廊上的敦煌和凉州阐述之后，下面要论及的就是西域（新疆）。

三 想象西域：民族雄强生命力的古道

"作为一个地理概念，西域泛指玉门关、阳关以西的广大地区。广义的西域是指古代中亚，狭义的西域就是历史上的新疆。"② 西域一词最早出现在中国史籍中是在汉时，即张骞凿空西域之后，到18世纪大清王朝开疆辟土，才有了新疆的称谓。至今，人们仍然喜欢用"西域"一词表达对异域的美好想象和历史情怀。

关于西域的书写，陕西作家红柯有《西去的骑手》《哈纳斯湖》等文本。新疆作家周涛有大量反映新疆的诗文，从浙江而去新疆的沈苇也留下了一系列新疆文本。在这些描写新疆的作家里，除却本土作家，从外地迁徙而来的作家在展示西域的时候，竭力在家乡文化背景之下展开。红柯谈秦腔与十二木卡姆之间的渊源关系，以及李白、班超、张骞与西域之间的联系，在红柯的心里："我已回到陕西好几年了，拉开时间与空间的距离，常常在马嘶中惊醒，常常在黄土高原干旱的沟壑间出现汹涌壮美的大海一样的额尔齐斯河，常常在星光下，在漆黑一团的屋子里强压住狂跳的心脏，河的气息让我失去时间与空间，树的根须草的叶片带着啸音穿过底层奔腾着，它们打通了所有的生命，沙砾、大漠风、冰雪暴全被打通了，这就是河的生命力，动物、植物与人等量齐观。"③ 沈苇描写的新疆则是在江南文化与新疆文化之间比较而存在的，是水与沙漠的比对。沈苇常常将自己比作一枝种植在沙漠中的芦苇。周涛笔下的新疆则完全是本土的。"还有什么比你自己生活的这块土地对你的需要、理解、自豪更辉煌的事呢？"④ 周涛的文学新疆弥漫着一种生生不息的力量。

在这些描写西域的作家笔下，他们共同热情讴歌英雄，成吉思汗、察合台、马可·波罗、布格拉汗、玄奘、班超、马仲英的故事精彩纷呈。他们也共同赞美骏马和骑手。周涛、沈苇皆有写马的篇章，红柯的成名作是《西去的骑手》，在这些作家的作品里骏马象征着一种强盛力量，马背上的骑手自然是血性的汉子，所以一部西域文学主体基

---

① 转引自王蓬《从长安到罗马：汉唐丝绸之路全程探行纪实》，太白文艺出版社2012年版，第4、34—35、38、174页。
② 沈苇：《新疆词典》，百花文艺出版社2005年版，第186、11、11、70页。
③ 红柯：《西部的一块"湿地"》，《当代·长篇小说选刊》2004年第3期。
④ 周涛：《稀世之鸟》，解放军文艺出版社1990年版，第79、4、103页。

调是英雄的史诗,是一本充满阳刚、雄强文化的大书,是游牧民族带给中原文化的雄强和旺盛的生命力。"游牧民族血管里饲养着一群奔马,他们不停地在大地上挪动,无法使自己停止下来。当突厥人在漠北高原游牧的时候,每逢传来马嘶声、犬吠声、牛鸣声、骆驼吼叫声,都从中听见一种'喝起、喝起'的呼声,因此,他们便从他们驻扎之地挪动。"① 马匹所代表的是一种游牧文化,因此,沈苇豪迈地说:"在中亚腹地,马蹄铿锵有力,是心脏最地道最纯粹的跳动!"② "战马奔驰/四蹄迸发火花/点燃枯草/草原在燃烧。我就从马的世界里找到了奔驰的诗韵,辽阔草原的油画,夕阳落照中兀立于荒原的群雕,大规模转场时铺散在山坡上的好文章,……毡房里悠长暗哑的长歌在烈马苍凉的嘶鸣中展开,酗酒的青年哈萨克在群犬的追逐中纵马狂奔,东倒西歪地俯身鞭打猛犬,使我蓦然感受到生活不朽的壮美和那时潜藏在我们心里的共同忧郁……"③

但是在沈苇看来,西域在粗粝、坚硬的外表下,还藏着温婉、细腻的个性,隐藏着一颗柔情似水的女性心。楼兰、米兰、尼雅,就像一个个美丽姑娘的名字,滋润了西域干裂的嘴唇和沙漠荒芜的心田。显然,西域是多元的,也是我们民族最具生命活力的地域。自古,这里流传着罗曼司、异国情调以及种种域外的天方夜谭,而正是由于丝绸之路这个纽带,将东方和西方拉近了,并且得以认真地打量和触摸对方,从而留下了一部文明交流的传奇历史。但是,对周涛来讲,他笔下的西域充满着强劲和魄力,散发着原始的野性和魅力。这是源于这片西部广袤的山川与他所处的这个令人百感交集的年代,"是这些因素融汇起来潜移默化着他,养育着他,同化着他,使他在诗中文中,不知不觉地拥有了一条通向大作为大境界的至真之路"。④ 丝路是陆路上的交通路径,也有水域方面的路线。中国当代西部作家的文本里关于西域的书写里面充盈着河流大川。在红柯心目中,所有的水系几乎都源于西域,老子悟出的第一大道就是水之道,水处下而无不克。至于汉武帝派张骞通西域,最初的打算就是寻找黄河的源头,汉人以为黄河的源头在青海以西,在帕米尔高原,叶尔羌河是黄河真正的源头,而入大漠,则为塔里木河,出青海,便是黄河。如果说泥沙俱下的塔里木河是一匹脱缰的野马,那么奔腾的伊犁河则是一条狂野的水蛇,额尔齐斯河便像是一位行走的智者。红柯、沈苇都倾心表现过额尔齐斯河,在他们的眼里,额尔齐斯河是北方民族的精神象征,它像纽带一样,使新疆乃至整个中亚都与北冰洋产

---

① 沈苇:《新疆词典》,百花文艺出版社2005年版,第186、11、70页。
② 同上。
③ 周涛:《稀世之鸟》,解放军文艺出版社1990年版,第79、4、103页。
④ 同上。

生了遥远的血肉相连。周涛则竭力展现"草原不管有多么辽阔和健康，它的河流，都是郁郁的"。①

　　毋庸置疑，在中国当代西部作家的丝绸之路的书写中各个地域的描述是不尽相同的。在作家们看来，长安充满历史遐思，河西走廊寄予着民族生命力，敦煌写满国人学术之伤心史，凉州表现着农民生存的困境，西域聚集着民族交融和文化的大碰撞。总之，"回顾丝绸之路史，一个显著的事实是，东方对西方的征服更多，凭借自身文明的魅力，丝绸扮演了首席和平使者的角色"。② 但是，丝路上也演绎着血腥和掠夺，上演着刀剑和火炮的悲剧，这在敦煌艺术和敦煌遗书方面表现犹为惨烈。显然，在丝绸之路上所发生的文化交叉、碰撞、融会，甚至是掠夺、流血，都在中华民族的血管里注入了一种新鲜的，抑或说异质的血液，它和汉民族的农耕文明交织、混合在一起，共同构建了华夏民族的文明史。

　　更令我们欣喜地发现：在中国当代西部作家的丝路叙事中，始终贯穿着一种雄强的力量，刚健的艺术审美。不禁我们要追问：中华民族文化的魅力何在？中国当代西部作家的文本告诉你：就在这从中原生发，又吸收了异域、外族文化的丝绸之路文化里，它具有海纳百川的包容性，成就了东方大国恢宏的格局和气度。因此，毋庸置疑，中国当代西部作家丝路叙事上所呈现出来的文化镜像，是中华民族文化地图上的重要构成。

（作者单位：陕西省社会科学院）

---

① 周涛：《稀世之鸟》，解放军文艺出版社1990年版，第79、4、103页。
② 沈苇：《新疆词典》，百花文艺出版社2005年版，第186、11、70页。

论丝路文化语境中的西北丝路文学

张 辉

内容提要：在丝路文学中，西北丝路文学无疑占有重要的位置。西北丝路文学是源于西北丝绸之路地带的文学创作，表达了西北社会的风貌、历史文化、民风民俗，更书写着生活在西北丝绸之路地带的人们的种种人生经历，表达着他们被西北地域文化浸染的思想感情。本文以西北丝路文学中长安丝路文学为例，探讨了西北丝路文学的主要特征，并探析了其在当代如何发展等问题。

关键词：丝路文化；西北丝路文学；特质；当代发展

一 丝路文学的界定与古代西北丝路文学的发展

在科学研究的领域中，任何一门学科都以其自身特定的研究对象为基础，从而形成一门独立的学科，丝路学也不例外。当今，丝路学已经成为以丝绸之路为研究对象的、综合诸多学科为一体的综合性学科，在这门综合学科中，分属于各学科的研究对象是不同的，那么由此生发出的丝路学各个分支学科也有所不同，以文学为研究对象，便形成了丝路文学的研究。

迄今为止，我们对丝路文学的定位与研究尚未在学术界与文学界取得共识，诸多问题仍有待我们进一步探讨。比如，如何界定丝路文学的范围？甚至对于何为丝路文学，目前学界尚存争议。一般来说，丝路文学包含两种含义：一是指丝绸之路沿线国家和地区的文学；二是指题材涉及丝绸之路的文学。目前大多数研究者所使用的丝路文学的概念，是将二者都包含在内的。但需要强调的是，无论哪一种丝路文学的含义，

---

* 本文系国家社会科学基金西部项目（项目编号：17XZW037）、中国博士后科学基金项目（项目编号：2018M643564）、陕西省社会科学基金项目（项目编号：2018N02）、西安科技大学博士科研启动金项目（项目编号：2017DQJ025）的阶段性成果。

都不涉及作品的价值评价与艺术评价。

丝路之路是指以中国的长安（今西安）为起点，经甘肃、新疆，到中亚、西亚，并连接地中海各国的贸易通道。可见，丝绸之路作为一条贸易通道连接了亚欧大陆。目前，学术界普遍认可的丝绸之路交通路线包括"陆上丝绸之路"和"海上丝绸之路"两大类，包括"草原之路""绿洲之路""海上之路"三大干线。"海上之路"在中国古代沿海港出发，分为三个路向，一通往朝鲜半岛和日本，二至东南亚诸国，三是经南亚、阿拉伯至东非沿海各国。"草原之路"则东起蒙古高原，西至黑海、地中海沿岸，横贯欧亚北方草原地带。途经中亚陆路的丝绸之路被称为"绿洲之路"。丝绸之路是中国古代联系东西方世界的大动脉，是中国联系世界的重要纽带，在推进中国古代贸易发展的同时，加强了与世界各国的文化交流，推动了沿线各国的交流、碰撞与融合。

丝路文学发源于中国古代，从源头来看，中国古代的丝路文学源于先秦，到明清时期进一步发展，其指的是涉及丝路地带发生的社会生活，并反映其历史文化、民族宗教等各方面内容的文学作品。这些文学作品以不同题材和形式存在着，反映了丝路沿线一带社会、政治、历史、文化等方方面面，其中既有上层社会的创作，也有出自普通百姓之手的作品；既有汉族作家所写，亦有少数民族甚至域外作者所作；既涉及诗歌，又有散文小说和戏剧，还有蕴含丰富地域文化色彩的民间传说与神话故事，其中也不乏民歌、说唱文学与英雄史诗等。

在丝路文学创作中，西北丝路文学无疑占有重要的位置。西北丝路文学是源于西北丝绸之路地带的文学创作，表达了西北社会的风貌、历史文化、民风民俗，更书写着西北丝绸之路地带人们的人生经历，表达着他们被西北地域文化浸染的思想感情。西北丝绸之路是古代中国与中亚等地进行经济贸易、文化交流的交通要道，这同时也决定了西北丝路文化的特点是在穿行中交流，在交流中融合。因此，古代西北丝路文学突出的特点是融合的文学。

古代西北丝路文学相当数量的创作者都是客居的身份，他们或征戍，或出使，或居官，或游历，或远嫁来到丝路地带，在此抒写着他们的人生经历和所见所感。中国古代丝路文学的创作繁荣时期，也是西北丝路地带贸易畅通和强盛的时期。两汉时期，西北丝绸之路贸易兴盛，丝路文学亦呈现繁荣之势。刘彻创作了《西极天马歌》，霍去病创作了《霍将军歌》，班彪创作了《北征赋》。东汉末年，蔡文姬创作了《胡笳十八拍》，书写塞外生活的同时表达了哀怨悲愤之感。隋唐时期，以王昌龄、高适、岑参创作的边塞诗为代表，更鲜明地表达了丝路地带的历史文化、社会政治与地域风情。然而，西北丝路文学并非只有客居者的创作，西北丝路地带本土作家的创作，同样构成了西北丝路文学的重要部分,从某种程度上来说,它构成了西北丝路文学的根基。东汉时期生活于甘肃的王符讥讽时政的《潜夫论》,生活于甘肃汉阳的赵壹创作的表达对不合理社会制度强烈不满的《刺世疾邪赋》,还有秦嘉、徐淑的五言诗以及北朝民歌《敕勒歌》等均为西北丝路本土文学的代表。唐代的边塞诗更是西北丝路文学繁荣的体现,明清时期仍有李梦阳、秦维岳等所写的诗文,鲜明地表达了西北丝路文化。

二 现当代西北丝路文学的特质

在现当代,西北丝路文学中也有一大部分流寓者的创作,抗战时期,一大批作家来到甘肃、青海、新疆等丝路地带,写下了不少有影响力的文学作品,如罗家伦描写大西北奇崛壮丽风景、表达异域情调风俗民情的《西北吟》,于右任意境清隽、风格沉郁雄壮的《陇头吟》《敦煌记事诗》,范长江真实记录西北民俗风情的《中国的西北角》《塞上行》,以及茅盾深情歌颂的百折不挠、坚忍不拔,体现了丝路精神的白杨树的《白杨礼赞》等。中华人民共和国成立后,西北丝路文学掀起热潮,"石油诗人"李季旅居甘肃玉门,创作了一系列表达丝路地域风情的诗作。以新疆为素材,闻捷创作了《天山牧歌》,碧野创作了《天山景物记》等表现丝路社会民情风俗与自然风物的文学作品。进入新时期,一些作家由于种种原因流寓到大西北,西北的所见所闻及在西北生活的经历触发他们创作了大量的作品,如王蒙的《布礼》《蝴蝶》,张贤亮的《绿化树》,张承志的《黑骏马》《心灵史》,杨牧的诗歌和散文等。西北本土丝路文学的发展,在当代也进入了繁荣发展阶段,涌现了路遥、陈忠实、贾平凹、红柯等一大批颇有影响的本土作家,他们的创作昭示了西北丝路文学进入了辉煌的时代。

同时,进入21世纪以来,一些文学网站的丝路主题创作也推动了西北丝路文学的发展。如江山文学网站、文章阅读网、散文网、中国甘肃网"飞天文艺"栏目、河北作家网文学专题等,推出了丝路主题的散文与诗歌,这些创作书写了西北丝路沿线地带的历史、文化、人情风物等。其中江山文学网站的散文《穿越汉唐的丝绸之路》,从丝绸之路的起源和路线起笔,重点描述了其形成前后的历史、分布路线、作用等,多角度真实地再现了丝绸之路的历史。《丝绸之路的驼铃》则描述了一段驼铃摇曳的丝绸之路上悠久的历史。作者记述了张骞第二次出使西域的经历,虽被俘,仍不辱使命,完成了任务,为丝绸之路的开辟做出了不可磨灭的贡献。中国甘肃网"飞天文艺"栏目散文《丝路之美》则通过对莫高窟历史的叙述,阐述了丝路是一条经济之路,也是一条文化交流之路。河北作家网的文学专题中,作者游历了丝路沿线地带的城市,历数了丝路的历史、现在、风光和人物,感慨丝路"确实是一条承载满了故事和传奇的路，也确实是一本厚厚的史书。但它更像一个巨大而有力的生命体，绵延千年，依然光华灼眼，生机勃勃"。① 文章阅读网中《丝绸之路》一诗中写道："桑蚕吐丝/连接长安罗马/景德制瓷/穿越汉唐明清/装饰东西文明/沿着河西走廊的廊/爬过敦煌石壁的壁/驼铃阵阵/大漠中的脚窝/深深浅浅/脚踩岁月的脊背/听着西域的琵琶/豪饮葡萄美酒/汉朝派出的使节/拓印着鲜为人知的沧桑/一直走到今天/这一条路带动了中国梦/走出自己的辉煌/梦想成真。"② 在对丝路历史的回溯中弘扬了历史文化。散文网《丝路题记》一诗中写道："冬去天山换新颜，春来融雪润库车，昔时长安吹箫人，今日丝路骆驼客。绢绢丝绸到西域，换得玉石出博乐。龟兹王爷传令来，快马加鞭拜朝歌。"③ 这是为丝绸之路唱响的赞歌。

西北丝路文学取材于西北丝路地带的日常生活，书写着人们在这一地域的人生经历、社会文化、民风民俗，表达被西北丝路风物所激发的思想情感。历史上的陕西，是世界文化交流的中心，古长安的丝绸之路具有国际影响力。习近平在哈萨克斯坦纳扎尔巴耶夫大学演讲时曾说："我的家乡陕西，就位于古丝绸之路的起点，站在这里，回首历史，我仿佛听到了山间回荡的声声驼铃，看到了大漠飘飞的袅袅孤烟。这一切，让我感到十分亲切。"④ 朱鸿在其散文《长安：丝绸之路的起点》中也强调了长安对于丝绸之路的重要性："实际上长安还是丝绸之路的根据地，凡其开辟及捍卫的智力、财力和军力，皆在长安整合，并由此送达浩茫的西域，发挥中国的作用。"⑤ 丝绸之路以中国长安为起点，长安文学自然是西北丝路文学的重要组成部分，总体来说，以长安文学为代表的西北丝路文学体现出了以下特质。

（一）本土文化与丝路文化的精神契合

中华文明的文化在流动和融合中重构发展，在中国文化起源的阶段就表现出一种不变的规律。长安文化，在秦汉隋唐时代就体现出一种开拓和改革的精神。学者李继凯曾这样强调这一点："人们往往对三秦文化史（在秦汉隋唐时期足以代表中国文化史）上的开拓创业精神、改革开放精神等给予由衷的礼赞……"⑥ "无论是你打开《延安府志》的时候，还是在你静聆毛泽东《在延安文艺座谈会上的讲话》的时候，抑或在你展读陕北作家柳青、路遥、高建群作品的时候，都会使你从不同的侧面，体会到在陕北这块古老的土地上文化乃至人种的融合，以及开放求变、开拓进取作为一种地

---

① http://www.hbzuojia.com/content/? 3113.html.
② http://www.duwenzhang.com/wenzhang/shige/shuqingshi/20170223/368262.html.
③ https://www.sanwen.net/subject/3716249/.
④ 《习近平总书记系列讲话精神学习问答》，中共中央党校出版社2013年版，第91页。
⑤ 朱鸿：《长安：丝绸之路的起点》，生活·读书·新知三联书店2017年版，第1页。
⑥ 李继凯：《秦地小说与"三秦文化"》，商务印书馆2013年版，第38、39页。

域文化精神的抽象。"① 这一论断强调了陕北古老土地上开放求变、开拓进取的地域文化精神内质。丝绸之路以长安为开端,在三秦时期便形成了一种开拓进取、改革求新的文化精神,而这种文化精神发展到当代与本土文化形成了精神的契合。

陕北古老土地上,民风是雄壮剽悍的,在这里生活着一群勇敢坚毅、粗犷直率、行侠仗义的汉子,也聚集了一群性格直爽、唱着信天游柔情万种的女子,"在山丹丹盛开红艳艳的陕北黄土高原上,在黄帝陵所在的珍藏着悠久之梦的桥上,在西北风和信天游拂过的地方,绝不是一贫如洗的文化荒原"。② 淳朴的民风、坚毅果敢的民众性格促使了本土文化的形成,其汲取了古代长安多民族融合的文化精神和农民反抗式的叛逆精神,由此而形成一种独特的文化特色,即一种"对于奋斗目标不折不扣的信心——这是一种乐观主义的精神;对于面对的现实采取切切实实的态度——这是一种实事求是的精神;对于困难不屈不挠的顽强——这是一种英雄主义的精神"。③ 在这样的精神感召下,《保卫延安》《延安人》等一系列作品塑造了周大勇、王老虎、吕有怀等人物形象,他们或在建立新中国的过程中浴血拼杀,或在建设新中国的平凡岗位上辛勤劳作,其身上充分体现了脚踏实地、勤于奋斗、不屈不挠等本土文化,这种精神也恰恰契合了丝路文化中涉及的锐意进取的精神内质。红柯《西去的骑手》中的马仲英身上激荡着英雄气概,他独特的剽悍、野性激活了当下虚脱、疲软的生活;文兰《丝路摇滚》中的西北汉子狼娃意志坚定、百折不挠,具有强悍、蓬勃的生命活力;权海帆、孟长勇《丝路之父》中的张骞以"虽九死而犹未悔"的精神书写着生命坚韧的伟大篇章,他们体力超群、意志坚定、百折不挠、勇于牺牲、甘于奉献,这诸种精神也正是丝路文化的体现。

(二) 求实求变心态与丝路精神的体现

丝绸之路,是一条寻求发展的改革之路,其中求实求变是丝路文化精神的体现。漫长历史长河中古老的三秦文化,是一种求实求变的文化。"尤其是关中及古都西安(长安),在历史上曾有三次大的崛起,这就是周族的崛起与西周文化的显赫,秦人的崛起与秦汉文化的显赫,拓跋鲜卑的崛起与隋唐文化的显赫。"④ 而这些文化的崛起固然与改革家们艰苦卓绝的奋斗密不可分,其更要求同属此地域的人们保持务实谨慎的精神,转换封闭落后的心态,竭力更新自我意识,寻求改革与发展。如弱小的秦国,在变法改革的环境之下,注重任用有才华又有能力的人,锐意改革,逐渐强大。可见,

---

① 李继凯:《秦地小说与"三秦文化"》,商务印书馆2013年版,第38、39页。
② 同上。
③ 柳青:《柳青小说散文集》,中国青年出版社1979年版,第86—87页。
④ 李继凯:《秦地小说与"三秦文化"》,商务印书馆2013年版,第196、359页。

求实求变的心态从古延续至今。

　　丝绸之路的主体古称西域，位于我国新疆境内，这里地理环境复杂、气候恶劣，历代诗歌中对于西域恶劣环境的描写，并非单纯的艺术夸张，而求实求变的心态使张骞不畏艰难，出使西域，开辟了丝绸之路。张骞通西域后，丝绸之路上，中国与西域各国的友好使者和商贾，往来不断，道路相望，驼铃声不绝于耳。《丝路之父》着意塑造了张骞这样一位沟通东亚与中亚、西亚友好往来的使者，他以自己英勇无畏的精神和惊人的意志开辟了中西文化交流的"丝绸之路"。正如《丝路之父》"后记"中所提到的，"《丝路之父》的故事，并不是我们的杜撰。虽然'丝路之父'一词系我们第一次加之于伟大的历史人物张骞的赞词、颂词或敬称、美称，也可以说是我们的创造，但张骞的确无愧于这个词汇，以这个词汇概括张骞的历史功绩是十分恰当的"。[①] 而张骞这一人物形象诸多品质如寻求改革、脚踏实地、求新求变等，皆为丝路精神的体现。《丝路摇滚》的故事发生在浑厚沉重的大西北黄土高原，这里曾代表了中国古代经济文化的繁荣，也昭示了中华民族海纳百川的英勇气魄，然而由于这块土地上的人们长期自给自足生活方式的因袭，他们的思想观念保守和封闭。《丝路摇滚》却着意描写了这块大地上的变革与发展，这些蜕变虽然艰难，但也是生活于此的人民寻求改革心态的体现，在作者充满激情的叙述中，在描述作品中人物强烈的意志愿望和命运起伏变化的过程中，渗透了锐意进取、求新求变的丝路精神。

　　当代西北丝路文学作家，都具有求实求变的心态，他们在创作态度上笃定务实、严肃认真，贴近生活的真实，注重表达真实的内心，同样，在创作方法上，主要采用严肃的现实主义，铸造了一系列符合求实精神的文学形象。西北丝路文学作家们所生活的本土文化背景，决定了他们自然而然倾向于现实主义创作，秉持严谨的创作态度，这体现了其求实的文化心态，而求变的精神指向又使得他们在选择现实主义进行创作的同时，还借鉴了其他多种艺术方式和创作方法。如贾平凹、红柯等，现实主义是他们遵循的传统方法，他们同样对浪漫主义、心理分析等艺术手法有所借鉴吸收。这种求实求变的心态恰恰契合了丝路文化中强调务实的同时求改革与发展的精神特质。

　　（三）日常民俗与丝路地域特色的书写

　　文学具有民族性，同样丝路文学也具有民族性，民族的生活、习俗、语言文化以及共同的心理素质乃至审美文化都通过其文学作品得到了充分的表达。然而，民族性又和地域性密不可分。地域是民族赖以生存的基础，民族依托于地域，民族文学艺术离不开地域文化的滋养，"人类的生存时空所显示的自然环境以及长期建构而来的人文

[①] 权海帆、孟长勇：《丝路之父》，文化艺术出版社1998年版，第497页。

环境，对民族性的养成和延伸提供了最基本的条件。这也就是说，地域文化作为与民族性浑融一体的传统成分，具有持久的生命力和存在价值"。① 可见，文学是与特定时空中的人、事、物相关联的，而这种特定的时空，就构成了文学的地域性。因此，西北丝路文学也着意于描绘丝路地域文化特征。

红柯作为西北丝路文学的歌者，其作品深刻地体现出西北丝路文化的地域特色。红柯走遍新疆大地，在地域文化体验中他琢磨着大漠浩大的生命，新疆的地域文化与其民风民俗以及美丽的神话史诗都为他的创作提供了源泉。漫游天山的十年，使红柯成为一位卓越的丝路文学表达者，《美丽奴羊》《西去的骑手》《乌尔禾》《生命树》等都是他深有代表性的小说，在这些作品中，丝路地域文化体现得较为明显。在其"天山文学系列"最有代表性的《西去的骑手》中，沙漠、草原、古城、骑手都成为其着力描写的对象，并渗透了历史与现实的想象，文字充满了诗意。红柯的作品中有着浸润了地域文化的大自然，《奔马》描绘了马的速度和力量，飘逸而富有神韵，《美丽奴羊》写出了大自然宠爱的精灵。除此之外，还有体现出柔美极具生命意象的鱼，代表了荒野豪放和智慧的狼，这些极具飞扬生命力的自然与动物，是丝路地带人们精神上崇拜的图腾与精灵，更蕴含了丰富的地域文化。

红柯回到陕西后，试图用文学将陕西与西域打通，使关中与天山相连，因此，他的作品始终充满了新疆、西域的浓重色彩，也使他成了文坛上公认的"丝路文学的歌者"。红柯虽然离开了新疆，但大漠、群山戈壁草原以及悠扬的马嘶仍然出现在他丝路文学的世界，这些都是清晰可见的丝路日常民俗的书写，是地域文化的体现。红柯通过其文学文本再造了一个文本意义上的西域，再造了一条自己的文学丝路。《星星》诗刊主编助理、作家杨献平在谈到红柯的丝路文学创作时，曾由衷地感慨道："红柯的小说有一种莽苍的气质，即恢宏的、有天地之气的那种力量感。小说乃至一切艺术，都是深入人心，探测和呈现人的生存和人性幽微的。红柯小说对古之西域，今之新疆的文学书写和艺术提纯，显然是一种趋向成熟的，有自己特色和思想的文学创造。"② 与西北丝路作家苦涩的创作风格不同，红柯的作品对西域独具特色的地域文化、历史知识刻画得周详，并运用了诗意的表达方式。

对红柯以文学的形式观照西域历史地理，表达丝路地域文化的特色方面，文学评论家李敬泽给予了客观细致的分析，"红柯的特别还在于，他是从文化上、历史上、情感上，把西域当成自己血液的一部分来谈。他所全情贯注的西域不是一个简单的地方，

---

① 李继凯：《秦地小说与"三秦文化"》，商务印书馆2013年版，第196、359页。
② 张艺桐：《寻找红柯 丝路文学的歌者》，《天津日报》2018年4月12日。

它涉及我们这个伟大国家的精神文明的整合。总体来说,我们对西域充满了不了解。行政疆域的庞大,需要艺术、思想、情感、心灵的弥合。文学是很好的桥梁"。① 可见,以红柯为代表的西北丝路作家,其创作中渗透了丝路地域文化的特色,这是一种融注了丝路文化、历史与情感的地域特色。

朱鸿的散文立足地域化书写,将目光投向整个关中地区,进而揭示地域的群体文化意识与深层社会心理。如散文《食态》就透过丝路地带的饮食文化透视了民众的文化心理。西安以关中人为主,而关中平原盛产小麦,所以多种多样的面食便成了西安颇有地域特色的饮食文化。《戏迷》则描述了秦腔对于长安文化的意义。秦腔曾有一段辉煌的历史,但因为受众审美趣味的改变而曾衰落,但戏迷仍在,秦腔这种文化仍有一片美好风景。朱鸿的散文渗透了长安的地域文化,在文化的浸润中体现了其富有哲理的思考。

(四) 创业精神与丝路文化的表达

学者李继凯认为,从古至今的丝路文学与创业密切相关,"历史上的'丝绸之路',本质上正是一条披上丝绸、唱响驼铃、走向世界的'创业之路';应运而生的丝路文学,也相应地体现了在开拓探索中艰苦奋斗、勇于创业的丝路精神,并在物欲与爱欲之间激荡出更具传奇色彩的诗情画意和丝路故事"。② 因此,西北丝路文学中的创业文学与创业精神自然是西北丝路文化的体现。他认为,以柳青的《创业史》、周立波的《山乡巨变》为代表的创业文学有以下三个特点,"其一,创业文学范式的积极建构。其二,创业文学母题的时代书写。其三,创业文学形象的精心塑造"。③ 论者从创业文学结构、母题与形象三个方面阐释了创业文学的书写,并认为柳青、周立波的这种书写行为本身是一种实践和创业,他们在面对农村土改与农业合作化等巨变时可以深入生活本身去反映去创作,体现了巨大的使命感与责任感。

论者还进一步阐述道:"跨入 21 世纪,当今的人民群众对山乡、家乡的新变仍然寄予了无限的希望,从文学创作来讲,感应这种希望的则是呼唤更加辉煌的'新创业史'和更加生动的'山乡巨变'。在人类漫长的进化过程中,'变则通'的思维逻辑在追求创业的社会实践以及作家的'文学创业'中,都得到了比较充分的体现。"④ 笔者与论者持相同的观点,丝绸之路是一条改革发展之路,求新求变的思想体现其中,而在改革发展的过程中自然要秉持一种艰苦奋斗、坚忍不拔的精神,而这种精神也是创

---

① 张艺桐:《寻找红柯 丝路文学的歌者》,《天津日报》2018 年 4 月 12 日。
② 李继凯:《论当代创业文学与丝路文学》,《湖南师范大学社会科学学报》2016 年第 1 期。
③ 同上。
④ 同上。

业文学的体现。

同时，学者李继凯还总结了创业文学与丝路文学存在的诸多内在关联，具体表现在："其一，在创业中追求长安的价值取向，在两种文学形态中都有充分的体现……追求国家尤其是西部的长治久安乃是古今相通的政治文化诉求，而勇于开创新事业的丝路精神业已演化为振兴中华的'一带一路'的宏伟发展战略和实现中国梦的一种精神支柱……其二，创业文学与丝路文学具有交叉互补性，在丰富当代中国文学版图方面做出了重要贡献……其三，丝路文学作为与时俱进的创业文学，是更加具有发展潜力的文学形态……其四，从创业文学和丝路文学中我们可以看到，中国人的创业和守业理应同等重要。"[①] 论者的论断有力地凸显了丝路文学与创业文学的诸种内部关联，看到了创业文学与丝路精神特质的内在联系。

丝路文学是与时俱进的创业文学，也具有发展的潜力。从最初的开创丝路到当下的"一带一路"的建设规划与发展，都需要勇敢的追求与探险。其中，不仅有创业的艰辛与艰难，还在对外贸易中具有了"走出去"的"世界化"意义。当代的丝路文学也是创业文学，如权海帆、孟长勇的《丝路之父》，文兰的《丝路摇滚》等。从这些作品中可以看到中华民族艰苦创业的精神和这个时代所大力彰显的探索精神。《丝路之父》中的张骞这一形象，集中体现了丝路文化中的创业精神。张骞以不凡的胆识和惊人的意志，开通了中国通往西亚甚至欧洲的坦途，这是一条创业之路，在这条创业之路上凝聚了张骞二十余年的血汗，也正是这种创业精神使得大汉辉煌灿烂的文明得以承载和传递。《丝路摇滚》中的狼娃是一位典型的新时期创业者的形象，他年轻、热情、充满朝气，敢作敢为，有着鲜明的时代印记。狼娃创办现代水泥厂，被重重困难阻碍，举步维艰，这里封建迷信泛滥，还有野蛮民风的阻挠，有大背景上国家政策调整的影响，有民众整体科学水平的欠缺，更有先辈们留下的传统所积淀的"集体无意识"形成的重重阻隔。作为新时期农村改革的带头人，狼娃的命运起伏与人生变化，表现出了西部黄土地上农民改革的艰辛历程，展现了其渴望摆脱封闭保守的生活、追求全新生活的愿望，同时也渗透了新观念将战胜旧有观念的改革前景。《丝路摇滚》中所强调的开放改革、脚踏实地、勇往直前的创业精神正是丝路精神的突出体现。

丝路文化中体现的开拓性和创新性与实现中国梦的发展战略有着内在的精神关联，其切合了"一带一路"倡议的提出。创业文学中所弘扬的英雄主义与乐观主义，是丝路文化创新改革精神与使命意识的体现，创业文学主题与丝路精神呼应的同时更进一步实现了二者文化内质的契合。

---

① 李继凯：《论当代创业文学与丝路文学》，《湖南师范大学社会科学学报》2016 年第 1 期。

三 西北丝路文学在当代如何发展

（一）注重民族文学的发展

古代丝绸之路文学所涉及的范围极为特殊，因为这里汇聚了不同民族的文学，其推动了丝绸之路文学的丰富性。自古以来，丝路之上不同的风物人情、宗教信仰、节庆仪式等，就是不同民族历史、文化传统和心理素质的具体表现，这些也呈现在具体的丝路文学作品中。而在具体的文学创作中，不同民族使用不同的语言，通过不同的表达方式塑造本民族丝路文学的审美形象、刻画人物性格，于是丝路文学在发展传播过程中自然体现出与其他文学的不同。

西北丝路文学具有多民族性，首先体现在题材的多民族性。中国历史上，西北是氐族、羌族、匈奴、吐蕃、回鹘、突厥、乌孙、鲜卑、党项等多民族繁衍生息之地，今天仍旧生活着蒙古、回、藏、东乡、裕固、维吾尔、哈萨克、塔吉克、保安、柯尔克孜等少数民族。因此，西北丝路文学大多表现当地多民族的生活、习俗文化与历史等方面。如《西极天马歌》《霍将军歌》书写了西北战事；《悲愁歌》书写了西北的婚嫁；《敕勒歌》描写了西北少数民族日常的生活。进入现当代，西北多民族的生活仍然是西北丝路文学表现的主题，如闻捷的《天山牧歌》、张承志的《黑骏马》等。其次，西北丝路文学多民族性体现为少数民族作家众多。藏族史诗《格萨尔王》、柯尔克孜族史诗《玛纳斯》均出自少数民族作家之手。元代边塞诗人耶律楚材是契丹族，元代诗人马祖常是回族。现当代丝路文学中少数民族作家众多，如哈萨克族作家艾克拜尔·米吉提、回族作家张承志、藏族作家班果等。

可见，西北少数民族的独特文化、独特思维与个性赋予了西北丝路文学丰富的内涵，民族性也显示了西北丝路文学最为独特性的一面。当代西北丝路文学的发展，要注重少数民族文学的发展。石一宁曾在《丝路文学：少数民族文学新的发展机遇》一文中谈道："无论是北方丝路还是南方丝路，其地域乃多民族聚居地，丝绸之路与少数民族的经济和文化生活关系紧密。发展和繁荣丝路文学，给丝路地域的少数民族文学带来的机遇是不言而喻的。丝路文学固然各地域、各民族的作家都可以创作，然而，最了解、最熟悉和亲历亲受丝路地域历史文化与现实生活的，莫过于身处该地域的少数民族作家，丝路文学创作，应更多地寄望于他们。"[①] 可见，丝路文学的复兴意味着少数民族文学的重要性得以再次凸显，西北丝路民族文学在进一步挖掘的同时，西北丝路少数民族文学应加快

---

① 石一宁：《丝路文学：少数民族文学新的发展机遇》，《人民日报》（海外版）2015年10月27日。

发展步伐,深厚的底蕴,光辉的传统,将使西北丝路民族文学勃兴。

(二)探索当代的新创造

西北丝路文学呈现出一种发展开放的姿态,表达了多民族和谐共处共谋发展的内在诉求,西北丝路文化的价值也是多方面的,其应重视当代的新创造。

随着国家经济的发展,民族的复兴,以及"一带一路"倡议的提出,丝路文学面临着巨大的机遇与挑战,这些都对西北丝路文学有着直接的召唤和推动作用。丝绸之路是一条开放之路、发展之路,在此背景下的丝路文学必然会延续着远古丝路宏伟的汉唐气象,进一步呈现出21世纪的中国气派和民族精神。西北丝路文学在当代的发展,整体必然是朝气蓬勃的、充满活力的,是强健硬朗的、有丰厚内涵的人民性的文学,其必然渗透着深刻的思考、恢宏的气度与健康的审美,并成为当代文学的重要组成部分。"一带一路"是经济之路、民生之路、交流之路,在"一带一路"倡议的时代感召下,希望当代西北更多的作家以丝路为创作题材,书写汉唐气象、大漠雄风、异域风情、戍边贸易等历史文化内涵,去挖掘、钩沉、打捞这些历史回忆与文化记忆,书写当代丝路地带的经济状貌、生活变迁、民风民俗、民族文化等,使得丝路文学更加丰满生动并富有感染力。作家们面对时代发展带来的机遇需要开启想象、激活情感、深刻感受领悟,以深刻的文学直觉和文化自信去迎接西北丝路文学的美好明天。

丝绸之路是一条和平之路、发展之路,因此丝路文学是多地区、多民族、多国家的文学,当代中国西北丝路文学的新创造,应该具有国际化视野,应该胸怀全球、放眼世界。西北丝路文学的发展,应该与经济全球化背景相呼应,使其成为世界文学中的重要组成部分,其既是民族的、又是全人类的。因此,西北丝路文学的发展应注重对当代世界文学流派、风格和写作手法的借鉴,充分吸纳世界前沿性创作中成熟的现代性的风格手法,并融合本民族的文化形成自己的特色,进一步表现丝路地带的社会生活、历史文化、民风民俗,贴近当代读者的审美趣味。

四 结语

西北丝路文学是中国文学的重要组成部分,也应成为观照中国现当代文学的有效窗口,探讨与构建西北丝路文学,对于中国现当代文学研究有着重要的意义。在"一带一路"倡议发展实施的今天,关注西北丝路文学的建构与开拓,具有特殊的意义,如何进一步发展符合时代潮流的、具有创新性的西北丝路文学,我们还需继续努力。

(作者单位:陕西师范大学人文社会科学高等研究院 西安科技大学)

郑伯奇研究

忆郑伯奇先生

马家骏

内容提要：郑伯奇先生是"创造社"的元老，是20世纪30年代左翼文学的中坚，是陕西师范大学的前身——1944年陕西省立师范专科学校的创建者之一，是陕西师范大学前身师专国文科的首届主任。本文回忆20世纪50年代郑伯奇讲授"文艺理论"和"中国现代文学"课的情形，为郑伯奇研究提供相关史料，也希望能追溯、彰显陕西师范大学的人文传承。

关键词：郑伯奇；陕西师范大学

我的授业老师郑伯奇先生是五四新文学运动的战将，是"创造社"的元老，是20世纪30年代左翼文学的中坚，他更是陕西师范大学的前身——1944年陕西省立师范专科学校的创建者之一，是咱们文学院的前身师专国文科的首届主任。今天纪念郑先生逝世四十周年，对建设新时代中国特色社会主义的文艺与教育事业有深刻的意义。

1944年，在城固的西北大学师范学院，独立为西北师范学院搬迁到兰州去了，本省为师资的培养，文教界的贤达郝耀东、王捷三、郑伯奇、高元白（这几位都是给我班上过课的老师）便筹建了陕西师专。1949年5月，西安解放后，师专并入西北大学为师范学院。1946年在汉中成立了陕西省立师范专科学校陕南分校。我1949年考入分校国文科，年底汉中解放，1950年初，分校也并入西北大学。

我读一年级的第二学期，郑伯奇先生给我班继续讲《文艺理论》课。中华人民共和国成立前，旧大学国文系里"国"有《国学概论》、"文"有《文学概论》。中华人民共和国成立后，《文学概论》改为《文艺理论》。"概论"只是介绍文学的一般概况：定义、沿革、类别、方法等，"理论"则是讲文学的思想、性质、作用等。我一年级第一学期是受的旧教育，第二学期则是听郑伯奇先生讲新的理论。我参考了老班同学的笔记，见到郑先生以毛泽东《在延安文艺座谈会上的讲话》为根据，讲了文艺战线是党领导下的和武装军队开展的军事战线一样重要的两翼之一，讲了文艺为工农兵服务的革命方向，讲了作家要全身心地、无条件地和劳动大众相结合等，真是醍醐灌顶，令人茅塞顿开。我听课的第二学期，郑先生接续着上学期，讲文艺的普及与提高。中华人民共和国成立前，我只知道文学越高超越好。现在懂得了文学要在提高指导下向人民大众、向工农兵普及革命的文艺；在此基础上还要沿着革命路线去提高他们。他还讲了艺术对现实的美学关系，引用毛泽东主席的话说：

> 人类的社会生活虽是文学艺术的唯一源泉，虽是较之后者有不可比拟的生动丰富的内容，但是人民还是不满足于前者而要求后者。这是为什么呢？因为虽然两者都是美，但是文艺作品中反映出来的生活却可以而且应该比普通的实际生活更高，更强烈，更有集中性，更典型，更理想。因此就更带普遍性。革命的文艺，应当根据实际生活创造出各种各样的人物来，帮助群众推动历史的前进。

郑先生对这六个"更"一一加以阐述，真是大开眼界。此外，郑先生还讲了文艺的批评标准等。近70年过去了，郑先生讲课的具体内容，已记不清了，但他讲课时喜气洋洋的神采至今还在头脑中闪现。

二年级的上学期，郑伯奇先生给我们班开设《中国现代文学》课。他本人就是现代文学的参加者，因此讲起来，如数家珍。他讲鲁迅的小说和杂文，并引用毛泽东主席在《新民主主义论》中对鲁迅的评价，说他是文化革命的主将，不但是伟大的文学家，而且是伟大的思想家和革命家。他讲郭沫若的诗歌，说郭沫若高歌猛进，歌唱民主自由，充满浪漫主义精神，非常豪放，气势宏伟。

郑先生谈到他在日本留学期间，郭沫若来京都帝国大学找他商量成立"创造社"的事，还说到他与鲁迅、茅盾三人讨论编辑《中国新文学大系》的"小说集"和写"导言"的事。说茅盾代表"文学研究会"、郑先生代表"创造社"、鲁迅代表其他"杂牌小社团"等文学史上的逸事。可惜，郑先生的课，只讲到20世纪30年代左联时期，就调到西北文联当专业作家去了。以后的一学期半的课，由新来的李玉岐副教授接续了。

郑伯奇先生的教学对我产生了影响：我1953年毕业后留校任教，国文系改为中国语言文学系，简称中文系，分配我到中国现代文学教研组。我就按郑先生的教导：贯彻马克思列宁主义、毛泽东思想，实事求是地从文学作家作品的实际出发去客观地评价，而不是按个人主观的好恶去评头论足，也不是按照既定的框框去套。对作品既要深入细致地作微观发掘，又要高屋建瓴地作宏观概括。1965年秋，我教"文化大革命"前最后一届大学生的《文艺理论》课，就按郑先生的办法：以毛泽东主席的《在延安文艺座谈会上的讲话》为具体教材。所不同的是加大了学生的口头或书面的讨论与争辩，使之将毛泽东文艺思想深入头脑。

1958年，中文系请郑伯奇先生到联合教室（今积学堂）作关于"创造社"的报告。此后，我就没有再见过郑先生了。

我是郑先生教过的最后一届学生，是先生的关门弟子，也许是听过他系统讲课的仅存者。现在，纪念郑伯奇先生逝世四十周年，恍如隔世。先生之风，山高水长。愿先生创立的文学系科，永远发展，业绩辉煌。

2019年12月于终南山前

（作者单位：陕西师范大学）

郑伯奇小说论

孙 旭

内容提要：郑伯奇先生的短篇小说突出"反帝"这一主题，文体上强调说话体与对话体，有明显的情节小说与人物小说倾向，以"我"为主的小说人物视角叙述，以"他/她"为主的旁观式第三人称叙述，是郑伯奇小说中最常见的两种叙述视角。如何在"反帝"这一统摄性主题下平衡个体叙事与人民叙事的关系；说话体与对话体的理论基础，即郑伯奇先生强调的文学大众化、小说通俗化、文学的再教育功能，对这一文体的影响；其小说中情节与人物之间的联合与对峙，人物视角叙述与旁观式第三人称叙述在郑先生小说中的体现与优劣。对如上问题的思考，是对郑先生创作于20世纪二三十年代短篇小说达成客观评价的切入点，其中亦折射了创造社的理论追求与创作风格。

关键词：郑伯奇；小说；反帝；说话体；创造社

一 引言

郑伯奇（1895—1979），创造社的创始人之一，做过编辑，写过评论，创作过小说。作为编辑，郑伯奇主编或参与编辑的刊物有《创造月刊》《北斗》《新小说》等。作为评论家，郑伯奇就"文艺的大众化""文学的国民性""小说的通俗化"等多有著文，当然最多被提及的可能还是其作为创造社的一员时曾经与鲁迅先生的笔战。郑伯奇也创作小说，《郑伯奇文集》收录其短篇小说16篇。

作为创造社元老的郑伯奇，相对于郭沫若、郁达夫以及成仿吾等而言，关于他的研究比较少，具体到其小说的研究，就更加少。但是，通过小说家郑伯奇，是打开作为创造社文学活动家郑伯奇的窗口，更是走近留名中国文学史的创造社，理解其发展史、文学观念及其所处时代社会与文学状况的另一条途径。

郑伯奇先生对自己的文学创作颇为自谦，他"自认是一个 amateur，从来没有为同人团体尽过力。对于文学，对于文学家，对于文学家的生活，他都抱着恐惧，更谈不到潜心创作了"。① 但是，从选入《郑伯奇文集》中的16篇短篇小说来看，郑先生自认是 amateur 过于自谦。至于自己是否值得研究，郑先生更是自谦："我深深感到自己的工作和学习都很差，成就极其渺小，根本不配文学研究工作者去花费时间代为搜集旧作、编辑存目。万一研究工作者有这么点点需要，也应该实事求是，严格地、客观地作取舍，不作丝毫编织，或滥加赞许。因为过作颂扬，只能使我增加愧疚而已，而且还会引起读者的反感。"②

尽可能地对郑伯奇先生的小说创作有客观的评价，是本文的行文前提。不溢美，不刻薄，实事求是地评价，是对创作者的最大尊重。结合《郑伯奇文集》中收录的16篇短篇小说，本文试图对郑伯奇先生的小说主题、文体、情节、叙事及其相关小说理论有所分析和评述。具体探讨在"反帝"这一统摄其小说主题的情况下，如何平衡个体叙事与人民叙事；小说体现的说话体与对话体文体，又如何对应了郑伯奇先生在理论上提出的文艺大众化、小说通俗化理论，其优势和缺陷何在；对情节首尾连贯的强调，以人物为中心的情节安排，是郑伯奇小说的另一特征。在这些小说中，是否体现了情节与人物的交战与和解，是评价郑氏小说的另一切入点。小说中的"人物视角"与"旁观者第三人称视角"是郑氏小说最重要的两种叙述视角。为了表现"反帝"这一主题，作者如何通过两种视角的转换实现叙述形式上的"指点"与叙述内容上的"评论"，来引导读者理解其主题，是本文要讨论的重点。

鉴于本文分析所依赖的小说文本主要是《郑伯奇文集》中所选的16篇短篇小说，多集中在20世纪20—30年代，没有搜集到这之后郑伯奇先生是否还有其他小说佚文，因而不能算是对其小说整体风格的认识，而只能算是对其二三十年代短篇小说创作的评价。诚如文章开头所言，若能对这一阶段郑伯奇先生的小说创作有客观的评价，进而衍及对其文论思想的认识，从而折射创造社这一文学团体的理论追求、文学创作及其价值，即为本文的研究意义所在。

二 个体叙事与人民叙事

《郑伯奇文集》共收录其短篇小说16篇，"反帝"主题占了绝大数量。前期直接描

---

① 郑伯奇：《中国新文学大系·小说导论三集导言》，《郑伯奇文集》，陕西人民出版社1988年版，第249、237页。

② 高信：《〈郑伯奇文集〉佚文及其他》，《长安书声》，三秦出版社2005年版，第136—137页。

写日本侵略者对中国人民的压迫,后期逐渐演变为从知识分子的视角描写以工人为主体的"反帝"斗争。

早期"反帝"主题的代表作包括:《最初之课》(1921),讲述的是在国弱则民贱的时代,"读西洋书,受东洋气"的在日中国留学生;《帝国的荣光》(1928),换为日本在华侵略者士兵的视角,侧面描写"反帝"这一主题;《圣处女的出路》(1932),写天主教权力在中国普通民众日常生活中的渗透;《宽城子大将》,描写一个汉奸在伪满洲国的攀爬与失败;《恳亲会》,写日本政府通过举办宴会拉拢在日留学生。后期的作品有:《普利安先生》(1936),描写与洋人打交道的上海公交车司机;《伟特博士的来历》,讲挟洋自重、借洋人名号销售假药的商人,结果反被洋人夺了生意;《一个明朗的故事》(1937),写上海街头一个给日本人运粮的卡车司机,把粮食分给挨饿受苦的中国贫民。

时代决定了郑伯奇小说的"反帝"主题。在中国人民受压迫的20世纪二三十年代,"反帝"主题的出现是一种必然。对日本侵略者的恨,对国家贫弱状况的痛惜,对受压迫国民的同情,体现了作者的拳拳爱国之心。作为创造社成员的这一身份,郑伯奇可能会被笼统地拉入浪漫主义、艺术至上主义这一阵营。但是就像他自己指出的,他恰恰愿意追随歌德的道路去街头寻找人生。而这可能正是浪漫主义者选择的道路。浪漫的本质是反叛,是追求自由与改变。在国家和人民遭遇压迫的时代,最先出头的是有强烈改变现状意识的浪漫主义者。面对需要斗争才能改变的时代,浪漫主义者往往选择的是介入。"世纪病"和拜伦式的英雄,是浪漫的两个极端。20世纪的创造社,无疑选择了后一种,做一个"时代儿"。郑伯奇对创造社介入生活的创作观有如下陈述:"真正的艺术至上主义者是忘却了一切时代的社会关心而笼居在'象牙之塔'里面,从事艺术活动的人们。创造社的作家,谁都不属于这种倾向。"他们都"显示出对于时代和社会的强烈关心","所谓'象牙塔'一点没有给他们准备着。他们依然是在社会和桎梏之下呻吟着的'时代儿'"。[①]

"反帝"主题的选择,亦体现了郑伯奇先生的小说创作观念。在题材上,要选择"伟大的题材""重大的事件"。[②] 这样才能体现鸦片战争以来中国历史上所发生的重大事件;小说的形式必须是通俗的,这样大众才能理解和接受。而通俗小说应该是写实主义的作品;在写作方式上,要"表现"而非"描写"。"描写是消极的,被动

[①] 郑伯奇:《中国新文学大系·小说导论三集导言》,《郑伯奇文集》,陕西人民出版社1988年版,第249、237页。

[②] 参见《访问郑伯奇谈话记录——关于创造社、左联等问题》,《鲁迅及三十年代文艺研究》,甘肃师范大学中文系现代文学教研组翻印,1978年,第33—34页。

的。""表现是积极的,主动的。"① 作者要将自己所感受的刺激传递给读者,甚至要让读者感受更甚,必须选择表现;而文学的功能就在于"再教育"。这是由"文学大众化"衍生出的一个问题,在郑伯奇先生看来,只有实现文学的大众化,才能实现国民的再教育功能。因为,"对于没有常识的人,'启蒙运动'固然不可少,而一般地讲,'再教育'尤为重要"。② 不难看出,郑伯奇的小说创作观念也深受特殊时代背景的影响。如何表现影响国家这一政体与人这一个体的重大事件,决定了郑伯奇小说创作在题材、形式以及表现方式上的选择。可以说,时代在宏观的层面决定了郑伯奇小说的主题,亦影响了其小说创作论。而后者在微观层面,在细则上固定了其小说的主题。

尽管有时代这一特殊且客观存在的背景,"反帝"这一主题无论在伦理上还是在客观事实上,也都经得起后辈读者的目光审视。但在"反帝"这一总的主题下,必然隐现这样一个问题:如何处理好个体叙事与人民叙事的关系,协调"我"与"我们"的声音,才能不让"反帝"这一主题绝对统摄小说的意义表达,让小说中作为个体的"人"的声音不被作为复数的"人民"的诉求湮没,表现特定时代背景下具体的人的复杂性,而不仅仅是时代背景。

郑伯奇先生也注意到了这一问题。对于早期主张小说必须表现"伟大的题材""重大的事件"这一认识,后期他认为并不正确,"反映了自己在白色恐怖下有一种急躁情绪,空喊口号"。③ 对于自己的"反帝"题材小说,郑伯奇先生也有所反思。对于《最初之课》这篇"反帝"小说,郑伯奇先生并不满意。"我所不满意的,是那篇故事颇富有政治性。"④ 如何在描写社会人生、个人情感与政治之间达到平衡,早期的郑伯奇先生也是颇为踌躇。只是后来随着社会矛盾的进一步加剧,他坚定了文学必须反映政治生活的创作观念。小说尤其是短篇小说,由于篇幅的限制,不可能涵盖太多的主题,如何平衡好政治主题与个人情感的表现,如何将表现具体的人的复杂性与时代的宏观主题相结合,需要高超的技巧。无论是《最初之课》还是《宽城子大将》等其他作品,我们确实被其"反帝"主题吸引,我们亦不能说里面没有具体的人的描写,但客观事实是,前者的政治伦理主题压制了后者的复杂人性。

---

① 郑伯奇:《通俗小说的形式问题》,原载《新小说》1935年第1卷第4期;见计红芳编《中国现代小说理论经典》,苏州大学出版社2008年版,第290页。
② 郑伯奇:《我最近对于文学的感想》,《郑伯奇文集》,陕西人民出版社1988年版,第162页。
③ 参见《访问郑伯奇谈话记录——关于创造社、左联等问题》,《鲁迅及三十年代文艺研究》,甘肃师范大学中文系现代文学教研组翻印,1978年,第33—34页。
④ 郑伯奇:《即兴主义的与即物主义的——我的创作态度的一省察》,《郑伯奇文集》,陕西人民出版社1988年版,第262—263页。

如何在小说中将作为具体之"人"的个体叙事与作为复数之"人民"的集体叙事相平衡，在描写宏大主题的同时，兼顾个体思想的复杂性，不让后者被前者遮蔽，借后者洞察时代而不失主体意识，是所有宏大主题的小说必须面对的问题。

三 说话体与对话体

说话体与对话体是郑伯奇短篇小说的主要文体。郑先生认为，作者要将自己所感受到的刺激如实传递给读者，让其感同身受甚至更甚，就必须选择表现而非描述。要表现就要对读者说话，与读者对话，这样才能向读者传递最真实的感受。又因为无论说话或者对话，都是平实的口语，读者也就最易理解和接受，从而实现文学的大众化以及再教育目的。所以，他认为若要借用艺术手法达成作者与读者之间的"主观一致"，"在小说上，最适当的是说话体"。① 日记体、书信体、告白体都太主观，而自然主义的描写又太客观，"只有说话体既有力，又容易为读者理解，是通俗小说顶适当的表现手法"。②

这种说话体在郑伯奇的短篇小说中可以找到很多例证。按其不同的作用，可以分为如下几种。

第一，作为引起故事、导出人物的开头语。"现在让我来讲讲梅英女士的家世罢。"③"请你不要忙，听我慢慢道来罢。"④ 接着就是对小说主人公家世的介绍，梅英本是小康人家出身，但父亲亡故，族人夺家产打官司，不得已才为了寻求教会保护入了天主教。宽城子大将本是东北一小民，因巴结汉奸，结交权贵，混得职位，周围人赠"宽城子大将"这一诨名，形容其当时权甲一方。这种导入式的对话体方便读者厘清故事线索与人物关系，省去了一开始就交代故事背景、铺垫人物关系，便于直接进入小说的故事情节。

第二，作为转换情节的插入语。作者正在讲述的故事需要插入另一个情节，使故事更完整，或者有两条故事线索同时进行，需要由这一故事转入另一故事时，郑伯奇的短篇小说中往往会采用说话体的插入。如，"怎么？你说中国历史没有这样一页亡国的记录么？也许是的，可是我告诉你，从来历史就没有什么真实……"⑤ 再如，"好

---

① 郑伯奇：《通俗小说的形式问题》，原载《新小说》1935年第1卷第4期；见计红芳编《中国现代小说理论经典》，苏州大学出版社2008年版，第290页。
② 同上。
③ 郑伯奇：《圣处女的出路》，《郑伯奇文集》，陕西人民出版社1988年版，第621、623、668页。
④ 郑伯奇：《宽城子大将》，《郑伯奇文集》，陕西人民出版社1988年版，第643页。
⑤ 同上。

啦，闲话不要扯得太长，我们言归正传罢"。① 这种例子在郑伯奇先生的小说中还有很多，如，"事归一宗，话分两头，且说奉天城自从……"。这里就有点类似中国古典小说中的"话说两头，各表一枝"。在《宽城子大将》中这种情节上的转换表现为，暂且按下宽城子大将发达后吃喝玩乐逛妓院的生活不表，而是开始讲他的相好搭火车来寻情人这条故事线。最后宽城子大将这条故事线与情人这条故事线在妓院这个空间合二为一，小说的矛盾冲突达到顶点。这种转换情节的说话体插入，省去了同时在同一时间线上建构两条故事情节线的复杂性，便于作者随时介入调拨故事线，为故事的高潮做准备。其缺点在于，这种安排过于明显，有经验的读者一看到这种插入式话语，就知道有一个故事开始，矛盾的高潮必将到来。

第三，作为省略情节的插入语，造成某种"搁置"或者"悬置"。"我想为了省麻烦起见，我们索性不去管这些。"或者，"现在且按下他的这种政治上的暗中飞跃，我们且谈谈他的桃花运罢"。这种搁置与开始另外一条情节线不同，它往往是跳掉这一段情节的发展，开始另外一个完全新的、不相关的情节，前面没有任何铺垫。不像插入式的说话体，是接续前面停掉的某个情节线。这种"搁置"或者"悬置"的好处在于，省略了影响故事发展的诸多枝蔓。对于作者而言，有利于省去描写自己并不太熟悉的领域；缺点在于，好的枝蔓让情节更丰富、让人物更立体，而过度的省剪，会让情节过于单薄，让人物过于瘦削。而对于作者而言，失去了探寻更多未知领域的可能性。

对话体是郑伯奇先生的短篇小说多采用的另一种文体。对话是推动其小说情节进展的有用工具，如《烟》中日本主妇对中国留学生的爱慕之情，多是通过言语上的试探来体现。最为突出的是《重逢》这篇讲日本一房东的女儿恋上租客中国留学生的故事，完全通过甲、乙两人的对话来完成，甲、乙重逢，两人讲起他们共同认识的一个叫"小夜子"的日本姑娘，乙向甲讲起了小夜子同他之间的暧昧。这种对话体小说是一出场景固定的剧本，遵循故事的发生、高潮到结尾。故事精不精彩由故事的内容决定，但这种故事的讲述方式完全不用考虑环境的描写，人物心理的变化，看似客观，但极其主观。因为所有的讲述都是一面之词，反而让人怀疑故事的真实性，如乙认为小夜子爱恋自己，这是否过于自作多情，因为整篇小说中小夜子没说一句话。又因为没有对人物的"描述"，所以读者无法对乙和小夜子这一对小说的主人公有任何想象或者思想上的了解，完全是扁平式的人物。而且，对话体也同时意味着小说的情节只能在一条线上前进，不能形成一个丰满的故事。

说话体与对话体作为郑伯奇短篇小说中出现频率最高的两种文体，作者原本的意

---

① 郑伯奇：《宽城子大将》，《郑伯奇文集》，陕西人民出版社1988年版，第643页。

图是实现作者与读者之间情绪的"主观一致",将作者的意图最大限度地传递给读者。但可能的客观效果是,故事内容以及承载故事内容的人物塑造会比较单薄。侧重话语的表达,忽略话语表达的内容以及表达话语的主体人物,是郑伯奇短篇小说说话体与对话体的缺陷。

四 情节小说与人物小说

郑伯奇先生的短篇小说总体上可以分为情节小说和人物小说。可能有论者会指出,所有的小说自然既是情节小说又是人物小说,将小说分为情节的与人物的实属多此一举。其实不然,理想的小说是情节小说与人物小说的结合,但是并不是所有的小说都能实现这个理想。另一个需要强调的层面是:并不是说情节小说或者人物小说不好,而是说它们各有其特征。

郑伯奇先生短篇小说哪些重情节,哪些强调人物,从其题名上就可以辨识出来。《最初之课》《恳亲会》《韦特博士的来历》《重逢》《一个明朗的故事》《香港一夜》从题目看主要讲"一件事";而《圣处女的出路》《宽城子大将》《幸运儿》《普利安先生》《白沙枇杷》明显讲"一个人"。

情节小说着重于通过情节、高潮、结尾这样一个完整的故事讲述来吸引读者。在以故事情节为中心的小说中,人物的性格一开始就是固定的,从始至终没有变化,人物的作用主要被功能化为推动情节的发展。以《最初之课》《恳亲会》《重逢》为例,"我""甲""乙"从始至终都是一个爱国主义者。"我""甲""乙"的出现就是为了推动情节的发展,在与他者的各种对抗中讲述爱国留学生在日本面临的凌辱与诱惑。在情节小说中,主题先行,人物作为陪衬,"情节是根据我们的愿望,而不是我们的认识展开的"。[①]

人物小说为了讲述一个有关这个人的故事,总是让人物处于各种特定的环境中,来突出这个人物,表现发生在他/她身上的故事。而且,无论是为了突出人物的变还是不变,都过于刻意。《圣处女的出路》中的梅英,其角色设定就是受到压迫、得到救赎的受害者。《宽城子大将》中的主人公被设定为一个不择手段、谋求飞黄腾达但不得善终的汉奸。《幸运儿》肯定不幸。《白沙枇杷》的人生肯定不甜。

无论是梅英、宽城子大将还是中了彩票的"幸运儿",或者"白沙枇杷",都得设置一个大起大落的情节,才能完成他们的人生故事。要铺陈这样一个有曲线的情节,

---

① [英]卢伯克等:《小说美学经典三种》,方土人、罗婉华译,上海文艺出版社1990年版,第352、354页。

时间上就得有长度，空间上就必须多置换，才能便于讲述他们的故事。梅英必然在家、天主教教堂、外面的新世界这三个不同的空间更替，才能完成她身陷苦海最终过上新生活的人生故事。宽城子大将也必须在地域上穿越东北好几个城市，才能实现从小混混到铁路局局长的身份转变。"白茶枇杷"必须走出"巴黎咖啡"，走出她原先住着的小阁楼，最终又不得不回归"巴黎咖啡"，才能实现她试图改变命运但最终被命运捉弄的悲剧。

曲折反复，好似为读者穷尽了人物的一生，但是读者并不能对人物的内心世界有深入的理解。梅英与"白沙枇杷"值得同情的只是她们的遭遇，她们对生活的认识是什么，读者无从知道。因此，人物小说的问题就在于，读者知道人物的故事，但并不了解人物。原因在于，"人物小说家的工作与其说像戏剧家的，毋宁说像舞蹈设计家的；他必须使他的人物活动而不是演戏；而且他往往又让他的人物戴上面具"。①

客观而言，郑伯奇先生的短篇小说有很强的情节性，多会讲述一个完整的故事。这个故事因为要突出人物，而人物要承载故事，两者在某种程度上都隐约牺牲了人物的复杂性。当然，在《韦特博士的来历》与《白沙枇杷》中，这两者有很好的结合，让这两篇小说既具故事性，又有人物的轮廓。要做一个同时兼顾情节与人物的小说家，自然不是一件容易的事情。能顾及其中的一种，让读者有耐心读完故事、有兴趣了解故事的进展，对人物的行为有理解，对其命运有同情，就是不错的成就。

五 人物视角叙述与旁观式第三人称叙述

"我"这种人物视角叙述以及"他/她"这类旁观式第三人称叙述是郑伯奇先生的小说最常采用的两种叙述方式。前者如《圣处女的出路》《烟》，"我"是小说中的人物，因而成为"人物视角"；后者如《宽城子大将》《打火机》《韦特博士的来历》《白沙枇杷》，作者化身为隐身叙述者，借"他"来完成叙事，故为"第三人称叙述"。郑先生在叙述中采用这两种方式，与他强调的小说必须写实，必须追求真实与客观，作者必须达成与读者的主观统一这一小说创作理论有关。需要探讨的是，无论人物视角还是旁观式第三人称叙述，能否实现这种客观性。抑或，在人物视角中有叙述的"跳角"，在旁观式第三人称叙述中又有作者的"指点"，而这种"跳角"与"指点"又在何种程度上实现了小说叙事视角的转换，让故事情节更丰满，让人物更立体。

---

① [英]卢伯克等：《小说美学经典三种》，方土人、罗婉华译，上海文艺出版社1990年版，第352、354页。

《圣处女的出路》以"我"的视角描写了天主教圣女梅英在教堂所受的屈辱。问题的关键是,"我"作为小说中的人物之一,对她的描写只能是为数不多几次的见面。所以梅英过去的生活,"我"只能通过妹妹、妻子的"转言"才能知晓。尤其是梅英在教堂的生活,离开西安后的生活,要么是靠别人告知,要么是"跳角"为旁观式的第三人称叙述,才能继续推动情节的发展。"跳角"是人物视角小说中最常见的一种叙述方式。赵毅衡先生认为,"跳角,是人物视角叙述(pov narrative)中出现的不规则变异,是对人物视角整齐性的违反,在人物视角叙述作品中,叙述者原本坚守聚焦(focalization),即坚持同一人物视角,以达到叙述经验自限的效果。在叙述展开过程中,因为各种原因,违反了原先安排的视角与方位"。[1]

人物视角叙述向旁观式第三人称叙述的"跳角",是情节发展的需要。如梅英在教堂这一幕。"我"不能亲历,因此只能"跳角"为旁观式第三人称叙述。"梅英十岁的时候,母亲便送她到教会去念书,那里的教父很爱她。放课以后,常常留着她玩。"[2] "我"并没有看见这一幕,如何知道教父很爱梅英?人物视角本是为了限制叙述者的权力,也就意味着要使情节的发展符合逻辑,叙述者必须在特殊情境下作出叙述权力的让渡,才能让故事符合逻辑地进展。这种叙述权力的让渡与视角的转换,往往冒着牺牲小说情节合理性的危险。好的"跳角"不被读者觉察,反之,则会造成逻辑上的缺陷。

如同样是在《圣处女的出路》中,小说要介绍梅英的童年,无法用"我"的视角来观察,因此作者只能转为别人的视角,而且指出来是谁给"我"讲述了这个梅英的童年,"下面我告诉你的几件故事,就是间接由我的夫人那里得来的。至于她在什么地方讲给我的,那你不用管"。[3] 这种"跳角"虽然明显,但逻辑上也算是自洽。但是下面这段中的"跳角"就值得商榷了。梅英与天主教堂的另一修女葡萄牙人菲立德离开西安,去高陵县乡镇上的一个天主教堂,两人发生了同性之间的亲密关系,小说中以全能的第三人称视角进行了描写。问题是,虽然这段故事同属于作者强调的这段插话之下:"下面我告诉你的几件故事,就是间接由我的夫人那里得来的。至于她在什么地方讲给我的,那你不用管。"但是,读者应该很难相信,在20世纪二三十年代的时代背景下,一直在教堂生活的梅英会有勇气将她与菲立德的同性之爱,这种不被日常社会接受的禁忌行为告诉"我"的妻子,再由其转述给"我"。这段描写完全是作者从"我"这一人物视角中将叙述权力夺回来,同时取消了叙述权力的限制,才能以男性的

---

[1] 赵毅衡:《论叙述中的"跳角"》,《重庆广播电视大学学报》2014年第3期。
[2] 郑伯奇:《圣处女的出路》,《郑伯奇文集》,陕西人民出版社1988年版,第621、623、668页。
[3] 同上。

视角写了这样一段同性之爱。

旁观式第三人称叙述往往出现在小说的开场或结尾,因为需要从全能的视角对人物的出场有所铺垫,在结尾对其结局有所交代。如《宽城子大将》的开头:"原来这宽城子大将,他的来历颇值得研究。第一,便是他的国籍,就有点问题。他出生的地方,在地图上,还是中国的领土;可是,中国的主权,老早已经不在那里行使了。"① 这一介绍,铺垫了人物的出生地及其所处的环境等基本信息。再看结尾:"鼎鼎大名的宽城子大将,就这样完成了他三十五岁的生涯。"②

旁观式第三人称叙述与人物视角叙述相较而言,往往被认为较为客观。但是事实是,无论是第一人称的人物视角叙述,还是旁观式的第三人称视角叙述,后面都有作者这个叙述的操纵者。不是哪一个更为客观的问题,而是好的叙述者是否有能力掌握好不同叙述视角的权力界限,实现不露痕迹的视角转换,最大限度塑造符合逻辑的人物和情节。作者对作品的干预随处可见,只是或隐或现的区别。诚如赵毅衡先生所言,"叙述者对叙述的议论干预,可以有两种,对叙述形式的干预可以称为指点;对叙述内容进行的干预称为评论。"③ 作者会"指点"读者注意某个细节,控制叙述方向。"这种评论经常可以短到半句,甚至一个词,往往是一个形容词或副词。"④

以《韦特博士的来历》中的旁观式第三人称叙述为例,"停了一会儿,王汉三才摇头摆尾地说出了一篇大道理"。"摇头摆尾"一词已经暗示了叙述者对这一人物的角色限定。再以《圣处女的出路》中的人物视角叙述为例,对梅英母亲的这句心理描写——"她绝望了,她感到悲哀"——完全是"我"的主体意识侵入了另一个人物的主体意识,"她"表达的其实是"我"的心理。

需要注意的是,小说人物视角叙述与旁观式第三人称叙述视角的转换,这种"跳角"有时候又非常必要,营造出一种虚构与真实的结合,刺激读者对小说的主题作进一步的思考。如在《白沙枇杷》中,作者将"我"的小说人物视角与"她"的旁观式第三人称叙述相结合。小说由"我"看见"白沙枇杷"就想起对"她"这个熟人起头。中间全是"她"的旁观式第三人称叙述,在小说的结尾时"我"又出现。"有一次我在'巴黎咖啡'看见她零落的样子,不免起了一点同情之意,坐在我旁边的一个女招待又把她的经过当故事一样地一五一十讲给我听……"⑤ 作者通过两种叙述方式的

---

① 郑伯奇:《宽城子大将》,《郑伯奇文集》,陕西人民出版社1988年版,第643页。
② 郑伯奇:《圣处女的出路》,《郑伯奇文集》,陕西人民出版社1988年版,第621、623、668页。
③ 赵毅衡:《究竟谁是"第三人称叙述者"?》,《西南民族大学学报》2016年第6期。
④ 同上。
⑤ 郑伯奇:《白沙枇杷》,《郑伯奇文集》,陕西人民出版社1988年版,第772—773页。

结合，营造了一种虚构故事的真实性错觉，又首尾呼应再一次点名了小说的主题。因而，无论人物视角叙述，还是旁观式第三人称视角叙述，这两者叙述方式本身并无优劣之分，而是各具特色。考验作者的是如何有技巧把握它们，让其小说情节更具逻辑，思想更具深度，人物更为立体。

六 结语

承上，郑伯奇先生的短篇小说既可以作为一种历史文本，借以认识创造社在理论上的追求与具体的创作风格，亦体现了作为个体的郑伯奇先生特有的小说创作理论和审美风格。郑伯奇先生的短篇小说无疑有其特殊的时代背景，对"反帝"这一主题的强调，引导我们思考如何平衡个体叙事与人民叙事之间的关系；他对说话体与对话体小说文体的偏爱与其文学大众化、小说通俗化，以及文学的再教育功能观点密切相关；如何处理情节小说与人物小说，一定程度上反映了其小说的审美格局，而对小说人物视角叙述的突出，以及特定作品中与旁观者第三人称叙述视角的结合，让《韦特博士的来历》以及《白沙枇杷》这类作品更具审美意味和思想内涵。对一个创作者最大的尊重是对其作品的认真分析和客观评价，本文力图做到这一点。限于文本搜集的限制，并不能说是对郑伯奇先生小说全貌的认识。唯愿以此文抛砖引玉，引起学界对郑伯奇先生的研究兴趣，即是本文的研究意义所在。

（作者单位：陕西师范大学）

郑伯奇青少年时期的求学经历和革命活动

郑 莉

内容提要：郑伯奇先生的文艺活动，始终应和着20世纪中国时代和社会进步的要求，他的一生是为民族和国家奋斗的一生。他的人生经历、思想衍变和文学活动颇具代表性，更是值得研究的文化和文学现象。本文以郑伯奇先生青少年时期在故乡所受到的文化熏陶、甘园学堂和陕西省会农会学堂的求学经历，以及亲身参加革命活动的经历为主要内容，探讨其故乡深厚的文化底蕴、现代教育和辛亥革命，对郑伯奇先生思想性格的养成、人生追求和道路的选择中所起的潜移默化和决定性作用。

关键词：郑伯奇；长安；青少年；求学经历；革命活动

郑伯奇先生（1895—1979），陕西省长安县人，中国新文学的重要开创者和推动者之一。他深度参与并大力推进了"五四文学"、"左翼文学"、"抗战文学"和"共和国文学"的建设和发展。他是五四时期最重要的新文学社团创造社的建设者和元老，中国左翼作家联盟的常委。抗战时期，郑伯奇以抗日救亡为己任，积极从事文化宣传工作；中华人民共和国成立后，郑伯奇先后担任西北军政委员会文化教育委员会委员、西北文联副主席等职。他的文学活动涉及诗歌、小说、戏剧和电影创作，文学批评和文学理论建设等诸多方面，而且都做出了重要的甚至是开创性的贡献，是中国现代文学史上的重要作家。

郑伯奇先生之所以能在20世纪中国文化和文学史上取得如此重大的成就，与他早年的经历所形成的思想观念密切相关。本文仅选取郑伯奇先生青少年时期在家乡长安求学和从事革命活动的经历展开论述。

一 家庭和故乡的文化熏陶

郑伯奇出生于1895年6月11日，也即清光绪二十一年农历五月十九日。原名隆谨,字伯奇,后来即以字行,笔名有东山、何大白、虚舟、席耐芳、郑君平等。郑伯奇的祖上,既不是地主乡绅,更不是仕宦世家或名门望族。其祖父只是长安城南韦曲镇瓜洲村的贫苦农民。其父名叫郑福田,他16岁时父亲去世,从此与寡母相依为命。为了谋生,郑福田先是在西安城里一个满清官员的家里作佣,后来成为经营洋杂货的小商贩。郑福田二十多岁时,有了些积蓄,就赴安康做商贩。之后,他前往老河口、汉口等地贩卖洋灯、煤油等货品。之后,更进一步发展到经常往来于南京、上海等地,开始摆地摊经营洋杂货。1910年,郑福田在南院门开设了一家名为"自新成"的百货商店。父亲对郑伯奇的影响是间接的、潜移默化的。郑福田在往来上海、汉口等地长途贩运货物的同时,也带回了当地出版的进步报纸、书籍和杂志。其父的生意不仅为郑伯奇日后求学提供了经济支持,尤为重要的是,他带回来的这些进步书刊深深影响了郑伯奇一生的思想和行为。其父不仅是成功的商人,而且是一位思想进步通达之人。关于郑伯奇的父亲,笔者2012年在北京拜访郑伯奇长子郑延顺和次女郑幼敏时,郑延顺介绍说:"中华民国成立后,祖父带头用银元兑换法币,支持中华民国。"郑伯奇说:"父亲经常往来上海,思想开通,常带上海报纸杂志回家,因此我常读到梁启超的《新民丛报》,里面所登的新小说如《十五小豪杰》、《劫后灰传奇》、《新罗马传奇》等书,我也读过。因此受了爱国主义的感染。"①

郑伯奇祖籍陕西省长安县韦曲镇瓜洲村。长安县地处陕西省中部渭河平原南缘,秦岭北麓的终南山紫阁峰之东和骊山东西秀岭之西,是关中平原的腹地。长安县是中国最早设置的县。"瓜洲村"得名于杜甫的《解闷十二首》第三首:"一辞故国十经秋,每见秋瓜忆故丘。今日南湖采薇蕨,何人为觅郑瓜州。"诗中的"郑瓜",据注释就是指居住在瓜洲村的诗人郑审。宋朝的张礼在《游城南记》中写道:"济潏水,陟神禾原,西望香积寺,……,访刘希古,过瓜洲村。"瓜洲村,根据张礼本人的注释,即"在申店潏水之阴"。这就是郑伯奇的故乡所在。瓜洲村是一座有着悠久历史的人文村庄。晚唐大诗人杜牧也出生于此。杜牧的祖父杜佑是著名的政治家和史学家,在中晚唐时期就已经居住在瓜洲村。杜牧自幼即喜好读书,擅长作诗为文。成年后,他怀着安邦济世的抱负,研究"治乱兴亡之迹,财赋甲兵之事",提出不少政治主张,但因为晚唐社会尖锐激烈的社会矛盾和严重的内忧外患,他很难施展自己的才略。杜牧的文学思想与其政治主张基本一致。他的诗歌或咏史怀古忧国忧民,散文和政论文成就尤其高,不仅显示了他卓越的才识抱负,也流露出深切的忧国之情。瓜洲村父老乡亲不仅以杜佑和杜牧为荣,而且经常会向儿孙讲述他们的事迹。

---

① 郑伯奇:《我的文学经历》,《新文学史料》1995年第3期。

抗战时期，郑伯奇在重庆写作的《关于西安的文艺活动》写道："由于这种关系，再加上父兄故老的传述，对于故乡在文化上尤其是在文艺上的历史地位，自己从小就有很高的憧憬，常常梦想着有这么一天，这座古老的废都又放出灿烂的文化之光。"[①]当然，郑伯奇这里所说的故乡，不仅指小小的家乡瓜洲村，而是更大意义上的故乡西安。从郑伯奇整个人生经历来看，杜佑和杜牧祖孙的人生理想、政治追求、文学成就，都或多或少、或隐或显地为郑伯奇的思想、性格、人生道路和追求奠定了一定的基础。

在司马迁的《史记》中，陕西被誉为"金城千里"的"天府之国"。秦岭横亘陕西，是中国唯一呈现东西走向的山脉，被誉为中国中央国家公园。因为位于中国版图中心，横贯东西、连通南北的秦岭，才使陕西成为融合不同地理区域，融会多民族文化，荟萃各色自然景观的中心地带。也正因为有秦岭的屏障和滋养，才有了八百里秦川的安全与富饶，才有十三个封建王朝在秦岭北麓的渭河岸边建都，才创造了中国历史上周秦汉唐的卓越文化。这样的精神财富也早已深深地熔铸和沉淀于郑伯奇这样的陕西人的血脉之中。

二　入读新式小学：甘园学堂

1903年秋，九岁的郑伯奇正式进入甘园学堂读书。此时，他家住在西门里的白鹅潭。"甘园学堂"成立于1903年9月，是陕西现代教育史上的一个学校。学校的创办者为阎甘园（1865—1942），名培棠，字甘园，陕西蓝田人。阎甘园是清末民初开明的教育家、著名的书画家、金石研究收藏家和爱国主义者。在戊戌维新运动中，阎甘园就主张废除科举，认为兴办教育是救国之本。随着清政府在1901年宣布实施新政，陕西各地纷纷兴办官立学堂。1903年，阎甘园在赴太原就任时结识英国传教士敦崇礼，遂弃官不做跟随敦崇礼赴日考察教育，实现自己梦寐以求的教育兴国的理想。他7月从日本归国，9月在西安小车家巷办起全省第一所私立新式学校：绅立蒙学堂。第二年，学校迁至西木头市，阎甘园以自己的字命名为"甘园学堂"，后迁至南院门。阎甘园借鉴日本小学的教学模式，甘园学堂开设的课程除"四书""五经"外，有国文、算术、物理、生物、美术、音乐、体操、人体解剖等课程。因学校提倡西学，被称为"洋学堂"。刚刚创办的甘园学堂只有一个小班，学生较少，不收学费，后来虽然学生逐渐增多，也只收少许学费。学生中平民子弟占大多数，除汉族以外，也有回族、满族青少年。当时西安的进步人士重视和支持甘园学堂。宋

---

① 郑伯奇：《关于西安的文艺活动》，《新蜀报·蜀道》1943年3月7日。

伯鲁不仅从资金上帮助，而且送儿子入学读书，邵促辉（即邵力子）当时就在这所学校任教。甘园学堂纪律严明，学生一律穿着蓝制服，戴"熨斗帽"，而且禁烟酒，不许迷信鬼神。甘园学堂重视培养学生的能力，不是一味灌输知识。教师通过教具进行直观教学，加深学生对知识的理解和记忆。教学所用挂图，如人体解剖图、植物挂图、动力机械挂图、体操图，以及实验仪器都是从日本购进。教师还组织学生到室外采集标本、参观名胜古迹，培养了学生对植物学和历史的兴趣，拓宽学生的视野，启发学生的思维。

由于父亲思想开通，再加上甘园学堂离家很近、不收学费，郑伯奇遂入"洋学堂"——甘园学堂读书。郑伯奇是甘园学堂为数不多的第一批学生。此时，科举制度尚未废除。郑伯奇在甘园学堂读书五年，接受了先进教学方法和知识，他的良好的启蒙教育是在甘园学堂开始并完成的。郑伯奇在《我的文学经历》一文中写道："这是西安最早的小学校，教学方法很新，如教数理化，教外国地理，而不注重读经，不讲究写字，但偏重背诵，仍然是注入式教学法。"① 甘园学堂的学习，为郑伯奇此后留学日本，一举考入日本高等学校和帝国大学，打下了一定的基础。

在甘园学堂读书期间，郑伯奇一直身体羸弱，不喜欢活动。因此，随着年龄稍长识字渐多，他便沉溺于课外阅读。郑幼敏曾在《父亲和我》一文中记叙了郑伯奇少年时期勤奋读书的趣事。她写道："记得母亲给我讲过一件小事。父亲放学回来以后，要帮奶奶做些家务劳动。有一次，奶奶做饭，让父亲拉风箱蒸馍。父亲这点时间也不愿放过，一面拉风箱，一面看书，看着，看着，竟停止了拉风箱，全神贯注地看起书来。等奶奶回来一看，岂止馍没蒸熟，连火都灭了。"② 他读过宋儒的《小学》《近思录》，也看过《西厢记》《唐诗三百首》。有一年，其父从上海带回来几箱石印的旧小说，有《水浒》《三国》《东周列国志》《隋唐演义》《今古奇观》《儿女英雄传》《七侠五义》《永庆升平》《绿野仙踪》《七剑十三侠》《彭公案》《施公案》《精忠说岳》《英烈传》《说唐》等，郑伯奇都偷偷地读了。由于石印书不仅字小，纸面还反光，少年郑伯奇的眼睛受到损害，因此便成了近视眼。更重要的是，父亲带回的还有上海出版的、鼓吹"改良"的报纸杂志，如梁启超主编的《新民丛报》，郑伯奇从这些报纸上读到了新小说《十五小豪杰》《新罗马传奇》和《劫后灰传奇》等小说。1908 年，甘园学堂停办，郑伯奇也是在这一年小学毕业。也因此，他是完整地在甘园学堂完成了自己的现代启蒙教育。

---

① 郑伯奇：《我的文学经历》，《新文学史料》1995 年第 3 期。
② 郑幼敏：《父亲和我》，《陕西青年》1984 年第 2 期。

三 陕西省会农业学堂：参加罢课和同盟会

1909年，郑伯奇考入新成立的陕西省会农业学堂。郑伯奇说"因为以前读过《豳风广义》，颇产生了田园的思想"。[①] 因此在1909年陕西省会农业学堂刚成立后，就考入该校。清朝末年，清朝政府开始实行"新政"，因此在1905年废除科举制度后，陆续在西安设立了一些新式学堂，有高等学堂、优级师范学堂、陆军中学堂、西安府中学堂、省会农业学堂、法政学堂等。其中陕西省会农业学堂成立于1908年下半年，即光绪三十四年。学校监督由高等学堂的监督周石望兼任，提调由西安府知府、清末陕西有名的能吏尹昌龄亲自担任。1909年春，学校开始招收各县高小毕业生，并成立农、林、蚕及预科四个科，郑伯奇转入农科。该校学生年龄大小不一，经历不同，思想倾向也各异。郑伯奇在省会农业学堂时还是一个不懂事的小孩子，因为年龄小功课好，同学们一面凑趣，一面带点嘲笑地叫他作"才子"。同学中的老秀才、土绅士喜欢接近他，教员也常常夸奖和优待他。

农业学堂是当时西安各学校当中比较落后的一个，清朝政府对这所学校也不重视。由于学校是新成立的，缺乏教员，课目也不齐全，负责人既是兼差，因而也不常到校。学校既不发讲义和教科书给学生，教员又都是外省人，讲日语学生本来已经听不懂，只是抱着一大堆日文书籍，在讲台上生吞活剥地把日文的假名去掉硬当作中国文，更是让学生莫名其妙。学校的教学和管理，都不能令学生满意。1910年秋，学生推举代表向学校最高当局请愿，学校不但没有满足学生的要求反而给予虎头牌的警告，并以受乱党唆使捣乱而开除学生代表。起初年龄小且安分守己的郑伯奇对这次罢课风潮并不注意，现在他也激愤了，主动投入罢课风潮中。郑伯奇和同学张义安、薛西轩等立刻将学生组织起来，成立纠察队，并推举代表与学校当局交涉。但是，清政府官吏冷漠不理的态度使全体学生大为激愤，遂一致决议迁出学校，搬到城内城隍庙后街的马神庙。此举使得农业学堂的罢课引起社会上的关注，不仅西安各学校派代表慰问、支援，而且教育界的最高团体教育会也表示关心。就在农业学堂罢课之后不久，西安的陆军小学堂也举行罢课。清政府因害怕军事学校罢课发生意外，在短短几天内就予以解决，对于农业学堂的罢课则仍旧置之不理。这不仅激怒了学生，更引起社会各方面人士的强烈不满。教育会因此召开大会，由于教育会长兼谘议局副议长郭希仁先生严正陈词，农业学堂罢课学生代表的奔走呼吁和誓死力争，最终使得清朝官吏接受了学

[①] 郑伯奇：《我的文学经历》，《新文学史料》1995年第3期。

生的要求。在 1910 年西安的学生运动高潮中,"农业学堂罢课最久,影响很大,成为进步力量向反动统治展开的最激烈的一次斗争"。① 罢课的起因从表面上看,就是学生要求改良功课,实质则是对于当时政治现状不满。这一斗争的胜利,不仅鼓舞了学生的斗志,而且为革命队伍培养了一批新生的力量。郑伯奇在 50 年后所写的《回忆辛亥革命前夕陕西的学生运动》一文中说:"当时,我是农业学堂一个年纪最小的学生。在这次斗争中受到了锻炼,也开拓了眼界,从而参加了当时的革命组织——同盟会,对自己以后的思想和行动,发生了深远的影响。"②

农业学堂学生在马神庙罢课期间,郑伯奇并没有放弃学习,他读了曾朴的《孽海花》,他说:"我读《孽海花》,记得是在学校闹风潮大家合住在一个古庙的时候的事。我躺在庙廊下十几人合睡的草铺上,一气把这两本书读完的。小孩子固然没有鉴赏艺术的能力,可是作者那种写实的笔力很打动人。我觉得书中人物的生活行动和自己虽隔着一重云雾,可是在我弱小的心中也引起了不少的情感。劈头,美女错爱上状元的虚名,误嫁了一个麻丑的莽汉而自杀的一段楔子,便在少年的心中引起了对于科举制度的反感。书中那些名士的乖僻寒酸,和维新人物的激昂慷慨更唤起读者变革现实的热情。而洪钧的身后萧条也使人感到凄凉。"③

郑伯奇的这段回忆文字,不但真实生动地记录了罢课学生的情形,而且道出了他自己阅读《孽海花》的最初体验,如作者的"写实的笔力"、对于科举制度和所谓名士的反感,以及对维新人士的敬仰和变革现实的愿望。这一份朦胧、宝贵的阅读经验在郑伯奇一生经历中弥足珍贵。

在农业学堂的罢课运动中,郑伯奇与同校的张义安结为好友。郑伯奇与张义安是农业学堂刚成立时一同考入的同学,但年龄相差十五六岁。郑伯奇敬重张义安吃苦耐劳和勤奋学习的精神,尤其是在 1910 年秋的农业学堂的罢课风潮中,张义安的侠义性格和实干苦干的精神,更是赢得郑伯奇在内大多数同学的信任,被推举为六个罢课代表中的一个。郑伯奇敬佩张义安,张义安把郑伯奇当作小弟一样关心和爱护。在罢课运动中,经张义安介绍,郑伯奇结识了胡笠僧。胡笠僧是健本学堂学生,思想进步,向往革命。健本学堂亦为当时西安的革命机关。郑伯奇由胡笠僧处读到了《民报》《夏声》《革命军》《孽海花》等报刊书籍及林译小说《撒克逊劫后英雄略》等书,更提高革命思想和爱国情绪。1910 年,由胡笠僧和张义安介绍,郑伯奇加入同盟会。郑伯奇通过农业学堂进步教员宋向辰,认识了同盟会会员井勿幕、邹子良、曹寅侯等革命人

---

① 郑伯奇:《回忆辛亥革命前夕陕西的学生运动》,《陕西日报》1961 年 10 月 13 日。
② 同上。
③ 郑伯奇:《悼〈孽海花〉的作者曾孟朴先生》,上海《新小说》1935 年第 2 卷第 1 期。

物。这些革命同志的思想和言行，对少年郑伯奇产生了深刻的影响。

四　投身西安新军起义

1911年，资产阶级革命的浪潮由沿海一直荡漾到北方的黄河流域，冲进了潼关，摇动了"关河四塞"的西北角落里的古老都城长安。

（一）仰慕黄花岗烈士，向往革命

1908年，随着3岁的溥仪以宣统的名义继承帝位，清朝的统治日渐衰弱和腐朽。朝廷官员争权夺利，地方官吏横行不法，帝国主义列强加紧侵略，在这样内忧外患的双重危机下，全国舆论沸腾民心激愤。因此，同盟会所宣扬的"驱除鞑虏、恢复中华，建立民国，平均地权"的主张，就成为当时有志青年的共同理想目标。在陕西，无论是在西安城里还是乡下，大人还是小孩，商人还是老百姓，甚至是清朝的官吏，都在议论着"宣统二年半"这句话。尽管这神秘的"宣统二年半"只是一句"谣言"，但这谣言却是有着事实的根据，因此它更像是一句预言。而且这神秘的"预言"产生了伟大的作用，它像空气一样到处传播，使所到之处的人心也浮动起来。老百姓对于统治了近300年的清王朝的命运产生了强烈的怀疑。宣统三年3月29日，同盟会在广州发动黄花岗起义。这次起义震动了全国，人心更是大大地振奋起来。尤其是死难的七十二烈士，几乎全是优秀的知识分子，这已足够使当时士大夫支配的社会起了惊异之感。战斗的惨烈和被捕烈士的从容就义更加提高了全国人民对于革命党人的信仰，黄花岗七十二烈士成为全国有志青年的模范。黄花岗烈士的事迹，在长安这样远处西北的古城里，也成了青年人谈论的中心。郑伯奇，当时还只是农业学堂一个十六七岁的中学生，也是这些青年中的一个。"他甚至忘记学校考试的竞争，每天只是在上海寄来的破旧报纸杂志堆中，热心地寻找着记载这一事件的文字。"① 就在革命风潮日渐高涨的时候，长安城里刊发一份新的报纸《帝州日报》。这份报纸是用有光纸铅印的，既有长安城中的学者名士极力揭露地方官吏贪污横暴的文章，又有从京津沪等地报上剪裁下来的国内外重要新闻，同时该报还建立起陕西省本省各地的消息通信网。其论说和副刊的文字，对青年学生有着重要的启蒙作用，《帝州日报》很快成为西安青年喜爱的读物。郑伯奇也是这些读者中的一个，他不仅喜欢读这份报纸，还"因为他是同盟会的一个小会员，他明白一点这份报的内幕，在他的同学中间，还尽了一点推销的责任"。②

---

① 郑伯奇：《辛亥之秋》，《郑伯奇文集》，陕西人民出版社1988年版，第1133—1134、1147—1148页。
② 同上。

(二) 在辛亥革命和"复汉军政府"

由于黄花岗起义的巨大影响和铁路风潮日益扩大,陕西同盟会革命党人感到起义的迫切,因而更加紧工作。当时同盟会党人在清政府的新军中发展革命力量,对省城起义成功很有把握,所以便考虑建立革命根据地和发展外县武装力量响应的问题。陕西革命党人吸取黄花岗起义失败的教训,特别注重建立革命根据地和布置地方势力。因此,井勿幕和胡景翼先后到"河北"①一带开展工作,目的是使那里的民间武装"刀客"转到革命阵营,建立革命党的地方武装力量。井勿幕、邹子良和杨西堂等人则计划在黄龙山经营一个大牧场,实行屯兵养马,将黄龙山建成陕西的革命据点。同盟会领导人虽不在省城,但城里的政治、社会空气陡然紧张起来。"八月十五杀鞑子"和"八月十五起事"的消息在长安的街头巷尾迅速传播着。但是,八月十五日和十六日都平安无事地过去了。在革命党起义的消息渐渐不惹人注意时,长安城里流传出"革命党在武昌起义"和"湖北独立"的消息。为此,农业学堂的老师将既是学生又是同盟会会员的郑伯奇等几个人叫到自己的房间,悄悄告诉他们武昌起义的消息。武昌起义的消息虽然使长安城革命气氛紧张,但是,一直到月底都毫无动静。

1911年9月1日,郑伯奇吃过早饭便出西城门上学,回到学堂后正在号舍里跟同学闲谈,忽然听到有人喊"城里起火了"。郑伯奇立即和同学跑出去,爬上号舍后面靠后墙土墩上的大树,看见城里有好几处火光冲天、浓烟滚滚。听着别人"党人起事"和"新军造反"的议论,郑伯奇便和李心裁回到号舍,并在郑伯奇的提议下,他们去找老师宋向辰。宋向辰异常肯定地告诉他们,一定是新军同志干起来了。郑伯奇也将自己出城时看见新军进城以及许多人拿着扁担、绳索等种种情形,一五一十地告诉了宋向辰。为了搞清楚真相,郑伯奇和李心裁接受宋向辰的命令出去打探消息。他们回来后向老师汇报如下情况:新军缴了军装局的枪械子弹;南北两院以及各衙门都已着火;新军已攻打满城并跟旗军开仗。宋向辰听完郑伯奇和李心裁的报告,当晚就进城了。他嘱咐已经加入同盟会的郑伯奇等学生留下来维持学校秩序,以便将来作为革命的力量。

三天后,宋向辰回到学堂,把郑伯奇等几个学生召集起来,简单向他们宣布了革命军的胜利,并说明军政府要他办理外交,希望郑伯奇等几个学生能给他帮忙,当即吩咐郑伯奇和甄效先两个人到南门外去调查一家教堂被焚杀的案子。"外交"这两个字在郑伯奇的心目中,有着非常伟大的意义。因为他之前读过《加富尔传》和《俾斯麦传》,以为

---

① 由于渭河横贯关中地区,并将关中平原分为南、北两个区域。渭河以北被称为"河北,蒲城、富平、临潼、渭南是其中的富庶地区,民风强悍。还有西北大商埠三原"。"河北"一带盛行民间武装力量"刀客"。

办外交就是他们对付拿破仑第三帝国那样的大事。现在,他的老师叫他去调查教堂案,而且事关重大,郑伯奇却大大地茫然起来。在甄效先的鼓励下,他们很快在南门外距离农业学堂不过三五里的地方找到那座教堂。郑伯奇平生第一次看到高鼻梁、深眼睛的外国人尸体,很害怕。随后,他们到离教堂数十步开外的农民家里去打听,农民却因为他们是两个年轻的学生,就什么也不肯说。他们只从城沿边几家湖北客户那里得到一点材料。回到学堂后,他们决定:第二天早晨甄效先和另外几个同学到宋向辰办公的地方去汇报,郑伯奇和李心裁回城里的家去看看。郑伯奇回到家后,父亲向他谈了这几天城里的情形。由于父亲经常往来于上海、汉口,不仅知道革命是怎么一回事,而且早就感到儿子和革命党人有来往。当郑伯奇和父亲谈到这次革命的成败问题,儿子是乐观的,父亲却不相信革命会这么快成功,两人为此还争辩起来。尽管如此,当郑伯奇提出要到外交部去的时候,父亲并未阻止,只是说:"我一向主张你们一过二十岁就自由的。现在你还太小,不过我也不阻挡你,你的先生朋友都是那些人,我挡你也无益。"[①]

就这样,郑伯奇每天到宋向辰担任部长的复汉军政府外交部帮忙。在这短短的时间内,郑伯奇懂得了很多事情。他在外交部里会见了许多熟识的朋友,也认识了许多闻名不曾见面的人物,知道了新军起义的经过和政局的内幕。

(三)加入"学生队",为新的革命军培养人才

起义的新军攻下满城取得胜利,并成立"复汉军政府"。张凤翙被推举为复汉军大统领,钱鼎为副统领。但随着时局的发展,以张云山、万炳南为哥老会首领的"洪门"在复汉军中的力量逐渐强大,而且俨然形成另外一个系统,自称"洪汉",隐隐然与"复汉"相对峙。而且,"洪汉"势力扩大后,到处设立"码头"。这样,"复汉"和"洪汉"之间的摩擦就不可避免了。再加上起义发动后,作为革命动力的新军马上就解散了。新军的解体、革命力量的分裂和政治力量的不平衡不稳定,都使革命党人意识到建立新的武装力量的必要性。"学生队"的创设,就是在这样的情形下提出来的。在革命政府中,钱鼎是最早注意到青年学生的一个。他是发动新军起义的实力派,在革命政府中的地位很重要。尽管当时陆军中学和小学的许多青年团结在他周围,但这并不能使他满足,因而更把目光聚焦到一般学生群众身上。

但是,"学生队"在招募学生的时候遇到了困难,因为此时城里城外各学堂的学生在起义爆发后大部分回家去了,少数的学生也已到军政府各机关工作去了。然而学生队最终之所以能很快地成立起来,而且参加的人还不少,这都是由于同盟会革命党组织关系的缘故,郑伯奇便是凭借这样的关系加入的。郑伯奇说:"他们不愿过安定的生活,情愿背一杆枪去

[①] 郑伯奇:《辛亥之秋》,《郑伯奇文集》,陕西人民出版社1988年版,第1133—1134、1147—1148页。

杀革命的敌人。"① 因此，郑伯奇努力学习军事知识，准备将来成为一名新的革命军干部。

"学生队"队部设立在城内的师范学堂，即有名的关中书院。钱鼎自己担任总队长。郑伯奇跟张义安和薛西轩同住，他们是之前农业学堂的同学。这两位都是气势赳赳的武丈夫，跟文弱的郑伯奇很不协调，但他们却相处得很好。在"学生队"，郑伯奇虽然羸弱瘦小，年纪又最小，可是对新的生活和新的环境感到新鲜、有兴趣，内课外课均得心应手。在内课上，他的记忆力和理解力经常得到教官们的夸奖。他最感兴趣的是地形学，怎样利用地形掩蔽自己，攻击敌人，他都觉得是非常好玩的事情。除此之外，郑伯奇还和张义安、常渭民、李心裁等这些志同道合的同学自然而然地结成一组，每当功课完毕，便集合起来讨论有关革命的各种问题。即使是星期日外出归来，大家还要彼此交换各人所得的消息。

"学生队"成立后不久，由于潼关战事吃紧，钱鼎带了十几个陆军学生向东出发去潼关督战时，在一大股土匪的乱枪袭击之下牺牲了。这给新成立的"学生队"带来了危机，学生和教官均感到不安。随后不久，枪支也发下来了，学员每人还领到几粒子弹。虽然是五花八门的破枪，郑伯奇等学员们都感到很兴奋，擦枪磨破了手，大家也毫不在乎，背着枪在大操场跑十多圈，也没有怨言。回到号舍，郑伯奇还把破枪当宝贝似的赏玩，大家津津有味地彼此交换着、研究着手里的枪。就在他们热切地期待着野外操练枪法的时候，军政府却以莫须有的罪名，用阴谋手段收缴了"学生队"的枪和子弹。也就在此时，西安正处于清军东西夹击的危急之中，战事的紧急使"学生队"面临着更大的危险。许多教官首先辞职，接近战区的学生也陆续告假回家。张义安是富平人，他主张回去练民团，并对郑伯奇和李心裁说："不管省城吃紧不吃紧，将来你们还是到'河北'来罢。那里地面大，人又强悍，是练兵的好地方。要使革命军打胜仗，咱们还须好好在那里打定基础。"② 此时，"河北"已经成为郑伯奇憧憬的新目标了，因此，军政府解散"学生队"后没过多久，郑伯奇就和李心裁、常渭民结队到三原找胡笠僧的部队去了。

郑伯奇先生出生于清朝末年，历经中华民国和中华人民共和国，在跌宕而充满历史剧变的环境中始终追求民族和国家的进步和独立。毫无疑问，故乡的深厚文化的熏陶、所受的教育和在西安新军起义中的经历都对他文化性格的形成、反帝爱国追求进步的思想以及在现代文学史上所取得的重大成就，起到了重要的奠基作用。

（作者单位：西安石油大学）

---

① 郑伯奇：《学生队》，《郑伯奇文集》，陕西人民出版社1988年版，第1156、1166页。
② 同上。

西北文艺报刊出版与传播研究

"五四"前后新文化在陕西的接受与传播

姜彩燕　曹苑苑

内容提要：本文采用大量原始资料，透视"五四"前后陕西的新文化空间和新文学生态。通过对"五四"前后陕西出版业、教育、新文学创作和马克思主义思潮等方面的分析，力图还原陕西地区20世纪20年代新文化运动发生的历史语境。重新审视新文化在陕西的传播，将进一步丰富"五四"新文化运动研究和区域文学研究。

关键词：陕西；"五四"；新文化；传播

近年来，学界关于"五四"运动中心与边缘的研究逐渐成为一个新的研究视角，如对"五四"运动在上海、天津、云南、黑龙江、宁波、安徽、广西、南京、山东、武汉、四川、浙江、香港等地的研究，使得"五四"运动的在地化已然成为一个学术热点。在新旧文化交替的近现代中国社会，中心城市和相对边缘的地区对新文化的冲击做出了不同的反应。这种反应是基于不同地域经济、文化、社会历史状况的差异所造成的。

陕西有着十分丰厚的历史文化背景，关学渊源和理学氛围使得陕西推行新文化的阻力较大，再加上当时的陕西地区长年处于兵祸动乱之中，所以新文化和新文学的发展具有独特的地方性。本文通过对"五四"前后陕西现代传媒、新式教育、新文学创作等方面的实证研究，还原陕西地区20世纪20年代新文化运动发生的历史语境，总结新文化在陕传播的特点。

一　现代传媒与"五四"前后陕西地区新文化的传入

1. 书局

清末，康有为、梁启超发起维新变法运动，倡导学习西方，传播西方新思想和新文化。陕西维新派领袖刘古愚呼应康梁变法，倡议兴办实学进行社会改革，当时在刘古愚周围形成了一个陕籍维新群体。"'公车上书'有籍可考的603人中，其中陕籍人士55人。参加保国会的186名成员中，有陕籍官员34人。"这些陕籍官员比较著名的有宋伯鲁、李岳瑞等。他们都是刘古愚的学生，且都在京做官，对维新变法运动都做出了巨大的贡献。这些先觉醒的陕籍知识分子首开陕西新文化之风气，陕西地区新思潮开始萌芽。

晚清至民国初年，随着全国新思潮传播的不断扩展，陕西地区也受到了新思想的影响。陕籍知识分子开始探求改造陕西的方式，在报刊和书局方面做出了很大的革新，力求通过这些新式的文化因子唤醒民众，从而达到启民智促发展的目的。这一时期出版业刚开始发展，有代表性的出版机构主要有两个：一是味经刊书处，一是陕西通志局。味经刊书处是1891年陕西督学使柯逢时奏设中央设立的，日常运营所需经费除官拨外，主要靠关中开明士绅的捐助。刊印的书册以实用为主，围绕维新思想刊书处出版了约200种具有近代气息的书籍。另一个具有代表性的出版机构是陕西通志馆，早期名为陕西通志局。1916年成立到1934年结束，历时19年。集中了陕西一代名儒，如宋伯鲁、宋联奎、王健等人。宋伯鲁，曾任通志馆总纂和馆长，主持续修陕西通志。宋联奎，曾任通志馆总纂，主持《关中丛书》编辑与出版。王健，曾任通志馆副馆长，主持了《续修陕西通志稿》的出版印刷。武念堂，曾任通志馆协纂，编纂了《金石志》，丰富和补充了陕西地区金石文字的记载，同时他也校勘了《十三州志》《颜氏家训》等大量古籍。吴廷锡，曾任通志馆协纂，编辑整理了《陕西乡贤史略》《重修咸阳县志》等书籍。这些新文化学者和官员对陕西地区古籍的整理和重新修订做出了很大的贡献，完善和丰富了陕西的文化资源。

1911年10月22日，西安响应武昌起义，推翻了清廷在陕西的统治，陕西地区的有识之士此后相继开办书局，编辑出版新文化图书，以此为阵地宣传民主共和思想。20世纪20年代的陕西地区，书局是传播新文化的一大重要途径。商务印书馆、中华书局纷纷在陕设立分销处，这些分销处售卖从本部运来的新文化书籍，促进了新式思想在陕的传播。在当时，书局主要通过广告来介绍和销售新式书籍。

商务印书馆1902年就已经在陕西设立了分馆，经过发展，20年代陕西各大报纸上都有商务印书馆出版新式书籍的广告。商务印书馆刊印的广告分为三个类型：一是最近出版的各类新式书籍，涵盖文学、哲学、科学、翻译、历史、古籍本等各个类别。不仅有国内各界新文化学人出版的著作，还有翻译和介绍国外新思潮的著作；二是最近出版的各类新式教科书，囊括初等教育、中等教育中各个科目的教科书和教材参考书；三是介绍本社刊发的各类杂志，如在《新秦日报》上就介绍了商务印书馆自己的杂志《儿童画报》。

陕西的革命党人此时创建了公益书局来介绍和传播新思潮。"书籍、杂志、报章，都是由一家新的书店中得来的。这书店叫作'公益书局',是当时陕西唯一的新的书店,创办人是焦子警以及其他几个同盟会中的人。……这不但是当时新文化的传播的地方,并且还是陕西同盟会底机关和一般新人物的聚乐部。"① 公益书局的创办人还在书局下设有健本学堂,主要教学对象为初级小学生。陕籍新文化学人王独清就曾经阅读过公益书局引进的新式报纸《新民丛报》。"我知道了欧洲底学术,欧洲底历史,欧洲底政治和时事;我知道了中国原来只是一个有值得记载的史迹而现在却是贫弱到万分的国家;我更知道了要把中国弄好非学欧洲各国底样子不可。"② 可见公益书局对于当时传播新文化新思想的重要作用。

总体上,这一时期陕西地区出版业取得了一定的成果,出版的新式书籍大多以实用为主,为陕西地区带去新风气。但其影响范围局限于陕西上层知识分子和富绅,一般民众仍处于蒙昧状态。

2. 报刊

1894年中日甲午战争后,西安有了第一台印刷机器,才开始逐渐出现官办和民办的近代报纸。③ 目前陕西已知最早的近代报刊是1896年刘古愚在西安创办的《时务斋随录》,属木刻线装本,旨在宣传维新思想。1897年,阎甘园创办《广通报》,揭开了陕西近代报纸的序幕。办报宗旨为"评论时政,开启民智,宣传改良维新,废除八股旧习"。但内容大多转载其他地区报纸的时评文章,自己撰写的文章较少,新闻独立性差,不定期出版,于1904年停刊。官办的报纸还有《秦中书局汇报》(1897年)和《秦中官报》(1898年)。陕西早期的报刊往往报、刊不分,以传播戊戌维新变法思想为主,对本省新闻的报道较少。

"五四"前后,随着新文化运动的进一步深入,陕西地区也涌现出众多的报纸和刊物。比起声援全国"五四"运动,陕籍知识分子更侧重于对地方进行改造,他们主要介绍全国新思想的发展状况以及自身对陕西地区种种问题的思考,着力点在陕西本地。如陕西早期旅外学生创办的各类期刊(见表1)。

表1　　　　　　　　　　陕西早期期刊名录④

刊名	创办者	创办时间	停刊时间
《秦劫痛话》	旅京的陕西学生团	1919年3月	不详,后改名《秦钟》

---

① 万少平:《陕西蒲城人物丛书:王独清》,世界图书出版公司2014年版,第43、46、63页。
② 同上。
③ 陕西省地方志编纂委员会编:《陕西省志·报刊志》,陕西人民出版社2000年版,第100—158页。
④ 同上。

续表

刊名	创办者	创办时间	停刊时间
《励进》	汉中旅京的学生	1919年夏	出至第15期后停刊
《秦钟》	旅京陕西学生联合会	1920年1月20日	6期后停刊
《秦铎》	陕西旅沪学生	1920年10月	创办不到半年即停刊
《共进》	在北大求学的旅京陕西青年	1921年10月10日	1926年9月
《贡献》	天津南开中学的陕西学生屈武、武止戈、崔孟博等人	1922年3月1日	四期后与《共进》合刊
《新群》	上海大学陕西同乡会	1925年12月26日	不详

这些新式知识分子受到新思想的影响，创办新式刊物以影响地方。他们关注陕西社会发展的诸多现实问题，干预社会的倾向非常强烈。同时他们利用报刊作为自己思想的阵地，批判专制，提倡民主，向陕西民众介绍和宣传革命思想，有力地促进了陕西近代社会的转型。

陕西地区动荡的形势使这一时期报纸存在的时间较短，但报纸种类连年增加（见表2）。

表2　　　　　　　　　　陕西早期报纸名录

报纸名称	创办时间	终止时间	主办人
《秦风日报》	1912年1月15日	1917年	创办人：宋伯鲁、胡舜琴、徐宝笙　主编：南南轩
《秦中日报》	1913年4月	不详	督署印铸处
《公意报》	1916年7月6日	1919年1月	卢植瑞
《关陇民报》	1917年10月15日	1917年12月18日被查封 1922年4月12日复刊，不久停刊	苏果哉（留日归陕）
《捷音日报》	1918年在凤翔创办	1920年	党晴梵
《战事日刊》	1918年	1919年停刊	于鹤九
《启明日报》	1919年三原县	1921年9月	总编辑朱立武
《长安日报》	1919年4月	1919年	不详
《鼓昕日报》	1920年7月15日	1921年4月	田芝芳
《陕西日报》	1921年	1927年	社长先后为宁益轩、吴宝珊
《新秦日报》	1921年10月5日	1944年4月	社长兼发行人俞嗣如，总编辑王淡如
《民生日报》	1921年9月	1926年5月1日	杨杰丞独资创办

续表

报纸名称	创办时间	终止时间	主办人
《关西日报》	1923 年 2 月 12 日	1923 年 12 月	刘云楣
《大西北报》	1923 年 7 月 5 日	1924 年 6 月 1 日停刊，同年 7 月 1 日改组为《旭报》	陕南籍议员创办
《建西报》	1923 年 10 月 15 日	1924 年 12 月底	马凌甫

此时，报纸刊载的文章多以白话文为主，易被一般民众理解。关注视野广泛，不只报道国内的最新消息，还报道国外要闻，很多报纸都辟有介绍新思潮的专栏。先觉醒的陕籍知识分子通过办报的形式来影响地方，无论是官办还是民办报纸，都在一段时期内为封闭落后的陕西地区打开了一扇了解外界、了解世界的窗口。

二 "五四"前后陕西的新式教育与新文化传播

晚清以来，一部分陕籍知识分子在接受新思潮的影响后，将新的思想和新的文化结合本地实情进行大胆实践，在新式教育方面，取得了显著进步。

1. 新式学堂与思想解放

维新变法运动打开了陕人看世界的窗口，此后陕籍知识分子做出了诸多尝试。在教育方面则是通过创立新式学堂来发展新式教育，推动陕人的进步和中国社会的变革。下面对新式学堂的发展过程略作回顾。

1895 年，刘古愚在陕西泾阳创建时务斋，课程设有道学类（传统儒学和外洋教门）、史学类（本国与外洋各国之史）、经济类、政治类（外洋政治与中国现行政治）、训诂类（考据学与外洋语言文字学）多个类别，内容涵盖兵事、科学知识、地理、医学、矿学、算学等多个方面。整体中学与西学相结合，且设讲学会，院长和诸生会讲，促进彼此互通交流。此外，时务斋还购入《京报》《申报》《万国公报》以及各类新式报刊供学生阅览了解社会。

崇实书院于 1896 年由主张维新、赞成改革的督学赵维熙奏请建立，是在"时务斋"的基础上设立，课程设置有英语、算术、机器制造、外国兵法、农林矿务、测量、声学、光学、格致等，是陕西省第一所设立外语的学校。

1898 年，陕西巡抚魏光焘在西安设立游艺学塾，以尊重经训、博综子史、参考时务、兼习算学为宗旨。同年陕西维新派建立了格致学堂，又在格致学堂的基础上筹建了陕西中学堂和武备学堂，前者根据京师大学堂的办学原则和规章制度建立，后者为培养军队人才设立。

1902 年，升允、樊增祥在陕西设立关中大学堂，后改为陕西高等学堂，陕西早期留学日本的学生很多出自该学堂。

1903 年 5 月，陕西巡抚升允改关中书院为陕西师范学堂，学校初办时称为"两级师范学堂"，聘有日本学者进行讲习，1912 年改名为陕西省立第一师范学校。同年，陕籍文化名人阎甘园设立甘园学堂，其属私立学堂，首开陕西私立学堂之风。课程开设除"四书""五经"外，还设有国文、算术、历史、地理、唱歌、体操、物理、植物、人体解剖等。学堂注重培养学生的品德和实际能力，同年关中书院改为陕西第一师范学堂。

1907 年，杨松轩设立教育研究会附设两等学堂（初小、高小），发展初等教育。

1912 年，西北大学和三秦公学相继创建。西北大学的创建意味着陕西高等教育的起步。三秦公学除了中学部以外还有高等英文班、高等数学班、留学预备科等。在性质上说来，这是一个包括中学和大学预科的学校。①

1919 年 4 月 8 日，杨松轩又创办咸林中学，分小学、中学、师范、职业四部，重视科学与和实业教育。取名"咸林"，寓意"苦哉教育，乐哉教育；谤满咸林，誉满咸林"，魏野畴任该校教务主任。课程设有中外历史、地理、数学、化学、外文、体育。同时还教授生产技能，设有园艺部、面粉厂、农场、鸡厂、饭馆、理发店、合作社、公储局、医院、印刷厂、图书馆、仪器室等。

与此同时，陕西地区的女子教育也取得初步进展。女子教育于清末提倡，陕籍教育家阎甘园曾以妻子的名义设立"雅阁女校"，但因入学成员多为官宦女子，普及率不高，学堂仅持续两年不得不停办，这是已知最早的陕西女子学堂。1908 年，耀县革命党人任师竹、李云程等人集资创办了"正宜女子学堂"，后在革命党人宋向辰的推动下，改名为"耀县女子师范学校"。民初陕西地区的女子学堂，创办者多为士绅或开明官员，为后期陕西地区女子教育的发展奠定了很好的舆论和实践基础。

陕西地区 20 年代的教育，总的来说前期因陕西行政长官对教育的重视、陕籍地方士绅和文化名人的热心助力和陕西社会的相对和平的状态使得前期陕西地区的教育取得了一定的进展，普及率虽不高，但相对清末，在学校数量、入学人数、学校种类、课程设置等方面已有明显进步，但后期因西北旱灾和连年兵祸致使社会动荡不安等缘由，陕西教育的发展受阻。

2. 留学潮与高等院校的建立

清末积贫积弱的中国社会促使一些先觉醒的人开始走上向西方学习的道路。日本

---

① 万少平：《陕西蒲城人物丛书：王独清》，世界图书出版公司 2014 年版，第 43、46、63 页。

作为东亚强国,成为很多中国留学生的首选。据记载,陕西地区最早的留日学生是周至的路孝植①,其于1901年7月入日本帝国大学学习农科,系自费留学生。最早的官费留学生是1904年陕西武备学堂派张凤翙、张益谦入日本士官学校学习陆军②。翌年从陕西高等学堂、陕西师范学堂和三原宏道学堂三所学堂中遴选出31名官费生留学日本,此次同去的还有自费官籍生17名③。这些留学生在日本主要学习农学、矿务、路工、税务、法律四门功课,专业偏向实用类。此后,陕籍前往日本留学的留学生数量渐渐增加,辛亥革命前夕陕西留日学生人数已达116人之多。当时留学的人主要集中在三原县和富平县④,尤以法政和农学两科为重。也有女留学生赴日深造,最早的陕籍女留学生是杨希孟,于1908年9月入日本大成女子师范学校就读,可见当时留日热潮的普及度。

这些留日的学生大多参加了孙中山创办的同盟会,通过创办刊物向陕西地区传播民主共和思想,宣扬新文化和新思潮。陕籍知识分子当时也有在德国(李仪祉)在法国(王独清)的留学生,这些优秀的学子归国后,很多回到陕西:如西北革命巨柱井勿幕、西北大学的创办人张凤翙、水利学家李仪祉、陕西高等法院院长党积龄、孙中山铁血丈夫团成员雷崇修等。这些陕籍知识分子对于推动陕西地区经济文化的发展起到了十分重要的作用。

民国初年,学制体系的改变推动了陕西地区初等教育和中等教育的发展,但高等教育此时并没有显著发展,西北第一所大学诞生于1912年,即西北大学,但不久即夭折。1923年,时任省长刘镇华有意重建西北大学:

关于建设西北大学一事 自经去岁陕刘兼督倡议举办并得甘新两省当局电覆赞同之后 迄今经费困难与主办不易得人问题 逐至不免置搁消息沉寂 近自北京大学主讲名流到陕讲学 以于来是大学二字逐即不无感触 而陕办大学之说乃得渐见复活⑤

可见西北大学是由陕、甘、新三省合办,陕西省主办的。因经费困难、主办人难觅一直难以推行,自北京大学名流傅佩青等来陕讲学后,省长刘镇华拟与其和张辛南

---

① 陕西省文史资料数据库《辛亥革命前夕陕西留日学生概观》。
② 陕西省文史资料数据库《20世纪初年陕西最早的几批留学生》。
③ 陕西省文史资料数据库《海外留学海外毕业生名单》。
④ 万少平《陕西蒲城人物丛书:王独清》第59页中谈到"三原县和富平县是陕西底商业区域。那儿一向便是出着有名的商业资本家和大地主。……从那儿出去留学的人也狠(很)多"。
⑤ 《陕西日报》1923年8月18日本省特载第三版"创建西北大学之动机"。

计划着手筹备。经费由"以抽收纸烟特税"和"甘新两省援助",专设"筹备专处"①作为创建的有力保障。可以看到,草案对学校宗旨、机构设置、课程设置、教员设置、行政人员任职与聘期、学校经费、校长职权、监管部门职权等方面都进行了规划,内容相当完备,已具现代大学的模式。且拟请教育部核准,有利于国立西北大学长远的发展。

因西北大学的创建经费来源于陕西省税纸烟特抽收和甘新两省的援助,中央未拨款支持,与国立大学实际并不相同。《陕西日报》的记者就此曾与傅佩青进行谈话②:

> 据云西北大学冠以国立二字表示内容与各国立大学相同 将来殊有种种利益 一凡系国立大学学生国家待遇极优 将来西北大学学生亦可受同等之待遇 二凡係私立大学学生如入国立大学仍须受其试验且难毕业 私立预科或本科概作无效仍必按级升科 倘系国立则否 故西北大学冠以国立 将来学生毕业预科者皆可升本校本科亦可直接入北京东南等国立大学 本科毕业本科者可升本校大学院亦可直入其他国立大学院且均得免再受试验 三西北大学冠以国立字样易邀教育部认可立案 四学校可以直接教部将来即可得望得国家教育费之辅助及一切有益学校之特殊待遇

综上,西北大学定名为"国立"是有诸多考虑的,并不是任意名之,同时也不是孤立的,而是注重与其他地区国立大学的交流。可以说,三省合办的"国立西北大学"对于此后西北地区教育文化的发展起到了巨大的作用。

3. 暑期学校

陕西地区20世纪20年代教育界办过两次影响甚大的暑期学校:一次是1923年7月,这次暑期讲演直接推动了国立西北大学的创建;另一次是1924年7月,鲁迅等各领域学术大家来陕讲学,这无疑极大地推动了陕西新文化的发展。

《关西日报》对1923年7月的暑期讲演进行了全程报道。7月7日发表了一篇"中外学者将于明日开讲",在此篇中介绍了讲演人员、讲演地点及讲演题目:讲演人员有傅佩青、徐旭生、柯乐文、朱希祖(报称朱遏先)、陈百年、王抚五、吴新吾(漏录)等七人,讲演地点军政界在督属,教育界在一中,择期开讲,并对具体讲演时间和讲演题目进行了预告。这些来自北京大学的教授都是当时各领域的代表性人物,擅长不同的学术方向,讲演的内容也多是自己的专著理论,同时也能与陕西地

---

① 《陕西日报》1923年8月18日本省特载第三版"创建西北大学之动机"。
② 《陕西日报》1923年8月21日第三版本省特载"傅佩青之西北大学定名谈"。

方特色相结合。中外学者们不避辛苦，舟车劳顿来到西北地区传播新文化和新思想，还是在十分炎热的夏天，可见他们对西北文化事业发展的关切。《关西日报》7月7日的报纸上也介绍了青年会对这些名人的招待，由于学者们都留过学，且讲演学者中也有外国人的缘故，"西安青年会在会内会员寄舍预备特别房屋二处 一系二连间 一系三连间 内容陈设一切均仿西式"。7月8日，在本省新闻版块中再一次强调中外学者的讲演地点、讲演时间和讲演题目。此次讲演涉及多个方面：从科学与道德的关系、孔教与宗教、司马迁的史学观、哲学思辨、公民意识、科学与神学、进化论、古美术品的保护（这里的古美术品指的是古建筑等地方历史文化景观）等方面，讲演过程使用白话文，侧重新观念的宣扬与科普和传统文化的新解读，起到推动陕西地区接受新文化进程的作用。学者们先在省城西安讲演，部分学者7月下旬还离开西安前往三原进行讲演。①

1923年的暑期讲演在一定程度上催化了陕西地区创建新式学校、发展教育的步伐，如前所述高等教育的重新起步即国立西北大学的创建，促进省署对陕西教育的重视与援助，在一段时间内陕西教育界文化界出现了欣欣向荣的景象，陕西地区的美术教育也因此得以发展。② 同时也为翌年鲁迅等新文学大家来陕讲学奠定了基础。

1924年的暑期讲演则是陕西地区更大的一场文化盛宴，也是时任西北大学校长傅铜组织策划的，此次讲演则是在更长时间内、更大范围内、更广领域里对陕西文化艺术界的发展开辟了道路，关于此次讲演陕西地区的《新秦日报》《旭报》《建西报》里有详细的报道，为我们提供了丰富的史料，单演义《鲁迅在西安》中已详加考订，这里不再赘述。

总体而言，陕西地区教育取得了一定的进展，初等教育、中等教育、女子教育甚至高等教育都有不错的实绩，但由于受到新文化影响的时间短、影响程度较低，整体水平不高，仅是在模仿先进地区进行教育尝试。很多旅外陕籍人才在陕发挥不了作用而选择离省发展，高级人才留不住。平民教育刚刚起步普及率低，财政对于教育的支持力度也不大，教育经费甚至被挪为他用，很多学校往往存续不了多久就宣布停办，教育整体发展与北京上海等地有较大差距。20年代后期陕西自然灾害频发，军阀混战政局动荡，陕西地区教育事业更是受到严重破坏。

---

① 《大西北报》1923年8月2日刊载文章"三原讲演大会开幕情形"：七月二十五日到此 二十六日休息并游历 二十七日在原同人假师范学校开欢迎大会奏乐欢迎。

② 《大西北报》1923年8月30日 美术学校发展有望："陕西私立美术学校前因经费支绌特田校董出名征募捐款并将捐册遍发各界事属创造一切设备在在需款故又具呈省署恳求拨助顷闻刘省长已令行财政厅在补助教育项下拨助该校现洋五百元想该校得此款当可发展也。"

三 "五四"前后新文学在陕西的发生

20世纪20年代的陕西虽地处西北地区,但在一大批陕籍知识分子的推动下,新思潮渐渐在陕西地区开始传播,并与陕西地区特有的秦文化相结合产生了一系列文化果实。这个时期的陕西新文学创作涵盖白话诗、通俗小言、秦腔剧本等文化形式,创作题材和体裁都呈现多样化。

1. 白话诗

陕西地区20年代的白话诗创作以模仿为主,创作者非专业诗人,大多是业余作者的写诗尝试,散见于报纸和期刊,数量不多,文学性和思想性较弱,但整体感情真挚,具有一定的感染力,显示出新文学的审美特质。

首先,陕西地区这一时期的白话诗重在抒写自我心境,展现自我生活图景。如《鼓昕日报》1920年刊载的陕籍名人汤鹤逸的新体诗《新生命》:"新生命,/新生命!/我寻你许多时了,/为什么总寻不着你,/我也疲倦了;/不晓你有意避我?/或是我不能见你?/恍惚间,/仰见新生命在我头上,/对着我笑妍妍地说道——你错了。……"汤鹤逸于1919年考取陕西官费留学生,在日本早稻田大学文学院就读,受新思想影响颇深,1921年回国后开始文学创作。这首《新生命》表达了作者破除旧思想樊篱的决心与信心,语言直白,通俗易懂。作者对新生命的追寻也可看作对新思想新社会的向往和期盼。

《共进》半月刊的作者群体也有以自我经历为主线,写自我之情之感的抒情之作。如杨钟健以共进社发展为主题进行的创作《荆棘》,副标题为"听说西安有些人不敢看共进作"——"好多的荆棘呵!/充满了虎豹豺狼,/……/只听得群鬼狂叫,/隔断了我们的去路!/斩荆棘的人呵!/他们不怕那些虎豹豺狼,/他们不怕血染双手,/他们肯牺牲着性命和群鬼搏战,/他们引我们到自由之路。"[①] 作者先是以"虎豹豺狼"喻共进发展遇到的种种阻碍,再勉励大家要为了自由,为了希望与"群鬼们"进行抗争,争取最后的胜利。诗歌展现了共进同人昂扬的士气和百折不挠的勇气,具体可感地塑造了现代知识分子对于公众舆论的引导。

其次,这一时期的陕西也涌现出不少揭露社会现实的诗作。如杨慰祖的《世界》:"残酷的世界呵!/支着无情的熔锅,/经着不尽的时间,/销没多少活泼的青年。"[②] 作

---

① 杨钟健:《荆棘》,《共进》(半月刊)1921年12月10日。
② 杨慰祖:《世界》,《共进》第32期。

者如实地描绘了当时知识青年的心境，这些言论对安抚受挫青年学子具有极大的鼓舞作用。还有如署名"嵩山"的反映社会黑暗的诗作《农人和绅士》："背一布袋米，/是乡下赶集来的。/绅士阻住了，/说那布袋是偷的，/内省不疚，他怎能服气？他走到局子里，/局子是绅士的，/不是他的。/他又走到衙门里，/衙门是绅士的，/不是他的。/他终于坐在监牢里，/只有这监牢，/才是他的。"① 这些诗作一般是作者回乡时观察陕西社会所作，是作者用眼用心对陕西当时社会的生动刻画，具有一定的纪实性。情感真挚，以小见大。

再次是诗人自我人生理想的表达，如子休的《奋斗》②："月落了，/鸡叫了，/黑暗的势力占据了世界，/我们奋斗的时期就要到了。"作者以"花木"喻青年，以"太阳"喻希望，表明黑暗终将被驱散，革命事业的光明终将到来。虽然社会是沉闷的，现实是黑暗的，革命是艰辛的，与黑暗势力进行斗争是长期的，但是奋斗是不停歇的，理想是永远在路上的。

与此同时，《关西日报》还专门开设"诗界新潮"栏目刊载新诗创作。现存1923年的《关西日报》中，4—11月间几乎每天都登有白话新诗创作。这些新诗创作中更有将旧诗译成新诗的创新之举，如评黛玉葬花诗中"花谢了，花飞了，满眼残红，闻不到一些儿香气。仅有我来怜你，更可悲……""春将去了，可怜女儿们叹息，满怀愁绪没个去诉处……"等，将古雅的文言文改写成直白的白话，达到在更广范围内传播文学文化的目的。这些白话新诗不仅有报纸编辑人员的创作，还有热爱文学的读者给报社寄去的新诗习作，可见当时新文学对陕西地区影响之广泛。

陕西20年代的白话新诗创作处于尝试阶段，数量较西北其他省份处于前列，但与北京上海等新文化中心地带的新诗创作相比还有较大差距。文学性和思想性较弱，没有严格的诗歌格律和韵脚的讲究，也没有西方现代诗的艺术手法的运用，诗歌主题表达直白，语言有时会出现文白相间的情况。创作群体专门性较弱，很少专业诗人进行新诗创作，诗作还不成熟，整体比较稚嫩，但胜在情感真挚，主题多样且社会性强。

2. 新式杂文

陕西20年代的杂文，并不是严格意义上的杂文，而是一种还未成熟的社会评论型文体，发端于报纸评论性版块的设置，如《鼓昕日报》的"通俗小言""社会之声""谈屑"，《民生日报》的"社会琐闻"等栏目。在这些栏目里编辑畅所欲言，将自己对陕西社会种种问题的观察和思考传达给大众，起到引领社会风潮的作用。

---

① 嵩山：《农人与绅士》，《共进》1923年第24期。
② 子休：《奋斗》，《共进》1923年3月15日。

除了"通俗小言"以外,《鼓昕日报》还通过"时评""编辑余语""专论"等栏目介绍本社主张。如《留学生报到》针对留学生归省后投刺无门望当局"保全地方人材";《教育界之恐惶》介绍"近年来地方骚动军备扩张……教育经费而流用之诚可忧之事",揭露政府挪用教育经费之实;《编辑余语》对陕西社会的黑暗进行揭露"可哀!兵灾旱灾继水灾,小民苦矣,伟人忍哉。可歌!新近秋来雨尚多,望半收获,或可救药。可虑!报馆出言无顾忌,不惜情面,不畏强权";《请中央照例拨赈》关注民生民情,点明陕民生活艰难的现状;《对于新文化与中国的商榷》提出社会变革之方向。①

陕西20年代的杂文题材广泛,涵盖政治、经济、文化、民生等诸多领域,重在批判社会痼疾,输入新观念,倡导新风俗,具有一定的启蒙色彩。

3. 易俗社戏剧

19世纪末到20世纪初叶,全国范围内掀起了"戏剧改良"风潮,陕西地区戏剧改良的典型代表即为易俗社。作为20年代陕西文艺界的瑰宝,易俗社对陕西文学的贡献主要表现在秦腔剧本的创作。以李桐轩、孙仁玉、范紫东等一批陕籍知识分子为中心的编辑群体在剧本创作中融19世纪以来的新思潮和新思想于戏剧,再加上社内唱腔与演技俱佳的秦腔艺人的表演,让易俗社吸引了大批民众,社会影响力剧增。

易俗社原名"陕西学伶社",由李桐轩、孙仁玉、高培支等人于1912年创建于西安。社内初期秉承"灌输知识于一般人民,使共和新法令易于推行"②的宗旨,后期改为"本社以编演各种戏曲,补助社会教育,移风易俗为宗旨"③,着眼于启蒙陕西民众。易俗社在民国年间新编的秦腔剧目达500余个,培养了13期学员,人数总计600余人④。

易俗社戏剧种类分为历史戏曲、社会戏曲、家庭戏曲、科学戏曲、诙谐戏曲五个类别⑤,历史戏曲以"古今中外政治之利弊,及个人行为之善恶,足引为戒鉴者编演之";社会戏曲"就习俗之宜改良,道德之宜提倡者编演之";家庭戏曲表达"古今家庭得失成败最有关系者编演之";科学戏剧"就浅近易解之学科,及实业制造之艰苦卓著者编演之";诙谐戏曲则"就稗官小说及乡村市井之琐事轶闻,含有教育意味者编演之"。社内设有专门的编辑部来进行秦腔剧本的创作,形成了以范紫东、高培支、吕南仲、李桐轩等为中心新式文人编剧群体,这些文人在进行创作时一方面继承了文人的传统,另一方面也注意到民间文艺的长处和群众审美需求的特点⑥,创作取材于现实生

---

① 参见《鼓昕日报》1920年9月4—10日。
② 西安易俗社:《易俗社章程》,民国元年(1912)。
③ 西安易俗社:《陕西易俗社第一次报告书》,民国八年(1919)。
④ 李有军:《民国西安易俗社秦腔媒介传播考述》,《西北大学学报》(哲学社会科学版)2018年第5期。
⑤ 王桐龄等:《西北望:陕西新疆旅行记》,辽宁教育出版社2013年版,第21页。
⑥ 安葵:《戏曲理论与戏曲思维》,中国戏剧出版社2000年版,第267页。

活，丰富和完善了传统戏曲手法，使秦腔表演艺术经典化，深远地影响了陕西乃至西北五省的秦腔剧社。《鼓昕日报》曾发文赞扬易俗社"吾陕改革以来，各界均有进步，而要以剧界为最速。剧界均有发达，而要以易俗为最猛。易社戏曲多系新排，有文人学士藻词润色，风雅宜人而艺徒又擅揣摩做唱咸工，此社会一般人均所欢迎者非予一人之私誉也。虽然易俗二字最宜注目，凡社会不良习惯均当设法铲除，潜移默化使人民迁善之心如饮淳醪，醉于不觉能后方尽易俗之情，予尝去该设听曲，知其所编剧本好"。①

易俗社的编剧大多在新式学堂系统地学习过新文化相关知识，李桐轩、范紫东曾在三原宏道学堂学习过，孙仁玉曾在味经书院就读，高培支曾在陕西高等学堂接受过维新思想，因而他们创作的新式剧本区别于以往的旧戏，形成了自己别具一格的特色。《软玉屏》发人道主义之声；《柜中缘》抒男女自由恋爱之旨；《三滴血》则力图破除封建迷信，倡导科学。《鸦片战记》《关中书院》《颐和园》《禁烟趣闻》等剧反对列强侵略；《金莲痛史》《天足会》《平权论》等剧呼吁妇女解放与男女平等；《糊涂村》《女娃劝学》《白丁写信》等剧宣传和普及平民教育。易俗社的剧本创作"命意取材，均有可取、尚不失改良戏剧之本旨"。② 易俗社新文化先驱们通过创作新式剧本潜移默化地向陕地传播西方民主思想。

四 "五四"前后新文化在陕传播的特点

"五四"前后，新旧思想产生剧烈碰撞，社会发生巨大变革，新文化传播产生了全国性的影响。但由于省际间地理位置、政治地位、经济实力、社会历史状况、地方官员的政见、教育文化机构数量等的不同，各省份受到新文化的影响程度也有差异。"五四"前后新文化在陕西的传播与接受主要表现为以下几个特点。

1. 知识分子自上而下的带动

陕西地处内陆地区，信息较为闭塞，陕地民众获取新文化的途径主要依靠陕籍知识分子的带动与传播。晚清至民国初年，集聚在关学大师刘古愚周围的一批先觉醒的士绅群体，虽从小受传统文化的熏陶，但晚清巨大的社会变革却催生了这些旧式知识分子的转向，他们开始将维新思想传播到陕地并兴办教育启蒙民众，首开陕西学习西方先进思潮的风气。民国初年至20年代中后期，随着新文化势力的不断壮大，这些陕

---

① 《鼓昕日报》1920年7月27日戏曲与社会之关系二。
② 何桑编著：《百年易俗社》，陕西出版集团、太白文艺出版社2010年版，第101页。

籍新文化学人渐渐开始模仿新文化中心地区的实践活动：创办各类新式刊物介绍新文化理论、开设各类新式学堂普及教育、出版各类新式书籍扩展陕人眼界。陕籍知识分子通过种种新文化举措将新思想新文化的火种传递到陕地，带动了陕西地区反帝反封建运动的蓬勃发展。

在20年代的陕西地区，除了陕籍知识分子进行的一系列革新举措以外，很多非陕籍的知识分子也为陕地带来了新知识，启迪了陕地人民。例如河南籍学者傅铜，曾任国立西北大学校长，并于1923年和1924年的暑期两次邀请共计二十余位国内顶尖新文化学人来陕讲学，丰富陕人知识，极大地促进了陕西文化艺术的进步。

2. 以马克思主义及社会主义思潮为主流

"五四"运动和俄国十月革命的成功，使马克思主义思潮传入中国。随着新文化进程的不断深入，各个省份受马克思主义思潮的影响越来越大，陕西作为最早响应维新变法运动和辛亥革命的省份，对于马克思主义思潮的接收更是走在了全国前列。早期共产主义小组的很多成员，都是陕籍学人。特别是旅京学生创办的共进社和《共进》半月刊，极盛时期社员达千人以上，产生了全国范围的影响。共进社后期的骨干成员，回陕后组建了早期陕西党组机构，为陕西民主革命的发展做出了重要贡献。

3. 与京沪等地相比较为落后

20年代的陕西社会军阀割据，政局变动频繁，财政困难，再加上连年的旱灾，人民生活苦不堪言，很多陕民基本生活都难以维持。在这个意义上，新文化影响的范围主要局限于知识阶层，新思想的普及率不高，虽在各个领域新文化均有发展，但是总体水平仍落后于北京上海等地。主要原因有以下几个方面。

一是交通不便。陕西处于内陆地区，信息闭塞，受封建思想影响较深。20世纪20年代陇海铁路还未通到陕西，陕西境内的出行工具多为马车，汽车的普及率很低。道路设施很不完善，路况差且存在安全隐患。再加上连年的土匪之祸，这些因素限制了陕人与外界的沟通，因而新式书籍、器械、思想、人才、物资的传入变得更加困难，交通不发达极大地阻碍了陕西地区新文化的传播进程。

二是政局动荡，社会不安定。20年代的陕西社会，军阀割据，政局动荡，社会总体不安定。动乱的环境不利于还在萌芽发展期的新文化的壮大。

三是自然灾害严重，陕西省经济实力较弱。陕西在历史上就是旱灾较为严重的省份之一，1927年到1928年，持续时间长、波及范围广的自然灾害对陕西地区经济文化的发展产生很大阻碍，陕西财政经济赤字严重，新文化发展缺乏必要的经济基础，社会文化思想的繁荣犹如空中楼阁。

四是教育文化事业落后，地方人才流失严重。陕西地区科教文艺事业较之其他省份而言发展较弱，初等教育、中等教育刚刚起步，现代意义上的高等学校仅有一所西北大学，在陕西动荡的形势中几废几立也不利于自身的发展。陕西旅外学生总数远少于北京、上海等地，这些旅外学生很多虽然学成后回陕发展教育文化事业，为陕西各项事业贡献巨大，但更多的陕籍新知识分子选择其他一些交通更为便利、思想更为多样、文化更为繁荣、经济更为发展、待遇更为优厚的地区去实现自身价值，知识分子的流失同样不利于陕地新文化的发展。

4. 具有阶段性和明显的地区差异

陕西新文化发展具有阶段性是指陕西地区 20 年代新文化的发展以 1926 年西安围城事件为界分为前后两个时期。1920—1926 年，"五四"运动刚刚爆发，陕籍知识分子致力于革新陕西封建落后的思想文化，陕西地区此时整体受新思潮影响的广度和深度较大，在各个领域都有新文化的具体实践成果。新式书局、新式报刊、新式学堂、新式教育、新式文学都有不同程度的发展，更有 1923 年和 1924 年共计二十余位新文学大家来陕讲学传播新文化，这都给封闭落后的陕西带来一股清新之风。而 1926 年以后，西安政局进一步动荡，军阀刘镇华在 1926 年围困西安城长达数月之久，动荡的局势使得陕西新文化发展停滞，各项新式成果遭到破坏，再加上连年的自然灾害，1926 年以后陕西地区新文化发展较为迟缓。

差异性表现在陕西省内不同地区新文化的侧重不同。关中、陕北、陕南的新文化发展的模式不同，陕北地区较其他地区来说社会主义思潮发展最早，它是陕西党组织最早建立的地区之一。陕北地区的党团组织最早发源于绥德省立第四师范学校，继绥德师范之后，榆林中学和宜川驻军李象九部、谢子长部也建立了党的组织，延安地区党组织也随之建立。早期陕北党团组织的负责人魏野畴、刘志丹、谢子长等人都是陕北人。关中地区以长安（孙蔚如、张凤翙、王淡如、郑伯奇、雷晋笙）、三原（于右任、茹欲立、党甘亭）、蒲城（王独清、杨虎城、井勿幕、李仪祉、李约之、李桐轩）等地较为发达，这与以上地区经济文化在这一时期较为发达有很大关联。

结　语

陕西作为历史文化十分悠久的省份，在中国社会转型期所做出的反应更值得我们关注。20 年代的陕西，经济社会虽较北京、上海、浙江等地落后，但也产生了一些新的文化资源和文学现象：如 1923 年，朱希祖、陈百年、傅佩青、吴抚五、徐旭生、康有为、柯乐文等中外著名学者来陕讲演；再如 1924 年又有鲁迅、李济之、陈中凡、孙伏园、夏浮筠、蒋廷黻、王桐龄、陈定谟、刘文海等一批国内各领域精英人物来陕作为暑期学校的讲师传播新文化。短短两年，能够聚集国内外各领域顶尖学者20多名来陕传播新文化，这本身就是一个值得研究的问题。茅盾在《中国新文学大系导言·小说一集》中也提到陕西地区的《姊妹》旬刊与《榆林》旬刊。因此，研究"新文化"在20年代陕西的传播与接受在整个现代文学史、现代思潮史、传播史、现代区域文化史等方面都具有重要意义。

（作者单位：西北大学）

论《延河》对《创业史》的传播*

吴妍妍

内容提要：作为陕西"十七年"时期的重要期刊，《延河》在传播陕西作家柳青的《创业史》上起到了非常重要的作用。最早连载、组织专业评论者与业余读者评价该作品，拓宽作品的影响面，引导作品的接受，助力柳青及《创业史》的经典化。同时，在将《创业史》作为经典的不断传播过程中，多多少少影响了陕西新时期文学的现实主义走向。

关键词：《延河》；《创业史》；柳青；传播

文学活动包括创作、传播与消费三个方面，文学作品被作者创造出来之后，需要在传播与消费过程中实现自身价值。在印刷时代，文学作品由作者向读者传播需要经过发表与出版。埃斯卡皮说："没有发表，也就不能说有文学。"① 一部作品的经典化过程，除了作品本身值得肯定，与时代契合，也有赖于对它的传播活动。

红色经典《创业史》在"十七年"时期的传播过程分为三个阶段：在《延河》发表，其影响力主要在西北地区；在《收获》转载，影响力开始辐射东部地区；在中国青年出版社出版，其影响力走向全国。在这其间，中国青年出版社无疑扮演了重要的角色。柳青所在单位中国作家协会作协西安分会主办的会刊《延河》在传播《创业史》方面的意义也不可小觑。《延河》最早连载《创业史》，因为期刊的持续性，它不断发表相关论文、组织研讨活动或扩大作品的影响力，或引导作品的评论导向。出版社的主要目的可能是繁荣地方文艺事业，但对于《创业史》，带有倾向性的文字多少会影响读者对于作品的判断，从而对《创业史》的接受发挥作用。

---

* 本文为国家社科基金西部项目"陕西当代乡村叙事与乡村社会变迁研究"（项目编号：14XZW027）的阶段性成果。

① ［法］罗贝尔·埃斯卡皮：《文学社会学》，于沛译，浙江人民出版社1987年版，第77页。

一 专业评论为《创业史》定位

分会机关刊物《延河》对于作为中国作协西安分会专业作家柳青的呕心沥血之作《创业史》的连载给予了相当的重视。在未连载之前,该刊就在1959年第2期封底发出启事:"本刊自四月号开始发表柳青新著长篇小说'创业史'第一部,约半年载完。"《创业史》第一部在《延河》1959年第4期开始连载,至11期结束,历时8个月(月刊)。第二部从1960年第10期开始连载,到1961年第10期结束,共发表了第二部前七章。1960年第1期,《延河》集中发表了3篇相关文章,1篇为专业评论,1篇为普通读者评论,1篇为编辑部梳理的读者意见综述。

专业评论文章是郑伯奇的《〈创业史〉读后随感》,这是《创业史》的第一篇评论文章,但并非一篇严格意义上的学术论文,或者说郑伯奇写得较为仓促。《延河》每月1日出刊,据《延河》编辑部的编辑回忆,《创业史》每期发稿,柳青都修改到最后一刻。可以猜测,郑伯奇看完《创业史》最早在当年10月中旬,他的评论文章完稿最晚应在当年12月中旬,因此,他从读完作品到写完论文总共不过两个月。曾为创造社元老的郑伯奇1959年担任作协西安分会副主席,此时期主要致力于戏剧创作与评论,许是受组织所托,或是有感不得不发。郑伯奇仓促撰文,对此,他自己也觉得"稍嫌过早",主要"因为柳青同志是一个勤勉、谨慎的作家;他的作品都是经过长期酝酿,反复修改之后才肯发表;而发表以后还要倾听各方面的反应、批评和意见,然后又一再修改,直到满意为止,才作为定本问世"。① 与郑伯奇相比,同样身为作协西安分会副主席、兼任《延河》主编的评论家胡采与柳青一样成长于陕甘宁边区,从研究方向看,他撰写《创业史》的评论似乎更为合适。但作为前辈,郑伯奇显然更有影响力。而胡采似乎也很少发表评论"急就章",杜鹏程的《保卫延安》1954年在人民文学出版社出版,胡采1959年在《延河》发表《论〈保卫延安〉的艺术特色》;《创业史》1960年在中国青年出版社出版,胡采1963年5月在《延河》发表论文《创作的深度》。

郑伯奇的"仓促上阵",有推介《创业史》的目的。事实上,推介新作一直是《延河》的办刊宗旨之一。《延河》1958年4月号上发表的"稿约"中,指出该刊需要"短小精悍、深入浅出的评论,尤其是对当前作品评介的论文"。此外,《延河》上辟有"新作品评"专栏,主要发表对《延河》所刊新作的评论。《延河》上曾有数次同期发表某一作品及其评论的现象,如1958年第11期发表王汶石的短篇小说《新结识的伙

---

① 郑伯奇:《〈创业史〉读后随感》,《延河》1960年第1期。

伴》，同期发表了姚虹的推介文章《共产主义的新人》；1959年第7期发表马萧萧的长诗《石牌坊的传说》，同期发表了骆驽的《劳动创造的赞歌》；1960年第7期发表翼羽的《取经记》，同期发表了黄藿的评论《新人的赞歌——读〈取经记〉》。这几位撰写评论的作者均为延河编辑部的编辑，他们从不同角度对所评作品进行肯定，不足之处多为一笔带过。郑伯奇在评论中肯定了《创业史》反映生活的深度与广度，人物栩栩如生，并指出《创业史》的成功得益于柳青的深入生活、创作的严谨态度以及作者的政治思想水平。文章虽短，其中许多观点在后来的阐释中不断出现。

《创业史》出版之后，在1961—1962年之间，《延河》发表了5篇专业评论，分别从主题思想、艺术特色、叙述视角、人物形象等方面论述《创业史》。尚为中国人民大学研究生的何文轩（何西来）从小说艺术方法肯定《创业史》达到的史诗效果，指出《创业史》成功的主要原因是柳青在"思想"与"艺术"两方面具有的高度，思想上的高度则是共产主义理想的高度，党的政策思想的高度。中国社会科学院的朱寨认为《创业史》深刻反映了农村两条路线斗争，这一斗争是"关系着农村命运的斗争"，"关系着农村中所有人们个人命运的斗争"[①]，同时指出毛泽东关于农业合作化分析论断对于柳青的启示。陕西师范大学的马家骏指出《创业史》采用全知全能的叙述人视角，易于呈现丰富的生活面；叙述者深入内心世界展示人物性格，"各阶级人物的心理、思想情感得到深刻的揭示"[②]。辽宁大学王向峰认为柳青在塑造革命农民形象时，注重反映人物的阶级性与个性，"真正做到了革命理想主义和革命求实精神的结合"[③]。极为难得的是，在各大期刊发表大量肯定梁生宝的形象的论文时，《延河》发表了扬州师范大学李关元肯定徐改霞这一形象的论文。文中指出："很多评论文章对这个人物表现了不公正的冷淡，有的在评论中捎带一笔，有的干脆略而不论"[④]，有的则认为这个形象塑造失败。他认为，柳青所要塑造的是一个有血有肉有个性、有优点也有缺点的复杂人物，而非批评家说的"理想人物"。姑且不论观点正确与否，笔墨之间有为柳青辩护的意思。

可以想象，在《创业史》出版之后，《延河》编辑部收到了不少评论文章。从刊发的这几篇评论看，作者来自全国各地；多方位肯定《创业史》的价值，体现《延河》"面向西北地区乃至全国"的刊物定位以及大力推介《创业史》的目的。部分论文向读者传达出一种观念：人物形象塑造与人物思想道德不成正比，分析人物应充分考虑作者的意图。

---

① 朱寨：《读〈创业史〉（第一部）》，《从生活出发》，人民文学出版社1982年版，第57页。
② 马家骏：《"心理学"与"诗篇"的统一》，《延河》1961年第8期。
③ 王向峰：《革命农民的形象》，《延河》1961年第11、12期。
④ 李关元：《关于〈创业史〉中徐改霞的形象》，《延河》1962年第12期。

这种研究思路为延河编辑部所认可,可见《延河》在传播《创业史》过程中的导向作用。

二　扩大在普通读者中的影响

"十七年"时期强调文学的"工农兵化",文学服务的对象是工农大众,普通读者也便成为文艺作品的评论者。源于文艺评价的"政治标准第一",普通读者虽然缺乏必备的专业知识,只要有政治觉悟,便可以进行文学评论。这使得非专业评论在文艺评论中占有一定的比重。或者说,文学的"工农兵化",不仅表现在工农兵创作文学作品,也表现在评论文学作品。中华人民共和国成立初期的文学期刊中常见与普通读者互动的栏目。为了"活跃刊物的评论工作",及时反映读者意见,吸引更多的人参与文学评论工作,《延河》1958年曾开辟专栏"群众论坛",后更名为"读者中来",该专栏发表了大量非专业评论文章,篇幅短小、随感为主,均注重作品的教育功能。

《延河》上关于《创业史》的非专业评论只有一篇,即曹树成的《〈创业史〉第一部读后点滴》。作者在文中称:"自己各方面水平很低,既没有多少生活阅历,对文学艺术又不懂得什么",不能对《创业史》妄加评论,只好写"这封信",谈谈"读完这部作品后的点滴粗浅的感受"。从措辞看,该文原是一封信,作者也并非专业评论家,文章更注重文学的教育功能,通过分析比较高增福和郭振山这两个人物,指出坚持中国共产党的领导的意义,表达对党的热情:一个人一旦离开了党,"那么你的才干就会枯竭,内心也会越来越空虚,你对党的事业和工作,就不会有发自内心的爱的感情"。[①]与专业评论相比,曹树成的文章结构较为松散,其中的观点对于《创业史》的研究本身可能无太大促进作用,但它肯定了《创业史》的教育意义,侧面证明了文学作品能够承担社会主义教育功能。

《创业史》初版时印数在两百万册左右,普通读者远远多于专业读者。普通读者的评论较少专业术语,能引起普通读者的共鸣,也更愿意谈及作品的教育功能,这是普通读者评论存在的价值。为了传达更多普通读者的意见,《延河》1960年第1期发表了《创业史》读者意见综述。概括起来,有三个优点:一是作者反映的生活面广,主题思想深刻,读来感觉很真实;二是《创业史》的成功在于写出了不同阶级的不同人物;三是思想和艺术上有着鲜明的特色。以及一些小问题:如情节上"生宝和改霞的爱情产生得比较简单","有些地方不够紧凑、精炼";语言上"比较生硬"等。意见综述中并没有独到的见解,是"优点明显,缺点无妨"的风格,传达了大部分读者的意见。

[①] 曹树成:《〈创业史〉第一部读后点滴》,《延河》1960年第1期。

为了在普通读者中探讨《创业史》,"延河"编辑部和陕西省长安县委宣传部于1960年9月1日联合举办了《创业史》座谈会,参会者主要为长安区干部及文艺工作者,如县委副书记、县文化馆馆长、《长安日报》主编、长安县农民作家等。参会代表的观点主要有三点:一是肯定《创业史》具有高度的思想性与艺术性;二是强调小说的教育功能,认为《创业史》"是一本阶级斗争的教科书",小说"说明了党的伟大,说明了党的政策的正确,说明了一个人对待革命事业,应该抱什么态度";三是将《创业史》与毛泽东文艺思想联系起来,认为《创业史》的问世是党的文艺方针、毛泽东文艺思想的胜利,是柳青认真贯彻执行党的文艺方针的结果。这些参会者能从思想性与艺术性分析《创业史》,但他们并非专业评论者,因此更重视作品的教育功能,即关注文学作品究竟对读者的思想道德提升发挥了多大作用。

专业评论注重作品的审美功能,非专业评论关注教育功能与认识功能;专业读者的阅读相对自觉,非专业读者的阅读带有偶然性与随意性。"十七年"时期的文学传播不仅要考虑专业读者,更要考虑占绝大多数的非专业读者。《延河》发表非专业评论、读者来信与《创业史》座谈会发言纪要,介绍了普通读者对于文学的要求,加速了《创业史》在普通读者间的传播。

三 为《创业史》"正名"

《创业史》第一部出版之后的1963年,严家炎在《文学评论》第3期发表了论文《关于梁生宝的形象》,柳青撰文对此文部分观点表示了不同意见。为了便于大家讨论,柳青在《延河》发表自己文章时,建议将严家炎的评论文章附于其文之后。随后,学术界展开了对于梁生宝形象塑造的热烈讨论。

严家炎发表的这篇文章实际上是自己的"辩护文"。1961年他在《文学评论》发表《谈〈创业史〉中梁三老汉的形象》,指出梁三老汉是全书中最成功的形象,由此引起了部分研究者的不满,认为他"为了强调梁三老汉这一人物的创造意义,而贬低英雄人物梁生宝"等。严家炎的立论基础是:"思想上最先进并不等于艺术上最成功;人物政治上的重要性,也并不就能决定形象本身的艺术价值",结论是"跟梁三老汉甚至跟高增福相比,梁生宝的形象倒是在不少地方显示出了自己的弱点和破绽的"。[①]

文章在论述过程中,提出了梁生宝塑造的"三多三不足",而这成为部分评论者批评他的"靶子"。他认为柳青长期深入农村生活,对于各类人物的了解并不平衡,对梁

---

① 严家炎:《关于梁生宝形象》,《延河》1963年第8期。

三老汉这类老农能洞察肺腑,着墨不多,却入木三分;对梁生宝这类英雄形象用力较多,"但总令人有墨穷气短、精神状态刻划嫌浅、欲显高大而反失之平面的感觉"①。梁三老汉是在以小农经济为主的乡土社会中成长起来的农民,他符合读者对于农民的集体认知;梁生宝是乡土社会转型时期出现的新英雄人物,他成长于乡土社会,思想上受教于革命文化,是介于农民与上级党领导之间的人物,"农民身份"使得他思想认识无法超过上一级正面领导;"英雄形象"又需要他摆脱传统农民的观念,脱离一直植根的传统文化土壤,这种"是农非农""拔高与抑底"的写法使梁生宝形象带有观念性。

在1962年大连召开的全国农村题材短篇小说大会上,邵荃麟提出"中间人物"概念,并举梁三为例说明这一人物的重要性;1963年4月"中间人物"观点受到某些人的批评。实际上,早在1961年11月13日作协西安分会就召开过批判"写中间人物"的座谈会。如果严家炎的观点引起普遍认同,《创业史》的问题就不仅涉及文学观念,也涉及政治倾向。"十七年"时期不断有作品因为意识形态问题受到批判,对于严家炎的观点,柳青难免会有所警觉。因为柳青的不同意见以及文学界对于"新英雄"人物形象的期盼已久,严家炎的这篇论文再次受到批评。除了柳青的文章,《延河》还发表了两篇论文表达与严家炎的不同意见,一篇是蔡葵的《这样的批评符合实际吗?》,另一篇是李士文的《关于梁生宝的性格特征》。

蔡葵的文章逐一批驳了严家炎"三多三不足"中的前面"二多与二不足"。他认为严家炎列举的例子大部分跟原著的实际情形不相符合,因此结论并不可靠。在批评"写理念活动多,性格刻划不足"时,他认为梁生宝之所以能够从平凡的生活事件中发现其深刻意义,是因为现实生活和党的教育;梁生宝面对改霞考工厂而表现的冷淡态度,是因为作者并不一味显示人物的高大成熟,也突出其"窝囊"与"拘谨"等。在批评"外围烘托多""放在冲突中表现不足"时,蔡葵认为,小说完全围绕梁生宝展开斗争是不合情理的;而梁生宝与郭振山是有着性格上的交锋的,只是没有"面对面搏斗"。蔡葵论文中的许多观点与柳青的较为接近,如英雄人物未必要出现在每个冲突中;梁生宝从平凡事情能发现意义,这源于党的教育等,也可以说是对柳青观点的进一步阐发。李士文的文章从如何创造新英雄人物形象入手,他采取反证法,指出如果严家炎所说的梁生宝形象不够丰满是成立的,那么梁生宝的形象就是不真实的,失败的,这一观点就构成了对梁生宝形象典型意义的基本否定。他认为严家炎对梁生宝性格不符合"农民的气质"的判断,显然是"知识分子对劳动人民的习惯偏见",即不相

---

① 严家炎:《关于梁生宝形象》,《延河》1963年第8期。

信一个农民会变得那么进步，会那么容易接受党的政策、路线和党的思想观点①。在论述过程中，作者指出新英雄人物塑造的关键问题是写好党对英雄人物的培养、教导，具有阶级观点。

这两篇论文均发表于柳青的文章之后，两位作者应该阅读了柳青的文章，他们认同柳青的观点并非仅仅出于对后者尊重，也是对于英雄人物形象的肯定。"十七年"时期，主流意识形态强调塑造英雄形象，周扬就提出"表现新时代新人物是我们这一代文学家的历史任务"。②《延河》发表这两篇论文，有保护专业作家的考虑，呼应柳青的观点，为《创业史》"正名"。

四 《延河》传播《创业史》的意义

"十七年"时期，地方文学期刊办刊宗旨主要是给本地作家提供创作平台，活跃地方文学，繁荣社会主义文化事业。"十七年"时期，陕西作家创作的长篇小说中引起广泛关注的只有《保卫延安》与《创业史》。《保卫延安》早在1954年已出版，其时《延河》尚未创办。因此，《创业史》是"十七年"时期《延河》发表的唯一一部在全国范围内产生巨大影响的长篇小说，对它的"包装"就显得较为重要。

从"十七年"时期《延河》发表的相关评论看，有专业评论为《创业史》定位，专业评论家拥有话语权；有业余读者的加入，体现出作家与作品的群众基础，是知识分子与工农兵相结合的典型；在《创业史》遭遇不同声音时，及时规正对它的评论。这些都可以看作《延河》在传播《创业史》时的用力。"十七年"时期，时代呼唤能够迎合主流意识形态对于农村题材创作要求的作品时，那些"延安时期"就已经产生影响的作家如赵树理、周立波是被寄予厚望的，柳青却通过自己的坚持获得了成功。柳青的经验让后来者意识到，深入生活、沉潜创作能够破茧成蝶。

"文革"结束后，柳青在修改《创业史》第一部的同时在修改第二部，《延河》再次关注《创业史》。1978年第2期与第3期连载《创业史》第二部第14至17章。柳青于当年6月去世，《延河》自1978年第10期至1979年第3期连载《创业史》第二部第18至28章。柳青去世后，《延河》从1978年至1981年陆续发表了几篇关于《创业史》的文章，有徐民和的《一生心血即此书》以一个记者身份回忆"文革"之后与柳青的交往，肯定柳青投入创作的姿态以及《创业史》的价值；阎纲的《史诗——〈创业史〉》高度

---

① 李士文：《关于梁生宝的性格特征》，《延河》1963年第11期。
② 周扬：《建立中国自己的马克思主义的文艺理论和批评》，张炯：《中国新文艺大系1949—1966理论史料集》，中国文联出版公司1994年版，第458页。

肯定《创业史》，认为它"在文学创作中'史'与'诗'的结合上所获得的成就，把我国社会主义文学创作推向一个新的水平，提供了丰富宝贵的经验"[①]；王维玲的《柳青和〈创业史〉》以该小说责任编辑的身份回忆"文革"前与柳青的交往以及《创业史》的出版；李士文的《关于〈创业史〉和极左思潮》是在《创业史》遭受质疑的时候，指出《创业史》"只是在有限的局部范围受到极左思潮的影响"[②]，肯定它仍是中华人民共和国成立以来的优秀长篇小说之一。为了正确总结《创业史》经验，《延河》文学月刊社于1981年11月12—24日召开了"《创业史》及农村题材创作学术研讨会"，会议纪要刊发于《延河》1982年第2期，大部分学者对于《创业史》以及柳青的创作姿态均表示肯定，其中不乏不同的意见。

源于《创业史》创作周期较长，作品一度获得广泛的赞誉，同时，陕西需要树立本土的经典作家，《延河》对《创业史》给予了极高的关注度，柳青仍被视为20世纪七八十年代陕西文坛的一面旗帜。其时，陕西文坛进入了新老作家更替时期，老一代作家逐渐退出历史舞台，新一代作家开始崛起。如果说这些年轻的作家需要在本土寻求文学养料，他们很容易将目光投向柳青与《创业史》。诚然，这其中还有一个原因：具有深厚历史文化底蕴的陕西都市化并不明显，乡土文学仍是该区域作家的主要创作类型。在新时期陕西文坛"三座大山"中，路遥视柳青为精神导师；陈忠实称柳青为文学"启蒙老师"；贾平凹没有明显表示自己受柳青的影响，他小说中的小农意识反思不能说直接来自柳青，"五四"启蒙文学中较为常见，但这种反思姿态却是一脉相承的。源于柳青，"深入生活"与"现实主义"对于陕西当代文学发展影响深远。

作品的传播效果主要源于作品自身的质量，但传播手段也极为重要。既然质量的高低始终源于人的认识，不断呈现正面形象必然会影响人的认识，何况还是一部曾经引起轰动的呕心沥血之作。一种期刊钟情于一部作品，其实也是期刊所在的文学团体钟情于一位作者，这种钟情表现为一种难以割舍的牵挂。2006年《创业史》再版后，多年不发文学评论的《延河》在当年第9期破例发表了何西来的《流派开山之作——柳青〈创业史〉重印本序》。"编者按"中说明了原因："柳青先生曾任《延河》主编，他的《创业史》是首先在《延河》上发出，何西来先生关于《创业史》的评论文章也是首先在《延河》上发出。"为一种身份与两个"首先"破例，带有总结的意思。"编者按"中还指出刊发此文目的是"追思，怀念，总结，寻求，拓展"，不妨解释为追思与怀念柳青，在总结《创业史》的创作经验中寻求精神资源，拓展文学路径。从1958

---

① 阎纲：《史诗——〈创业史〉》，《延河》1979年第3期。
② 李士文：《关于〈创业史〉和极左思潮》，《延河》1981年第3期。

年发表《创业史》到2006年发表评论文章,《延河》与《创业史》的情缘几乎持续半个世纪。

《延河》对于《创业史》的传播不仅促进了柳青及《创业史》的经典化,在树立典型的过程中,也影响了陕西新一代作家的成长。《延河》作为陕西作协的机关刊物,杂志的主编与编辑均为陕西文艺界的领军人物,他们对一部作品的推崇实际上也在有意识规范地方文学的发展路径,从陕西当代文学现实主义特征、陕西作家虔诚的创作姿态、丰厚的创作实绩看,这一行为是有效的。

(作者单位:西安工业大学)

陈忠实早期文学创作与陕西地方报刊的传播研究

张　琼

内容提要：陈忠实作为杰出的中国当代作家，其早期的文学创作活动不仅是他文学事业的开端，也是他文学创作价值取向、艺术审美和风格形成前的必要准备。要了解陈忠实早期文学创作传播情况，应当对其这一时期创作的文学作品的创作情况、传播途径、传播过程、传播效果等进行一个较为全面的梳理。在新媒介还没有蜂拥而至的20世纪，报纸、期刊始终是文艺活动产生的重要阵地。现代报刊承载了大量作家文学创作的原始信息，是文学研究的重要内容之一。通过对陈忠实早期文学情况和传播的梳理，基本勾勒出了其早期文学传播脉络和发展进程。

关键词：陈忠实；文学创作；陕西地方报刊；传播途径；传播过程；传播效果

研究陈忠实早期文学创作与传播的一个重要前提，是对其这一时期文学创作过程和实绩的必要梳理。学界一般将陈忠实的文学创作分为三段：一是20世纪70年代末至80年代中期的早期阶段；二是80年代中期至90年代的过渡阶段；三是90年代的《白鹿原》阶段，其中前两个时期的分界较为模糊。但实际上在"文革"前及"文革"中后期，陈忠实始终活跃在陕西的地方文学报刊上。笔者认为陈忠实早期文学创作应包含其"文革"前及"文革"中这两段，这一时期的创作经历无疑构成了他写作的最初形态，鉴于文学史一般只会在20世纪90年代的长篇小说中叙述陈忠实，拉长对其创作经历的考察，将会更加清晰地展现其创作过程。陈忠实从1958年11月4日开始发表作品到1990年12月底截止，其首发于陕西地方报刊的文学创作篇目中，小说17篇、散文14篇、报告文学4篇、特写2篇、诗歌1篇、快板书1篇、随笔1篇、革命故事1

---

* 本文系陕西省教育厅哲学社会科学重点研究基地项目"'文革'后期的《陕西文艺》研究（1973—1976）"（项目编号：17JZ045）。

篇。从陈忠实早期发表文学作品的出版物来看，主要有《西安日报》《西安晚报》《陕西日报》《陕西文艺》《延河》等。陈忠实作为杰出的中国当代作家，其早期的文学创作活动不仅是他文学事业的开端，也是他文学创作价值取向、艺术审美和风格形成前的必要准备。要了解陈忠实早期文学创作传播情况，应当对其这一时期创作的文学作品的创作情况、传播途径、传播过程、传播效果等进行一个较为全面的梳理。

一

陈忠实平生阅读的第一部小说是赵树理的《三里湾》，"赵树理对我来说是陌生的，而三里湾的农民和农村生活对我来说却是熟识不过的。这本书把我有关农村的生活记忆复活了，也是我第一次验证了自己关于乡村关于农民的印象和体验，如同看到自己和熟识的乡邻旧时生活的照片"。[①] 在对赵树理小说的阅读崇拜中，陈忠实写下了第一篇小说习作《桃园风波》。这篇习作得到了语文老师的好评及推荐，陈忠实由此开启了爱好文学之路。陈忠实读初三那年，在"诗歌大跃进"及"红旗歌谣"的时代氛围影响下，陈忠实写了不少或五言或七言的诗歌，其中一篇《钢·粮颂》发表于1958年11月4日的《西安日报》，这是他见诸铅字的第一篇作品。文学作品是作家的复杂精神创造活动，作家将自身的审美体验通过艺术加工后转换成文字符号，通过大众媒介工具传播提供给读者欣赏，是传者和受众进行精神沟通的中介物。文学创作活动以文字符号得以成为物化形态和精神象征，传递着陈忠实早期从事文学创作的动因，蕴含着陈忠实的审美意识及相关社会信息。文学创作动因是驱使作家投入文学创作的内在动力，这种创作动力主要来源于两种因素：一是外界刺激力；二是内部驱动力。而陈忠实的文学创作动因，是在一定的外在因素刺激下，表现出的强烈的对于文学理想的追求。1959年4月，柳青的长篇小说《创业史》第一部《稻地风波》在《延河》4月号开始连载，从8月号起，改题为《创业史》，至11月号全部载完。陈忠实节省下父亲给的二角买咸菜钱，购买《延河》阅读《创业史》。这是陈忠实掏钱购买的第一本文学杂志，"我在《延河》上认识了诸多当时中国最活跃的作家和诗人，直到许多年后，才在一些文学集会上得以和他们握手言欢，其实早已心仪着崇敬着乃至羡慕着了"。[②]

随着阅读范围的扩大，陈忠实已不满足于在文本中验证自己的生活印象，他从《静静的顿河》《悲惨世界》《钢铁是怎样炼成的》等一部部作品中摆脱了"家乡灞河

---

① 陈忠实：《我的文学生涯——陈忠实自述》，《小说评论》2003年第5期。
② 陈忠实：《陷入与沉浸——〈延河〉创刊50年感怀》，《延河》2006年第4期。

川道那条狭窄的天地",在高中二年级时,形成了"想搞文学创作"的理想。然而高考落榜给想要进入大学中文系系统学习文学的陈忠实带来了猛烈一击,陈忠实在痛苦与隐忍中给自己定下了"自学4年,发表作品"的目标。只用了短短两年,陈忠实就在1965年1月28日的《西安晚报》副刊上发表了快板书《一笔冤枉债——灞桥区毛西公社陈家坡贫农陈广运家史片断》。并在接下来的一年零两个月的时间里,连续在《西安晚报》副刊发表6篇文章,其中散文4篇,诗歌1篇,小说1篇。但随着1966年12月31日《西安晚报》的停刊,对于刚刚想要通过文学创作改变命运、通过发表文章找回自信的陈忠实而言,其冲击力量是超乎想象的。从1967年开始,全国的文艺期刊相继停刊直至"文革"中后期,陈忠实于1971年11月3日在《西安日报》发表散文《闪亮的红星》,后又陆续发表革命故事《配合问题》和《雨中》,散文《青春红似火》,特写《铁锁——农村生活速写》《社娃——农村生活速写》,随笔《短文三篇》,第一篇报告文学《忠诚》等。散文《寄生》寄予《西安日报》文艺部编辑张月赓,排版后审稿人认为观念有问题,未予发表,后陈忠实将其改为小说《老班长》,刊发于陕西省工农兵艺术馆编的《工农兵文艺》第7期小说栏目头条。

1973年7月,《陕西文艺》创刊号出版(1977年11月停刊)。《陕西文艺》在《延河》停刊后的第15个年头后创刊,当时编辑部基本上是《延河》杂志的原班人马,《陕西文艺》出版发行刊物共27期。《陕西文艺》的编辑人员以及文艺工作者凭着对文学事业的热爱,在当时极左政治思潮弥漫文坛的背景下,在一定程度上抵制"假大空"的来稿。他们从文学内在诉求出发,为陕西未来文艺及时发现并精心培育新人。陈忠实在《陕西文艺》创刊号上发表散文《水库情深》,1973年第3期发表短篇小说《接班以后》,1974年第5期发表短篇小说《高家兄弟》,1975年第4期发表短篇小说《公社书记》,共计4篇文章。并在1976年9月应《陕西文艺》编辑约稿,于第6期发表言论《努力学习,努力作战》。

1977年7月,《延河》复刊。这在全国同类文学杂志中属于较早复刊的文学刊物,它为陕西乃至于全国的文学创作提供优化发展的平台。陈忠实在1977年《延河》杂志第10、11期的合刊中发表散文《雹灾以后》,随后又接连发表小说《南北寨》《七爷》《猪的喜剧》《枣林曲》《尤代表轶事》《短篇二题》《绿地》《地窖》《轱辘子客》,散文《送你一束山楂花》《马罗大叔》,报告文学《崛起》,以及《答读者问》等,共计14篇。《延河》是陈忠实发表小说最多的文学杂志。因前期在《陕西文艺》发表三篇小说,后来作为回报,陈忠实的许多小说也是先拿给《延河》亮相。直至1993年他当选陕西省作家协会主席兼任《延河》主编一职后,才为自己定下不在本刊发表小说的原则。

1979年6月3日，陈忠实在《陕西日报》发表短篇小说《信任》，被《人民文学》1979年第7期转载，在全国范围内引起强烈反响。后又接连在《陕西日报》发表短篇小说《第一刀》《冯二老汉》，与《陕西日报》编辑田长山合写报告文学《渭北高原：关于一个人的回忆》等。在《白鹿原》发表以前，陈忠实早期的文学创作大部分以陕西地方报刊为阵地，累计发表作品42余篇，进而通过文学创作找回自信，坚定文学理想，激发其在文学方面的潜在才华。

二

作为现代文明社会发展进程中具有一定传播优势的报纸而言，其传播规模与传播速度均不容小觑。而作为我国自有近现代报业以来报纸的独有现象，副刊一直都是报纸的重要组成部分和构成要件。报纸副刊的创建和发展，使得文艺信息得以大规模迅速进入广大受众视野中，也催生了大批以文艺创作实现文学理想的作家作者。纵观陈忠实早期文学创作可以发现，陈忠实在"文革"前的文学作品发表阵地，集中在《西安日报》与《西安晚报》[①] 的副刊上。1994年以前，《西安日报》与《西安晚报》是同一份报纸不同时期的使用名称。从《西安日报》记载的发行量数据来看，创刊时日发行量只有8000份，1959年达49050份，1981年达207647份。"文革"前期的《西安晚报》发行量已较为可观，拥有较大的社会影响力和公信力，其副刊也具有较广泛的群众基础。1965年至1966年，陈忠实在时名为《西安晚报》的副刊"红雨"及文艺专刊"星期文艺"上，接连发表了7篇文章。此时陈忠实的文学创作虽然文笔略显青涩，且作品被政治裹挟的痕迹较为明显，但却已经拥有了大批的读者，并呈现出愈加稳固的创作趋势。鉴于《西安晚报》当时的社会影响，能在这样的平台上高频率发表作品，对文学创作刚起步的陈忠实而言，特别是对他日后的文学事业发展，《西安晚报》副刊扮演了举足轻重的助推作用。《西安日报》恢复办刊后的1971年至1990年，陈忠实在《西安日报》、《西安晚报》副刊上先后发表11篇文章。在这些作品中，包括小说、散文、诗歌、随笔、报告文学等多种文学样式，构成了陈忠实早期重要的文学

---

① 《西安日报》是中共西安市委机关报，创刊于1953年7月1日。1962年2月1日，根据中共中央宣传部关于大城市提倡办晚报的精神，《西安日报》易名为《西安晚报》。1966年12月31日，《西安晚报》陷入"文革"混乱停刊。1969年6月16日，为适应"文革"时期的形势需要，恢复出刊《西安日报》。1981年1月1日，从新时期的宣传需要出发，报纸亟须转型，《西安日报》再次改为《西安晚报》。1994年，中共西安市委决定恢复《西安日报》，同时继续办好《西安晚报》。另据《陕西省志·报刊志》记载，《西安晚报》是抗日战争时期由国民党陕西省党部控制下出版的一张报纸，于1937年8月16日在西安创刊，1945年抗战胜利后停刊。本文未采用《报刊志》记载的《西安晚报》创刊时间，特此说明。

传播内容。

另一份在陈忠实早期文学创作传播进程中扮演重要一角的报纸是《陕西日报》。《陕西日报》是全国创刊最早的省级党报之一,具有70年办报历史,是西北地区发行量最大的省级党报,其公信力、影响力可见一斑。1979年6月3日,《陕西日报》发表了陈忠实的短篇小说《信任》。后又由王汶石推荐,被《人民文学》1979年第7期转载,且获中国作协1979年度全国优秀短篇小说奖。这是陈忠实早期文学创作中影响力较大的一篇小说,也是其早期短篇小说创作中艺术水平较高的一部作品。《信任》的发表及获奖,给陈忠实的文学创作搭建了更广阔的舞台,而《陕西日报》对陈忠实步入全国文坛并站稳脚跟所起的助力作用不可小觑。

相较于地方报纸的副刊来说,文学期刊的办刊宗旨、作者群体构成、来稿采用标准、受众群等各方面因素呈现出其文学性更强,更加专业的姿态来。陈忠实早期文学作品除了在报纸上发表传播外,文学期刊成为了其"文革"中后期及20世纪80年代文学传播的主要阵地之一。陈忠实曾说:"我至今依旧清楚无误地记着,《延河》是我平生最早闻名的第一种文学杂志。……《延河》又是我掏钱购买的第一种文学杂志。"①《陕西文艺》在1973年7月创刊号"编者的话"中写道:"《陕西文艺》就是为了推动和繁荣社会主义文艺创作,为了适应广大工农兵群众日益增长的对革命文化生活的需要创办的。……是以发表文学作品为主的综合性文艺刊物。……共同努力为实现毛主席的伟大号召'希望有更多更好作品出世'而奋斗。"《陕西文艺》在"文革"期间坚持办刊,在全国大部分地方文学期刊停刊的状态下呈现当时陕西文坛的风气,实属不易。《陕西文艺》创刊号上发表的散文《水库情深》,使陈忠实终于走进了仰慕着的《延河》的大门。能在《陕西文艺》上发表作品对当时的陈忠实来说,其意义更多体现在他的文学价值得到陕西文坛及社会的认同。之后陈忠实又陆续发表了三篇小说,他说"在20世纪70年代我写作上述那几篇作品的时候,实际是我对文学创作最失望的时候,……几乎不再想以写作为生的事,更不再做作家梦了。……我也自问,为啥还要写作? 我就自身的心理感觉回答:过瘾。……当年把写作当作'过瘾'的时候,只是体验和享受一种生命能量释放过程里的快乐和自信"。②1977年《延河》复刊后,尤其是小说《信任》已在全国范围内产生一定影响后,陈忠实在将部分小说投发至《当代》《小说界》《文学家》《长城》等国家级刊物及其他省市文学刊物的同时,依然在《延河》发表了14篇作品,足见《延河》在陈忠实早期文学传播中所占比重之大,

---

① 陈忠实:《陷入与沉浸——〈延河〉创刊50年感怀》,《延河》2006年第4期。
② 同上。

地位之稳固。

三

从作品自身角度探究陕西地方报刊对陈忠实早期文学传播的特点，表现为作家身份、政治时局、期刊要求等多方结合的特征。虽然从赵树理、柳青、王汶石等作家笔下接触到的文本印证的正是陈忠实最熟悉的农村经验，并从这种经验中获得了初期的写作资源，但他觉得"让我挖一辈子土粪而只求得一碗饱饭，我的一生的年华就算虚度了"。① 陈忠实在高考落榜后顶着巨大的压力创作，为的是希望通过写作改变自己命运，追求文学理想，实现人生价值。散文《夜过流沙沟》的发表，使他从自卑的折磨中站了起来，自信第一次打败了自卑。1965 年多篇散文的相继问世，使得他创作的信心更加坚定。随着陈忠实 1962 年起担任公社民办教师，1966 年加入中国共产党，1971 年被借调至立新（原毛西）公社协助党建工作，1973 年任毛西公社革委会副主任等一系列工作经历的改变，陈忠实由学生变为农民、党员、农村基层干部相结合的身份。在 1982 年调入陕西省作协成为专职作家之前，陈忠实一直在农村生活、工作。"在那二十年的乡村基层工作中，我才逐渐加深了对与社会与人生的了解和体验；完全可以这样来概括，如果没有那二十年的乡村工作实践，我的全部文学创作都是不可想象的，或者说完全是另一种面貌。"② 此外，由于政治时局的影响，陈忠实早期文学创作带有明显的跟风性质，但其作品在把握时代脉搏、塑造典型人物形象、试图从更广阔的思想视域观照现实生活等层面进行的文学尝试，依然在同期同类作品中具有较高的水准。同时，陈忠实早期文学创作能够较好地把握报刊的办刊宗旨及发表要求，如《陕西文艺》创刊号"编者的话"中所写："我们提倡运用革命现实主义和革命浪漫主义相结合的创作方法，……努力塑造无产阶级的英雄形象。"《接班以后》、《高家兄弟》和《公社书记》无一不满足此宗旨的要求。

陕西地方报刊成为陈忠实早期文学传播的重要阵地，与报刊编辑的赏识、推荐甚至是督促不无关系。如果说陈忠实第一篇见诸铅字的小诗《钢·粮颂》和快板书《一笔冤枉债——灞桥区毛西公社陈家坡贫农陈广运家史片断》、散文《巧手把春造》等属于"野生"发表，其后的散文《夜过流沙沟》《杏树下》《樱桃红了》等则在自身文学创作水平提高的基础上，受到了《西安晚报》副刊编辑的青睐。当"工人诗人"徐剑

---

① 陈忠实：《我的文学生涯——陈忠实自述》，《小说评论》2003 年第 5 期。
② 陈忠实：《故乡，心灵中最温暖的一隅》，《陈忠实文集卷五（1987—1995）》，广州出版社 2004 年版。

铭向《陕西文艺》编辑董得理、路萌推荐陈忠实刊登在《郊区文艺》上的散文《水库情深》时，两位编辑并没有因为陈忠实当时的名不见经传而拒绝，反而以认真负责的态度仔细审稿并"用红笔密密麻麻"写明修改意见后，寄给了陈忠实。后陈忠实写好小说《接班以后》投给《陕西文艺》，没过多久就收到了编辑董得理用毛笔写下的回信。在之后与董得理的面谈中，董得理毫不掩饰的兴奋、细致、坦诚，无不让陈忠实感动。陈忠实在散文集《原下的日子》里还记载了与《陕西日报》吕震岳、人民文学出版社何启治的交往感受，一位促成了小说《信任》的完成和发表，一位促成了长篇巨著《白鹿原》的问世。尤其是何启治老师，从 1973 年读完《接班以后》鼓励陈忠实进行长篇小说创作，到 1992 年《白鹿原》的出版，近二十年间，三次约稿，并在陈忠实为长篇做资料准备阶段信守诺言，没有向任何人透露。那种坚持不断的鼓励和点到为止的提醒，表达了何启治对陈忠实的尊重和惜才之情。

在对陈忠实早期文学创作和期刊传播的梳理中，笔者发现受众的直接参与也对作家本人及期刊传播产生了重要影响。早在 1965 年《夜过流沙沟》发表两周之后，《西安晚报》副刊"读者中来"栏目就刊发了读者的评论文章《喜读〈夜过流沙沟〉》[①]，文章从修辞、写情写景等方面表达了自己对这篇散文的喜爱之情。《杏树下》《樱桃红了》等散文发表后，也受到了读者们的欢迎和肯定，给陈忠实带来了极大的鼓舞。如果说报纸副刊的受众多以普通市民和文艺爱好者为主，其反馈的也多是从散文审美情趣、意境创造、修辞手法等层面构成的感悟式鉴赏，那么文学期刊的读者群则呈现出理论性深、专业性强以及扎实的学院派的特征来。《陕西文艺》1975 年第 2 期刊发延众文撰写的《深刻的主题思想 感人的英雄形象——评〈高家兄弟〉》一文中写道："这篇作品深刻的主题思想，感人的英雄形象，鲜明的时代精神，较有特色的艺术构思，使人感到新意盎然。"1976 年第 3 期刊发白晓朗、刘书林撰写的《读〈高家兄弟〉和〈公社书记〉》，从小说的思想性、艺术性角度切入，围绕着小说矛盾冲突的设立、人物形象的塑造，以及主题深化等展开论述。由此可见文学期刊的读者除了文学爱好者，更有文学评论家、研究学者、高校教师等一批高知的受众群。但无论读者的身份如何，他们对陈忠实早期文学作品的喜爱与肯定，为陈忠实坚定创作信念产生了深远影响。

四

在新媒介还没有蜂拥而至的 20 世纪，报纸期刊始终是文艺活动产生的重要阵地。

---

① 李旺：《陈忠实早期创作考述（1965—1966）》，《文学评论丛刊》2013 年第 1 期。

报刊的出现，不仅改变了人们的生活方式，更直接改变了文学的生产方式、传播手段和文学样式。中国现代大部分作家的作品，都首发于报刊，等数量及名气得到一定积攒，再结集出版，以图书的形式流传。现代报刊承载了大量作家文学创作的原始信息，是文学研究的重要内容之一。毫不夸张地说，报刊成就了中国现代文学繁荣的发展样态，对作家创作也起到了积极推进作用。对于陈忠实早期的文学创作而言，作品在报刊上的发表，无疑是对自己创作才能的有效肯定。使其创作情绪受到极大鼓舞，进而激发起作家更大的创作信心。借助媒介传播的手段，陈忠实逐渐从一个普通的文学爱好者，一步步成长为具有深远影响力的中国当代文学大家。通过对陈忠实早期文学情况和传播的梳理，基本勾勒出了其早期文学传播脉络和发展进程。纵观陈忠实的文学创作，在经历了几十年的风雨兼程和几十年的磨砺之后，在经过长期的艺术实践和登山式的创作坚持后，在经受过文学传播一次次的考验和洗礼后，终于到达了《白鹿原》的艺术巅峰。陈忠实走向《白鹿原》的路程，是艺术经验不断丰富的过程，也是其文学传播不断成熟的过程，更是他不断探索、不断超越、最终突破的结果。《白鹿原》不是一蹴而就的，是对之前创作的承袭与超越，是之前创作的升华和集大成。这是由艺术的"量"到"质"的改变，是创作气度的改变。陕西地方文学报刊肩负起了陈忠实早期文学创作的传播重担，在作品的累积和媒介的传播效应下，陈忠实的文学创作日趋丰满并最终走向经典。

（作者单位：西安工业大学）

大西北文学与文化研究

现代西北游记与民族国家的建构[*]

苟羽琨

内容提要：现代西北游记诞生于民族国家的危机语境之中，它不仅是个人行旅体验的一种真实记录，也是建构现代民族国家的一种话语实践，通过把西北同质化和历史化的叙事策略，充分调动了这一地理空间所蕴含的话语活力，重构了国人对西北的认知和国族想象。从游记文体革新的角度来说，国族主义主导下的西北游记超越了古代文人"寄情山水"的叙事传统，游记书写的社会功能和理性精神得到凸显，这些时代新质推动了游记文学的现代转型，对我们认识中国文学现代性的内涵具有重要的意义。

关键词：西北游记；民族国家建构；地景；想象共同体

现代民族国家的危机语境把西北从社会的边缘推向了舆论关注的中心，众多的文人学者怀着深切的忧患意识掀起了西北游记的书写浪潮，这些作品因其突出的实证精神向来被认为是西北史地著作，但是它作为游记的文学价值尚未得到充分的重视和有效的阐发。这首先是源于游记在文学类型中一贯的边缘地位，"游记文学历来不列入文章正宗，只当成杂著小品看待"[①]，尤其是这种带有地志性质的游记，在新文学以表现人生与自我的著史理念中更是几乎不予提及。但是如果我们从中国文学现代性独特的历史经验出发，把西北游记置于文学和社会的跨学科层面予以考察，则会发现这些建立在"足履目击"基础上的游记文学超越了古代文人"寄情山水"的叙事传统，曾经纯粹作为审美观照的游记文学被纳入现代民族国家建构的宏大叙事之中，

---

[*] 本文系陕西省社科基金项目"中国现当代西北丝路文学研究"（项目编号：2019J004）和陕西省社科联项目"现代文人笔下的陕西形象研究"（项目编号：2018C050）阶段性成果。

[①] 沈虎雏编选：《沈从文别集》卷一，广西民族出版社1994年版，第155页。

以"发现西北"和"重塑西北"的文学实践对民众进行国族意识的启蒙,超越地缘和血缘的传统羁绊建构起一个"想象的民族共同体",并因此确立了自身独特的现代品格和文学价值。

一 救亡图存与西北游记的发生

现代西北游记的发生是建构民族国家的话语实践和知识界救亡图存思潮共同作用的结果。本文中所说西北是指行政区划层面的陕西、甘肃、宁夏、青海、新疆五省(区),在20世纪二三十年代这一区域的面积占到全国的32%,人口却只有6%,这个在地理空间中荒远落后的边缘区域,却在众多西行者的文学世界里被想象成民族救亡的生命线,成为近代以来各种民族国家话语实践的重要场域。所谓民族国家是指"国家形态中的一种,作为一种特定的国家形式,它是文化与政治的结合,是在民族的基础上形成的国家共同体。它对外强调国家主权的独立,对内则强调民族共同体是国家赖以存在的基础,强调民族共同体对国家政治、文化的认同"。① 民族国家作为现代的一种国家形式,并不是自然形成的,而是文化和政治建构的历史产物。现代西北游记是与民族国家的建构相伴而生的,可以说,现代民族国家的想象成为一种主导意识形态贯穿了西北游记创作的始终,尤其是其对领土主权和民族共同体的建构,成为影响西北游记发生与叙事范式中最为强势的话语形态。

现代民族国家的建构是以领土意识的自觉为标志的,西北游记的发生正是与中国知识界领土意识的自觉同步的,二者之间有密切的关系。安德森认为,民族国家是"被想象为有限"的②,而这种有限,首先是指领土空间的有限。清政府在西北边疆逐渐加剧的领土危机,推动了对西北的关注和书写,传统士人抽象的忧患意识转变为真实而严峻的领土危机。西北开始成为一部分官员、学者关注的话题,"京城中开始聚拢起一批研究西北、关注西北的人们,他们相为师友、切磋讨论,形成以龚自珍和徐松为中心、以西北史地为话题的师友交游群"。③ 这个以西北史地研究为核心形成的学者群体大都具有良好的文学素养,他们开启了西北游记书写的第一个浪潮,如洪亮吉的《遣戍伊犁日记》《天山客话》、祁韵士的《万里行程记》、方士淦的《东归日记》、林则徐的《荷戈纪程》、倭仁的《莎车行记》、冯焌光的《西行日记》、陶保廉的《辛卯

---

① 杨剑龙、陈海英:《民族国家视角与中国现代文学研究》,《中国现代文学研究丛刊》2011年第2期。
② [美]本尼迪克特·安德森:《想象的共同体:民族主义的起源与散布》,吴叡人译,上海人民出版社2016年版,第6页。
③ 郭丽萍:《绝域与绝学——清代中叶西北史地学研究》,生活·读书·新知三联书店2007年版,第135页。

侍行记》、裴景福的《河海昆仑录》、方希孟的《西征续录》、袁大化的《抚新记程》等。这些游记大多是到新疆任职或遭到贬戍的官员所作，他们一方面继承了中国士大夫阶层感时忧国的精神传统，同时也在西北边疆危机中意识到领土完整和主权独立的政治意义，这种对国家责任感和危机感的双重体认，使他们超越了贬谪文人专注于自我命运怨诽的心理轨迹，"当求边帅于伊犁、喀什之间给一卡伦差，与三五老兵日骑马巡国界，守鄂博，穹荒风雪，幕天席地，可以出游，可以读书，三五年后，于山川扼塞、部落风土，必有所考证，亦流人应尽之义务也"。① 这些身处边疆的贬戍官员，以记游的方式考证了西北和中国历史文化之间的内在关联，消解了华夷之辨所带来的地理隔阂，"把自身从一种'无外'的多元性帝国转化为内外分明的'民族—国家'"，② 明确了国家的领土和疆域，使政治边界和文化边界相吻合。

固国强边是这一阶段西行游记创作中潜在的叙事动力，以亲历者的书写方式把西北疆域具象化和历史化，从而赋予了这块领地以空间和时间上的双重象征意义。这些作品不仅以"亲履边塞""纂缀见闻"③ 的方式真实地记录了西北沿途的山川道里、物产风俗、古迹胜景，而且其中贯穿了固国强边、御侮图强的政治诉求，"取其事有关于经史及体国经野之大者著于篇"④。在"体国经野"观念的投射和过滤下，这些游记文本中所记地理景观除了山水佳胜之外，格外关注国计民生和军事形胜的内容，"民不知耕，官亦不课耕，天生养民之上腴，任其废弃，致小民贫苦，几类牲畜，民性愚惰，固不足责，而数千年来竟无过问者，可哀也！"⑤ "西来览山川之雄奇，关扼之险阻，证以古今成败得失之局。"⑥ 除此之外，这一阶段游记写作的另一个特质是考证方法的大量出现，前人考证古今多是出于"以博雅炫名当世"⑦ 的个人目的，这一阶段游记中考证方法的运用和领土问题紧密地联系在一起。陶保廉由陕西赴新疆途中，随车携带的书就装了九箱，对所过州县根据方志和史籍追根溯源叙其沿革，有效地论证了西北边疆在我国领土中的历史渊源，从而构成了对统一的民族国家的一种地理认同。但是近代西北游记的书写从根本上来说，还只是官员行旅生涯中的附带产物，"每憩息旅舍，随手疏记，投行箧中，时日既久，积累遂多，亦自不复记忆矣。抵戍后，暇日无事，

---

① 裴景福：《河海昆仑录》，中华书局 1938 年版，第 57、81、57 页。
② 汪晖：《现代中国思想的兴起》，生活·读书·新知三联书店 2008 年版，第 608 页。
③ （清）纪昀著，郝浚注：《乌鲁木齐杂诗注》，新疆人民出版社 1991 年版，第 1 页。
④ 王树楠：《辛卯侍行记·序》，甘肃人民出版社 2000 年版，第 1 页。
⑤ 裴景福：《河海昆仑录》，中华书局 1938 年版，第 57、81 页。
⑥ 同上。
⑦ 王树楠：《河海昆仑录·序》，中华书局 1938 年版，第 1 页。

或愁风苦雨,独坐无聊,偶拣零缣碎片,集而省阅,以寄情怀;略加编辑,遂尔成篇"。① 这些游记多是官员在公务之余的寄怀遣兴之作,以家刻本的形式在亲朋好友之间流传,影响所及尚未超出上流社会的士人阶层,并未形成一种自觉而广泛的书写潮流。

民国的成立标志着现代民族国家的建构在实践层面的正式开始,从孙中山"开发西北"的提出到抗战的全面爆发,西北地区在这场全国性的反帝斗争中的战略重要性得到凸显,从被历史遗忘的边缘逐渐走向了反帝爱国运动的前台。在"开发西北"的倡导之下,从官方到民间自上而下发起了一场声势浩大的西行运动,参与人数之多、成员之广、影响之大,为前代所未有,西行开始从一种被迫的贬戍之旅演变成一场自觉的爱国行为。众多的文人学者成为这场运动积极的响应者和践行者,他们以亲历者的西北书写参与到现代民族国家的想象与建构之中,如谢彬的《新疆游记》、林竞的《亲历西北》、徐炳昶的《西游日记》、王桐龄的《陕西旅行记》、孙伏园的《长安道上》、杨钟健的《西北的剖面》、黄文弼的《蒙新考察日记》、林鹏侠的《西北行》、宣侠父的《西北远征记》、张恨水的《西游小记》、顾颉刚的《西北考察日记》、范长江的《中国的西北角》等。这些游记以"发现西北"和"重塑西北"的救亡意识更新了西北游记的叙事模式,把一个荒远落后但充满生机的新西北推到了大众的视野之中。

国家层面对西北的重视和开发是推动西北游记蓬勃发展的一个重要因素,西北游记是现代各种国族话语实践在西北地区的历史产物。晚清时期对西北的重视多着眼于领土和军事意义,民国则转向对西北经济价值的发现和开掘,孙中山在《实业计划》中认为西北地区的开发是振兴中华的重要组成部分,对于"致富图强"的战略构想具有重要的作用和意义,他自己就曾上书李鸿章,表示要游历内地和新疆,"查看情形,何处宜耕,何处宜牧,何处宜蚕,详明利益,尽仿西法,招民开垦,集商举办,此于国计民生大有裨益"。② 在国民政府开发西北的倡导之下,专程前往西北"奉公出游"考察的人员逐渐增多,谢彬和林竞的游记是奉财政部命令,前往新疆调查财政公余所作,孙中山还亲自为谢彬的《新疆游记》作序,以示鼓励。甘肃官员周希武于"民国三年,陇蜀共争玉树,周务学奉檄查勘,余橐笔从行",③ 在实地勘察的基础上著成《宁海纪行》。"九一八"事变爆发以后,中华民族亡国灭种的危机空前严峻,东北沦陷,华北亦不保,东南战火频发,西南军阀割据,"国内人士益感开发西北之重要"。④

---

① 祁韵士:《万里行程记》,商务印书馆1936年版,第1页。
② 《孙中山全集》第1卷,中华书局1985年版,第18页。
③ 周希武:《玉树调查记》,青海人民出版社1986年版,第122页。
④ 戴季陶:《开发西北的重要与其下手》,《中央日报》(南京版)1934年4月11日。

在这种局势之下，西北则成为国民政府经略的后方基地，一些军政要员先后赴西北视察，发表演说，"中央的人，纷纷到西北，社会的领袖也纷纷到西北，'到西北去'已成一种'国事'了。"① 为了鼓励社会各界到西北考察，国民政府还制定了《奖励国人考察边境办法》，给考察人员乘车半价的优惠，边境行政长官予以保护协助，"考察完竣，应将考察情形依照书式填具报告表，连同考察意见并考察日记，呈送内政部审核。内政部审核考察报告后，认为确有特殊成绩者，得呈请奖励"。② 政策的鼓励和舆论的倡导，使整个社会掀起一场西行的热潮，众多的官员、学者、记者、作家、学生先后来到西北游历考察。由政府委派的官员构成了西行人群的主体，甘肃省政府委员、教育厅厅长马鹤天致力于边疆开发建设，不仅发起成立"西北协会"，出版《西北月刊》，并亲赴青海考察调研，写成《青海考察记》。庄泽宣的《西北视察记》是于杭州任教时，受教育部之聘到西北视察教育的考察实录。顾颉刚的《西北考察日记》是受管理中英庚款董事会的委托，赴甘肃、青海等地调查当地教育状况。这些由官员撰写的游记大多立足于"开发西北"和"重塑西北"的主流立场，着眼于具体的政治、经济、教育等社会问题，希望能给西北的开发和民族的振兴提供认识上的价值。

知识界和文化界救亡意识的自觉，使游记书写获得了巨大的精神驱动力，"竭纸笔之力张扬之""以为群力救死之一助"，③ 救亡推动游记从一种个人行为演变为知识界的集体思潮。作为一种思潮的西行书写，"不单是关于文学自身的，同时它也总是社会的观念体系、思想原则的产物，它总是'反映'和表达着某个社会集团的精神冲动"，④ 从这个层面来说，西北游记书写的想象世界与知识分子的国族观念是同源的，在精神上是相通的。西方殖民入侵唤醒知识分子的救亡意识，团结起来抵御外侮是近代以来摆在每个中国人面前的当务之急。许多爱国知识分子将其学术旨趣转向救亡图存，"本来我的精神是集中在学问上的，从此以后，总觉得在研究学问之外，应当做些救国救民的事"。⑤ 救国是顾颉刚致力于西北边政研究的重要因素，《西北考察日记》是他在这方面重要的成果。陈万里和徐炳昶的西行游记，更是知识界反抗西方文化侵略的直接产物。陈万里的《西行日记》是协同美国哈佛大学考古队赴敦煌的实地考察日记，徐炳昶的《西游日记》是参加西北科学考察团的随行日记。这两次西行考察的背景是当时一些外国学者以考古名义从我国盗走大量文物，我国学术界则以合作的方式对其

---

① 宋子文：《西北建设》，秦孝仪编《革命文献》第 88 辑，中央文物供应社 1981 年版，第 98 页。
② 《国闻周报》1931 年 7 月 6 日。
③ 郑璧成：《八省旅行见闻录·序》，开明书店 1935 年版，第 1 页。
④ 王又平：《文学思潮史：对象与方法》，《新东方》2002 年第 4 期。
⑤ 顾颉刚：《顾颉刚自传》，北京大学出版社 2012 年版，第 81 页。

行为予以监督,所以书中除了专业的考古知识之外,对外国学者劫掠文物的行为进行了揭露和指控,"至其爱护国宝、维持校誉,孤诣苦心,尚有为楮木所不暇及者"。① 叶圣陶在给《西行日记》撰写的广告词中谈到他对这部日记的认识,"说到西北,我们觉得疏远极了,几同非洲澳洲没甚差异。现在有这部日记,我们可以亲近西北,可以跟着陈先生的路程而'卧游'。他这种游历并不是闲雅的玩意儿,交通的艰困,起居的不安,迁值的凄惨,都足以引起我们深长的感念。跟在这感念后面的,不就是奋发的志愿么?"② 游记不再是"闲雅的玩意儿",试想有谁会去一个穷山恶水的地方吟风弄月呢?西北游记的书写者首先是立足于一种国族意识的启蒙,传递给民众关于西北的知识,而且这种知识不同于徐霞客游记中纯粹的地理知识,而是一种现代的国族知识,融合了他们对国家另一部分空间和人群的想象,通过这种知识的阅读和传播,把国人的情感体验导向一种奋发自强的爱国精神。

现代报纸出版界对西北游记的传播与国族想象的重塑起到了重要的推动作用。安德森认为,报纸作为一种"印刷资本主义",蕴含着深刻的虚拟想象的性质,它通过日常生活中大量共时性的阅读行为,在读者之间制造出一种根本的联结,成为民族建构的一个重要媒介,"我们必须借着报纸的力量,使每一个中国人,都知道国家和个人,是一而二,二而一"。③ 中国的现代出版业本身就诞生于亡国灭种的危机语境之中,这就决定了它自然成为生产国族意识的重要基地,"国人因怵于边事人亟,外侮堪虞,于是,举国一致有开发西北之议……国内研究边事之团体与书报亦风起云涌,竭力鼓吹",④ 正是借助传媒的舆论力量"开发西北"的观念才得以自上而下,深入人心。西北一时成为出版界的热点词语,一些冠以"西北"的报纸杂志如雨后春笋般纷纷涌现,《西北论衡》《西北言论》《开发西北》《西北问题周刊》《西北文化》等,一些知名报纸《中华日报》《申报》《大公报》也开始关注西北问题,刊发有关西北的文章,并派出自己的记者到西北实地采访,以确保报道的真实性与可靠性。上海《大公报》就曾派出旅行记者范长江和战地记者陆诒,《西北视察记》的陈赓雅是《申报》派遣的新闻记者,陈学昭是以重庆《国讯旬刊》特约记者的身份到延安采访,这些由特派记者撰写的通讯最初都发表在大型的报纸杂志,之后又结集出版,在民众中产生较大的反响。范长江的《中国的西北角》出版不到一个月,初版几千册就被抢购一空,仅在几个月中就再版了 7 次,陈学昭的延安之行就是受到范长江的精神感召和启示。《旅行杂志》

---

① 沈兼士:《西行日记·序》,北京朴社 1926 年版,第 3 页。
② 叶圣陶、叶至善:《叶氏父子图书广告集》,生活·读书·新知三联书店 1988 年版,第 72 页。
③ 成舍我:《报纸救国》,《世界日报》1935 年 11 月 14 日。
④ 郑福源:《普及西康教育之我见》,《边事研究》1934 年第 1 期。

也派出了当时著名的通俗小说作家张恨水,赴西北旅行考察并撰写了《西游小记》。中国旅行社于1943年把发表于《旅行杂志》上的西北游记以《西北行》为名结集出版,仅几个月中就再版了三次,1945年又出了第二集。正是通过现代报刊巨大的传播力量,西行书写才从晚清士大夫圈子走向了整个社会,成为对民众进行国族意识启蒙的一个重要阵地。

二 西北地景书写与民族共同体的建构

地理景观作为游记文学的核心要素,不仅是创作主体对自然风景的艺术呈现,也是凝聚民族认同的一种文化想象方式,"在现代民族国家的形成过程当中,风景也成为建构'想象共同体'文化政治的重要媒介"。[1] 从地理景观的内在属性上来说,它不仅是一个民族文化实践活动的产物,而且也是"人与地方互涵共生而形成的一个情感性与意义性的空间",[2] 所以"我们不能把地理景观仅仅看作物质地貌,而应该把它当作可解读的'文本',它们能告诉居民及读者有关某个民族的故事,他们的观念信仰和民族特征"。[3] 地理景观作为文本的"可读性",意味着它既体现了一个民族自身的历史逻辑,同时也是被时代话语不断重塑和改写的文化符号,地景本身所具有的客观和想象的双重属性,使它成为现代民族国家建构过程中的一个重要媒介和有效方式。西北游记的书写者就是在强烈的国族意识形态诉求之下,通过一套把地理景观知识化、历史化、情感化的修辞策略,重构了国人观看和书写西北的方式,不但把一个荒远却蕴含生机的现代西北呈现到读者面前,而且在今昔的对比中召唤起国人共同的历史记忆和情感经验,"西北遂从一块物质性的地理空间,转化而为中国国族成员共同感情与集体认同所寄予的象征空间",[4] 从而深刻地影响了国人对西北的认知和对民族共同体的想象。

现代西北游记的地景书写体现了去异域化的叙事倾向,重在发现和重建西北与国族之间在经济文化上的同质性。在中国传统夷夏观主导之下,西北向来被视为"西出阳关无故人"的化外之地,是用来流放遣犯发配充军的重要区域。古代文学中的西北则是由一系列"长河""落日""大漠""孤烟"等意象所构成的诗意空间,抑或是东晋高僧法显笔下"上无飞鸟,下无走兽,遍望极目,欲求渡处,则莫知所拟,唯以死

---

[1] 李政亮:《风景民族主义》,《读书》2009年第2期。
[2] 季进:《地景与想象——沧浪亭的空间诗学》,《文艺争鸣》2009年第7期。
[3] [英]迈克·克朗:《文化地理学》,杨淑华等译,南京大学出版社2005年版,第37页。
[4] 沈松侨:《江山如此多娇——1930年代的西北旅行书写与国族想象》,《台大历史学报》2006年第37期。

人枯骨为标帜"①的塞外苦寂,经过观念投射对景观的选择与过滤,西北在古代文人笔下就被建构成一个与中原文化相对的异域空间。现代以来由于交通的梗阻,经济的落后,西北在国人的印象中依旧是偏远而颓败的荒原,"兼之道里悠远,荆榛塞途,全国人士惮于行役,群相裹足"。②"如果你漫说一声到西北去!朋友,莫非洋房住的闷,大菜吃的腻,想到西北去住窑洞,吃草根吗?否则,你发什么痴呢!?"③这就是国人对西北的认知,它不但是落后的,而且是和内地民众生活无关的陌生区域。如何打破空间阻隔造成的心理上的疏离,改变国人对西北固有的认知,把处于政治文化边缘的异域化的西北,纳入现代民族国家建构的同质化叙事之中,构成西北游记景观书写的基本立场。

西北在现代游记文本中首先呈现为一种知识化科学化了的物质形态,它是由农业、工业、矿产、交通、水道、人口、文物、房屋等具体内容和数据所组成的实体空间,传统的山水自然在西北游记中退居到次要地位。任何的国族认同都不是空中楼阁,必须建立在一个具体的物理空间之上,对当地物产的描写,是这一阶段大多数游记文本普遍关注的对象,它通过对地景物质形态的书写把西北建构成民族救亡的生命线。陈赓雅在《西北视察记》中对甘肃的描写,就详细介绍了当地的河流、牲畜、森林、矿产等内容;侯鸿鉴的《西北漫游记》中用表格专门列出西北各省的地质、山脉、河流、物产,并通过大量的数据对其进行科学的量化,尤其是各地的矿产石油,更是作者花费大量笔墨描写的内容;顾执中在《西行记》中详细地叙述了延长石油的分布、开发历史、油井数量、采油、炼油情况。这些在古代游记中不被关注的地景的物质形态,何以成为西北游记叙事的重点,林鹏侠的一段话或许能说明问题,"今日之世界,乃一商战之世界,而工业为商战之基也。盖商战而无工业之出产品,工业而无原料之供给,是等于有战舰、飞机、巨炮,而无燃煤、石油、子弹,安可与敌冲锋对垒乎?是以矿产之多寡,为国家强弱之所由"。④西北矿产的丰富与否是关系国家富强的关键问题,这种观念在当时国人中具有一定的普遍性,"现代国家都是由一定的民族组成的,将一定的国土作为生活的根据地,构成国家的生活体。在这个国土上,对人类来说,就是有效地利用必要的原料,其原料种类的丰富与否,决定了国家是强还是弱。……从国民经济的视角出发的话,经营边疆是我国民族生存、发展的必要"。⑤国民经济的视角

---

① (晋)法显:《佛国记注释》,郭鹏译,长春出版社1995年版,第5页。
② 钱宗泽:《西行记·序》,商务印书馆1934年版,第1页。
③ 张人鉴:《开发西北实业计划》,北平著者书店1934年版,第13页。
④ 林鹏侠:《西北行》,《边疆》1936年第5期。
⑤ 刘镇华:《开发西北计划书》,新亚细亚学会1931年版,第262页。

成为主导西北游记书写的一双"内在的眼睛",在这双眼睛的观照之下,西北就成为一个表面落后但却蕴藏丰富的宝库,它不仅为国族成员的生存与发展提供了物质资源,同时也是一个支撑着国人民族复兴信念的现实基地和价值符号。

除了对地景物质化形态的真实再现,西北游记还重点描写了各地的历史胜迹和人文景观,并通过一套地景历史化的叙事策略,把本属于一个特定地域的景观注入了时间的内容,借此唤起国人共同的民族经验和历史记忆,从而把自然形态的西北转换为国族的象征性空间。对潼关、长安、黄帝陵、敦煌千佛洞、张掖等地理景观的反复书写和考证,并通过对其历史意义的回顾和阐释,把西北建构成为中华民族的发源地,激发国民对民族根源的想象和认同。陵墓构成西北根源想象的一个重要坐标,尤其是古代帝王的陵墓总是和我们关于历史文化的集体记忆联系在一起,"尽管这些墓园之中并没有可以指认的凡人的遗骨或者不朽的灵魂,他们却充塞着幽灵般的民族的想象"。[1] 西北一带尤其是陕西关中有很多帝王陵墓的历史遗存,"四望古冢累累,亘数里"。[2] 在这众多的陵墓中位于陕西黄陵县城北桥山的黄帝陵在西北书写中的意义非同寻常,这里相传是黄帝的衣冠冢,陶保廉在《辛卯侍行记》中根据多种史籍的辨析,详细地考证了桥山是皇帝上升处的事实,陶保廉的考证只是一种纯粹的学术性质。在邵元冲的民族扫墓之后,有关黄帝陵的照片和文章就频繁地出现在报端,并被赋予了中华民族象征的意义,"黄帝为我民族之元祖,发明制作,肇启文明,拓土开疆,生息我族,聿怀明德,允宜最致崇敬,故民族扫墓,以桥陵为主"。[3] 一方面,借助对地景的历史化,黄帝被想象为关于中华民族起源的神话,国族话语通过对血缘关系的模仿把内部充满复杂性和歧义性的群体,建构为一个同质化的国族共同体。另一方面,历史也经过了地景化,中华民族的历史经过国族话语的转化,投射在一个特定的地景——帝王陵墓之上,通过对它的祭拜仪式唤起民众对自己民族文化的根源想象,一个象征着国族起源的文化符号就此生成,并在民众中产生集体的认同效应。1936年沪江大学西北考察团编写的《西北纪游》中就描述了他们拜谒周陵的见闻,陈赓雅在《西北视察记》中提到,"据周陵工程处人谈:自提倡民族扫墓以来,前往游览者,与日俱增"。[4]

对地景历史化的叙事不仅建构起一个想象的共同体,而且通过对铭刻在地景中人物和历史精神的回溯,重塑了民众的行旅体验,激发起国民的爱国之情,"墓地是一种

---

[1] [美]本尼迪克特·安德森:《想象的共同体——民族主义的起源与散布》,吴叡人译,上海人民出版社2003年版,第11页。
[2] 谢彬:《新疆游记》,中华书局1929年版,第32页。
[3] 高良佐:《西北随轺记》,建国月刊社1936年版,第3页。
[4] 陈赓雅:《西北视察记》,海申报馆1936年版,第438页。

风景……诱导心灵进入一种特别的状态"①。游记书写背后巨大的意识形态诉求,引导和规训读者感性活动的方向和功能,使个体本身多样混乱的感性朝着合乎国族建构的方向发展。1932 年顾执中随陇海铁路管理局发起的陕西实业考察团赴西北考察,到陕西拜谒黄帝陵,"墓地约二十一亩,森森柏木,因年代过久,颇呈萎颓不振之象。谒者群谓老祖宗坟上之树,如此萎靡,无怪其子孙今日之不景气,饱受外侮,而莫之能御也!"②祖先的陵墓凝结着我们民族共同的过去与现实,通过对景观今昔差异性的描述激发起观者的认同感和对现实的失望感,"民族植根于所共有的光荣与悲哀,其中特别是悲哀的'感情'。换句话说,这意味着民族的存在基于同情(sympathy)或怜悯(compassion)"。③李孤帆在甘肃游览明朝肃藩故邸时,充满感情地回顾了肃王殉国的故事,"时鎆临难不屈,以身殉国,于是宗嫔、僚属、宫人均不免于难,这种临难不苟的精神,令我们在三百年以后的今日,抚碑吊古,肃然起敬"。④对于这些身处国族危难之中的知识分子来说,抚碑怀古绝非出于"发思古之幽情"的心理,而是危机语境所催生的历史精神和现实情怀的一种遇合,在对古人殉国行为的回溯和崇敬中,把地景所引发的行旅体验诉诸爱国情感的激发,从而获得一种民族精神的内在支撑。游记"成了振奋国民精神,唤醒爱国之心,认识辽阔祖国的催化剂。是一种现代意识的'启蒙教育'",⑤文化生产机制通过地景书写深刻地影响和形塑了民众的国族认同。

三 游记文学的现代转型

救亡图存作为近代以来最为宏大的时代主题,促使整个国家走上了现代民族国家的建构之路,而且也推动了游记文学的现代转型,它改变了"游"的性质和"记"的书写范式,游记书写的审美性退居到次要地位,社会功利性被提升到重要位置,这种变化带来了游记文体的一次革新。如果说审美是古代游记的灵魂,那么,现代民族国家建构的意识形态诉求则是西北游记最为重要的精神标识。

"游"从一种被动的空间迁徙转变为对国家自觉的认知和探索,这种观念的确立是与建构民族国家的话语实践相伴而生的。中国是一个建立在农业基础上的乡土社会,"以农为生的人,世代定居是常态,迁移是变态"。⑥除非万不得已,中国人会一直维持

---

① 段义孚:《风景断想》,《长江学术》2012 年第 3 期。
② 顾执中:《西行记》,商务印书馆 1934 年版,第 73 页。
③ [日] 柄谷行人:《日本现代文学的起源》,赵京华译,中央编译出版社 2013 年版,第 168 页。
④ 李孤帆:《西行杂记》,开明书店 1942 年版,第 22 页。
⑤ 杨镰:《世纪话题:楼兰》,新疆人民出版社 2015 年版,第 282 页。
⑥ 费孝通:《乡土中国》,上海人民出版社 2013 年版,第 7 页。

"鸡犬之声相闻,老死不相往来"的生活状态,安土重迁也因此从一种生存需要转化为乡土社会普遍的文化心理。"我们中国人是最怕旅行的一个民族。闹饥荒时都不肯轻易逃荒,宁愿在家乡吃青草啃树皮吞观音土,生怕离乡背井之后,在旅行中流为饿殍,失掉最后的权益——寿终正寝。至于席奉履厚的人更不愿轻举妄动,墙上挂一张图画,看着就可以当'卧游',所谓'一动不如一静'。"① 所以,中国传统社会的旅行大多是因为出于任职、贬戍等原因造成的一种被动行为,是不得已、不情愿,所以旅行在传统诗文中总是铭刻着离别伤感的情感体验。更为关键的是,这种安土重迁的观念把个体从身体到精神都羁绊在血缘和地缘的范围之内,而对外面的群体和社会漠不关心,"知有个人不知有群体"。② 而要革除这种文化积弊,旅游则是一个有效的方式。曾任京、沪、杭、甬铁路管理局局长的黄伯樵在谈到现代旅游的意义时说道,"试观我国人民,何为而对于国家之利害,有若秦人视越人之肥瘠,漠不相关,实以未尝认识国家之故。导游机关提倡旅行,同时予旅行者以种种之便利,推其结果,寖假而认识国家,爱护国家者愈众,而后国之基础赖以立,国之事业赖以振"。③ 旅行成为生产国族意识的有效方式,它能够打通地理所造成的空间和心理上的阻隔,使国民认识国家,进而热爱国家,它不再是一种消极的个人性迁徙,而是一种意识形态在空间领域的现实操演,有关国族的知识和观念就通过这种"足经目接"的方式得以广泛的传播和巩固。

中国影响最大的《旅行杂志》就打出爱国主义的旗帜,不遗余力地把旅行和爱国关联在一起,在1938年的"岁首献词"中写道,"我们的见解,是要把国内名胜奥区,尽量阐扬其幽秘,考证其古迹,详计其道里,研求其民情,务使读者对于每一个地方,有深切之认识,油然而激发爱国之观念。故就表面看来,河山破碎何处游观,然而旅行杂志所贡献于读者的,是希望每个人于批读之余,注意到地理和人文所表现的事实,激发爱国之心情"。④ 现代报纸"印刷资本主义"的性质,决定了他们在追求资本增殖的过程中,必然要向救亡图存的主流话语所靠拢,山河破碎时代的旅行,既不同于古人对名山大川的寄情抒怀,也不同于西方的消闲娱乐之行,只有被纳入爱国这个宏大的话语体系之中,才能确立自身的合法性。"盖在今日而言旅行,如仅以遨游览胜为事,已非社会所许,必如顾亭林所言:有体国经野之心,而后可登山临水。"⑤ 通过对传统"体国经野"话语的借用,《旅行杂志》在国民中树立起一种现代国族主义的旅

---

① 梁实秋:《梁实秋闲适小品》,浙江文艺出版社2013年版,第80页。
② 梁启超:《梁启超选集》,李华兴、吴嘉勋编,上海人民出版社1984年版,第279页。
③ 黄柏樵:《导游与爱国》,《旅行杂志》1936年第1期。
④ 赵君豪:《岁首献词》,《旅行杂志》1938年第1期。
⑤ 孙锡祺:《从西安到华家岭》,《西北行》,潘泰封编辑,中国旅行社1943年版,第2页。

行观念,国族主义与旅行的相容性在此得以体现,国族主义成为旅行及其书写持续的内在驱动力,旅行则成为国族主义宣传与实践的工具。

游记书写从作为行旅生涯的附带产品,转化为一种具有强烈社会功能的现代文类。顾颉刚在为陈万里的《西行日记》作序时说道,"中国历史上,除了徐霞客以外,竟找不到一个以旅行为生命的人。文人学者的游览的诗文固然多得很,但这些东西只是他们的日常的遭际(如做官、遣戍、赴考)等所引出的偶然的感兴而已,并不是他们预先规定了一种目的,去努力寻求得来的。这类的旅行,原没有很高的价值"。[①] 传统旅游因其行为的被动性,写作完全是出于一种个人旨趣对行旅生涯和见闻的记录,大多采用日记的形式,在亲朋好友之间作为趣闻而传播。也因其潜在的消遣性,在新文学一开始的时候就受到重视文学社会功能的陈独秀的激烈批判,"山林文学,深晦艰涩,自以为名山著述,于其群之大多数无所裨益也。……乃装饰品而非实用品"。[②] 现代知识分子通过对传统游记价值的贬低和取消树立起国族主义的书写观念。

现代西北行旅就诞生于这样的文学语境中,所以它从一开始就背弃了对名山盛水的流连,从对内在情感心态的表现转向对外在客观世界的描摹和再现,从自由零散的漫游转向了有目的、有计划的考察与书写,游记的社会功能被提升到一个显豁的位置,展演出了一种有别于传统的现代行旅体验。林竞在《亲历西北》开头所写的这段话,可以看作现代知识分子西行书写的心声:

> 鞭丝帽影,阳关唱再叠之音;车腹马腰,玉塞壮生还之语。从来志士,最好探奇;毕竟畸人,每驱绝漠。慨自连烽告急,中原兴心腹之忧;宝藏未宣,世界起刀砧之想。不事搜讨,奚得穷源?若畏崎岖,何来真相!仆也有类班生投笔之行,非应汉武求贤之诏。玉门再度,葱岭斯登,追博望之旧踪,循长春之陈迹。芜词满箧,热泪盈怀,爱作纪游之篇,聊效识途之献。至若丰功伟烈,窃有顾影自惭者矣。[③]

从书中字里行间的纪实慨叹,不能不深感作者对国家民族前途命运的关切与殷忧,正是国家的内忧外患和志士英雄精神的感召,使无数知识分子不畏崎岖踏上西行之旅,以记游之作实现自己救亡图存的爱国情怀。

民族国家建构的意识形态诉求拓展了"记"的题材内容,改变了国人看世界的方式,带来了游记书写中理性精神的勃兴。"古人旅行,山轿蹇驴,竹杖芒鞋,时时刻刻

---

① 顾颉刚:《西行日记·序》,北京朴社1926年版,第2页。
② 陈独秀:《文学革命论》,《新青年》1917年第6期。
③ 林竞:《亲历西北》,新疆人民出版社2013年版,第1页。

都拥在自然的怀抱中,所以感觉最亲切的是自然,体味最深刻的也是自然,游记最好的题材便只有自然风景。"[1] 古人游历注重的是一种感性经验的丰富和提升,以心观物,强调人与物的同一和交融,自然成为一个用审美和情感所建构起的意义空间,这种观看世界的方式构成古代游记书写内在的文化规定性。但在现代知识兴起之后,人与自然的关系在主体/客体的二元结构中被重新定义,自然是作为人认识和改造的对象而确立了自身存在的价值。鲁迅曾在《中国地质略论》中对国人因知识缺乏造成对矿产资源价值的漠视提出批评,"昏昧乏识,不知其家之田宅货藏,凡得几何",[2] 在鲁迅的观念中,自然是关系民族国家兴亡的认识对象,因为缺乏现代科学知识,才造成了国民的愚昧和国家的贫弱。通过文学尤其是游记对国民进行科学知识的启蒙,就成为现代游记一种重要的社会功能。"20世纪的世界,是科学的世界,就是写文学,也不能完全与科学背道而驰。"[3] 文学创作需要具备科学的知识和眼光,是时代对作家提出的要求。现代西北游记的作者大多是接受过现代教育拥有专业知识的专家学者,他们的游记自觉地采取了一种科学的叙事立场,科学视角极大地拓展了人们对自然的理解,从根本上改变了传统游记所描绘的世界图景。一系列有关农业、工业、物产、交通、水利等内容开始进入游记描写的题材范畴,一个通过科学考察所建构的物质化的西北形象在传统游记的废墟之上树立起来,自然脱离了精神化人格化的属性,成为外在于人的可以被测量、考察、把握、改造的对象。游记作者在文本中通过议论的方式,把他的科学考察和西北社会的发展联系在一起,这背后所体现出的是一种科学救国的现代理念,叙述的真实性和客观性在现代西北游记的书写中变得异常显豁。游记和科学精神相互支撑,从而实现了对民众国族意识的启蒙。

现代西北游记不仅是个人行旅体验的一种记录,而且是现代民族国家话语的一种实践,它通过对西北的书写更新了传统游记的叙事模式,充分地调动了这一地理空间中所蕴含的话语活力,重塑了国人对民族国家的想象与认同。从游记文体革新的角度来说,"文变染乎世情",建构民族国家的意识形态诉求使西北游记滑脱出传统游记审美性的历史轨迹,科学的考察、客观的描摹、爱国的情怀,对游记社会功能的重视,这些时代新质推动了游记文学的现代转型,对我们认识中国文学现代性的内涵具有重要的意义。

(作者单位:西安外国语大学)

---

[1] 举岱:《游记选·题记》,桂林文化供应社1942年版,第5页。
[2] 鲁迅:《集外集拾遗补编》,人民文学出版社2006年版,第3页。
[3] 曾昭抡:《谈游记文学》,《读书通讯》1941年第10期。

论中国当代文学中的西安城市空间想象[*]
——以长篇小说《废都》为例

张文诺

内容提要：在中国现当代文学中，西安一直处于一种缺席的位置。贾平凹的《废都》是一部书写西安的优秀作品，通过作家庄之蝶的游走呈现了西安的城市空间，塑造了20世纪八九十年代处于城市化初期的西安城市形象，反映了从农业社会迈入工业社会、城市化浪潮席卷中国大部分地区时期的西安城市空间，表现了一种深刻的"废都"意识。贾平凹不可避免地带着道德化的眼光审视西安，他笔下的西安不是现实中地理意义的西安形象，然而，贾平凹建构的西安形象却为西安城市的发展提供了难得的镜像，并参与建构西安的城市空间。

关键词：《废都》；空间想象；西安

自中国开启现代化进程以来，上海、北京成为中国现代城市中最为重要的两大城市。从《海上花列传》《市声》开始，经新感觉派作品《子夜》《日出》《结婚》《封锁》《上海的早晨》《长恨歌》等，上海逐渐成为近现代中国故事发生的重要场所，在中国现当代文学中形成了自己的显耀地位，逐渐形成了自己的文学形象。而经由周作人、萧乾、老舍、林语堂、邓友梅、王朔等作家的书写，北京也显现了自己的文化形象。在国人的印象中，上海、北京具有其他中国城市所不能比的显赫地位，这一是因为上海、北京在中国政治、经济、社会、文化中的实际地位，二是与文学文本的塑造有关，很多文学故事都发生在上海、北京，因而，这两大城市被文学赋予了多重意义，成为人们心中的两大城市符号。作为历史悠久的十三朝古都，西安在中国古代城市中具有显赫的地位。宋朝以前，西安一直是中国的政治、经济、文化中心，西安是汉唐

---

[*] 本文系陕西省社会科学基金项目"贾平凹与中国传统文化研究"（项目编号：2017J009）、陕西省教育厅重点项目"多元文化视阈下的贾平凹创作研究"（项目编号：18JZ020）以及商洛文化暨贾平凹研究中心开放课题"贾平凹创作研究"（项目编号：19SLWH03）的阶段性成果。

文学作品书写的对象，《史记》、汉大赋、唐诗、唐传奇中的西安雍容华贵、开放包容、沉稳雄劲，有一种君临天下、睥睨四方的气势。北宋以来，政治、经济中心相继东移南移，西安逐渐失去了往日的政治、经济中心地位，也逐渐失去了文学中的在场位置。中国现当代文学作品浩如烟海，但是，书写西安的作品却少之又少，西安在中国现当代文学作品中处于一种缺席的位置。中华人民共和国成立后，西安虽然不是中国的政治、经济中心城市，但仍属于中国的特大城市之列。改革开放以来，西安的经济发展水平明显落后于全国其他大城市。到 1992 年，西安的经济竟然落后于东部的一些中等城市，西安的城市建设也远远落后于东部城市，这时，西安人产生一种强烈的、明显的生怕被别人落下的无可奈何的焦虑情绪。贾平凹的长篇小说《废都》通过作家庄之蝶的游走呈现了西安的城市空间，塑造了 20 世纪八九十年代处于城市化初期的西安城市形象，反映了从农业社会迈入工业社会、城市化浪潮席卷中国大部分地区时期的西安城市空间，展现了城市化背景下中国中西部城市封闭的生活方式、狭隘的价值观念以及由此产生的人性扭曲。"城市不单是一个拥有街道、建筑等物理意义的空间和社会性呈现，也是一种文学与文化上的结构体。它存在于文本本身的创作、阅读过程与解析之中。"① 换言之，城市既是一个物理意义上的空间。也是一个文化意义上的空间，对一个城市的了解，不仅来自体验，而且更多的是来自文本。正是经过文学的塑造，一个城市才能成为让人们想象的多重文化符号。"我一再坚持，必须把'记忆'与'想象'带进来，这样，这座城市才有生气，才可能真正'活起来'。"② 长篇小说《废都》对西安的书写，让西安成为一个独特的文学形象为读者所认识。文学空间不单单是一种场景或景观的再现，更是作家生存的内在体验的表征。"文学空间不再仅仅具有单纯的物理空间场所再现和心理空间意识表现的功能，它成为抵达人之生存深度的体验空间。"③ 运用空间理论，从空间视角切入《废都》，可以了解文学中的西安形象特征，也可以了解作家是怎样赋予城市意义以及赋予城市怎样的意义。"我将不拘泥于某一作品所表现的城市如何写实传真，而只探讨在这种文本创作的过程中，城市是如何通过想象性的描写和叙述而被'制作'成一个可读的作品。"④

一 知识分子的生活空间

贾平凹对古城西安有着特殊的感情，到创作长篇小说《废都》时，他已经在西安

---

① 张鸿声：《文学中的上海想象》，人民出版社 2011 年版，第 7 页。
② 陈平原：《文学的都市与都市的文学——中国文学史有待彰显的另一面相》，《社会科学论坛》2009 年第 3 期。
③ [英]迈克·克朗：《文化地理学》，杨淑华等译，南京大学出版社 2005 年版，第 39 页。
④ 张英进：《都市的线条：三十年代中国现代派笔下的上海》，《中国现代文学研究丛刊》1997 年第 3 期。

住了二十多年。"一晃荡，我在城里已经住罢了二十年，但还未写出过一部关于城的小说。"① 二十年的时间让西安成为贾平凹的第二故乡，贾平凹想写一部关于西安的小说以表达他与西安之间的爱恨交织的复杂关系。贾平凹在西安生活的时间超过了他在故乡商州成长的时间，西安的一砖一瓦、一草一木，一条小巷、一座房屋等都印在了他的记忆中，成为他人生中不可分割的一部分。西安在贾平凹的作品（如《五味巷》《十字街菜市》《阿秀》《高兴》）中反复出现，而长篇小说《废都》更是一部表现西安的杰出作品，西安同《废都》一样留在了读者的心中，西安因而成为一个文学西安、文化西安，成为一个超越时空的文化符号。"文学中充满了对空间现象进行描写的诗歌、小说、故事和传奇，它们体现了对空间现象进行理解和解释的努力。"② 当然，西安在《废都》中不叫西安，而叫西京，西京是西安的别称。《废都》以主人公庄之蝶的行踪呈现了西安的城市地理，沿着庄之蝶的行踪，穿过北大街、双仁府街、四府街、芦荡巷、细柳巷、尚俭路、普济巷、菊花园街，可以到达作协大院、清虚庵、孕璜寺、南门外、古都饭店、唐华饭店、城东门口的鬼市、城隍庙商场等，呈现了一个斑驳芜杂的西安城市空间。

庄之蝶的家有两处，一处在北大街文联大院，另一处在双仁府街。北大街文联大院属于机关大院，铁大门紧闭，有门房专门看守，一般人不能随便进来。家庭空间属于私人空间，具有私密性的特征，一般人是很难看到的，小说通过柳月与唐宛的眼睛观看了庄之蝶的客厅、卧室与书房：

> 柳月瞧着客厅挺大的，正面墙上是主人手书的"上帝无言"四字，用黑边玻璃框装挂着。……靠门里墙上立了四页凤翔雕花屏风，屏风前是一张港式椭圆形黑木桌，两边各有两把高靠背黑木椅。"上帝无言"字牌下边，摆有一排意大利真皮转角沙发。南边有一个黑色的四层音响柜，旁边是一个玻璃钢矮架，上边是电视机，下边是录放机。电视机用一块浅色淡花纱巾苫了，旁边站着一个黑色凸肚的耀州瓷瓶，插偌大的一束塑料花，热热闹闹。……柳月扭头看起来，这间房子并不大，除了窗子和门外，凡是有墙的地方都是顶了天花板高的书架。上两层摆满了高高低低粗粗细细的古董。柳月只认得西汉的瓦罐，东汉的陈粮仓、陶灶、陶茧壶，唐代三彩马、彩俑。别的只看着是古瓶古碗佛头铜盘，不知哪代古物。下七层全是书，没有玻璃暗扣扇门，书也一本未包装皮子，花花绿绿反倒好看。

---

① 贾平凹：《废都·后记》，作家出版社2009年版，第460页。
② 谢纳：《空间生产与文化表征：空间转向视阈中的文学研究》，中国人民大学出版社2010年版，第29页。

每一层书架板突出四寸空地,又一件一件摆了各类瓦当、石斧、各类奇形怪状的石头、木雕、泥塑、面塑、竹编、玉器、皮影、剪纸、核桃木刻就的十二生肖玩物,还有一双草鞋。窗帘拉严,窗前是特大一张书桌,桌中间有一尊主人的铜头雕像,两边高高堆起书籍纸张。靠门边的书架下是一张方桌,上边堆满了笔墨纸砚,桌下是一只青花大瓷缸,里边插实了长短书画卷轴。屋子中间,也即那沙发前面,却是一张民间小炕桌,木料尚好,工艺考究,桌上是一块粗糙的城砖,砖上是一只厚重的青铜大香炉。炉旁立一尊唐代侍女,云髻高耸,面容红润,凤目峨眉,体态丰满,穿红窄短裙,淡紫披衣,双手交于腹前,一张俊脸上欲笑未笑,未笑含笑。

庄之蝶家的客厅面积较大,客厅里摆放着电视机、录放机、音响、沙发等现代家具,这说明他们家的经济状况比较丰厚。黑色凸肚的耀州瓷瓶、塑料花与白色的墙壁相互映衬,烘托出一种庄重典雅的气氛,不俗气,有格调。在家庭空间中,客厅、卧室与书房是重要的空间,可以表现一个家庭的经济状况、文化修养与格调品位。客厅是家庭中会客的场所,也是一个家庭举行家庭事务的场所。客厅一般居于家庭空间的中心位置,承担家庭的公共功能,家庭的重大活动、重要决定都要在客厅进行,因而主人对客厅空间是非常讲究的。书房与客厅的摆设完全不同,西汉的瓦罐、东汉的陶粮仓、陶灶、陶茧壶,唐代的三彩马、彩俑以及各类瓦当、石斧、石头等粗粗细细的古董,香炉、唐代仕女等摆满了书房,透出一种传统文人的情调,由此可见庄之蝶是一个格调偏旧的传统知识分子。他虽然也有现代家具,但他却沉醉于书房渗透出来的古典环境氛围,渗透出一种传统文化气息。家庭主人按照自己的经济状况、兴趣爱好、格调品位生产家庭空间,不过,空间一旦生产出来,就会对生活于此的人们的心理、精神产生一种潜移默化的影响。"由于资本主义的高度发展,城市生活的整一化以及机械复制对人的感觉、记忆和下意识的侵占和控制,人为了一点点自我的经验内容,不得不从'公共'场所缩回到室内,把'外部世界'还原为'内部世界'。在居室里,一花一木,装饰收藏无不是这种'内在'愿望的表达。人的灵魂只有在这片由自己布置起来、带着手的印记、充满了气息的回味的空间才能得到宁静,并保持住一个自我的形象。"[①] 随着现代化的推进,西安正在向现代都市迈进,原来的一些传统的东西逐渐消失。庄之蝶感到自己失去了精神归依,拼命地在自己的私人空间中保留一点传统

---

① [德]本雅明:《发达资本主义时代的抒情诗人》,张旭东、魏文生译,生活·读书·新知三联书店2012年版,第12页。

的事物，营造出一种传统的氛围，这显然让庄之蝶沉湎于传统知识分子的生活空间之中，与现代生活拉开了距离。

庄之蝶想要躲进书房沉湎于自己的小世界，然而，沉闷的家庭生活让他的生命处于一种压抑状态，这从他们的卧室空间可以明显地看出来。

……客厅往南是两个房间，一个是主人的卧室，地上铺有米黄色全毛地毯，两张单人席梦思软床。各自床边一个床头矮柜。靠正墙是一面壁的古铜色组合柜，临窗又是一排低柜。玫瑰色的真丝绒窗帘拖地，空调器就在窗台。恰两张床的中间墙上是一幅结婚礼服照，而门后却有一个精致的玻璃镜框，装着一张美人鱼的彩画。柳月感兴趣的是夫妇的卧室怎么是两张小床。

小说对庄之蝶卧室空间的书写很有意思，他们的卧室空间比较豪华，有全毛地毯、真丝绒窗帘、空调器等豪华家具与摆设，非常舒适。卧室是一个家庭的私密空间，它比卫生间更为隐秘，因为卧室最能隐喻这个家庭成员的真实关系。两张小床暗示了他们夫妇关系存在着间隙，虽然两张床能分能合，"能分能合"本身说明了两张床的分离状态，暗示了他们夫妇关系的不和谐。庄之蝶的压抑一是来自外部环境，时代的变化让他感到无所适从，自己与时代、与社会发生疏离。二是来自妻子牛月清，牛月清是一个传统、淳朴甚至有点落伍的家庭主妇。庄之蝶渴望一种新鲜刺激的生活方式，他希望通过新鲜的生活方式来刺激自己日益麻木的心灵，他想通过新鲜、刺激的性爱快乐以超越无聊、平庸的生活，重新塑造自己的主体意识。而牛月清固守传统的思想观念与生活方式，她认为性是繁衍后代的手段，性爱只是生殖的附庸，单纯的性爱是一种堕落。"空间对个人具备一种单向的生产作用，它能够创造出一个独特的个体。对个人而言，空间具有强大的管理和治理能力。"[①] 庄之蝶与牛月清的卧室空间很独特，正值壮年的他们睡着两张小床，小床虽然能分能合，可是两张小床强化了夫妇二人的异床异梦。在这种情况下，庄之蝶与牛月清的性爱完全是一种例行公事，好像是夫妻之间不得不做的事情，失去了爱情需要的一种难以名状的激情。庄之蝶让牛月清变个姿势，牛月清不肯；让她狂一点，她说她又不是荡妇，这让庄之蝶感到没有任何情趣。"从20世纪60年代起，人们对待性的态度更加开放了，性变成了一个可以轻松谈论的话题。身体的满足——快乐，而不是生殖，逐渐被中产阶级接受成为性交的主要目

[①] 汪民安：《身体、空间与后现代性》，凤凰出版传媒集团、江苏人民出版社2006年版，第104页。

的。"① 中国普通民众从20世纪80年代开始,对性的理解也发生了多样的变化,传统的性观念日趋解体。"今天的情况变了,婚姻和生育这种社会性的内容退居二线,'性'这种个人性、动物性的内容得以突显。"② 可是,牛月清仍然把性爱作为生育的附属品,她认为享受性爱的女性是放荡的女性,这就见出了她的古板与保守。庄之蝶的家庭空间强化了他的传统知识分子的身份意识,他们感时忧国、以天下为己任,但一旦遇到挫折往往萎靡不振、无所事事而借酒浇愁,在酒与女人之间麻醉自己,庄之蝶成了西京城里的多余人,成了一个文化闲人,贾平凹通过庄之蝶的境遇揭示了转型时期中国知识分子的退化和堕落。"中国当前知识分子,论其文化传统,本已学绝道丧,死生绝续,不容一钱。经历了满清政权两百四十年的传袭,中国传统精神,早已纸片化了。而就其所处身的社会立场而言则又单薄的可怜。"③ 庄之蝶在社会上找不到自己的位置,便在几个漂亮的女性身上寻找被尊重的满足,然而与几个女人性欲释放的背后,凸显出一种内在精神与城市文化的疏离。"精英式的人文知识分子丧失了原来的启蒙领袖、生活导师的地位,从中心抛向了边缘。世俗化的社会不需要启蒙领袖与生活导师,尤其不需要那些惯于编制理想主义、英雄主义、精神主义、奉献主义神话的人文知识分子来充当启蒙领袖与生活导师,无论从官方到民间都是如此。"④ 传统知识分子缺乏丰富的精神世界与精神追求,他们一旦从精神高地跌落下来,往往变得颓废、消沉、无力、自我放任、自甘堕落。刚到西安时的庄之蝶理想很单纯,就是要在这里混出名堂,他靠创作逐渐成为西京城里的著名作家,成为西京四大名人之首。庄之蝶成名后,放弃了自己启蒙民众的历史责任与进取精神,在市场经济的大潮中迷失自己。他开书店、开画展成了文化商人;为了五千元钱,他替农药厂厂长写虚假宣传文章;他巧取豪夺龚小乙的古董字画不惜把龚靖元推向死地;为了讨好市长,不惜把柳月嫁给市长的残废儿子;为了打赢官司,他替白玉珠儿子发表文章,丢了自己的人格。他已经丧失了一个作家的底线,变得是非不分。庄之蝶本想靠创作来实现自己的人生价值,实现启蒙民众的人生理想,但他被欲望蒙住了眼睛,自然在写作上难以用心,也难以写出自己满意的作品。庄之蝶很孤独,他感到别人都不理解他,好朋友孟云房不理解他;妻子牛月清与他形同陌路,总是拿家里的烦事嘟嘟囔囔,夫妻二人天天吵闹;庄之蝶自己很焦急,终日浮浮躁躁,火火气气,身体也垮下来,神经衰弱得厉害,连性生活都几乎丧失了。

---

① 包亚明:《游荡者的权力:消费社会与都市文化研究》,中国人民大学出版社2010年版,第176页。
② 张柠:《土地的黄昏》,中国人民大学出版社2013年版,第176页。
③ 钱穆:《中国知识分子》,许纪霖:《20世纪中国知识分子史论》,新星出版社2005年版,第97页。
④ 陶东风:《当代中国文艺思潮与文化热点》,北京大学出版社2008年版,第46页。

庄之蝶的生活充满了颓废趣味与厌世情绪，成为西京的文化废人，在无所事事与自我放任之间迷失了自我。

二 普通市民的生活空间

庄之蝶是西安城内的著名作家，属于西安城内收入较高的群体，他住的是文联大院的单元楼。西安市普通市民住的是大杂院，而且往往是由四合院改成的大杂院。作为中国历史最悠久的古都，西安城内保存有非常多的四合院。四合院是中国人的传统民居，四合院面南背北，四周合围，中间留有空地，阳光可以从中间照射进来。四合院空间布局适应寒暑更替、季节变换的节奏，体现了中国天人合一的理念。其中更为重要的是，四合院可以充分利用空间尽可能地容纳更多的人，四合院在中国古代北方城市（如西安、北京、济南等）尤其普遍。中华人民共和国成立以后，随着城市人口不断增加，西安市政府为了解决城市居民的住房问题，一个四合院往往安排几家住户，四合院变成了大杂院。《废都》描写了很多由四合院变成的大杂院：

> 门楼却是十分讲究，上边有滚道瓦槽，琉璃兽脊，两边高起的楼壁头砖刻了山水人物，只是门框上的一块挡板掉了；双扇大门黑漆剥落，泡钉少了六个，而门墩特大，青石凿成，各浮雕一对麒麟；旁边的砖墙上嵌着铁环，下边卧一长条紫色长石。……入得院来，总共三进程，每一进程皆有厅房廊舍，装有八扇透花格窗，但乱七八糟的居住户就分割了庭院空地，这里搭一个棚子，那里苫一间矮房，家家门口放置一个污水桶、一个垃圾筐，堵得通道曲里拐弯。庄之蝶和赵京五绊绊磕磕往里去，出出进进的人只穿了裤头，一边炒菜的，或者支了小桌在门口搓麻将的，扭过头来看稀罕。到了后进程的庭院，更是拥挤不堪，一株香椿树下有三间厦房，一支木棍撑了门窗，门口吊着竹帘。

这是一处比较大的四合院，门楼高大且精致，刻有山水人物，显示了这家主人的地位与格调的不同凡响。黑漆大门暗示了院落主人的威严，青石凿成的门墩与麒麟浮雕、三进程的院落结构显示了主人显赫的官职。在中国传统文化中，宅院不单单是住宅的问题，还有其他更重要的意义表述，连接着个人的官职财富、社会地位、文化修养、气质格调等，是权力、文化、伦理的一种隐喻与表达。"至于四合院的所谓合，实际上是院内东西南三面的晚辈，都服从侍奉于北面的家长这样一种含义。它的格局处处体现出一种特定的秩序，安适的情调，排外的意识与封闭性的静态美。"① 四合院是古城西安居民的传统民居,体现了西安市民的生活观念与生活方式。然而,四合院变成大杂院之后,原有的文化伦理意义也随之消失了,四合院居民原有的那种有序、休闲、优越、优雅的气质消失了,变得拥挤、杂乱、粗俗。残破的门框、斑驳的大门、乱七八糟的住户、污水桶、垃圾筐、穿着裤头的人们显露出了这处大四合院的破败、混乱,透出一种无序感与沧桑感。"我们平常谈起,觉得那种不分青红皂白地认定四合院才够京味、够意思的人,最好请他到生活困难的四合院去体验一下。"②《废都》中的四合院渗透着一种败落感、废墟感、挫败感,这让院落的主人赵京五自然产生了家道中落的感觉。赵京五的曾祖父是慈禧太后时的刑部尚书,因为支持义和团运动受到洋人的惩罚而被迫自杀,从此,家道中落,由一条街卖到剩一个院,再到只剩一个厦屋。赵京五头脑灵活,精明干练,交际广泛,在文化生意上很有眼光。然而,赵京五没有振兴家业的雄心,他不想发愤图强,光大祖业,而是把家传古物视作商品用来换钱,他坐吃山空、败坏祖业,是个急功近利的败家子。贾平凹通过赵京五的生活方式揭示了西安贵族后裔的平庸与沦落,他们潦倒困顿,消磨于生活艺术中难以有所作为。

如果说赵京五住的是破落的四合院,那么还有一些居民住的条件就更差,他们生活在棚户区,住的只是一间或两间的开面房。棚户区往往位于高楼大厦的包围之中,处在高楼大厦的阴影里。西安城内的城中村、棚户区是非常多的,棚户区里的人们大都是从农村迁过来的,那里的人们还保留着农村的生活方式,人际关系简单淳朴。在普济巷,所有小巷子内的住户都很熟悉,人与人之间没有任何隐私,一户家庭发生的任何一件小事,其他住户都会知道。整条普济巷犹如一座大楼的过道,两边摆满了做饭的炉子;盛水瓷瓮,装垃圾的筐子,一律摆在门口的窗台下,拥挤、狭窄。屋子内空间更加逼仄,迎面放一个大床,摆一张桌子,一个缝纫机,房子很小,没有电扇。男人在桌上画图,孩子在缝纫机板上做作业。墙角有一个梯子,从梯子上去可以到二层楼上,楼很矮,人在上边直不起腰。空间的逼仄、紊乱和肮脏使人们之间没有任何隐私可言,住在这里的人们全都失去了优雅与潇洒,变得粗俗、粗鲁、粗鄙。一个年轻时曾经迷倒很多男性的女性,现在变成了一个赤着上身擀面条的老太太,再没有往日的优雅娴静。阿灿美丽纯洁,心气很高,然而残酷的现实让她悲观失望,她只能把希望寄托在孩子身上。生活在这里的居民个个意志消沉,暮气沉沉,他们得过且过,生活缺乏一种亮色。生活中日益加重的负担与不幸压垮了这些人,他们的生

---

① 赵园:《北京:城与人》,北京大学出版社2014年版,第103页。
② 高巍:《四合院——砖瓦建成的北京文化》,学苑出版社2003年版,第198页。

存形式仅限于吃饭、喝酒与性,这折射了西安底层市民的精神状态,迷茫、困惑、孤独甚至绝望。

在《废都》中,西安居民的居住空间拥挤、狭窄、肮脏,而他们的交往空间大多集中于商场,《废都》中的商场有鬼市、当子、锦旗街、城隍庙商场等:

>   城隍庙是宋时的建筑,庙门还在,进去却改造成一条愈走愈凹下去的小街道。街道两边相对着又向里斜着是小巷,巷的门面对门面,活脱脱呈现着一个偌大的像化了汁水只剩下脉络网的柳叶儿。这些门面里,一个店铺专售一样货品,全是些针头、线脑、扣子、系带、小脚鞋、毡礼帽、麻将、痰盂、便盆等乱七八糟的小么杂碎。近年里又开设了六条巷,都是出售市民有旧风俗用品的店铺,如寒食节给亡灵上供的蜡烛、焚烧的草纸,婚事闹洞房要挂红果的三尺红丝绳,婴儿的裹被,死了人孝子贤孙头扎的孝巾,中年人生日逢凶化吉的红衣红裤、红裤带,四月八日东城区过会蒸枣糕用的竹笼,烙饼按花纹的木模,老太太穿的小脚雨鞋,带琉璃泡儿的黑绒发罩,西城区腊月节要用木炭火烘煨稠酒的空心细腰大肚铁皮壶。

城隍庙是城市中非常特殊的空间,在城市居民的生活中占有重要的地位,多数城市都有自己的城隍庙。上海城隍庙、北京城隍庙、西安城隍庙、广州城隍庙、兰州城隍庙等都是全国知名的城隍庙。在过去,城隍庙是祭神娱神的场所,逛庙会是市民的一项极为重要的民俗、宗教、娱乐、休闲与商业活动,城隍庙后来变成市民娱乐、休闲的场所,三教九流、五行八作,都聚集在这里。城隍庙商场具有浓厚的民间性与世俗性,城隍庙商场卖的东西都是一些与市民日常生活紧密相关的小零碎东西,以及一些其他地方买不到的边缘物品,比如蜡烛、草纸、红丝绳、红衣、古董、旧书等。从《废都》中看,西安城隍庙商场狭窄、逼仄、杂乱,货物、人流拥挤在一起,一般采用摊位或者柜台销售,是一种传统的经营方式,很能迎合一些具有怀旧情结的市民的情感需求。"空间形构表面上是僵化而呆板的,但实际具有强大的功能,会对进入这一空间的人们产生心理影响,进而左右人们的观念与行为。"[①] 很多西安市民每天都要来这里转转才能感觉到生活的质感与实感,牛月清在其他商场买了所有需要的东西,还要去城隍庙商场转一圈,逛城隍庙成为西安市民的存在方式,反映了西安市民对传统生

---

① 陈蕴茜:《作为现代性象征的中山公园》,陶东风、周宪主编:《文化研究》第10辑,社会科学文献出版社2010年版。

活方式的依恋。当然，有的市民来这里可能图好玩、有趣，可是在好玩、有趣中不自觉地受到传统思想的熏染，与现代意识保持了相当的距离。西安金花饭店、民生百货等现代化空间努力推进新绅士、新市民的形成，而城隍庙商场却强化了西安居民传统生存方式的顽强。

三 城市公共空间

说起中国城市在文学中的想象，首先要提到茅盾小说中的上海形象。茅盾的长篇小说《子夜》呈现了20世纪30年代的上海都市空间，从中读者不难感觉到上海的现代气息。阵阵软风吹拂着人们的脸庞，撩起了人们心中的隐秘欲望；就连苏州河也泛起了金绿色，混浊而优美。空气中充溢着香风阵阵的颓废气息，渗透着感官放逐的糜烂。然而，浮在苏州河上的船只、高耸的钢架、疾驰的电车、巨大的洋栈、庞大的广告牌、闪烁的绿焰，显示了上海这个现代城市的喧闹与活力，上海是一个充满"声光化电"的现代都市。西安作为中国西部的中心城市，在20世纪90年代开始了较大规模的基础设施建设，城市面貌发生了较大变化，飞驰的汽车、时尚的摩登女郎、五颜六色的商品、林立的楼房、宽阔的大街、闪烁的霓虹灯等组成了现代西安城市形象，长安路、小寨路、解放路、西安火车站、民生百货、西安金花大酒店、西安饭店等具有现代气息的都市空间已经建成，然而，这些现代都市空间在长篇小说《废都》中没有出现。文学对城市的书写不是对现实中城市的客观反映，而是蕴含了主流意识形态、作家的主体意识等多重含义。"文学中空间的意义，较之地点和场景的意义远要微妙复杂得多。"[①] 贾平凹没有选择表征现代都市的大马路、咖啡厅、大酒店、大超市、购物中心、花店、公交车、歌舞厅、影剧院、百货公司、名牌物品、酒吧、广场、高层建筑、摩天大厦、大酒店等，而是写西安的小街巷、小茶馆、羊肉泡馍馆、葫芦头店、小饭馆等，建构了处于转型过程中的西安城市空间。

贾平凹总是选择西安城内的那些与传统农业生活相关的空间，这些空间处于城市的边缘地带或阴影地带，比如小巷子、小饭馆、小酒馆、小商场、寺庙。它们处于城乡接合部的边缘地带，有的也处于城市的中心城区，但它们或被高大的楼群包围，或被宽阔的马路切割得断断续续、支离破碎。大马路犹如城市的动脉，小巷子就是城市的毛细血管。大饭店雄踞于大马路上，小饭馆、小酒馆畏缩在小巷子里面。东门口的"福来顺"、南院门的"春生发"等葫芦头店都位于小巷子内，庄之蝶独自饮酒的小酒

---

① 朱立元：《当代西方文艺理论》，华东师范大学出版社2005年版，第501页。

馆也位于小巷子内。

  这是一间只有二十平方米大小的地方，四壁青砖，并不搪抹，那面粗白柜台依次排了酒坛，压着红布包裹的坛盖。柜台上的墙上，出奇地挂有一架老式木犁，呈现出一派乡间古朴的风格。庄之蝶喜欢这个地方，使他浮躁之气安静下来，思绪悠悠地坠入少时在潼关的一幕幕生活来。

  小酒馆位于清虚庵附近的一个小巷子内，处于都市的阴影地带。这是一个典型的为城市外来务工人员或者是周围居民服务的空间，四壁青砖、粗白柜台、红布包裹的坛盖、老式木犁渲染出一种古朴的乡间氛围，让前来吃饭喝酒的人感到似曾相识的故土的亲切温馨。前来喝酒的人多是摆杂货摊的小商小贩、退休工人、缺钱的年轻人等。小酒馆没有单间，装饰朴实，品位不高，现代都市的俊男靓女是不来这里消费的。来这里的人求实惠，只要是酒好，菜品可口就可以，追求的是满足自己的肚子。在酒吧或者大酒店讲究的是一种情调，一种品位，有多种酒品可供选择，有多种菜肴可供品尝，伴以柔婉的轻音乐、明亮柔和的灯光、时尚杂志与报纸、高雅的油画，渲染出一种浪漫、高雅的情调。来这里的人是为了喝酒而喝酒，追求一种生活的形式，他们要求的是一种氛围。

  西安城墙是古城西安的标志性建筑，气势恢宏，高大庄严，任何一个到西安的外来人看到城墙后，都会被城墙的气势震撼。在《废都》中，西安城墙是这样的。

  现在的城墙上空旷无人，连一只鸟儿也不落，那一页一页四四方方大块的砖与砖接缝处，青草衍生，整个望去，犹如铺就的绿格红色地毯。靠着那女墙边走，外城墙根的树林子里，荒草窝里，一对一对相拥相偎了恋爱的人，这些男女只注意着身边来往的同类，却全然不顾在他们头顶之上还有一双眼睛。

  西安城墙是世界上规模最大、保存最完整的城垣，城墙道路宽阔，浑厚古拙，巍峨壮观，宏伟庄严。西安城墙既体现了中国古人的建筑水平，同时也体现了中国古人的宇宙观、价值观、美学观，但在《废都》中，西安古城墙却显得空旷、寂寥、破败。空旷的城墙、衍生的青草、调情的男女，再伴以忧伤的埙乐，塑造出一种惆怅、寂寥、破败的空间，喜欢到城墙徘徊听埙乐的庄之蝶自然会生出一种颓废无力的情绪。

  火车站是一个城市重要的公共空间，它可以把城市的每一个角落连接起来，是城市的交通枢纽与交通中心。各个城市的火车站都是本地最有特色的建筑，比如上海虹桥站、南京站、济南站、兰州站、北京西站、广州站等均在城市空间中占有重要的地位。西安火车站是西北地区最大的火车站,也是西安市的标志性建筑之一。1985年,西安站客运候车大楼竣工并交付使用,是中国六大客运站之一,是当时最先进的火车站之一。《废都》通过庄之蝶的出走呈现了西安火车站的空间形象,贾平凹并没有正面描写西安火车站的场景,而是描写火车站南边的边缘空间,苍老的古槐树上贴满了各种小广告,损坏的电话亭中布满了沙子,小报上刊载着耸人听闻的"新闻",空气里充满了古怪的声音。火车站是人群聚集之地,一般处于城市的中心地带,周围布满了大酒店、大商场、歌舞厅、咖啡厅、小饭馆、小吃店、汽车站、公交车站等各种设施。《废都》中的西安火车站不像是一个区域中心城市的火车站,倒像是一个偏远乡镇的小火车站,灯光昏暗、冷风嗖嗖、怪声阵阵,昔日的繁华古都如今王气黯收,丝丝埙声中透出哀伤,阵阵怪声中透出恐怖,弥散着衰败、死亡的气息。

  《废都》通过书写残破的四合院、拥挤的棚户、混乱的市场、破败的庙宇、荒凉的城墙,建构出处于转型过程中的西安都市空间,渗透出一种"废"的意味。"这部作品并不是写'变',更不是抒思古之幽情或发昨是今非之感慨,而在写出西京的一切在走样变调中已全然失去往昔的青春和活力,给人一种憔悴、苍老、衰腐之感。"① 与上海、北京相比,西安显得暮气沉沉、老气横秋。"尽管西京也有现代科技(如汽车、电话、录音机)与高楼大厦,但城市空间氛围大多是在显现文化遗产的衰败,周遭回响的悲歌一曲。从语言到音乐,从传统文化活动到其当代的、时髦的改头换面,从食物到衣饰,从和尚、道士、庸医、奸商到各式各样的文化'专家',西京之为'废都'不容置疑。"② 西安不像上海,上海不断被赋予多种符码,比如社会主义工业化城市、工人阶级的老大哥、国际大都市,上海体现了国家意义与现代化意义。西安没有像上海那样承载国家意义与现代化意义,然而,西安是中国西部的中心城市,与兰州、银川、乌鲁木齐、西宁等城市相比,西安无疑具有相当的优势,从20世纪90年代开始,西安开始了大块大块被推倒重建的全球化浪潮,西安也成了现代主义的实验场地,贾平凹在《废都》中为西安建构了废墟之城、沉滞之城、封闭之城的文化符号。《废都》反映了现代化给古城西安带来的巨大冲击,折射了西安市民在从传统社会向消费社会转变过程中所经历的困惑、孤独、压抑甚至绝望。贾平凹通过那些城市闲人在消费社会中逐渐丧失本性的可怕的社会现实,揭示了处于转型期的人们的精神世界,并思考了整个人类的生存状况,是一篇杰出的寓言。"极而言之,文学意义上的乡土世界,无论讴歌

---

① 钟本康:《世纪末生存的焦虑:废都的主题意识》,《当代作家评论》1993年第6期。
② 王一燕:《细读〈废都〉:世纪末的文化空间符号学》,《南方文坛》2017年第4期。

或批判,均不过是话语的制造物,带有无可置疑的'想象'性质,并非是'乡土'本身如其所是的描绘。"① 贾平凹在《废都》中书写的西安形象既是一种体验也是一种想象,西安由此成为一个城市文本而被人们重新想象,这无疑会对西安的城市建构有着重要的影响。"正是作家的记述、想象和抒怀,把本没有什么故事可说的街道、景物甚至不过是一个干巴巴的地名都变得厚重、饱满起来,引人遐想、令人思怀。"② 在书写乡村与城市时,不独中国作家,即使是西方作家,也极易带着意识形态与道德化的眼光来书写城市与乡村,往往把城市建构为欲望之城、堕落之城,把乡村建构为纯洁之地、光明之地。贾平凹不可避免地带着道德化的眼光审视西安,他笔下的西安不是现实中实际存在的西安形象,然而,贾平凹想象的西安形象却为西安城市的发展提供了难得的镜像。经历过近二十年的中国城市化进程,多数读者可以更好地理解《废都》所建构的城市空间形象,也会对小说中描写的各种污染和社会问题感同身受。"古都西安在20世纪也面临西方现代性观念的冲击与挑战,西安因地域的褊狭、文化的保守,在现代化过程中依然固守着自己原有的城市品位和人文特色。西安要真正实现从传统的千年古都向现代之城的蜕变,牵涉到'老西安'建筑文脉的存续与断裂、西安居民文化心态的改变与调整。"③ 贾平凹在《废都》中建构的西安城市空间具有明显的"废都"特征,表现了作家心中的"废都"意识,这种"废都"意识不但是西安人的意识、西部人的意识,也是当时中国人的"废都"意识,同时,也折射了人类的"废都"意识。

(作者单位:商洛学院)

---

① 杨辉:《大文学史视域下的贾平凹研究》,人民出版社2017年版,第147页。
② 冯雷:《北京现代文人故迹:城市文化地标与历史记忆锚》,王德领、杨岸青主编:《中外文学中的城市想象》,首都师范大学出版社2017年版,第91页。
③ 王亚丽:《老西安、古典传统与招魂写作》,《文学评论》2015年第1期。

当代西北作家作品研究

《创业史》:合作化小说和农民小说*

吴 进

内容提要:合作化小说是一种"运动"小说,是20世纪50—70年代小说的代表,但它又是农民小说,是现代农民叙述在这一时期的特殊表现,其"运动"性质给它的内容和形式都带来了以往的农民叙述所没有的特点。由于柳青对合作化运动的全程介入以及他的宏大构思,《创业史》是合作化小说中最具典型性的作品,但这部作品最能在文学史上留下印记的,是他塑造的农民形象,是他们的生动和厚重,这在与同类小说相应人物的对比中可以明显地凸显出来。

关键词:《创业史》;合作化小说;农民小说;对象化

乍看上去,将《创业史》分称为"合作化小说"和"农民小说"是故弄玄虚。"合作化"是在农村进行的,也叫"农业合作化"。农民是合作化的主体,没有农民,哪来的合作化?

但细想一下,它们的区别还是明显的。尽管两者密不可分,但却各有历史和侧重,也有不同的语义内涵。"合作化"是现代的政治"运动",如果不计人民公社成立之后的岁月,作为"运动"只持续了数年而已;农民则是一个延续了数千年——也许更长——的社会群体,合作化只是它漫长历史中的一瞬而已,但这"一瞬"却对它产生了巨大冲击。小生产汪洋大海的农村数年内就成了国家体制的一部分,农民成了"社员"。历史与现实,主体与客体,政治与经济,"运动"与"日常"……它们不但有统一,更有对立,这是将它们区分的外部原因。

就内部原因而言,将它们做适当区分也有坚实的理由。"合作化小说"是20世纪50—70年代农村题材小说的大宗,大多数这一时期的农村题材小说都写的是合作化。

---

* 本文系陕西省社会科学基金"文学时代转换背景下柳青与路遥的比较研究"(项目编号:2015J010)成果。

它们达到的高度可以争论，但作为20世纪中国文学的重要方面——而且它的历史内容是难以重现的——它的存在不能被无视。而"农民小说"更重要。虽然这是一个出现频率不高的概念，但很多与它有关的概念我们已经耳熟能详了，如农民叙述，农民叙事，农民想象，底层文学，乡土文学，农村题材小说，等等。而且，20世纪中国文学关于农村和农民的叙述已经蔚为大观，成为不可忽视的传统，"合作化小说"只是这个传统中的组成部分而已，或者说，"合作化小说"就是"农民小说"在特殊时期的特殊类型。看看它在这个传统中引起些什么变化，留下了一些什么遗产，应该是一项有价值的工作。

一 合作化"运动"与合作化小说

"合作化小说"中的"合作化"带有明显的"运动"性质，所以严格说来，应该是"合作化运动小说"。它的这种性质对理解这种小说类型非常重要。

洪子诚先生认为，当代农村题材小说有一个重要特点，即它往往以"运动"和"事件"作为作品的主要背景或者框架，而在这种题材的挤压下，"乡村的日常生活，社会风习，人伦关系等，则在很大程度上退出作家的视野，或仅被作为对'现实斗争'的补充和佐证"。[①] 洪先生对这种现象是不满的，起码是不以为然。这种看法当然有其合理性，因为"题材决定论"不但会限制作家的视野，而且自然带有"价值决定"的意味，更会限制作家的思想。不过，如果换一个角度看，这种引起洪先生不满或不以为然的现象也有其自身的合理性，因为50—70年代是中国政治运动频发的时期，也形成了那一时期历史的主线，甚至成为生活常态。"乡村的日常生活，社会风习，人伦关系等"并不只在文学意义上是"现实斗争"的补充，首先在现实中就是如此。从反映论的角度看，这种现象也无可厚非，是现实中的"运动"和"事件"挤压了"日常生活，社会风习和人伦关系"。所以，合作化作为一种"运动"，尤其是在相当程度上决定了它以后20年大多数中国人基本生活制度的"运动"，对它的文学反映就有了一种合理性。这是评价"合作化小说"必须考虑的背景。

在这种情况下，搅动原来"自然"生活状态的"运动"反而成了标志革命意识形态的常态，甚至成为革命美学的历史形态，而回避这种"运动"、追求生活"日常"性的文学表现只能成为配合"运动"的点缀，失去了其自身的合理性。文学中的"运动"就这样成为革命历史和革命美学的连接点，不但反映了革命时代的历史真实，也反映

[①] 洪子诚：《中国当代文学史》，北京大学出版社2007年版，第82页。

了那个时代的理想。专门研究合作化小说的杜国景曾经提出了一个有意思的观点，认为"合作化小说"并不是一个简单的概念，因为它应该是包括对从互助组到初级社、高级社和人民公社的合作化历史的全面反映。① 粗看上去，这种对合作化的定义并无新意，因为他说的不就是合作化运动所经历的四种形态吗？问题在于，人民公社是合作化"运动"的终点，在它之后，"合作化"虽然还在，但"合作化运动"已经终结，以后存在的只是被体制化了的合作化而已。"运动"所激起的特殊的心理动荡过程已经不存在了。失去了"运动"形式的"合作化"，对作家的吸引力已经大不如前。正因为如此，几乎所有的合作化小说都写的是"运动"。

　　作为"运动"的合作化对乡村的日常生活的确有一种挤压甚至吞噬，尤其在高级社以后，当农民已经基本丧失了对合作化选择权的时候，他们已经从"农民"变为"社员"，生活已经被"一体化"了，他们的"日常生活、社会风习和人伦关系"也已经有了很大改变，这个时候的"运动"和"日常"的分别也已经没有原来那样明显。这种情况对拥护合作化但对原有的乡村生活有深刻情感记忆的作家也是一种挑战。柳青在一定程度上也是这样，虽然他在同时代作家中是将这两者结合得最好的。柳青对《创业史》的构想本来是写四卷，分别为互助组、初级社、高级社和人民公社，用他自己的话说，即"互助组阶段"，"农业生产合作社的巩固和发展阶段"，"合作化运动高潮"及"全民整风和大跃进"，② 从而覆盖了合作化的全部进程，但最后只完成了第一卷和第二卷的初稿，而其中的原因耐人寻味。这种情况表面上看来是由于 20 世纪 50 年代末以后各种新的运动的干扰以及柳青的身体原因，但另外一个很重要的原因是他对高级社以后的合作化运动的看法。柳青对合作化运动一个非常重要的原则就是"自愿"，而且这是一种长期的并非过后就收回的原则，但 1955 年以后合作化运动的进程完全与他的看法相异：取消土地分红以及实际剥夺农民在加入合作社方面的选择权，这些做法不可能对他以后的写作没有影响。就此而言，柳青最后没有完成《创业史》的写作不是偶然，不是没有他主观上的原因，只是由于当时的环境所限他不好明言罢了。

　　对于当代农村题材小说而言，合作化小说具有特殊意义。大多数农村题材小说的代表作都是合作化小说。能够勉强与合作化小说并列的只有土改小说，但其内涵远没有合作化小说丰富。王西彦早在50年代就指出了这一点："对农民来说，农业合作化运动，是一种比土改运动更深刻的革命。农民们在土改运动中所表现的那种对地主阶

---

① 杜国景：《合作化小说中的乡村故事和国家历史》，中国社会科学出版社 2011 年版，第 2 页。
② 王维玲：《柳青和〈创业史〉》，蒙万夫等：《柳青写作生涯》，百花文艺出版社 1985 年版，第 131 页。

级的仇恨，那种对土地的渴望，是孕育在长期的阶级剥削和阶级压迫的关系里的，只要剥削和压迫的锁链一解除，就会爆发出来。可是，农业合作化运动，却要求农民们抛弃那长期相沿的私有制的经济基础，排除自己头脑里那种根深蒂固的私有观念。这个转变，自然更困难，也更深刻。"① 土改就其"均田"的性质而言，与历史上农民运动的目标并无二致，没有显示出其社会主义革命的性质，只有将它与后来的合作化运动视为一个整体才能显示出其时代意义。而且，如同王西彦所说，土改符合一般农民的愿望，所以它的过程一般是短期和比较顺利的，不会像合作化运动有那么大的阻力，也不会像合作化运动那样深层次地触动不同农民阶层的利益，使农民经历一个异常复杂和艰难的心路历程。再者，土改是要无偿地剥夺地主的土地，在这个过程中就免不了有暴力，或者说，土改就是一种革命暴力支持下的社会运动，这与合作化运动大相径庭。就其本质而言，合作化是一场以说理和利益对比为主要手段的社会运动，起码在高级社以前的阶段是这样。土地分红和退社自由是初级社最重要的原则，体现了那时合作化运动的非强制性质。② 所以，相对于土改这样一步到位的历史运动，合作化必须经历一个相对漫长的历程，而后来的历史证明，正是由于当时国家决策者在这个问题上操之过急，忽视了必须遵循的历史规律，才导致了合作化运动实质的不成功。《创业史》中的梁三老汉对于梁生宝的合作化事业由反对到拥护，几经波折，但土改对他来说却全然不同，"人们只要告诉他一声，十来亩稻地就姓梁了"。③ 其过程简单得让他觉得不真实，以至于他要常跑出去印证这不是梦。两个运动之间的差异使人能更深切地感到合作化运动导致的农民的深层心理变化，才能看到巨大的历史变化给农民带来的影响。这也正是柳青写作《创业史》的目标，即"着重表现这一革命（中国农村社会主义革命）中社会的、思想的和心理的变化过程"。④

不过，不论土改小说与合作化小说有多大差异，它们反映的都是具有全国性规模和深远历史意义的当代"运动"，以这样的"运动"作为文学的对象就自然会有"史诗"的潜质。这也是50—70年代文学对"日常"叙述排斥的重要原因。当然，中国作家大都出身乡村，所以也会在坚持讲述"合作化故事"的同时顽强地表现乡村生活的日常性。在经典的合作化小说中，作家都很注意作品内容的史诗性和日常性之间的平衡，但要做到这一点并不容易。《三里湾》就可以看作两条线合成的"合作化小说"：一条是以"开渠"和"扩社"为主线的"合作社故事"，另一条是马、王、袁、范的

---

① 王西彦：《读〈山乡巨变〉》，《人民文学》1958年7月号。
② 罗平汉：《农业合作化运动史》，福建人民出版社2004年版，第84—86页。
③ 柳青：《创业史》，《柳青文集》第二卷，人民文学出版社2005年版，第16、119—122、85—86页。
④ 王维玲：《柳青和〈创业史〉》，蒙万夫等：《柳青写作生涯》，百花文艺出版社1985年版，第131页。

家庭故事以及三对年轻人之间的恋爱为主要内容的"日常故事",但两条线之间显然不平衡,"日常故事"要生动得多。虽然这种"日常故事"与"合作化故事"往往交织在一起,但读者看到更多的还是这种"在合作化运动影响下的日常生活",而"开渠"和"扩社"则退为一种日常故事的背景。《山乡巨变》中的合作化故事要集中得多,但评论者们对它的印象依然是"生活常态":"与一些不满阶级斗争火药味的小说相比,作品更多地带着对时代落伍者会心的微笑……"[1] 不过,这种现象并不一定值得赞扬,因为它说明作品中的"生活故事"并没有同"合作化故事"有深层的融合。比较一下《山乡巨变》中陈大春与盛淑君的恋爱故事与《创业史》中梁生宝与徐改霞的恋爱故事,可以很明显地看到这一点。改霞与陈大春有一个情节上的相似之处,即他(她)们都在作品中途消失了。陈大春进了株洲的工厂,这正与改霞后来到北京长辛店进了工厂一样。但柳青在改霞身上做足了文章。改霞与生宝之间的恋爱最后之所以失败,很大程度上是由于改霞要进工厂所致,而改霞虽然在《创业史》的"合作化故事"中基本上置身事外,但她对城市的向往以及她因此与生宝之间的误会,她对郭振山看法的转变,她不想做"三合头瓦房院"的农家媳妇等,都使她与合作化运动建立了深层的联系。陈大春则全然不同,他的消失没有任何的情节铺垫,也没有任何的主观意愿,是一个与人物本身性格无关的、外来的或插入的决定:去工厂只是由于组织上要人,点名要他去而已,随意得近乎任性,而且也没有在他与恋人盛淑君之间产生任何实质性的波澜。而他的遗憾也只是没有像他计划的那样,完成如同《三里湾》中画家老梁描绘的家乡美好远景。这样的遗憾遵循的是一个理想的革命青年应该有的情感逻辑,而不是一个恋爱中青年的真实心理,起码过于简单了。这样的人物似乎像通俗的政治宣传画那样的空洞。相比《创业史》,《三里湾》和《山乡巨变》都更为"日常",但这种"日常故事"却没有同作品的"合作社故事"建立更加自然而且深刻的关系。

广义地说,合作化小说也属于农民小说,或者叫作"农民叙事",[2] 不过,"农民小说"并不是一个常见的说法,只是为了说明合作社小说的历史渊源,才引入了这么一个冷僻的概念,也可以叫作农民叙述或农民叙事。不过,不论是农民小说还是农民叙述,其内涵外延都不清晰,因为既可指农民的叙述,也可指对农民的叙述。即是说,农民在这类小说中,既可能是叙述的主体,也可能是被叙述的对象。不过,由于真正的农民作家很少,所谓的农民小说或农民叙述大多还是指叙述农民的作品,而不是农

---

[1] 董之林:《沉浸在理想王国的史诗写作——关于50年代农业合作化小说》,见《盈尺集——当代文学思辨与随想》,河南大学出版社2009年版,第227页。
[2] 李祖德:《"农民"叙事与革命、国家和历史主体性建构——"十七年"文学的"农民"叙事话语及其意义》,《中国现代文学丛刊》2011年第1期。

民叙述的作品。曾经有一种颇为流行的观点,认为中国现代作家中最能代表农民的是赵树理,因为赵树理最像农民,也能以农民最理解的方式去讲述故事。这样的看法隐含着一种理论,即只有农民讲述的农民故事才最受农民欢迎,才有资格叫"农民小说"。我们可以凭着直觉去证实这种理论,因为其中的逻辑不言而喻。但这样的理由未必成立。归根结底,"农民小说"最根本的还是要拿出真正站得住并经得起检验的农民人物形象,而这正是柳青的优势,也是《创业史》的真正成就。"合作化小说"不过是"农民小说"在特定时期的产品罢了。要成为优秀的合作化小说,首先要写好农民。

二 《创业史》与农民小说

将农民小说或农民叙述放在中国文学发展的大背景下去看,这类作品无疑是一种现代叙述,因为在中国古代文学中农民基本是缺位的。直到近代,随着民众意识的觉醒,农民才作为"民"的主体被"发现",才成为文学叙述的合法对象。[①]然后到了延安和赵树理时期,农民才真正成为创作的主体,即是说,他们不再仅仅是知识分子观照和施加想象的对象,才第一次在有关农民的叙述中加进了自己的价值观和趣味,才建立了有关自身叙述的合法性。而在中华人民共和国成立后的文学作品中,尤其是在"合作化小说"中,文学中的农民形象才真正有了历史"主人翁"的气概,有了与其他阶层同等的社会地位,摆脱了一直挥之不去的低下和屈辱。柳青、赵树理、周立波等作家就是在这样的历史变化中向世人昭示了一种新的农民小说。

不过,这里所说的《创业史》与农民小说还有另外一层意思。与其他"合作化小说"相比,柳青的《创业史》是"以人物为中心"的。[②]合作化作为"运动"有一种由其本身逻辑带来的自足性,构成一种由于要反映运动全貌和社会结构而形成的叙述压力,人物容易在这种结构中失去自己的特性,但《创业史》却由于其"以人物为中心"的结构而化解了这种压力。柳青没有在作品中跟随合作化的节奏来安排结构,而是把重点放在人物上,从而使人物有了立体感,更富于由于合作化运动而深化的历史内容。在能够看到的《创业史》第一卷和第二卷中,可以称作"故事"的情节只有"活跃借贷"、"进山砍竹"、"科学密植"、"牲口合槽"和"白占魁事件"等几个大的回合,疏朗而不密集,而且其中没有强制性的逻辑关系,从而腾出大量空间来较为充分和舒展地表现人物。程凯在论及梁生宝形象时曾经谈到,《创业史》中"梁生宝买稻种"一章就情节而言

[①] 张丽军:《想象农民——乡土中国现代化语境下对农民的思想认知与审美显现(1894—1949)》,山东人民出版社2009年版,"导言",第1—4页。
[②] 贺桂梅:《"总体性世界"的文学书写——重读〈创业史〉》,《文艺争鸣》2018年第1期。

不是必需的,因为这虽然是生宝在作品中第一次露面,但作品在前面几章已经通过其他人物为他的出场做了充分铺垫,这一章只是要展示他性格中那些核心的还没有充分表现的特点而已。① 虽然程凯没有谈到"农民小说",但已经在实质上论证了这一点。所以,这里的"农民小说"并不是一般所说的"农民叙述"和"农民想象",它实际上就是"人物"小说。《创业史》独有的"对象化"方法也凸显了"'人物'的完整性和内在一致性",② 显示了柳青的眼光之独特和用心之专,同时也说明,在"合作化小说"和"农民小说"之间,《创业史》更偏重于后者,最起码在它的文学意义上是这样。"合作化"只是他写农民的一个特定的时空框架。当然,严格说来,"合作化小说"和"农民小说"在这部作品中是难以剥离的,前者是后者特殊表现的历史规定性,而后者使前者以一种更生动和更深入的方式被反映出来。

就写好农民小说而言,柳青有两个其他作家不具备的前提,即他对生活的深入程度和对农民人物的对象化程度,以及一种超越性的理论视野。所谓"对生活的深入程度和对农民的对象化程度"实际上是一个问题的两面,两者之间有一种相互促进的正相关关系。"深入生活"是以对农民的对象化为目标的,而对农民的对象化必须以长期专注的"深入生活"为基础。至于"超越性的理论视角",则是指对被观察的生活——农民是其中主要的部分——有一种探究和创造性解释的欲望,并将这种探究和解释提升到带有普遍性的理论高度。这种"普遍性"的理论高度因为有了异常坚实的生活支撑而不显得高蹈,而有了这种视角和高度,对生活的深入也就有了更为深广的历史内容。这是《创业史》能够被称作"农民小说"的内在机制。

柳青在深入生活方面显示了比同时代所有作家远为坚定的意志。他在长安皇甫一待就是14年,如果不是"文革"使其强行中断,他还会在那里长期待下去。这种方式体现了极强的对事业的热爱和献身精神。对柳青来说,扎根皇甫并不仅仅是要反映合作化,如果仅仅这样,他用不着在皇甫"扎根"。其他合作化小说的作家只是把作品看作他们文学创作生涯中的一个插曲。赵树理写《三里湾》前后只在山西平顺川底村待了几个月的时间,主要是1952年9月到年底的一段;③ 周立波写《山乡巨变》也只在湖南益阳断续生活了两年,④ 但柳青则用了他整个的后半生,而且只完成了当初写作计划的不到一半。只有把《创业史》理解为农民小说,他的这种壮举才能得到合理解释。

---

① 程凯:《理想人物的历史生成和文学生成——"梁生宝"形象的再审视》,《文艺理论与批评》2018年第3期。
② 同上。
③ 山西省史志研究院编:《赵树理传》,当代中国出版社2006年版,第170—187页。
④ 胡光华、李华盛编:《周立波生平年表》,李华盛、胡光华编:《周立波研究资料》,知识产权出版社2010年版,第10—48页。

当然,《创业史》首先是"合作化小说",所谓"农民小说"只是说他对"合作化小说"的深化程度。在所有合作化小说作家中,柳青是唯一计划反映合作化全程的,即从互助组到初级社和高级社,最后到人民公社。而且他注重生活体验的完整性和原发性。所以,当1952年他在长安县决定要把那里作为他生活基地的时候,他没有选择已经有很好基础的王莽村的"七一初级农业合作社"和那里有经验的合作化带头人蒲忠智,而是选择了去皇甫乡,因为那里有他看中的未来小说主角原型王家斌,也因为王家斌互助组刚起步,而他要经历合作化的全过程,而且在这个过程中要亲自获取第一手的经验和材料。[①] 柳青比所有作家都更深地介入了合作化运动的实际过程,其具体程度无人能及。但之所以还把《创业史》称为"农民小说",是因为他对农民的深层关注。简而言之,作品要叙述的重点不是合作化是怎样进行的,而是农民怎样在进行合作化,或者说是合作化怎样改变着农民。

乡土文学或者农村题材小说是20世纪中国文学最有成绩的领域,但在中华人民共和国前,很少有作家会专门为写作去"深入生活"。尽管大多中国现代作家都来自乡村,但他们对农民的观察注意并不够,他们的作品如鲁迅所说,是在城市中做的"侨寓文学",是对乡村生活的回忆,作家并没有有意为之地为"叙述农民"做好准备,这在他们的年代和文学体制下也不现实。这种情况限制了作家们在"写农民"方面的成就。当然,中华人民共和国成立后又出现了一些对作家农民想象的新限制,一些更明确也更狭隘的对农民想象的规定,但不论怎样,要写好农民,首先要在文学的意义上观察他们,对他们越熟悉越好,这是写好农民的前提。中华人民共和国成立后的文学体制保证了作家可以长时期心无旁骛地去农村"深入生活",这在那以前和以后都是难以做到的,[②] 问题是作家有没有这种"深入生活"的决心和意志,因为它要求作家在各方面都做出巨大牺牲,如乡村生活的艰苦,家人的不理解,甘于寂寞等。尽管中华人民共和国后的作家们都在不同程度上"深入生活",但像柳青那样的彻底和自觉却绝无仅有。

写好农民的另一个前提是对农民的独到发现,而这种发现需要一个与众不同又沛然成理的视角。在谈到《创业史》的创作意图时,柳青明确指出:"《创业史》这部小说要向读者回答的是:中国农村为什么会发生社会主义革命和这场革命是怎样进行的。"[③] 这是一个看起来似乎平常但实际上非常深刻的思路。一般的合作化小说作家只是在回答第二个问题,即"这场革命是怎样进行的",但不会问"中国农村为什么会发生社会主义革命"这样的问题,即使问了也缺乏自己的"创造性解释"。但是,只有问

[①] 刘可风:《柳青传》,人民文学出版社2016年版,第115—119页。
[②] 见吴进《"柳青现象"和"深入生活"》,《中国文学批评》2016年第3期。
[③] 柳青:《提出几个问题来讨论》,《延河》1963年8月号。

了第一个问题,第二个问题的回答才会有可能达到的深度。贺桂梅曾把《创业史》的叙事称为"主题的政治元叙事",其特点是,"它不是对国家政策的简单转述,也不是对社会变动的旁观写照,而是从马克思主义的基本命题出发,用文学形式来书写和论证这场运动的合法性、动力形态和可能的展开过程"。[①] 正是这种"元叙事"才使得它对农民人物形象有了一个更深的、可以挖掘的空间。萨支山在比较《三里湾》、《山乡巨变》和《创业史》这三部有代表性的合作化小说时认为,合作化运动的历史合理性取决于农民对于合作化的需要程度,但是这个问题在《三里湾》和《山乡巨变》中都未得到足够的重视,这也是《创业史》的优势所在,因为"探讨合作化运动是'自上而下'还是'自下而上',探讨何者更接近'真实'是没有意义的并且也永远纠缠不清。重要的是作为现实的意义秩序建构,它要求在展现历史发展过程中凸显出作为行为者的农民的自觉的选择。正是这种自觉的选择才赋予行动者以主体的意义,而在行动者获得主体意义的同时也就建构了现实的意义,并使现实具有了合理性"。[②] 这种所谓"农民的自觉的选择"是《创业史》要解决的核心问题,在这样前提下的农民形象才可能有其他合作化小说缺乏的历史深度。

合作化运动的历史合理性是吸引农民参加合作化的根本动力,只有这样,"历史发展过程"才能成为"农民的自觉的选择"。这种"历史合理性"涉及两个方面:一是经济层面,即贺桂梅所说的"情节的政治经济学"的内容,使合作化通过"增产"[③]来获得农民的认同,以一种平和的方式使农民完成由私有制向公有制的转化。鉴于一般农民的现实性,这种方式的革命对农民最有说服力也最立竿见影,但仅仅靠着这一点来完成合作化,又没有完成它的全部使命,即除了抑制土改之后两极分化的倾向之外,还要使它成为所有制变化的必由之路,并在这种过程中"改造农民",使他们有一种"精神提升"。这就是所谓合作化的"历史合理性"的又一个方面。按照萨支山的解释,这才是《创业史》作为合作化小说的真正"成功"之处。《三里湾》就没有达到这个层面。它只是在经济合理性的层面来理解这个问题的,也正由于此,"糊涂涂"这样顽固的老中农最后才能痛快入社,因为他想通了,入社其实"有利"。《山乡巨变》虽然已经意识到这一点,但也没有写到"农民的自觉的选择",没有写到伴随着合作化农民的"精神提升"和心理变化,没有体现出合作化的"社会主义革命"的性质。在这里,对合作化的"农民的自觉的选择"至关重要,如果只是那种锣鼓喧天的强制性

---

① 贺桂梅:《"总体性世界"的文学书写——重读〈创业史〉》,《文艺争鸣》2018 年第 1 期。
② 萨支山:《试论五十至七十年代"农村题材"长篇小说——以〈三里湾〉、〈山乡巨变〉〈创业史〉为中心》,《文学评论》2001 年第 3 期。
③ "增产"的实质是"增收",在这种前提下的"入社"是一种利益驱动下的政治行为。

合作化——不论是赞成还是批判式的回顾,虽然也有其价值,但只会因此而丧失《创业史》式的人物丰富性,会遮蔽只有在农民有选择权利时才能暴露出来的深层心理。萨支山就此问题已经做出了清晰的梳理,可以说是切中要害,也抓住了作品作为合作化小说的真正独到之处。不过,由于篇幅所限,在合作化运动中农民"精神提升"的问题上,萨文主要集中在梁生宝的"农民气质"问题上,以此来彰显梁生宝作为"社会主义新人"的必要性。这当然是必要的,也反映出《创业史》主要的主题指向,但除此之外,作品中由合作化触及的农民的精神和心理变化的描写相当广泛,涉及几乎所有的阶层,他们的状况是复杂的,精神不会都在"提升",而是沿着不同的方向在发展。那些不"自愿"加入合作化的农民得到了同样强度的重视,并没有因为他们的身份而被漫画式地、或者漫不经心和随意地处理。他们都是合作化运动不同程度的反对派,如郭振山、郭世富、姚世杰、梁大老汉父子、王二直杠等,但每个人反对的原因都不同,作品对支持他们"自觉的选择"后面的心理也做了非常深入的展示,从而完整地成就了他的"农民小说"。当然,如前所示,这种展示是他对农民深度的观察了解和他据以进行这种观察了解的"元叙述"交融的产物。

三 《创业史》中的农民形象与布局

由于合作化是国家层面的运动,而且作家们对整个运动的认识及对各个阶层人物的理解上也有相似性,在《三里湾》《山乡巨变》《创业史》这些典型的合作化小说中,就有一些对应的人物,并形成了某种相似的作品人物结构,如作为合作化带头人的王金生,刘雨生和梁生宝;他们的主要党内对手范登高、谢庆元和郭振山;合作化的积极分子王玉生、王玉梅、王满喜、陈大春、盛淑君、盛清明、冯有万、高增福、任欢喜、富裕中农糊涂涂、菊咬筋、郭世富、梁大老汉;普通农民或落后农民袁天成、陈先晋、亭面糊、梁三老汉、王二直杠;反动分子龚秋元、姚世杰等。但在几乎每一组对应的人物中,《创业史》中的人物都显得更充实丰满,有更丰富的历史内容。除此之外,《创业史》中还有一些柳青发现的独特人物,如素芳、白占魁等。正是这种人物的丰满、深刻和多样化,说明了它在何种意义上可以成为合作化小说中的农民小说。

程凯把他最近一篇专论梁生宝的论文题目定为"理想人物的历史生成和文学生成",可谓意味深长,因为这样的人物有明显的"生成"过程。塑造带头人形象是"合作化小说"的难题,因为他们是"社会主义新人",在现实中很难发现直接的对应人物,但在"合作化小说"的结构中,他们又是不能缺少的一环,还要有坚实的可信度,所以怎样处理就颇为棘手。梁生宝就是这样经常被批评的人物,但对比一下《三里湾》

中的王金生和《山乡巨变》中的刘雨生,不难发现只有梁生宝才最有"意识到的历史内容"。王金生属于那种很难给人们留下印象的人物,或者简单地属于结构需要但作者对之缺乏激情的人物,所以没有赋予他可以让人记住的个性。他基本上没有介入具体矛盾,也没有什么使他焦虑的事情。他的干瘪个性暴露出赵树理对这类人物事实上的冷淡。《山乡巨变》中的刘雨生情况要好一些,性格轮廓清晰,但就"合作化带头人"这样的角色而言,他也缺乏特色。在"上卷"里,他的主要矛盾是家庭矛盾,即落后的妻子同热心工作的积极分子之间的矛盾,这种矛盾曾在"四五十年代农村题材小说中""占有突出位置",① 沿用下来缺乏新意。"下卷"中他虽然更加贴近合作社社长的角色,但那已是合作化后期,最考验"带头人"的时期已经过去。他也没有经历什么最能表现他性格的事件,不过是一个普通的合作社管理人员而已,没有太多的主动精神。赵树理和周立波都没有就他们在塑造"社会主义新人"方面的不成功做出解释,面对塑造这么一个结构上必须而现实中又缺乏的人物的棘手工作,他们选择了低调处理。相比较之下,梁生宝形象虽然不是作品中最成功的人物,但却是柳青花费心力最多的人物。他对这个人物的原型王家斌极其熟悉,而且王家斌的被"发现"和成长都与柳青密不可分,作品中与梁生宝有关的许多事件都是实有其事。他是把梁生宝形象放在决定作品成败的意义上去看待的,所以在严家炎批评梁生宝时,他才会那样冲动。② 他对整个作品的构思和深厚度的期待决定了他对这个人物不会像赵树理和周立波那样低调处理。而且所谓"不是作品中最成功的人物"也只是相对而言,即使严家炎也承认他是一个"取得了相当成就的社会主义新农民形象"。③ 程凯对此有非常扎实的论述,他让我们看到,梁生宝身上有深厚的可挖掘的历史内容,这些内容在王金生和刘雨生那里是没有的。柳青注意到一个辩证的事实:生宝是个农民,他的一切觉悟和与普通农民不同的超越性都建立在这个基础上;倒过来说,他又是一个党员,一个"工作积极分子",他的所有觉悟和超越性都应有一种农民式的表现。柳青是有意识地向这个方向努力的,虽然的确有勉强的时候。整体来说,他是"柳青的人物",也就是说,他意义饱满。比方说,与刘雨生一样,梁生宝也内向,但当作者把他这种个性与他的党内对手、"轰炸机"郭振山放在一个相互映衬的话语环境中,他的"内向"就有了丰富得多的意义。

《创业史》中的郭振山和《三里湾》中的范登高都是"合作化小说"中的重要人物,他们都是中华人民共和国成立前入党的老党员,资历老,在土改中立下了功劳,

---

① 程凯:《理想人物的历史生成和文学生成——"梁生宝"形象的再审视》,《文艺理论与批评》2018 年第 3 期。
② 柳青:《提出几个问题来讨论》,《延河》1963 年 8 月号。
③ 严家炎:《梁生宝形象和新英雄人物创造问题》,《文学评论》1964 年第 4 期。

也获取了利益，并在土改之后的"新民主主义"秩序中经济地位急剧上升，成为新中农，丧失了搞合作化的动力，并成为运动实际上的反对者。但他们依然"在党"，忍受着来自党的压力和怎样处理他们的经济利益与政治利益之间矛盾的煎熬。但是，相对而言，郭振山显然更具历史内涵。范登高已经基本丧失了他的政治企图心，在王金生等他的后辈党员对他的政治攻势中节节败退，而且这种政治上的溃败之势并没有引起他真正的恐慌。他的"煎熬"程度比郭振山要低得多。赵树理注重人物言语行动而放弃心理描写的方法很难触及人物的深层心理，而他也没有把合作化运动看成非常严重的不同势力之间的斗争，这与柳青完全不同。《三里湾》被改编成电影后的名字叫《花好月圆》，那种轻喜剧的调子与原作是比较吻合的。《山乡巨变》的情况也差不多，那里甚至找不出来一个与范登高和郭振山功能和分量相似的人物，也没有相应的合作化运动的上层斗争——作家几乎把全部精力都放在了村或乡一级的基层水平上。这样，在作品中就缺失了党内斗争这条线，没有一个与合作化运动有不同意见的党内不同路线的代表。而这正是柳青在《创业史》中的用力所在。郭振山的形象表现出了柳青对合作化运动在农民中影响的深层思考。他是"轰炸机"，有威信，有能力，又有资历，而且非常看重自己在村中的影响力，所以他不像范登高那样在村里干部之间的斗争中完全采取守势，反而常常是咄咄逼人。但在实际上，他也为由于工作影响而不能全心全意发家而苦恼，甚至认真地考虑这样下去要不要"在党"。他具有在《三里湾》和《山乡巨变》中相应人物都没有的力度，也使整个作品有了一条极具历史深度的矛盾线索。

　　被公认为写得最出色的梁三老汉形象则是《创业史》农民群像中普通农民的代表。《三里湾》中没有这样与他具有相似结构功能的人物，因为作品中真正的核心事件是"分家"，而表面上的中心事件"开渠"和"扩社"都是通过"分家"来展开的，或者说"开渠"和"扩社"基本没有成为作品中的可视性场面，结构设计中并没有像梁三老汉这样一个相对来说缺乏倾向性和明显政治归属的普通老农的位置。而《山乡巨变》中的亭面糊则缺乏自己的独立价值，发挥的更多的只是情节过渡的功能，与梁三老汉不能同日而语。梁三老汉也许不是作品中作者最用心塑造的人物，但却有作品中任何人都无法取代的位置。在作品中起到至关重要作用的"题序"就是以他的视点展开的，而且他在私有制条件下个人创业的失败最后成为作品中合作化运动的逻辑起点。他的创业梦以及后来对生宝的合作化事业态度的转变，都将作品的深度推向了一个其他"合作化小说"很难达到的层面。而且叙述者对他的一系列地地道道的农民式举动的捕捉和表现，堪称入木三分。这种似乎"无意"塑造的人物堪称典范。

　　之所以把《创业史》称为"农民小说"，除了这些已经深深卷入合作化运动并且能够划为围绕"运动"的基本人群及他们的代表人物之外,还有一些运动中的特殊人物,或者身处合作化大潮之外以及与运动关系不那么直接的农民形象,如白占魁、孙水嘴、改霞、秀兰、素芳、生宝妈、改霞妈等。这些人物不但能从非常规的角度介入运动,展示出运动的深入和乡村社会的丰富性,调节作品的气氛,更重要的是,能够显示出作家对于合作化小说的独特视角。赵树理和周立波也会在他们的合作化小说中去展示那些非合作化运动的内容,正是从这些内容中,我们可以看到他们对合作化以及乡村的独特理解。《三里湾》由于篇幅较短,所以人物也相对较少,用以调节作品气氛的主要手段就是把乡风民俗融入合作化运动的进程中来,具体的表现就是王、马、范、袁四个家庭在运动中的变化——尤其是马家院的分家——以及三对年轻人的恋爱故事,并没有直接塑造一些特异人物。《山乡巨变》在对合作化运动本身的表现上并没有什么出众之处,但它所以能够打动人是由于其中一种相对比较放松的心境,以及湖南乡野的山水人情之美。但《创业史》却与它们不同。柳青会通过特意挑选的人物去将自己的笔触深入乡村的角角落落,在表现"运动"之外生活"日常性"的同时让读者感受到乡村文化的脉络,感受到合作化运动得以开展的文化土壤。这是把《创业史》称为"农民小说"的另一原因。

  白占魁是《创业史》中一个不能忽视的角色。这是一个乡村的"流氓无产者"。由于作品中人物众多,一般人在评论时会将他遗漏,但他并不是一个小人物。他的渊源可以追溯到阿Q,新时期的乡村小说中也有许多类似的人物,如古华《芙蓉镇》中的王秋赦和张炜《古船》中的赵多多。他是"前国民党军下士","大车连副班长",娶了"以风骚有名的婆娘李翠娥",好逸恶劳,整天想着"二次土改",但另一方面,他又"天不怕地不怕,有时候也的确热心,够吃苦"。[①] 因为在延安时期(1943年)有过所谓"反二流子运动",柳青对这样的人物有很深的印象,他也在自己的短篇小说中写过这样的人物,[②] 所以他才在《创业史》中把他写入蛤蟆滩合作化的农民群像中。白占魁不多的几次出场都对情节的进展起了很大作用:活跃借贷不成而恼羞成怒,主动甚至热烈地要求加入梁生宝互助组,因为不爱惜牲口而引起的合作社危机,从中可见柳青对他的重视程度。他了解这类人物的多面性和不可靠,但也深知他们没有固定的阶级归属,属于乡村社会的边缘阶层,极不安定,又有很大的搅动局面的能量。对白占魁的关注和描写反映出柳青的广阔视野,也意味着他并没有机械地随着合作化"运动"的节奏走,而是将这场"运动"视为整个乡村社会在特定时段经历的时空环境,从而

[①] 柳青:《创业史》,《柳青文集》第二卷,人民文学出版社2005年版,第16、119—122、85—86页。
[②] 柳青:《土地的儿子》,《柳青文集》第四卷,人民文学出版社2005年版,第91—108页。

印证了这是一部写合作化运动的"农民小说"。

　　素芳是比白占魁更边缘的人物。就"合作化小说"的界定而言，她是一个完全可以忽略的人物。尽管作品也提到富农姚世杰企图用她来破坏合作化运动，但素芳本人完全没有这样的念头，这是她与白占魁不同的地方。素芳的边缘化不仅体现在合作化"运动"中，更体现在乡村的"日常"生活中。换句话说，即使没有合作化运动，她也是一个孤独的"被侮辱与被损害者"。这样的人物在现代文学中有一个系列，熟悉现代文学的柳青对这些人物应该是有印象的，在素芳身上也有这些人物的影子，只是柳青把她们具体化、纵深化、历史化了。现代作家不可能有柳青那样的乡村生活积累，准确地说，不可能有柳青那样对农民的长期专注的观察。素芳的形象显示出柳青是在一个新的文学时代写作，但他却有过去时代的精神遗存。对素芳的关注显示了柳青在他的合作化叙述的特殊结构中暂时离开了对作为社会主义革命"运动"的关注，进入另一个层次的"元叙述"，显示了他对农民的"人"的关怀。赵树理和周立波都没有进入这个层次的对农民的关注，在《三里湾》和《山乡巨变》中也没有与素芳对应的人物。实际上，在《创业史》的其他人物身上，也在不同程度上有这种关怀，只是由于他们与"运动"的关系而使这种关怀被遮蔽了而已。

　　素芳的被鄙视也表现了一种乡村文化的舆论环境，可以证明柳青不是不关心乡风民俗，而是把它放在大的社会变革的背景下去表现罢了。与素芳相对应的是改霞妈，这是又一个一般评论家不会提及的人物，即使在《创业史》中她也是被边缘化的。她是一个谨守妇道、几乎与社会完全隔绝的寡妇，本来与合作化运动完全没有交集，就主题而言，她在作品中可有可无，但作者却在不多的篇幅里赋予她丰富的悲喜剧内涵。改霞是她生活的全部内容，所以她会要求郭振山"把梁生宝开除出团"，因为"梁生宝不是人，胡骚情"。[①] 这种极富个性又极其自然的语言，只有改霞妈才说得出来，而这样有着可追寻的历史深度的喜剧场面，在同时代其他作家的作品里是难以看到的。这些边缘化的人物与"运动"旋涡中心的人物们一起构成了柳青"农民小说"的宏观视野。

　　人物塑造是否有深厚的历史内涵与作品的构思紧密相关。如果没有相应的思路，没有为人物提供可以展示他们历史内容的平台，没有为他们安排一定的人物矛盾，就无法赋予人物饱满的性格内涵。《创业史》把公有制取代私有制作为作品的中心思路，写出在这种所有制转换过程中人们的思想变化和一种新的生产关系的诞生的艰难，写出了《三里湾》和《山乡巨变》没有的历史意义。

---

　　① 柳青：《创业史》，《柳青文集》第二卷，人民文学出版社2005年版，第16、119—122、85—86页。

四 《创业史》与农民小说的表达

人物是小说构思的中心，这是柳青的一贯看法，也是《创业史》的结构原则。不过，仅仅从结构上加大人物描写的比重还只是"农民小说"重视人物的一种外部措施，最根本的问题还是"写得怎样"，还是在这种大比重的空间里怎样将农民写得更真实更有深度。将《创业史》作为"农民小说"的创作路径就是"进入农民"，或者说把自己置换成农民，以农民的方式感受世界。这种所谓"对象化"的方法最早由柳青的早期研究者刘建军、蒙万夫等发现，但现在已经成为许多柳青研究者的共识了，并且给予了理论的总结和深化。但与这种"对象化"写法相关的，还有两个要点，即"去过程化叙述"和"感觉的辩证法"。回顾一下中国现代乡土小说史，可以了解，这两种方法有着意味深长的历史和文化意义。

所谓"去过程化"就是减少或者剔除那些思想和历史意义稀薄、但为了"过程"的连贯而不得不有的部分，至于连那种不得不有的连贯意义也不存在的过程自然更不待说。如柳青所说："既不写矛盾，又不写人物性格，就不能算作故事情节，只能说是生活过程或工作过程。这种生活过程、工作过程，在当代著名的作品中，随处都是。这是作品冗长无力的一个原因。"[①] 不写那种无意义的"过程"，这是一个很高的要求，虽然带有柳青自己个人的风格特点，但的确是为大家忽视、却有着普遍意义的文学方法。

《三里湾》中这样的过程性描写就有不少，如从第十二章"船头起"到第十五章"站得高，看得遍"，用了四章、整个作品近十分之一的篇幅，就只是由村里的干部带领专署的何科长巡视村里的地形和生产状况，没有任何矛盾和性格描写及冲突，本来进行着的村里各种政治斗争也因此中断。类似这样没有实质性内容的部分——比方说情况介绍和技术性细节——在作品中占有相当的篇幅。当然，也有一些并不注重性格和矛盾的作家照样取得了很高的成就，所以也有自己的合理性，如沈从文这样的抒情小说作家。但赵树理明显不是这样，他只是没有像柳青那样专注于对人物性格和情节矛盾的高强度描写而已。《三里湾》的第二章是"万宝全"，仔细介绍了王宝全和王申两位技术老农，中间有很多知识性和技术性的文字，但与人物的性格关系不大。这在柳青那里是不会出现的。在大会上宣布开渠的具体计划和管理机构的构成时，完全是照本宣科，制造气氛，因为作品已近结尾，已经没有空间再讲后面的故事了。《创业

---

① 刘可凤整理：《柳青随笔录》，陕西师范大学文学院编：《长安学术》第十一辑，高等教育出版社2017年版，第6、9、10页。

史》也有这样的介绍,但都是通过作品中人物的口说出的,有明显的情绪和倾向性,让读者了解情况的同时,也了解了矛盾和性格,使全书所有的部分都为作品增添"意义"。如第二卷开始时,灯塔合作社即将成立,但它的机构构成却是郭振山互助组的组员给郭世富"透露"的,这种"介绍"冷嘲热讽,含义要比单纯的介绍丰富得多。

在《山乡巨变》中,也有很多"过程式"描写,尤其是在"下卷"中,但呈现出另一种状况。在上卷中,许多人物的性格还是清晰的,但到了下卷,这些性格并没有发展,而性格一旦停滞下来,进行的就只有"过程"了。柳青早已发现了这个问题,所以他说:"人物必须作为矛盾的一个方面行动,有些小说,人物一开始非常吸引人,以后没有矛盾了,或者矛盾不尖锐了,人物变成某种事物演变过程的工具了,人就看不下去了。"[①] 而在《山乡巨变》下卷中,清溪乡的合作化最复杂和困难的阶段已经过去,作品中最重要的情节已经成为合作社与菊咬筋这样的单干户劳动竞赛和与龚子元这样的阶级敌人斗法,没有太多有深度的历史内容了,那种关于劳动场面的细致描写就成为"过程性"的了。虽然劳动竞赛本身作为一种社会生产形式带有那个年代的时代特点,而且与单干户竞赛的意识形态内容更是显而易见,但由于这时的单干户已经完全是散兵游勇,完全不是集体劳动者们的对手,所以这种描写就充满了欢快的气氛,也符合偏爱它的论者对它的看法。可以想象,如果柳青有机会再往下写,写到他计划的第三卷——高级社阶段的合作化——他也将会面临这样的问题,这样他的全面反映合作化运动的计划将会与他的不写"过程"而要写性格和矛盾的方法冲突,怎样协调也会成为他的难题。在这样的情形下,让菊咬筋这样的单干户与合作社劳动比赛只是无奈的选择。虽然过程有相当的喜剧色彩,但其中的性格和矛盾——或者"意识到的历史内容"——是贫乏的。那种劳动过程并没有揭示新的、推动整个故事实质性前进的矛盾,人物性格也基本丧失了进一步深化的机缘。

《山乡巨变》的"过程化"倾向比较突出的部分还有第二卷结尾时与龚子元的较量,已经有些侦探小说的意味了,而侦探小说最注重的就是"过程"。相比较之下,《三里湾》没有"阶级敌人",因为赵树理的"农村想象"是"温和"的,"尽管他不否认阶级对立的存在,但在现实中他似乎并不希望以暴力的方式来解决问题,至少在农村内部来说他希望保持一种传统温和的人际关系,而将冲突交给政府来处理"[②]。《创业史》仍然能够在合作化运动的现实中活动的"阶级敌人"只有富农姚世杰,但他除了奸污素芳之外,并没有明显的对合作化运动的直接破坏过程。"活跃借贷"时他偷运粮食

[①] 刘可风整理:《柳青随笔录》,陕西师范大学文学院编:《长安学术》第十一辑,高等教育出版社2017年版,第6、9、10页。
[②] 萨支山:《赵树理小说的农民想象》,《中国现代文学研究丛刊》2006年第4期。

严格意义上也是合法的,而作品对试图阻止他的高增福的描写也主要是表现高的性格以及他与郭振山由此开始的思想分歧。简而言之,是写"过程"后面的意义的。柳青即使写敌人的破坏,也不会专注于其过程,而是表现破坏后面的历史动因,如《狠透铁》。

除了情节层面,在语言层面上也有这种"过程化"的问题,在这方面《三里湾》表现得更明显,有很多只有过程而不能深化作品矛盾和人物性格的人物对话。《山乡巨变》中也有很多诸如此类的对话,但与《三里湾》有别。周立波只是喜欢农民对话中带有的那种乡野趣味,由此造成作品中某些缺乏实质性内容的"过程化语言",不像赵树理那样有对乡村生活中技术性细节的特殊兴趣。柳青则不同。柳青对细节的要求相当严苛,总是希望在所有细节中保留或者创造尽可能丰富的历史和美学内涵,反映人物的性格及其发展。[①]

《创业史》是典型的现实主义作品。不过,与一般现实主义注重叙述的真实性不同,柳青特别强调"表现"的重要性。但他这种强调"表现"的观点完全不同于"表现主义"。"表现主义"是叙述者在"表现",而柳青则是让叙述对象去表现,是叙述者通过叙述对象去表现,更准确地说,是叙述者让自己隐身,或者说是叙述者自己以叙述对象的声音去"表现"。叙述者要"表现"的不是他自己的感受,也不是他在观察和叙述叙述对象的感受,而是自己以叙述对象的方式去感受。这与他的"深入生活"和"对象化"的理论是一脉相承的,也是那些理论在作品中具体和最后的实现方式。柳青曾经明确地说:"要在作品中以农民的眼光来看事物,以农民的心情来体会事物,就要作家有农民的感觉能力……但是,为了具有农民的感觉能力,却不必把自己变成农民。"[②] "以农民的眼光来看事物"是"对象化"理论对特殊人群的强调,实际上,如果"对象化"理论可以成立,它应该是适用于所有叙述对象的,只不过相对而言,知识分子作家与农民的"感情"鸿沟最大,"以农民的眼光来看事物"最不易行,柳青才做了这样的强调。他实际上并没有忽略他的这种看法的普遍性,所以他说:"作家要在感情上变成自己所描写的一切人,包括英雄、滑头、阴谋家和坏蛋,但是作家不能在实际上变成任何人,相反的,每个作家必须保持他的独立性。"[③] 他的所谓"为了具有农民的感觉能力,却不必把自己变成农民"和"每个作家必须保持他的独立性",是在说明他的这种观点所界定的"叙述"与"表现"以及"主体"与"客体"之间的特殊互换关系,说明他的现实主义方法中的"表现"因素和这种转换中叙述者和叙述对象之间的复杂关系。这些观点将"深入生活"的政治号召变为一种具体可操作的文学

[①] 见吴进《柳青新论》中"饱满的细节"一节,陕西师范大学出版社2013年版,第128—134页。

[②] 刘可风整理:《柳青随笔录》,陕西师范大学文学院编:《长安学术》第十一辑,高等教育出版社2017年版,第6、9、10页。

[③] 同上。

方法。这种方法一方面要求作家"以农民的眼光来看事物",从而将"深入生活"的理论推向一个新的高度,另一方面又强调在"具有农民的感觉能力"的同时,"不必把自己变成农民",不让叙述者失去"历史老人"的叙述视角,忘掉自己的客观性。

贺桂梅注意到柳青的这一特点,并称之为"感情的辩证法"。她认为:"'思想'与'感情'(感觉)表现为这样一种辩证关系:需要将'思想'转化为'感情'的形式,因为正是透过感性,才能赋予'思想'(人物的阶级性和文学的感染力)以具体而普遍的形式,同时也意味着只有当思想转化为'感情'时,那种思想才真正成为'自然',并转化为'行动'。"[①]她的这一看法非常重要,既说明了"感情"相对于"思想"的可视性,也说明了"情感"对于"思想"的普遍性。但是,贺没有特别强调、但却很重要的一点是,柳青的"感觉辩证法"是与他的"深入生活"的观念处于同一体系之中,有明显的逻辑关系,并且实现了他的革命文学家的理念。让一个人进入另外一个人的感情世界,并以那个人的眼光看待事物,何其艰难!更何况"那个人"还是与自己感情距离甚大的农民。这中间的距离及其翻转可以说是整个中国革命的浓缩。

周扬在评论赵树理作品的时候曾经谈道:"他没有以旁观者的态度,或高高在上的态度来观察描写农民","因为农民是主体,所以在描写人物,叙述事件的时候,是以农民直接的感受,印象和判断为基础的"。[②]但周扬这里所说的赵树理是以"农民直接的感受,印象和判断为基础"去"描写人物,叙述事件",说的是农民的视角,并没有真正写到农民的感受,因为赵树理的描写没有真正深入人物感情和感受的层次,没有那种知识分子叙述人在感情上的转换和书面表达。柳青的"对象化"理论讲的是知识分子叙述人与叙述对象之间的融合,是这个叙述人以叙述对象的语气观察和感受,两者的融合是以他们的相互独立为前提的,所以有"表现"和"叙述"之间的复杂转换。但在赵树理那里,叙述人与叙述对象并没有这种转换过程,没有知识分子叙述人和其书面语的语言工具成为他们之间的障碍,所以也没有唯有"对象化"才能产生的审美空间。

"对象化"作为方法对今天的作家并没有令人耳目一新的感觉,它依然是在现实主义的框架以内,但是并不意味着这种方法今天已经没有意义。纯粹的方法论之争意义有限,因为方法的花样翻新最后还是要落实在描写的深化上,而"对象化"理论所提供的"深化"空间还远远没有被穷尽。

(作者单位:西安翻译学院)

---

① 贺桂梅:《"总体性世界"的文学书写——重读〈创业史〉》,《文艺争鸣》2018年第1期。
② 周扬:《论赵树理的创作》,原载《解放日报》1946年8月26日,后收入《周扬文集》第一卷。

丝路文学新观察:后乡土时代与作家的情志

——"宁夏文学六十年(1958—2018)"文学史散论

李生滨

内容提要:文学史写作的挑战性,在于文史阅读的深度和广度,而更重要的是能否有理性的审视和观照。介入宁夏地域文学批评二十年,在审美批评与个案研究的过程中,应宁夏回族自治区政协文史委委托主撰"宁夏文学六十年(1958—2018)"文学史。从20世纪乡土文学和当代西部文学的批评视角广泛阅读宁夏文学,尤其是一年多田野普查式的资料搜求和整理之后,对"宁夏文学六十年(1958—2018)"取得的成就有了全新的认识。一方面宁夏作家坚守了"后乡土时代"的诗意抒写,另一方面却又无法回避现代性的直接冲击。这种矛盾背反的现实境遇中,宁夏作家诗意化的乡土抒写得到各方面的肯定,包括关注过宁夏文学创作的不少当代知名学者,在文学研讨的在场语境中充分襃扬了宁夏作家后乡土时代的诗意精神,批评之话语中形成了所谓的"中国文学的宁夏现象"。乡土诗意与现代性滥觞,形成了人性内在生活的直接冲突,回避和面对都是极其艰难的挣扎。这是一个非常值得讨论而又极为重要的学术问题。

关键词:"宁夏文学六十年";后乡土时代;诗意精神;现代性

新中国开发西部的战略发展中,丝路一带省区的政治、经济和文化焕发出新的气象,包括"宁夏文学六十年"积累的各方面收获。同时,地域文学已经成为中国现当代文学研究的重要内容和对象,以省区区分作家群体而进行考察的研究思路已成为诸多学者的共识。西部文学,或更为具体地说西北文学在中国当代文学的版图上涂抹了亮丽恢宏的色彩。西部文学的高亢、悲郁、苍凉和诗意,也是中国文学最后的乡土伤悼。从事中国现当代文学研究,总是难以忘怀鲁迅,总会对照沈从文、老舍、赵树理、孙犁、汪曾祺等不同性情作家的文字,包括柳青、昌耀、杨牧、陈忠实、贾平凹、海子、张炜、莫言、王安忆、铁凝、迟子建、刘亮程等人的作品。从20世纪乡土文学和当代西部文学的批评视角广泛阅读宁夏文学,尤其是一年多田野普查式的资料搜求和整理之后,对"宁夏文学六十年"取得的成就有了全新的认识。从前30年新中国矿业基地石嘴山市"煤炭文学"的勃兴,再到后30年西海固乡土文学流派的兴盛……从朱红兵到张贤亮,从郑正到翟承恩,从伊布拉英到阿舍,从张冀雪到马金莲,特别是跨世纪30多年宁夏本土作家的群体崛起,日益显现出多元的文学风貌和活跃形态,出现了许多值得一一研究的小说家、诗人和散文作家。知名教授陈思和、丁帆等从中国乡土文学、地域文学的角度关注宁夏部分作家,吴义勤、李敬泽等从当代文学的总体情况和宁夏文学的独特性方面肯定和褒扬宁夏作家的创作,吴思敬、耿占春等从地域景观和抒情的纯粹性赞赏宁夏诗人的作品,李建军、赵学勇、李兴阳等从西部文学的批评视角讨论了宁夏文学。特别是在文学研讨的在场语境中充分褒扬了宁夏作家后乡土时代的诗意精神,批评之话语中形成了所谓的"中国文学的宁夏现象"。这种现象的美好和诗意我们可以完全肯定。因此,刘大先在"边地"文学的批评关注中讨论说:"边地的差异性空间在新时代语境的文学中获得敞开,并行的是关于文学观念和文学意识的自觉改变,进而显示出其变革性的意义。"[1] 这里的"边地"主要指西藏、新疆、青海、内蒙古、宁夏、广西、云南、贵州、四川等边疆和边区。这些地区也是最后受现代化经济冲击的农耕或畜牧地区,文学的现代性意识正处于或急或缓的嬗变阶段。

改革开放40年——特别是21世纪以来城镇化经济发展与文化现代性发展的双重力量,促使"边地"人以各种方式逃离乡土和村庄。文学在这样的现实境遇中并没有显现出迎接挑战的真实力量。从宁夏作家而言,陈继明、张学东、阿尔、张九鹏、平原、阿舍、许艺等人也在尝试探求大时代生活的先锋叙事和当下叙事,包括个人抒情和内心体验。但就总体的影响和成就而言,从张贤亮伤痕文学初始的"牧马人",漠月感伤至深的"十三道梁",石舒清笔下的"农事诗",郭文斌记忆里的"大年",再到马金莲描写的乡村青年回乡创业的农村"新景象",以及季栋梁扶贫蹲点的"上庄记",包括近年出版的《月光下的微笑》《草木春秋》《1987年的浆水和酸菜》《疏影清浅集》《无言之心》《还乡》《黄河从咱身边流过》,行走的边疆,坚守的故乡,流亡的土地,西部和边疆风情仍然被反复描写和怀念。月上贺兰,云蒸六盘,不论散文、诗歌还是小说,乡土诗意和乡土悲剧的双重呈现,仍然是宁夏文学的主要收获。这样的抒情,包括高耀山、查舜、漠月、石舒清、郭文斌、李进祥、古原、马悦、马金莲等三代人小说叙事的诗意精神,都是一种"后乡土时代"的抒写情怀,是对乡土景观和农本经济的纪念和伤悼,伴随着中国乡土生活者的流亡而更多地存在于文本和想象。我们过于保守或矜持的作家和诗人,似乎缺少了宏大而深刻的当下社会本质的

---

[1] 刘大先:《"边地"作为方法与问题》,《文学评论》2018年第2期。

把握和人之存在的真实观照。似乎多是回望乡关的留恋和难舍，而少了追随时代的开放、自信和掘进。

《朔方》2018年第5期，刊登了2017年宁夏小说的综述述评，这已是多年的惯例。文学博士苏涛和宁夏文艺评论家协会主席郎伟教授，在细致分析宁夏作家作品里温暖的瞬间的基础上，希冀"在文学的细节中体味生命的感动，于生命的纵深处渗出光亮"，"坚守文学的那抹纯净和古典的爱恋"。① 但城市化经济追求效益、规模、经营理念，以及混凝土丛林里的个人生存空间。也许文化很难在一时之间能达到社会经济发展的要求，特别是经济生活转型的多方面要求。在高速发展的陌生化城市里，个体的生活习俗和心理意识无法彻底改变，可以面对自我和生存的压力？中华几千年农本经济绵延发展的文化基因，包含集体无意识的审美经验和心理结构。张学东小说作品中大量人性困境的揭示，不是现代资本制约下人的本质的心理异化，更不是城市孤独造成的荒诞体验，却仍然是无法适应城市生活的惰性和习以为常的传统观念遭遇日常烦恼的"故事"翻转。城市人性灰暗大多是失去了熟悉的人际关系而导致的，包括亲切的地理环境。城市化造成的恐惧心理与适得其反的尴尬，造成连锁反应，而滋生"裸夜"的象征与幻觉。韩银梅小说的主题某种意义上是在乡村文明的道德意识中揭示或批判日益城市化过程中忽视老人的社会问题，还有邻里关系的隔膜与解构。吟泠和杨子的小说可能是从女性对生活的更多感性好奇，建构单一线索的城镇生活的婚恋悲剧。多色调的乡土抒情和叙事是百年中国新文学的主旋律。张爱玲的苍凉其实没有几个读者读出旨味来，何况上海市民的弄堂生活没有多少人熟悉。这只不过像"上海滩"的黑帮故事，满足了某些文艺影视娱乐者的好奇心理。当然，人性幽微和爱情游戏的双重佐料，强化了其小说和散文的可读性。钱钟书《围城》在人类战争背景上审视的人生的无奈，还有人性卑污，也少有人能真正留意而反省。唯有博雅风趣的话语层面的幽默，被一些粉饰自我的人津津乐道。因此，没有对北方乡村生活本真的了解体验，很难理解张武、杨少青、高耀山等老一辈作家坚守乡土的精神和情感。亦包括蒋振邦的"沿河村里"，查舜的"梨花湾"，陈勇的"大漠明月"，王佩飞的"故乡记忆"，在严肃的意义上，这需要塞上平原、黄河岸边风吹雨打的心性砥砺。漠月、季栋梁、李银泮、张联、古原、马占祥、火会亮，还有石舒清、郭文斌、马金莲，他们坚守自己的内心，敬畏人生存的现实境遇，贴近自己悲悯的人去寻找文学的力量。这是宁夏乡土作家的本分和矜持。

这种本分和矜持，就一个作家的精神和品质而言，毋庸置疑。然而在一种共同的

---

① 苏涛、郎伟：《在生命的纵深处渗出光亮——2017年宁夏中短篇小说创作述评》，《朔方》2017年第5期。

合力中反复而云集式出现,却值得思考和反省。因为,现代性发展带来的问题已经影响到每一个人的日常生活,已经造成的深层伤害或嵌入人心的焦虑,当代作家要么熟视无睹,要么缩手缩脚地逃避。这可能是重大的具有现实意义的社会学问题和哲学问题。回溯宁夏作家的具体创作,宁夏"60后""70后"作家早已感触"外来的风"并已浸入生活的方方面面,撕裂的自然是传统和保守的心理情感,挑战伦理、侵蚀良善。然而曾有过小说先锋叙事的张九鹏,已经放弃了城市转型发展的复杂想象,曾撰述"银川史记"的阿尔也失去了早先的激情,不再遥想北京20世纪90年代的城市摇滚。两个人皆以闲散评说的方式融入了乡土为主流的宁夏作家群。当然,不再投入现代性批判的前沿探索,也可以说是一种清高的回避。"三棵树"之一的金瓯,其小说观照了小人物的生存状态,绘影人生庸常和生命无常的真实,多自然主义和心理小说的追求。张贤亮长篇小说《一亿六》是一次"乌鸦的轰炸",轰炸中国城市化发展和市场化生活的人性沉沦,看似夸张的人种衰变的讽刺,其深心的忧患意识来对国家复兴发展的前瞻性观察和思考。其实,中国城市化经济发展的非理性利益驱动和文化板滞的某些隐患,是我们所有人必须严正对待的现实问题。作家亦不例外。各种乡土文化中道德的潜隐悖反,导致我们亟待一种已经离去却又熟悉的乡村情景图——甚至包括这种情景中的苦难、贫困和温情习俗。这就是石舒清、马金莲、漠月、郭文斌、刘汉斌、马慧娟、田鑫等赢得声誉的"后乡土时代"语境。虎西山简朴而古典的现代白话新诗的审美境界,自然是一种最好的注释。留守西海固的诗人王怀凌始终以忧伤的眼睛审视"昼伏夜出的羊",而出离故乡的单永珍在西部的山川里放歌,却在黯然伤神的夜晚回到西吉的葫芦河边。这种最后也是最纯粹的诗意,在郭静、雪舟的诗里流淌得更加清澈而淙淙。古朴与清高之间,是盐池侯凤章的文史杂笔,自然也蕴藉在隆德邵永杰的"故园云天"里。也许,李进祥的小说具有撕裂生活的现实情怀,"口弦子奶奶"的悲剧随风而逝,"女人的河"蕴含几代女性的守望,而"屠户"家里的悲剧更令人震惊。这已经不是石舒清自我意识里的来自"暗处的力量"。诗意永远是忧伤的牧歌,无法挑战坚硬的现实。

"这是一个容易使人迷失的世界,又是一个能够清醒地认识和诠释的世界。"①

乡土温情与现代性冲突的有意调和,这种文化心理的共谋在不小的地理范围存在,也许还要持续一段时间。这不仅仅是宁夏文学的问题,更是当下大多数中国人心理焦虑的根本原因。文学能够呈现我们当下每个个体的心灵最深层的伤痛和失落吗?诗歌中的村庄在城市的颓废和享乐中逐步淡化,曾经非常温暖的苦难和记忆已经不再是田

---

① 吴淮生:《关于文学本体论的哲学思考》,见《宁夏文学精品选》(评论卷),宁夏人民出版社1999年版。

园牧歌歌颂的对象,而是这个商业发达时代所谓"改革开放"的牺牲品。"当代中国农村和农民的生活和命运都更多与市场,与现代民族国家,甚至间接地与全球化联系了。"① 用作家的反思来说:"今天中国现实中的人、人心和灵魂,已经不再是十九世纪的俄罗斯,也不是疯狂扩张时期的欧洲诸国家,和 20 世纪的美国也完全不一样。对于今天中国的现实和现实中的人,批判、讽刺、揭示或一味地悲悯与爱,充满热情地拥抱和保有冰寒的距离,似乎都是简单的,偏颇的和以偏概全的。"② 也是刘大先提醒的"新世纪以来边地文学中浮现的单维度与孤立化叙事问题,则出离了边地认知的关系性、能动性初衷,重新在与消费主义的共谋中滋生出本质化的偏狭想象,进而导向边地自身的自我风情化"。③ 浮现或悬浮的貌似乡土真实的背后是一种文学的消费或文化的浮躁显现。

也就是说,从当下的生活来说,中国农本经济和乡土伦理全面受到冲击,是新时期改革开放以来的事。特别是 20 世纪 90 年代以来,中国乡村社会的政治、经济和文化遭受最大的挑战,开始彻底瓦解——即使是"文革"时期,极左政治的压抑和专制的遮蔽,中国乡村基本的生存形态和伦理关系也没有破坏——这在陈继明、火会亮、李进祥等人的小说中有较为深切的揭示。城市体验和乡土叙事的冲突,已经在宁夏文学的创作中开始显现。但我们期望"文学能照亮生活",在谨慎的反思中守护文学的诗意和人的本真。因此,文学月刊《朔方》2018 年第 7 期刊登的特稿《宁夏文学走进新时代——"中国文学的宁夏现象"专题研讨会发言摘要》之前,主编按语谈道:"宁夏历史文化悠久,文学资源丰富,宁夏作家既坚守文学的地域性和民族性,又对文学的艺术表达进行不懈探索,宁静而内省,难而不畏,正是对文学高地的坚守,升华了当代文学的精神含量,也为讲述中国故事提供了独特经验。"④

然而"后乡土时代"不是"五四"乡土文学的揭示和批判,也不是左翼文学的经济分析和阶级区分,更不是孙犁、赵树理、柳青等解放区文学和"十七年"作家所积极描写的革命、土改和合作化道路。这是我们失去一切农本家族时代的道德价值和革命年代的纯真理想之后,进入一个改革开放的转型时期,或者说一个古老民族的现代化进程中必然经受的阵痛。《古船》在反思文学的叙述深层,还是乡土与革命、与现代想象之间冲突的极端困惑,隋抱朴是一个典型的鲁迅所说的历史中间物。《白鹿原》耗

---

① 苏力:《新乡土中国》(序),贺雪峰:《新乡土中国》,北京大学出版社 2013 年版。
② 阎连科:《我的理想仅仅是想写出一篇我以为好的小说来》,见陈思和、王德威主编《文学》2014 年春夏卷。
③ 刘大先:《"边地"作为方法与问题》,《文学评论》2018 年第 2 期。
④ 贺彬、王晓静整理:《宁夏文学走进新时代——"中国文学的宁夏现象"专题研讨会发言摘要》,《朔方》2018 年第 7 期。

尽了陈忠实的所有情感和忧思,其现实的情怀和反抗时代的精神,与柳青一样,是千年"耕读文化"的幽灵在关中大地上游荡。歌哭于黄土,终归于黄土,演绎了文学的悲剧和崇高。因此,柳青的农村合作化的叙事、路遥反思城乡差别的焦虑、陈忠实无法理解白鹿原动荡的困惑、贾平凹废都与商州之间的犹疑,皆是乡土遭遇革命现代性和经济现代化的历史过程。正如崔宝国在评说马知遥小说《亚瑟爷和他的家族》时所言:"一种古老的、祖辈习以为常的、温馨的、田园牧歌式的生产方式正在渐渐变为历史,而另一种新的生活方式正不依人的意志迅速地建立起来。"① 马克思关于生产力、生产关系和上层建筑的经典论述,揭示了人类社会发展的本质,而大工业生产和资本运营为经济基础的现代化发展,包括现代信息与技术的统治性力量,带给人类生活便利的同时,也造成"人的异化"。

中国谋求世界的发展是必然的选择,而"后乡土时代"是我们失去一切崇高的价值和革命理想之后的一个过渡时期,也可以说是一个纷乱而热烈的转型时期。所以,习近平总书记一再强调的价值观建设,显得尤为重要。从民族、时代、信仰、道德等各方面的精神需求中探索符合新时代人民安居乐业的共同价值体系,已经是国家文化建设层面的大问题。不仅仅是文学需要反思和警惕的问题,也是每一个人需要清醒面对的挑战。"当苦难的实体层和虚化层遭遇语境性打造,人们接受的,实际是变异了的苦难或者说是内涵不同的苦难。在文学批评领域,有人还把这个变异了的苦难叙事称之为'苦难美学'。这时候,苦难实体层实体的内涵显然已经被取消了,虚化层即无论什么环境人的主体性都是无比强悍的这一层意义反过来被有意放大了。"② 这种批评话语的理想化装饰或者说遮蔽现实生存真实的虚幻抒情,确实需要特别警惕。

新中国文学是人民文学,不是贵族文学。因此,各级政府文化建设的根本目的要与整个社会和谐发展的总目标一致,要提高绝大多数人的精神文明程度。所以,作为文化存在的主要形态和文化建设的重要渠道,文学与一个地区政治、经济发展的大环境的内在联系,不言而喻。正因如此,我们要研究宁夏地域文学,在规定的时空范围总结文学创作和文学批评的成果,为地区文化的发展奠定良好的人文基础,还有审美经验和理性精神。

文学是人文主义特别重视的大众启蒙手段,不仅需要审美鉴赏的艺术修养和文化基础,更不能缺少思想、情感和直面现实的精神。个别诗人和作家把文学创作当作了个体自由的精神活动和实践活动,这是毋庸置疑的。但在此基础上,还要有历史情怀和现实担当。不然,很难成为一个优秀的作家。屈原、杜甫、鲁迅,就是明证。包括

---

① 崔宝国:《汇入历史长河的溪流——读马知遥〈亚瑟爷和他的家族〉》,《朔方》2001年第7期。
② 牛学智:《当代社会分层与流行文学价值批判》,作家出版社2017年版,第277页。

陶渊明、王维、苏轼、曹雪芹、曹禺等，看似供奉个性和人性的艺术神庙，精神开张，自适超脱，其实他们根本的情志还是根植于现实的人生和时代的反抗。没有百年忧患心，哪来半句动人诗！坐忘玄机，"通灵宝玉"，只是一种瞬间的精神飞翔，而不是真正的不食人间烟火。确切地说，白居易、李清照、冰心、老舍、沈从文、林语堂、汪曾祺等，是在一种勤勉的日常生活中寻求着人生的价值。这种价值的实现就是在更长远的意义上为时代和人类留下他们的精神产品——文学的审美创造。这可能是更为乐观和积极的人生态度。修远求索，生死不渝。

因此，每一个诗人和作家，不可自己画地为牢，将自己置于一个有限的空间里孤芳自赏。作家必须要有刘勰所说的神游万里、思接千载的胸襟。一切伟大的文学家必然是从人类所有优秀的文化遗产中汲取精神思想养料，涵养自己的情志，方可无愧于时代，无愧于自己钟情的文学和艺术，创造出新的形式和新的作品。今天的乡土生活遭受城市化的改造，或者说，对更多的乡土情结深厚的中国人来说，现代性的伤害非常普遍而深切，但我们的文学还没有真正警惕和重视。张贤亮的《一亿六》是一个特别的个案，而更为年轻的马金莲从女性悲剧的生存描写开始滑向日常化细碎的描述了。在获得 2018 年鲁迅文学奖值得喜庆的同时，可能需要郭文斌、张学东、马金莲等宁夏优秀作家更深刻的理性认识。还有一些当代作家的写作直接变成了"惯性"写作和模式化写作。"后乡土时代"，我们既要怀恋过往的美好，但更要把握触摸人们的内心，呵护人性的尊严，关怀他们生存的精神向度，而不是政策的解读和某种思潮的跟随。乡土诗意与现代性滥觞，形成了人性内在生活的直接冲突，回避和面对都是非常艰难的挣扎。批评也许无能为力，但深层的解读和反思是不可或缺的。

中国文化的现代性建构，尤其是在启蒙的路径上，文学必须向鲁迅致敬。鲁迅既有历史的、文化的、学术的文明批判，也有当下的、现实的、生活的人性庸常的观照。文学的创作和文学的批评，必须要有这样的批判和观照。文学批评和研究需要精神追求和审美情怀，没有无数挚爱文学和文学批评的耕耘者，很难形成六十年宁夏文学审美批评和学术研究的诸多成果，也无从建构"宁夏文学六十年（1958—2018）"文学史。这是宁夏文化建设不可分割的一部分，也是地域文学艰难而辉煌发展中的丰硕收获。如此多方面的努力能够进一步促进宁夏作家和诗人自我批评的审美自觉。黄河奔流，贺兰峀然，文学的永恒价值和时代精神在所有文学研究者的发掘与批评中不断被擦亮、被刷新，中华诗教传统和审美精神在宁夏这片土地上绵延和发展，滋润每一颗心灵，并助力共建丝路一带和塞上江南文明、和谐、美好的新时代。

（作者单位：西北师范大学）

昌耀之后的青海现代汉诗简论

刘晓林

内容提要：青海诗歌是20世纪80年代"西部诗歌"的重要构成，并且因为昌耀的努力，赢得了中国诗界的敬意。新世纪的青海诗歌，经历了昌耀离世的阵痛之后，创造性地继承昌耀的诗歌遗产，在地理空间文化意识的营造、诗歌本土性的建构、注重生命体验、拒绝公共话语的个人化写作等方面形成了鲜明特色。

关键词：昌耀；新世纪；青海诗歌

随着时间的推移，2000年3月23日作为青海诗歌史重要节点的意义逐渐显现。这一天，诗人昌耀以绝不向衰颓的肉身妥协的决绝姿态，结束了自己的生命，成就了"向死而生"的精神涅槃。在其身后，留下了丰饶的诗歌遗产，有待后来者接受与继承。新世纪的青海诗歌界一方面修复着昌耀的离世为青海诗坛带来的创伤，一方面又以创造性的转化方式借鉴昌耀的经验，用持续不断的热情、诚实的书写，凭借着这片高天厚土培植的丰富情感与想象力，创造着属于自己的诗歌风景。"踩着颤动的风的鞋子/行走在云中，追赶光的脚步"（班果《踩着风的鞋子》）恰是置身高大陆，俯仰天地，吟诵心灵的歌谣逐渐抵达人类精神澄明之境的青海诗人的写照。

一

阅读新时期以降的青海诗歌，时时会在年轻的习诗者作品的字里行间感受到昌耀影响的存在。迄今为止，对昌耀诗歌作出最为肯綮透析的诗评家燎原，在20世纪80年代以诗人的身份活跃于青海诗坛时，其创作对西部场景的勾描与主体介入，都不乏昌耀式的手筋与骨力，后来他放弃了诗歌的写作，其中重要的原因便是无法消除昌耀的痕迹。60年代后期出生的诗人宋长玥在用男性粗犷、浑厚的嗓音吟诵青海高地的山川、湖泊、大漠，在神性自然、古老人文传统和行走于高地进行精神淬炼的相互交织的笔触中,同样可以见出昌耀这位泣血诗人在与青海高原的相互注视中,所生发的对于自然的敬畏和成为"北方赘婿"的渴望。"80后"诗人曹谁、西原在构建其"大诗主义"理论时,昌耀"我是一个'大诗歌观'的主张者与实行者……诗美随物赋形不可伪造"的主张①,成为重要的诗学资源。凡此种种说明,在昌耀的生前生后,青海青年诗人的写作从观念、风格到意象的组合、语言的运用,或隐或显呈示出来自昌耀诗歌辐射的色泽,已成不争的事实。

  奥地利精神分析学家阿德勒在讨论人类记忆的问题时说:"记忆的重要性,在于他们被当作何物、对它们的解释,以及它们对现在及未来的影响"②,借用这一说法,我们梳理当代青海诗歌的记忆,对"昌耀遗产"诗学价值的确认和诠释当为不可或缺的环节。"遗产"对于继承者来说无疑是一把双刃剑,它既可以成为涉水渡河的舟楫,也可能成为前行的负累。昌耀用一生的才情、抱负、心力堆垒的巨大的诗歌塬体,的确给青海诗人提供了可资借鉴的丰厚经验,然而,在获得巨大塬体荫庇的同时,巨塬的阴影又有可能造成对每一个创作个体的个性和创造力的遮蔽。昌耀的离世,在一定程度上带走他几乎是凭借一己之力为青海诗坛赢得的荣耀,同时也为青海诗坛带来了一种不能承受之重,因为昌耀与青海诗歌的密切关联,外界时时以昌耀作为检视青海诗歌写作现状的标尺,用这一超拔的标准衡量,昌耀之后的青海诗歌因为没有大师的星光照耀而显出某种黯然与寂寥,这在一段时间内确乎使青海诗歌的从业者感受到了压力。但昌耀之后的年轻诗人深知,要重塑青海诗歌的形象,绝不能亦步亦趋地模拟大师,用昌耀的经验复制诗歌,因为诗歌写作从本质上讲是一种个体化的劳作,其生命力的保障在于个性的创造,所以,进入21世纪的青海诗歌一方面努力克服着影响的焦虑,另一方面也在寻求着突围的途径。这或许是在更高层面上对"昌耀遗产"的继承,昌耀之所以成为诗人中的诗人,在于他对诗神缪斯的虔诚,在于他对诗歌个性的尊重和对模式化诗歌的拒斥,从20世纪50年代走上诗坛,到身处逆境中的"地下写作",再到复出诗坛直至生命的终点,他始终自觉疏离着诗坛的时代风格和话语方式,始终恪守着用自己独特的生命体验和繁复的意象、滞重古奥的语言塑形的诗歌品相,由此而论,拒绝削足适履适应所谓的经典尺度,决不向流俗妥协,恰是昌耀诗歌气质的重要元素,也是"昌耀遗产"的精神内核。

  进入21世纪的青海诗界波澜不惊,保持了一份恬淡宁静的耐心和定力,面对国内形形色色的诗歌流派和花样翻新的诗歌主张,诗人们不愿意盲目追风,更愿意秉承各

---

① 昌耀:《无以名之的忧怀——伤情之二》,《昌耀诗文总集》,青海人民出版社2000年版,第689页。
② [美] A. 阿德勒:《自卑与超越》,黄光国译,作家出版社1986年版,第21页。

自的艺术修为,独自耕耘自己的园地,或许这正是得益于昌耀的启示。昌耀晚年渐成中国诗坛重镇,受到了省内外一批同龄诗人——特别是年轻诗人的敬重与追随,但他在喧嚣的诗坛始终保持了一个茕茕独立的孤独者的身姿,或许这也影响了青海年轻诗人处身诗坛的姿态,他们绝少创设流派的欲望和冲动。综观20世纪80年代以后的青海诗坛,除了集体性地呼应"西部诗歌"潮流之外,大体上是以立于边缘的方式冷眼旁观充满躁动感的中国诗坛,在种种主义和主张昙花一现般匆匆登台又匆匆谢幕之后,青海诗人固守自己个人立场的执拗反而凸显了面向诗歌本身的虔恪之心,在文化边地行走的诗人的孤独和落寞,不是自我压抑和谦卑所致,相反倒是一种骄傲的体现。郭建强有一首题为《孤树》的短诗,诗中"孤树"的形象可以视作诗人自己的心迹的流露,也仿佛是青海诗人特定修为的写照,"扮演一个与众不同的角色多么幸福",旷野中树如此孤独却骄傲无比并且充满力量:"空旷中的孤树,绚丽、锐利/犹如逼迫沉闷视觉的——刺!",这是一种倔强、韧性、不懈坚持的性格,正是孤独中坚守使得青海诗坛经历了昌耀离世的黯淡与阵痛之后,逐显风生水起的生机。

二

青海诗人虽执着于个人化书写,但处在同一人文、自然环境之中生存经验的相似性,由现实人生触发的文化意识的近似,使青海诗歌形成了一些共同的特色,这些由发声的立场和生命体验决定的"青海特质",使得青海诗歌在整个中国诗坛有了相应的辨识度。

青海诗人大多有着比较明确的地理空间意识,借助对青海自然景观和人文历史的审美透视,将地域空间转化为精神性存在,从而完成自己的生命表达。处于地球第三极的青海是中国西部农耕文明和游牧文明的交会之地,辽阔草原、苍茫戈壁、圣洁雪域与农耕田舍的交错、辉映,构成了靠近亚洲腹地的"青海"境域的自然样貌,而散落在青海域内丰富的历史文化遗存则默默述说着在中华民族发祥期这块土地所扮演的重要角色。勾描高大陆的形体,继而以强劲的主体介入凸显大地精神骨骼,对于青海诗人有着巨大的诱惑力。早在20世纪80年代初,昌耀便以总题为《青藏高原的形体》系列诗作,为神秘峻奇西部高原造型,诗评家燎原认为这是昌耀以自己的落难之地为地点,向整个西部高地空间延展的恢宏而辉煌的写作,在历史大时空的追溯和对现实的关怀的贯通中,发现了西部高地本质性的精神气象[①]。此后,青海诗坛响应"西部诗

---

① 燎原:《高地上的奴隶与圣者(代序)》,昌耀:《昌耀诗文总集》,青海人民出版社2000年版,第16、13页。

歌"的倡导，以文化寻根的意识将历史和现实联结，将培植想象和灵感的根须伸向了西部的历史、神话与传说之中，从昆仑山、江河源、青海湖、塔尔寺、敦煌石窟等自然、人文景观中寻找与自己的心性、气质契合的文化元素，为自己的写作注入未被驯化的元气充沛的原始能量，在对广袤、苍凉的青海高地形象的勾勒中建构雄浑、劲拔的诗歌气质。

  21世纪以来的青海诗歌将地理空间意识推向了更高远的境地。一般而言，地理空间的文学化书写，既是凸显写作的地域性特征以及地理空间与一种个性化的美学风格的内在关联，更是强调特定地域环境与创作者主体精神的神形契合从而传达独特的生命体验。青海诗人热衷于描述青海高地的自然风物与人文景观，一鳞一爪，聚合成为一个完整富有质感的诗歌中的"青海形象"。葛建中、原上草、胡永刚、孔占伟、华多太等诗人的作品中，不断出现青海舆地的名称，这些触发了诗人诗情的地方，或蕴藉着沧桑的历史况味，或呈现了自然的深邃，或与自己生活经历相关，在诗人心存敬畏又略带忧伤的百感交集的吟唱中，其情感底色无一例外传达的是自己与青海大地撕扯不开的精神联系。他们自然不会停留在对青海高地外在物象的描摹，而是主体意志高度介入，将雪域戈壁、山川河流内化为自我精神的构成元素，寻觅着心灵可以皈依的精神母体，在表现青海地理空间时，注入了生活的实感和带着体温的认识，"阳光终于让白雪腾出一溜湿漉漉的黑色归途/让我在旷野的寂静中/悄悄靠近灵魂的秘密居所"（原上草《翻越大冬树垭口》）。而多年来不停行走在辽阔青藏高原的宋长玥，则在青海高地辽阔广袤的背景中展示雄性的力量，"一个男人的青海"已经成为他诗歌的鲜明徽记，"青海"这一地理空间是他诗歌中集拙朴浑然的原始气息、超凡劲拔的生命意志、温厚包容的扩大胸襟为一体的精神场域，由此展开关于爱、期待、真理的思索，而且，青海方言和"花儿"曲式的适度嵌入与借用，使得诗歌的地域亲缘性愈加鲜明。

  青海诗人对地理空间的建构，不仅注重自我情感的寄托，而且呈现出一种自觉的文化意识。青年诗人曹谁认为从地理抑或文化层面讲，青海都非荒蛮边地，而是处于中国文化龙脉之祖昆仑的怀抱中，他将视野由青海扩展到中国的整个西部以及中亚，从其地理形态中发现"帕米尔高原是亚欧大陆各大山系的一个奇妙的结点"，位于亚欧大陆中心。这一"地理发现"成为曹谁写作的重要立足点，他的诗歌勾勒了一个以中国西部的帕米尔高原为中心的亚欧大陆地理背景，立于帕米尔高原的放歌使其诗歌获得了宽广的视野和内在的宏阔感。曹谁的"亚欧大陆"与自然地理中的真实地域无涉，这是借助冥想构建的一个世界模型，具有自在自为的文化秩序，长诗《亚欧大陆地大史诗》就是对这个存在于想象中世界从有生命力的物质元素的聚集、化合、生长、人类的诞生到秩序形成的历史书写，解构由现代科学认知体系建立的有关世界的知识，以原始神话思维重构关于物质起源和人类生成的创世过程，描述这一虚拟世界与宇宙形态的同构关系，诗中对混沌世界的外在品相勾勒和内在精神的挖掘，由此而生的神性、广袤气象或许就是曹谁所心仪的"大诗"境界。耿占坤的长诗《黄河传》将视野延伸到开阔的中国北方，建立了贯穿中国大陆东西的大河流域空间，依据黄河长期被看作中华民族的母亲河这一因素而将黄河人格化为一个女性，将她在这一地理空间流动比拟为女人的一生，她诞生于巴颜喀拉山，历经曲折，归入大海，仿佛生命的轮回生生不息，永远滋养着她的子孙。这首气势磅礴之作，当然不仅仅在于赞美，更在于"把那些凌乱的、破碎的、僵冷的/互不交往或者相互对立的时空和地域/连成一条曲折的项链/让人群与事物在你的话语中相遇相识/在你设定的语境获得各自的姓名以及共同的身份"，为黄河作传，实际上是为一个民族的存在和苦难艰辛的历史做证，为民族认同提供依据。

从根本上讲，青海诗人对高地形体和精神的勾勒、挖掘，源于对大地的热爱，这片高大陆的苦难与风流、贫瘠与富饶、粗暴与柔情都与诗人的生活息息相关，所以，要"握紧青海高原"，因为"爱恨里繁衍着生生不息"（衣郎《握紧青海高原》）。

三

在 20 世纪 80 年代，国人普遍存在着将"现代"理想化的倾向，认为"现代"是国家民族进步发展的不二选择，用"现代"的价值理念去审视、判断、筛汰"传统"似乎是唯一的文化重构的途径。稍稍回顾一下当时的青海诗歌写作，不难发现大多数诗人是在执守"现代性"的立场上发声的。此后，随着"现代"的负面因素的呈现，特别是在全球化浪潮中，"现代性"的价值尺度强势规约下，人类生活越来越暴露出同质化的偏颇，因此，出于尊重文化的多样性目的对本土性以及各个民族传统的卫护便受到了异乎寻常的重视。在此背景下，进入新世纪的青海诗人逐渐认识到被"文明"的偏见所遮蔽的地域都是人类生存图景中不可或缺的部分，那些被边缘化的地域同样体现着人类生活的共有质素，对于地方性生存的深度关注同样可以抵达人类精神的根部，相反放弃原乡体验，去迎合中心话语，只能使写作处于游走无根的状态。这一认识的重要性在于，青海诗人在更为宽广的视界中，确认了书写本土的意义，确信不为风潮所动，拒绝时尚标准、趣味的侵扰，拒绝流行诗学标签规训的写作不是自甘落伍，而是尊重自己内心真实的表现。

青海作为中国西部农耕文明与游牧文明的交会之地，神奇瑰丽的雪域高原与淳朴温厚的河湟流域是最具典型意义的青海本土场景，而在昌耀的写作实践中，便频频出现"对于西部草原和山乡风土的兼容性抒写"①,他那用稚子童谣和僻地风物等最朴素的土著元素所营造的郁勃诗情和内在的人性力量,应当对后来的青海习诗者有所启示并增添自信。

从题材的角度而言,青海诗歌一个重要的领域就是对河湟风情的展示,这也成为青海诗歌的一种地域标识。明代初年,青海河湟地区兴学之风渐起,中原文化逐步渗透,受教育程度的提升直接催生了本土文人写作的出现。明清两代河湟文人用传统诗体、怀着深切的家园情怀,描摹河湟的山川形胜和风俗民情的"河湟诗"成为青海传统文学的重要现象。时至21世纪,河湟地区的河流、塬地、村落以及人文历史依然给青海诗人提供着灵感与激情,一批生长于斯的诗人怀着对故土的永久感念,始终执拗地守望着生命根须所系的土地,矢志不渝地书写乡土,接续了河湟诗的历史传统。杨廷成称得上一位典型的"河湟诗人",写诗30年,他的笔须臾没有离开过河湟的田地与村庄,始终坚持为故园胼手胝足的农人塑形,挖掘故土种种人事物象蕴含的伦理意义和人性的力量。他质朴、本色,富有情趣的如《瓦蓝青稞》《酒家巷》等诗作的意义,在于保留了城市化进程中逐渐消失乡村的记忆。师延智、周存云则将河湟谷地升华为精神家园与灵魂的栖息之所,赋予乡土纯粹与高贵的品质,这种对故乡诚挚的情义与感念同样是更年轻的诗人邢永贵、刘大伟抒情的基调,河湟谷地是他们永远走不出,也不愿走出的背景。

青海作为一个多民族聚集地,各个民族有着自己独特的文化习俗和精神气质,书写民族历史和心灵世界是青海诗歌的重要领域,其中藏族诗人和撒拉族诗人运用现代汉语为自我族群代言及其存在证言的诗歌写作尤为突出,他们在创作中流露出强烈的"问题意识",对本民族文化在全球化语境中如何保持独特性、生态危机、生活方式的变化带来的疑惑等现实问题给予了充分关注。少年成名的藏族诗人班果的诗作永远洋溢着对自然的敬仰和对生命由来之所的感念,在《藏地安多》一诗中吟唱道"如果众水需要证明自己的血缘/那源头闪亮的脐带指认你",追溯生命的本源成为他抒情的原初动力,而对雪域的现代化进程中的某些负面因素,也保持了敏锐的警觉,在《乌鸦》《诗人》)等诗作中,在理性认同现代文明价值的同时,也对本民族在外来文化的冲击下可能产生的变异和本质的丧失的表示忧患与焦虑。梅卓的诗歌惯常通过都市与草原景观的参照,去展演一个眷念祖先荣光历史的敏感女性对时下目迷五色生活心存疑惑的复杂情愫。江洋才让以细节的铺陈,高密度的词语连接,借助草原上翱翔的兀鹫、

---

① 燎原:《高地上的奴隶与圣者(代序)》,昌耀:《昌耀诗文总集》,青海人民出版社2000年版,第16、13页。

猎猎风动的经幡、飞奔的骏马等物象去勾描藏域天人合一、富有神性意味的生活方式。洛嘉才让则以悲情的音调叹惋着父亲般草原的苦难与陷落，展示一个民族在斗转星移的演变中所形成的孤傲气质。华多太从心底涌出"我是藏人"的呼声，为先祖创造的璀璨文明而骄傲，但又不能不痛惜地正视民族传统流失的现实，在他眼里，家乡纯洁的雪已泛出忧郁的色泽。沙日才则要把藏语的 30 个字母当作生日礼物送给儿子，以此努力留住民族的记忆。上述藏族诗人大多有接受完整的现代教育的背景，纯熟的现代汉语运用与鲜明的民族气息的水乳交融，显示了他们成熟的文化心态和包容性的诗艺追求。

作为从中亚撒马尔罕长途跋涉来到青海东部的黄河岸边寻找到再生之所的撒拉尔的传人，秋夫、马丁、翼人、韩文德等则不懈地追寻着自己诗歌的气质与撒拉族传统的契合，他们一方面在当下时间的维度中展示着骆驼泉、清真寺、俯身的虔诚祷告、在田野里吟唱歌谣的艳姑以及用羊皮筏渡河的父兄所构组的质地缜密的撒拉人的家园，另一方面，他们冥冥之中似乎领受了祖先的托付，用诗歌来回望和书写自己民族悲壮的历史，于是这批撒拉族诗人无一例外地开始了长诗的写作，而且无一例外地试图构建关于自己民族历史与情感的史诗。作为撒拉族的第一位用现代汉语形式进行写作的诗人，秋夫在年事已高的情形下，依然用饱满的激情书写了叙事长诗《月亮上面的永红姬素影》，这部取材于民族说唱文学的爱情悲剧，力图凸显"前撒拉尔"的精神气质。年轻诗人则不约而同地在长诗标题中使用"颂辞"这一词语，如《生命的颂辞与挽歌》（马丁），《光焰的颂辞》（韩文德），《错开的花　装饰你无眠的星辰——撒拉尔的传人颂辞及其他》（翼人），"颂辞"所蕴含的仪式感和庄重感与追溯民族历史的神圣感协调相契，"颂辞"是与回溯祖先自西向东的漫漫长旅而获得的感动与感悟相适应的话语形式。青海诗歌少有成功的长诗问世，而撒拉族诗人致力于标识着难度和耐性的长诗的构建，是对青海诗坛长诗写作经验的有益积累，撒拉族诗人对长诗的热衷，固然有通过营造结构宏大、曲式繁复、含义丰富的诗体实现某种艺术追求的考虑，更重要原因应该是不采用史诗的体式不足以传达民族艰难的历史和复杂的精神体验。作为对民族历史、文化追寻的自然延伸，他们的诗篇中有着由信仰支配下的朴素而圣洁的宗教情怀，渗透着鲜明的伊斯兰文明的色彩。

在如何处理民族性和人类性、本土性和世界性的关系上，2006 年开始任职青海的吉狄马加作出了更为成熟的回答。在理解、尊重、承认差异性与多样性的体认中，吉狄马加获得了一种睿智、充满悲悯意味的世界主义的眼光，形成了一种开阔、包容、炽热的人类主义情怀。他由大凉山腹地的故乡吉勒布特出发，走过漫漫长路，经过时间磨砺和心灵的淬炼，参悟掩藏千差万别生活形态背后的人类命运的共同秘密，他是通过本族本土观察着世界,诠释着人性的相通性,恰如吉狄马加那句被评论者反复引用的话所说:"如果你的作品从一个民族的身上解释了深刻的人性和精神本质,那么你的作品也一定是具有人类性的。"[①] 所以,吉狄马加的青海诗篇,如《水和生命的发现》《嘉那玛尼石的星空》《我,雪豹……》等,诗情缘起于青海生活的体验和对这个距离太阳最近地方的认识,但却归结在对人类精神理想寓所的寻觅,传达万物有灵、人与自然的和谐、人类平等的观念,这使得他的青海诗篇拥有了内在气度的高贵与雍容。

四

用诗评界惯用的题材、流派、族裔、代际、性别等分类标准归纳新世纪的青海诗歌写作,继而进行综合分析几近无效,在中国诗坛的整体格局中对青海诗人进行身份指认同样是困难的,青海诗人普遍存在的边地心态和"不结盟"的姿态,使他们拒绝"被命名",也不屑于自我命名,坚持个人化立场,选择的是一种拒绝共名、自在自为的写作方式。

马非的诗歌是青海诗界的异数,但却可以在 21 世纪中国诗歌的流派谱系中获得身份的确认。进入 21 世纪,中国诗歌标举名号的流派纷繁,但实际上贯穿其中的主要是"知识分子写作"与"民间写作"两种倾向的对立,前者注重诗歌文本所涵盖的文学经验和思想力量,强调诗歌语言的典雅、庄重和书卷气息,后者注重对现实场景的还原和直接呈现日常生活的琐屑、凡庸。"民间写作"注重对现实场景的还原,拒绝崇高以及对生活的升华,拒绝传统诗歌的象征、隐喻系统,强调运用日常口语和民间俗世的语言进行写作。这一诗歌立场无疑与 20 世纪 90 年代后现代主义的漫溢有密切关联,拆解一切元叙事的虚妄,消解深度,颠覆知识分子启蒙话语的权威性和神圣性,构成了疏离体制和拒斥特定意识形态介入的"民间写作"的理论基础。马非正是对"民间写作"主张的身体力行,而成为青海诗人中少有的具有潮流性质的诗人。马非的诗歌直接呈示浮世绘般的生活事象,将日常生活中琐屑凡庸的事物纳入笔端,立此存照,以调侃、戏谑、反讽的方式和直白无忌的语言揭示人们习以为常的生活方式与价值观念中的乖谬、荒诞,同时在他反精英的平民化的眼光渗透着对物理人情透彻的理解和尊重,幽默诙谐嬉皮化的书写,呈现的却是对正常的符合人性尺度的生活的期待的底色,尖刻爽利的语言坦露的是诗人率真的性情,曲折表达的是诗人的用世情怀。马非在表

---

① 吉狄马加:《为土地和生命而写作:吉狄马加访谈及随笔集》,青海人民出版社 2011 年版,第 130 页。

述真切的生活经验和克服诗素材上的洁癖对青海诗歌是有启示意义的。

而更多的青海诗人并不特别在意对本真日常生活的表现，而注重对精神世界挖掘，对生存境遇的本质性体察，考量人性的实质、测度生命的可能性与局限性。这也是昌耀诗歌中经常涉及的题旨，在他晚期的写作中，不难看出撕开伤口的痛楚吟唱，不难体味到一个孤独的个体生命在生与死的临界点上灵魂的挣扎。对于昌耀独特的生命体验，新世纪的青海诗人有了越来越深刻的理解。郭建强的长诗《安魂曲》是写给昌耀的诗篇，但绝非单纯的悼亡诗，而是昌耀自己掌控生死的行为给另一位本土诗人心灵的震撼，于是，这首诗成为两个诗人之间关于生死问题的一次对话，一次精神的隐秘交流。在郭建强眼中，诗人之死是诗歌精神的延伸，是天鹅的绝唱，是进入永恒的必由之路，"……这就是说，我早已预习了骨中提炼水晶/灰烬中重绽丁香；……这就是说，生与死的界限于我此时无分彼此，/而我可坦然歌曰：我即风暴！"借已故诗人口吻的咏唱，显现了两代诗人心灵的相通，由生死的互证进入到生死境界的浑融，而生命的温度和质量也就此呈示。正是对生命本质的关注，郭建强的诗歌显示了穿过世俗的成见和肉身的感觉经验逼近生命的本相的努力，有一种尖锐冷峻的气质，有着撕开假面道出真实的智慧和勇气。

新千年开始之后，马海轶的诗风悄然发生了变化，此前，他是一个沉湎于想象，略带忧郁，力图在诗歌中营造祛避现实的纯粹、温润生活的浪漫抒情者，如今马海轶在形式上似乎偏爱形制精悍的诗歌，语言删繁就简，避免使用修饰语，并有口语化的倾向，更重要的变化来自诗歌传达的情绪，过去诗歌中的内倾性审视减少了，代之以对外部世界矛盾、荒谬俗世面相不动声色的反讽，已经接近中国诗坛主流之一的"民间写作"风格，但变化之中也有坚持不变的品质，那就是把诗歌视作生命存在的证词，是对生命真实的探究，调侃和冷嘲是对现实秩序的解构，暗含着对幸福、纯净、富有尊严感的诗意栖息之所的向往。曹有云的诗风有类似郭建强之处，大体属于冷峻峭拔一路。他身处遥远的格尔木，缺乏同道者的声援、缺乏诗歌氛围的熏陶，他形单影只地在戈壁环绕的边城研磨诗艺、掂量着词语，写诗成为自我抚慰的方式，他在《诗人与诗》中写下如下诗句："词语含辛茹苦/在月光和风中舔舐伤口"，或许正是他创作状态的写真。现实的粗粝、荒凉，精神的贫穷感和饥渴感，内心的反诘、困惑与彷徨，对时间的重量和生命的质量的玄思，上述种种元素构成了曹有云诗歌苍凉的质地。青年诗人衣郎是一个立足大地对普遍的人生意义进行勘探的诗人，拒绝用繁复的意象掩盖贫弱的体验，因而他的写作是一种"有根的写作"。他的"黑夜"意象暗喻生命静谧、安详的状态，但也隐约呈现出某种忧郁与不安，他的诗歌经常展开个体生命与层层累积的历史、鲜活的现实之间的对话，其中既有对苦难的诘问，也有对命运无奈的叹息，渗透着怆痛和依恋相互交织的生命意识。正是因为对生死、存在、精神等层面问题的深切关注，青海诗人惯常将个体生存境遇和生命本相的体认引入生命哲学界域，坚守精神纯粹性，青海诗歌因此获得一种深沉凝重的气质。

  青海诗歌在昌耀之后再次为人瞩目是"青海湖诗歌节"的举办，来自异域和国内其他省份的诗人，在圣洁的高原湖畔签下郑重的宣言，承诺为诗歌重返人类生活、致力于恢复自然伦理的完整性而辛勤工作的同时，称许青海自然山水的纯净和历史人文的丰富之于诗人、诗歌的滋养意义，认为青海是诗人的摇篮[1]。这一说法虽非夸饰，但也并不意味着青海诗歌具有了与此赞誉对等的现实成绩，真正获得这一称誉，还需更为艰辛的心志磨砺和技艺淬炼，还需对诗人的身份进行真正的确认。关于何为诗人，昌耀早已订制了一个标准，"诗人首先意味着诚实、本分、信誉、道义、坚韧，以至于——血性。……诗人本是'岁月有意孕成的琴键'。"[2] 我想，将诗歌看作维护人类精神纯粹性价值重要形式，诗人应当是秉承天地使命的人，必须担当护卫人间良知和道义的职责，这或许是昌耀给予"昌耀遗产"的继承者们最重要的启示吧。

（作者单位：青海师范大学）

---

[1] 李少君：《青海，当代诗歌的竞技场》，《青海湖》2009 年第 11 期。
[2] 昌耀：《诗人写诗》，昌耀：《昌耀诗文总集》，青海人民出版社 2000 年版，第 677 页。

稿　　约

《大西北文学与文化》由陕西师范大学人文社会科学高等研究院主办，《大西北文学与文化》编辑部编辑，中国社会科学出版社出版，每年两期。《大西北文学与文化》坚持正确的舆论导向和办刊宗旨，以开阔的视野、创新的精神，立足大西北，放眼全国，吸纳研究西部文艺以及与中国现当代文学研究相关的优秀论文，努力搭建一个展示最新创造性成果的学术平台，以期为中国现当代文学研究注入新的活力。

本刊设置的主要栏目有：当代文艺前沿观察、大西北文学综论、丝路文学与文化研究、大西北少数民族文学研究、大西北区域文学与文化研究、大西北文学与文化历史研究、陕甘宁文艺研究（或延安文学研究）、大西北文艺报刊出版传播研究、西北重要作家作品专题研究、当代西北作家作品研究、文学陕军研究等。本刊欢迎具有鲜明问题意识，重大理论意义，能体现当下学术水准，反映本学科前沿和研究热点的论文，期待国内外同人踊跃赐稿。

稿件体例规范及要求：

1. 来稿须是首发，已发表过的论文不予采用。论文字数8000—9000字。

2. 论文在题目后应附上以下信息：

（1）作者简介：姓名、职称（或学位）、研究方向及工作单位。

（2）200字以内的中文摘要，并附3—5个关键词。

3. 注释格式及规范：

（1）一律采用脚注，注释序号用①②③标号。

（2）中文注释具体格式如下列例子：

例1：陈平原：《中国小说叙事模式的转变》，北京大学出版社2003年版，第235页。

例2：杨静建：《中国西部文学》，《人文杂志》2003年第2期。

例3：[英]乔·奥本：《古代思想史》，张益达译，商务印书馆1990年版，第67页。

4. 来稿请用电子版Word文档，注明联系方式以便联系。

5. 审稿周期：一般为三个月，三个月内未收到刊用通知，稿件可以自行处理。纸质的投稿均不退回,请自留底稿。

　　来稿已经采用即付稿酬,并寄样刊二册。

　　本刊地址:西安市长安区西长安街 620 号陕西师范大学人文社会科学高等研究院,《大西北文学与文化》编辑部。

　　邮编:710119

　　邮箱:dxbwxywh@ vip. 163. com

　　电话:15102961868　18291979065

　　联系人:钟海波　李跃力　程志军　徐　翔

陕西师范大学人文社会科学高等研究院

《大西北文学与文化》编辑部　2019 年 12 月